Petra Oelker arbeitete als freie Journalistin und Autorin von Sach- und Jugendbüchern, bevor sie begann, Kriminalromane zu schreiben. «Tod am Zollhaus» (rororo 22116), der erste Roman um die Komödiantin Rosina, war der Auftakt zu einer beispiellos erfolgreichen Serie, die im Hamburg des 18. Jahrhunderts spielt:
«Der Sommer des Kometen» (rororo 22256)
«Lorettas letzter Vorhang» (rororo 22444)
«Die zerbrochene Uhr» (rororo 22667)
«Die ungehorsame Tochter» (rororo 22668)
«Die englische Episode» (rororo 23289)
«Der Tote im Eiskeller» (rororo 23869)

Die Figur der «Heldin» Rosina ist von der Vita der jungen Friederike Caroline Neuber inspiriert, über die Petra Oelker auch die Lebensgeschichte «Die Neuberin» (rororo 23740) verfasst hat.

Mit «Der Klosterwald» (rororo 23431) und «Die kleine Madonna» schuf Petra Oelker eine neue Heldin, die moderne Äbtissin Felicitas Stern.

Petra Oelker

DIE KLEINE MADONNA

Roman

Rowohlt Taschenbuch Verlag

Für Maike Kristin

3. Auflage Februar 2009

Veröffentlicht im Rowohlt Taschenbuch Verlag,
Reinbek bei Hamburg, Februar 2006
Copyright © 2004 by Rowohlt Verlag GmbH,
Reinbek bei Hamburg
Umschlaggestaltung: any.way, Wiebke Jakobs
nach einem Entwurf von
PEPPERZAK BRAND
(Umschlagfoto © getty images / Marty Honig)
Druck und Bindung CPI – Clausen & Bosse, Leck
Printed in Germany
ISBN 978 3 499 23611 2

In der Tat werden wir durch Zweifeln
zur Suche angeregt;
durch Suchen erfassen wir die Wahrheit.

Abaelardus, Philosoph, 1079–1142

Ein Tag sagt es dem andern,
und eine Nacht tut es der andern kund –
ohne Sprache, ohne Worte,
mit unhörbarer Stimme.

Psalm 19, 3.4

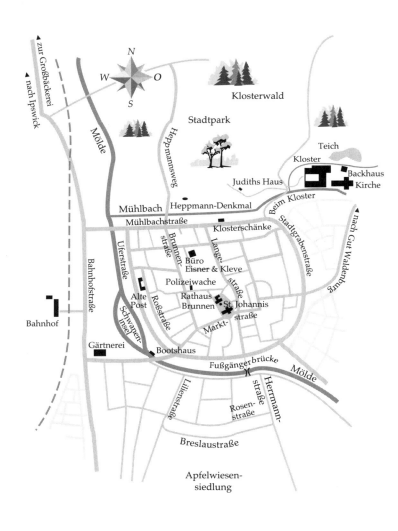

Möldenburg

PROLOG

1852

Als die Kälte der alten Steine ihren wollnen Umhang durchdrang, löste sie sich aus der Mauernische, trat ans Fenster und sah hinaus in die Nacht. Immer noch lag der Hof verlassen; der Holzschuppen und das alte Backhaus standen unter den noch kahlen Eichen, bizarr gemustert von den Schatten des knorrigen Geästs der Kronen. Bei der Weißdornhecke, die den Hof notdürftig vor dem Wind aus der Heide schützte, schien sich etwas zu bewegen. Der Fuchs, dachte sie und freute sich, ihn noch einmal zu sehen. Aber wenn er es wirklich war, wagte er sich in dieser Nacht nicht auf den Hof. Vielleicht spürte das Tier näher kommende Schritte. Sie tastete nach der Uhr, die rundlich und schwer wie ein Ei aus Stein in ihrer Rocktasche lag. Doch es war überflüssig, auf den Stand der Zeiger zu sehen. Er würde die verabredete Zeit nicht versäumen.

Und wenn er nicht kam? Wenn er aus ihrem gemeinsamen Traum aufgewacht war und sein Versprechen bereute? Hatte er überhaupt etwas versprochen? War es schon ein Versprechen, wenn man einen Plan machte?

Er würde kommen. Und sie würden schnell genug sein.

Der Mond stand hoch am tiefschwarzen, von Sternen kalt glitzernden Himmel, er war nur eine Sichel, doch sein schwaches Licht gab ihr Zuversicht. Sie hatte ihn immer gemocht, den Mond. Als sie noch zu Hause lebte, hatte sie sich manchmal, sobald alle schliefen, in den Garten geschlichen, die Pelzdecke um die Schultern, und die Geborgenheit des Dunkels gefühlt und zugleich eine befremdliche Sehnsucht nach jener Freiheit, die in der Unendlichkeit unter dem Himmel lag. Weil sich niemand gefunden hatte, ihr die Karten des Sternenatlasses zu erläutern, hatte sie den Sternbildern eigene Namen gegeben, damit sie mehr waren als ein fernes Geglitzer, mit dem sich nicht sprechen ließ. So gab es an ihrem Himmel Sternbilder mit den Namen Ruth, Jonas oder David. Eines nannte sie Kain, obwohl sie nicht sicher war, ob das ein guter, ein passender Name war.

Sie hätte gerne das Fenster gegenüber der Nische geöffnet und die frische Nachtluft geatmet, doch es war so alt, dass es noch keinen Riegel hatte. Und in diesem Flur, unbewohnt und kaum betreten, lohnte es kaum, ein neues einzubauen. Wie viele Stunden hatte sie in den letzten zwei Jahren hier verbracht? Sie begann zu rechnen, das ließ die Zeit schneller vergehen. An fast jedem Tag hatte sie die kleine Madonna in ihrer staubigen Verbannung besucht; noch nicht während ihres ersten Klosterjahres, sie hatte den Gang und seinen Schatz erst später entdeckt. Ostern, ja, es war kurz vor Ostern gewesen, zu Beginn des zweiten Jahres. Das wusste sie genau.

Nun würde wieder bald Ostern sein, das Fest, das sie am meisten liebte. Die Äbtissin hatte zufrieden genickt, als sie es erzählte, damals, bald nach ihrer Ankunft während ihrer ersten Ostertage an diesem Ort; und sie war klug genug gewesen, nicht darauf hinzuweisen, dass der Grund ihrer Vorliebe weniger die Heiligkeit dieser Tage und Nächte war als viel mehr das Ende des Winters, die Gewissheit, dass Gras und Bäume wieder grünten, die Wiesen blühten und der Himmel hoch wurde. Dass der Gesang der Vögel ...

Sie lachte leise. An *diesen* Ostertagen würde sie dem Gras und den Bäumen, dem weiten Himmel so nah sein wie nie zuvor. Und sie würde glücklich sein wie nie zuvor.

Sie ließ die Fingerspitzen prüfend über ihre Wangen gleiten, ertastete jede Vertiefung, berührte flüchtig die Stirn, verharrte einen Augenblick bei der hässlichsten Narbe am Kinn. Sie sollte dankbar sein, dass die Gebete ihrer Eltern und Schwestern erhört worden waren, die meisten starben doch an den Blattern. Und an die Narben, so hatten sie versichert, werde sie sich gewöhnen, mit der gebotenen christlichen Demut. Niemals, hatte sie gedacht, die Augen fest geschlossen und sich trotzig gewünscht, alles sei wieder wie früher, bevor sich die Blattern durch ihre Haut fraßen.

Du bist immer noch schön, auch das hatte sie oft gehört; doch die hastige Lüge konnte weder trösten, noch half sie ihr, den nötigen Dank zu empfinden. Sie war nur voller Zorn gewesen.

Nun war alles anders. Seit seine Hände über ihr Gesicht geglitten waren, seit er sie mit diesen Augen angesehen hatte, war es, als seien die Narben endlich verschwunden. Das waren sie nicht, natürlich nicht, Ulrica war mit ihren sechzehn Jahren kein dummes Kind mehr, das so einfach an Wunder glaubte. Besonders nicht, wenn es um törichte Anlässe wie Eitelkeit ging. Doch jetzt hatten sie keine Bedeutung mehr, nur darauf kam es an.

Sie sah die kleine Madonna an, die, von einem schmalen Streifen Mondlicht sanft beschienen, auf ihrem Sockel saß und mit dem ewig jungen Gesicht lächelte. Die Gebete ihrer Familie mochten Ulricas Leben, ihren Körper gerettet haben; ihre Seele jedoch, die Rückkehr der Freude und der Zuversicht und das Gefühl, wieder lebendig zu sein und eine Zukunft zu haben, verdankte sie einzig der kleinen Madonna. Das wusste sie so sicher, wie sie von der Richtigkeit ihrer Entscheidung überzeugt war.

Ihr Platz im Kloster war eine große Ehre für ihre Familie. Und eine große Erleichterung. Die meisten der adeligen und der Patrizierfamilien – davon gab es viele – hofften, dass der Landesherr eine ihrer Töchter mit diesem Privileg bedachte. Als Mitglied eines Konvents wären sie nicht nur bis an ihr Lebensende versorgt, sondern waren in der Gesellschaft sogar den verheirateten Frauen gleichgestellt. Manche, so hieß es, zogen das von dem Wohlwollen eines Mannes unabhängige Leben einer Konventualin sogar der Ehe vor.

Darüber hatte Ulrica nicht nachgedacht, als sie ihr gesagt hatten, sie werde im Kloster leben. Sie hatte nur gewusst, dass sie nicht fort wollte, nicht allein sein mit lauter fremden Damen in diesem alten Gemäuer einige Tagesreisen weit von ihrer Stadt, von allen, die sie kannte und liebte. Selbst als sie versichert hatten, ihr Hanne mitzugeben, ihre vertraute Jungfer, dazu den kleinen Wagen und ein Pferd, Möbel, Geschirr, Wäsche, alles, was sie für einen bescheidenen, doch würdigen Hausstand brauchte, konnte sie in ihrer neuen Bestimmung nichts als eine Verbannung sehen.

Sie schickten sie fort in diese öde Heide, die selbst im Sommer nur aus Sand, Gestrüpp und Einsamkeit bestand. Sie wollten sie nicht mehr in ihrem Haus haben, sie nicht mehr anschauen und nicht mehr verstecken müssen, wenn Gäste kamen. Besonders wenn junge Herren darunter waren. Es machte genug Mühe, für drei Töchter passende Ehemänner zu finden, Männer von passendem Stand, die sich zudem mit einer bescheidenen Mitgift zufrieden gaben. Die Gegenwart einer vierten Schwester mit dem Gesicht voller Narben, für die sich keinesfalls ein Ehemann finden würde, bedeutete einen dunklen Schatten auf den Hoffnungen ihrer Schwestern. Schlimmer noch: Die Bewerber mussten befürchten, eines Tages eine unnütze Schwägerin aufnehmen und versorgen zu müssen.

Ulrica schlang die Arme fest um ihren dünnen Körper und schmiegte sich tiefer in ihren schwarzen Umhang. Sie fror und fragte sich, wie die kleine Madonna das ausgehalten hatte, während sich die Jahrzehnte zu Jahrhunderten fügten. Die Kälte und die Einsamkeit. Früher, als im Kloster noch die katholischen Zisterzienserinnen lebten, hatte die Madonna einen Ehrenplatz in der Kirche gehabt. Nun stand sie schon lange in der muffigen Nische in diesem verlassenen Gang. Die Statue war ihr so vertraut und lieb, manchmal vergaß sie, dass sie eigentlich nur ein Stück Holz mit abblätternden Farben war. Die Goldverbrämung ihres azurblauen Mantels war kaum noch zu erkennen, auch von seiner Farbe fehlte das meiste. Ihre rechte Hand war leer, wo die linke gewesen war, ragte nur mehr der Stumpf des Armes unter ihrem Umhang hervor.

Die Zeitläufte hatten viele Narben auf der kleinen Madonna hinterlassen, aber ihr Lächeln nicht zerstören können. Vielleicht hatte sie sie deshalb gleich geliebt, vom ersten Moment an, seit sie diesen Gang und diese Nische gefunden hatte. Die kleine Madonna hatte sie gerettet, nun war es an ihr, zu helfen.

Ein Kiesel schlug gegen die Scheibe, sie blickte in den Hof hinunter und sah niemanden. Aber sie wusste, dass er da war, im Schatten der Mauer, gleich neben der schmalen Tür zum Hof. So wie er es versprochen hatte. Rasch zog sie ihren Mantel von den Schultern, schlang ihn um die Madonna und hob sie von ihrem Sockel. Sie war schwer, viel schwerer, als sie gedacht hatte, und es war auch nicht leicht, mit dieser Last leise Schritte zu machen und die enge, dunkle Treppe hinunterzueilen. Doch just als Ulrica glaubte, die Madonna werde ihr entgleiten, wurde sie leicht, der Mantel rutschte und gab das lächelnde Gesicht frei. Es leuchtete in der Dunkelheit. Da öffnete sich vor ihr schon die Tür zum Hof, und Ulrica trat, die kleine Madonna fest in den Armen, hinaus in die Nacht.

KAPITEL 1

Das Haus der Eisners in der Rosenstraße war eine kleine Stadtvilla aus jener Zeit, als zu einem honorigen Haus ein Erker, ein der Straße zugewandter Schmuckgiebel und ein von Glyzinien überwuchertes Spitzdach über der Vordertür gehörten. Selbst in dem an gepflegten Häusern reichen Blumenviertel galt es als besonders schön. Da die fast zwei Meter hohe, altersstruppige Lebensbaumhecke vor einigen Jahren gerodet und durch ein Reihe zierlicher Hainbuchen ersetzt worden war, konnte das nun auch jeder sehen, der die Rosenstraße passierte. Auch die vorderen Fenster waren erneuert und auf eine Weise vergrößert worden, die den so charmanten wie würdigen Stil des Hauses unbeeinträchtigt ließ.

Vor dem Haus beschattete eine Blutbuche den Garten, der sich selbst in diesen letzten Märztagen, da die Gärten doch noch ein wenig gerupft und unfertig aussehen, makellos zeigte. Kurz und gut, wer fremd in Möldenburg war und sich in diese Straße verirrte, blieb unweigerlich stehen, betrachtete die großen, jedoch nicht zu großen Fenster, nahm dahinter die Schemen einer geschmackvoll und teuer eingerichteten, bis zur hinteren Terrasse reichenden Zimmerflucht wahr und mochte einen Anflug von Neid fühlen: In einem solchen Haus konnte eine Familie glücklich sein.

An diesem Tag bestand das Glück vor allem darin, dass die Fenster gut schlossen. Auch die der Küche.

«Nein», schrie Jessi, «auf gar keinen Fall. Auf gar! keinen!» Zornig schubste sie den blassblauen Pullover von der Stuhllehne und verschränkte die Arme vor der Brust. «So was zieh ich nicht an. Das weißt du ganz genau. Wenn die Klostertante meine Klamotten nicht mag, ist das ihr Problem. Himmelblau! Warum nicht schweinchenrosa?»

Ina Eisners Gesicht versteinerte. Sie hob den Pullover auf, legte ihn akkurat zusammen und schob ihn zurück in die Tüte.

«Die Farbe würde dir ausgezeichnet stehen», sagte sie, während sie ein imaginäres Stäubchen vom Ärmel ihrer rosafarbenen Bluse schnippte. «Im Übrigen höre ich gut, du brauchst also nicht zu schreien. Wenn du glaubst, diese schäbige Lederjacke würde der …»

«Wirklich, Jessi», unterbrach Roland Eisner seine Frau hastig. Einer Diskussion um die fatale Jacke war er heute nicht gewachsen. «Der Pulli ist bildschön, und es ist doch richtig nett von Ina, dass sie sich die Mühe gemacht hat. Gerade heute Morgen, wo samstags so viel im Haus zu tun ist. Sie ist extra für dich in die Stadt gefahren.»

«Ich hab nicht drum gebeten», patzte Jessi, nur um eine Nuance leiser. «Es wär total verlogen, wenn ich so was anziehe, nur weil ich mit 'ner Äbtissin spreche. Die hat bestimmt was gegen Lügen. Anders als andere Leute.»

«Sicher hat sie das.» Ina Eisner überhörte den Nachsatz und strich sanft über die elegante Einkaufstüte. «Hier geht es nicht um Lügen, Jessica, sondern um den richtigen Weg zum Ziel. *Du* willst deine Strafe im Kloster abarbeiten, weiß der Himmel, warum. Ich glaube nicht, dass es der sehnlichste Herzenswunsch einer Äbtissin ist, eine vom Jugendgericht verurteilte Schülerin zu beschäftigen. Also wäre es nur klug, wenn du dir ein bisschen Mühe gäbst. Du bestehst doch immer darauf, wie eine Erwachsene behandelt zu werden. Warum benimmst du dich dann nicht so?

Klosterdamen legen Wert auf gute Manieren, dazu gehört auch die entsprechende Kleidung. Zumindest ein netter, sauberer Pullover wäre ...»

«Das ist doch nur wieder dein Marketing-Scheiß. Und woher willst du das überhaupt wissen? Du kennst die doch gar nicht. Warum glaubst du immer, dass alle so spießig sind wie du?»

«Jetzt reicht es, Jessi.» Roland Eisner schob energisch seinen Stuhl zurück und stand auf. Für einen Moment schwankte die Küche vor seinen Augen. Sein Blick klammerte sich an dem billig gerahmten Bild von den Kitzbüheler Bergen fest, der einzige Stilbruch, den Ina in der ganz in Rot, Grau und Edelstahl gehaltenen Küche erlaubt hatte; ein Beweis ihrer zahlreichen Versuche, das Kind ihres Mannes zu erobern.

Es waren glückliche Sommerferien gewesen, damals, das Ende einer schweren Zeit. Jedenfalls hatte er das gedacht. Ein halbes Jahr später war Marion verschwunden. Ohne ihn. Und ohne Jessi. ‹Warum glaubst du immer, dass alle so spießig sind wie du.› Genau das hatte sie auch gesagt, nicht so laut wie Jessi, geschrien hatte sie nie; trotzdem hatten ihre Worte in seinen Ohren wie Peitschenhiebe geklungen.

Er sah seine Tochter in dieser alten Lederjacke, die sie vor ein paar Monaten auf dem Dachboden gefunden hatte, und fühlte wieder diese kalte Steife in seinem Nacken wie einen Krampf. Warum nur war er nicht in der Lage gewesen, die Jacke wegzuwerfen, in den Müll, wie alles andere, was Marion gehört hatte. Und warum war Ina so dumm gewesen zu behaupten, es sei ihre? Sie passte ihr nicht mal. Marion war genauso zierlich gewesen wie Jessi, und die hatte gleich gewusst, wem die Jacke einmal gehört hatte. Schon wegen der Photos. Diese verdammte Jacke. Für Ina musste sie Tag für Tag wie ein Schlag ins Gesicht sein. Er hatte sich so viel Mühe gegeben und doch alles falsch gemacht.

«Das reicht jetzt, Fräulein», wiederholte er, und diesmal war seine Stimme fast so laut wie die seiner Tochter. «Ina rackert sich für dich ab, und du benimmst dich wie eine aus der Russensiedlung. Damit ist jetzt Schluss ...»

«Und du bist ein Rassist», brüllte Jessi zurück, die zwar die Statur ihrer Mutter, nicht aber Marions sanfte Stimme geerbt hatte.

«O nein! Nicht wieder diese Arie. Jeder, der nicht deiner Meinung ist, ist gleich ein Rassist, ein Faschist, ein Ich-weiß-nicht-was. Du musst noch verdammt viel lernen, Fräulein Neunmalklug, so einfach ist die Welt nämlich nicht. Geh doch zu deiner Klostertante, wie du willst. Du wirst sehen, was du davon hast. Und, verdammt», schrie er seiner Türen schlagend davonrennenden Tochter nach, «wasch dir wenigstens die Hände!»

Die plötzliche Stille dröhnte lauter als die Worte zuvor. Ina stand immer noch kerzengrade neben dem Tisch, strich immer noch über die Tüte mit dem teuren Pullover, und es kostete ihn alle Selbstbeherrschung, nicht auch einfach davonzulaufen. Oder Inas gerade Schultern zu fassen und zu schütteln, bis sie die Fassung verlor, einmal nur, einmal wollte er erleben, dass sie etwas Unvernünftiges tat. So wie Marion, schoss es ihm durch den Kopf, und wieder spürte er diesen Schwindel. Warum dachte er in den letzten Wochen so oft an seine erste Frau? Öfter als während all der Jahre seit ihrem Verschwinden. Nein, das stimmte nicht, im ersten Jahr hatte er ständig an sie gedacht, doch dann, als Ina zu ihm und Jessi zog, als sie bald darauf heirateten, hatte er es geschafft, nur noch selten und immer seltener an sie zu denken. Es lag an der Lederjacke. Jessi sah ihrer Mutter darin noch ähnlicher als sonst, manchmal so sehr, dass es schmerzte. Und ihn bis in seine Träume verfolgte.

«Es tut mir Leid», murmelte er und steckte die Fäuste tief in seine Jackentaschen.

Ina nickte. «Die Pubertät», sagte sie. «Man muss das nicht so ernst nehmen. Sie sind alle so in diesem Alter.»

«Du etwa auch?», fragte er und sah gleich, dass sein bemühter Scherz das falsche Mittel zur Wiederherstellung des Wochenendfriedens war.

Sie lächelte, ohne ihn anzusehen, und legte die Tüte in den Einkaufskorb zurück. «Ein bisschen verschieden sind die Menschen wohl doch. Deckst du bitte den Tisch, Roland? Wir können gleich essen.»

«Essen. Ach, Ina, es tut mir Leid, ich müsste längst weg sein. Ich bin nur noch hier, weil Max mich heute abholt, er will sich unser Training ansehen.» Er reckte demonstrativ den Arm und warf einen sorgenvollen Blick auf seine Uhr. «Er ist schon zehn Minuten zu spät.»

«Er kann mit uns essen. Es geht ganz schnell, die Suppe ist heiß. Max mit seiner ewigen Junggesellenwirtschaft, sicher hat er noch nichts Vernünftiges in den Bauch bekommen.»

«Sicher nicht. Aber ich darf die Jungs nicht warten lassen. Die müssen Disziplin lernen, sonst können sie nicht gewinnen. Gutes Vorbild ist alles, das sagst du selbst immer. Sei nicht böse, Liebes, du weißt doch, dass wir heute das Sondertraining haben.»

«Natürlich. Das Training. Ich habe nur nicht auf die Uhr geachtet.» Um nichts in der Welt hätte Ina Eisner zugegeben, dass sie dieses verdammte Sondertraining, die ganze verdammte Hockeyjugendmannschaft vergessen hatte.

Von der Straße hupte es dreimal kurz, einmal lang. Es klang übermütig. Roland hatte sich immer eine Familie gewünscht. In den letzten Jahren jedoch beneidete er Max, seinen Freund und Kompagnon im Architektenbüro Eisner & Kleve, immer öfter um dessen ‹langweiliges Single-Leben›, wie der es selbst gerne nannte, wenn er wieder einmal von den Eisner'schen Turbulenzen hörte. Weniger wegen der Freundinnen, die ab und zu in Max' Leben auftauchten, auch nicht wegen der spontanen Kurzurlaube oder der Ungebundenheit, sondern einzig wegen der Ruhe, der äußeren wie der inneren. Wer allein lebte, mochte vieles versäumen und manches entbehren – aber er konnte auch nicht so viel falsch machen.

Max war ein Mann von wenig mehr als mittlerer Größe und einer geschäftigen Fröhlichkeit, die sanftere Gemüter leicht ermüdet. Er brachte einen Schwall frischer Luft mit in die Küche, rief: «Hallo, ihr Lieben», küsste Ina auf beide Wangen und boxte Roland gegen die Brust. «Heizt ihr die Straße? Die Haustür steht sperrangelweit offen.»

«Nein», sagte Ina, «Jessi hat sich nur eilig verabschiedet. Es hörte sich allerdings an, als sei keine einzige Tür auf ihrem Weg aus dem Haus offen geblieben.»

Max lachte. «Jessi hat Temperament, was? Tut mir Leid, dass ich so spät komme, Roland, ich musste Irene noch ein paar Kübel für ihre Terrasse besorgen, Pflanzzeit, das weißt du ja, bleischwere Dinge aus feinstem italienischen Terrakotta. Die Entscheidung für rund oder eckig fiel schwer, deshalb hat es ein bisschen länger gedauert. Aber ich konnte sie die schweren Dinger wirklich nicht selbst tragen lassen, oder? Geht's jetzt los?»

«Klar», sagte Roland, gab seiner Frau einen flüchtigen Kuss und schob seinen Freund aus der Küche.

Ina hörte ihren Mann im Flur lachen, es klang befreit, fand sie, hörte die Haustür ins Schloss fallen und erinnerte sich daran, dass ihr am vergangenen Samstag niemand geholfen hatte, die Stiefmütterchen und Aurikel vom Auto in den Hof zu schleppen, drei volle Steigen, die auch nicht leicht gewesen waren.

Müde starrte sie in den hinteren Garten hinaus. Schon wieder hatte der Wind eine ganze Fuhre Laub von dem ungepflegten Nachbargrundstück durch die Tannenhecke auf ihren Rasen geweht. Sie würde es liegen lassen, wenigstens bis morgen. Vielleicht überzeugte das Roland endlich, dass sie einen dichten Zaun brauchten. Der kleine alte Mann hinter der Hecke würde kaum ordentlicher werden.

Sosehr sie sich auf das ärgerliche Laub zu konzentrieren versuchte, sosehr sie sich bemühte, *nicht* darüber nachzudenken, ob sie sich damals, als sie Roland heiratete, richtig entschieden hatte – immer wieder schob sich Jessicas Gesicht, ihre zornig-verächtliche Miene in den Vordergrund. Sie wollte kein schlechtes Gewissen haben. Jessis Spleen, im Kloster arbeiten zu wollen, beunruhigte sie, um es milde auszudrücken. Sie würde sich dort kaum besser betragen als zu Hause; allein ihr Anblick musste die Damen schockieren. Es wäre ein schlechter Witz, wenn ausgerechnet ihre Stieftochter den Vertrag mit dem Kloster verhinderte. Einfach nur durch ihr schlechtes Benehmen. Die Sache mit dem Kloster-Likör war ihre Idee gewesen und hatte ihr großes Lob eingebracht, sie musste ein Erfolg werden. Es war klug gewesen, Jessi nichts davon zu erzählen. In diesem wirren Kindergemüt wäre das womöglich reinster Sprengstoff.

Sie presste die kalten Fingerspitzen an die klopfenden Schläfen, nur einen Moment lang, dann straffte sie die Schultern. Sie war Marketingleiterin der Firma Gröhne, eines Brennerei-Betriebes, der seine Produkte in die halbe Welt exportierte, seit einem Jahr hatte sie Prokura, sie war auf dem direkten Weg zum Ziel. Dass ihr wohl geordnetes Leben an einem störrischen Teenager mit chronisch schmutzigen Händen und der öden Hockey-Leidenschaft ihres Ehemannes zerbrach, würde sie nicht erlauben.

Mit entschlossenen Schritten stieg sie die Treppe zum Bügelzimmer im Souterrain hinab, die Blusen überließ sie nie der Haushaltshilfe. Frau Jung war tüchtig und zuverlässig, aber die Blusen … Vielleicht, wenn sie Jessi die neue weiße frisch gebügelt ins Zimmer hängte, würde sie sie doch anziehen. Unter der Lederjacke zwar, aber es wäre immerhin ein Anfang.

In dem kleinen Haus, nicht weit hinter der Tannenhecke, legte Hans Jolnow den Hörer auf, bedächtig und akkurat, als lege er das letzte Teil auf ein Kartenhaus, dann rieb er in einem plötzlichen Anflug glücklicher Erregung die Hände aneinander und löste die Spannung mit einen heftigen Pfiff. Er betrachtete das schmutzig graue Plastik, klopfte mit der Spitze seines Zeigefingers dagegen und dachte, dass es nun bald so weit sei: ein moderner Apparat, auch wenn er nicht viel telefonierte. Zuerst kam der muffige Teppichboden dran. Raus, raus, raus damit. Dafür schönes Parkett, am besten Kirsche. Die Spitzengardinen – raus. Das Bad mit seinen rostfleckigen grünen Fliesen – raus.

Er könnte das Haus mit seinen winzigen Räumen auch verkaufen und sich ein anderes suchen. Zum Beispiel im Blumenviertel. Das grenzte direkt an die Apfelwiesensiedlung, dennoch war es eine ganz andere Welt.

Aber er lebte gern in der Apfelwiesensiedlung. In deren Gärten, so auch in seinem, gab es zwischen den Gemüsebeeten noch eine ganze Menge der alten Bäume von den verschwundenen Wiesen, die der Siedlung ihren Namen gegeben hatten. Blühende Apfelbäume – dagegen waren die steifen Rhododendren in den Blumenviertel-Gärten gar nichts. Und die Nachbarn waren nett, alte Leute zumeist und junge Familien, die alle zu viel mit sich selbst zu tun hatten, um sich neugierig aufzudrängen. Alle, bis auf Evchen Lenau.

Sein Blick wanderte durch das Wohnzimmer, rasch und routiniert, er hatte schon oft hier gesessen und sich vorgestellt, wie er den Raum, das ganze Haus mit seinem muffigen Inventar verändern würde. Die Wand, die die beiden Zimmer des Erdgeschosses trennte, musste verschwinden. Er brauchte Raum. Und Licht. Vor allem im Obergeschoss, für seine Staffelei. Mit einem ordentlichen Atelier könnte er mehr und bessere Schüler finden. Wenn er überhaupt noch versuchen würde, aus der talentlosen Kleckserei gelangweilter Damen und Pensionäre wenigstens solides Handwerk zu machen.

Den Esstisch und den Bauernschrank, auch die Biedermeiervitrine und einige der Bilder würde er behalten. Sie hatten seinem Großonkel gehört, der im Gegensatz zu seiner Mutter ein Mensch von Geschmack gewesen war.

Er erinnerte sich kaum an den alten Mann, der damals aus Berlin gekommen war und sich in einer Kate vor der Stadt eingemietet hatte. Als er starb, wenige Jahre nach dem Ende des Krieges, war Jolnow noch ein Kind in kurzen Hosen gewesen. Traurig war er damals nicht gewesen, der Mann mit dem schneeweißen Bart war ihm stets unheimlich erschienen, vielleicht, weil er so wenig sprach und sich nur für seine Farben und Pinsel interessierte. Immerhin hatte er dem Jungen ab und zu ein paar Bögen Papier und Wachskreiden überlassen und manchmal, wenn er einen besonders guten Tag hatte, alte Geschichten erzählt.

Reines Glück, dass er sich jetzt, nach all den Jahren, wieder an einige erinnert hatte. Damals hatte er sie langweilig gefunden.

«Schwerer Irrtum», murmelte Jolnow, schlug die Hände

auf die Knie und erhob sich schwungvoll aus dem Sessel (auch der würde bald samt dem in müden Brauntönen bestickten Kissen auf dem Müll landen). Er verstaute den Zettel mit der Telefonnummer tief und sicher in der Innentasche seines Tweedjacketts und trug den Kaffeebecher in die Küche.

«Aber ihr zwei», sagte er munter, «bekommt das Gnadenbrot. Wegen besonderer Verdienste. Lange könnt ihr's ja nicht mehr machen.»

Die beiden Wellensittiche, einer apfelgrün, der andere blassgelb, krächzten hektisch, als er den Fingernagel über das Gitter ihres Bauers rattern ließ, und der apfelgrüne, stets der mutigere, hackte mit seinem krummen Schnabel nach Jolnows Fingerspitzen.

«Pass bloß auf, Romeo», mahnte Jolnow mit breitem Grinsen, «sonst wird's doch nichts mit dem Gnadenbrot.»

Er klemmte einen Strang Kolbenhirse am Gitter fest und sah zu, wie sich die beiden Vögel der Extraration widmeten. Er hatte nie verstanden, warum seine Mutter ihre Käfigvögel so geliebt hatte. Seit er allein in diesem Haus lebte, verstand er es. Ihm wäre ein Hund lieber gewesen, aber es stimmte, die Vögel machten wenig Arbeit, kaum Schmutz und waren doch ‹was Lebendiges im Haus›. So hatte sie immer gesagt, auch noch nachdem er nach Möldenburg zurückgekehrt und zu ihr gezogen war und sie keinen Grund mehr für den ewigen Vorwurf in der Stimme gehabt hätte. Trotzdem waren sie gut miteinander ausgekommen, besonders in diesem letzten Jahr bis zu ihrem Tod.

Die Wanduhr im Flur begann zu schlagen. Rasch gab er den Sittichen frisches Wasser, griff nach Schal und Windjacke und verließ das Haus. Der Vorgarten, stellte er wieder einmal fest, brauchte dringend einige Stunden Arbeit, an den hinteren wollte er heute nicht denken. Zumindest das

Laub des Birnbaumes gleich neben der Haustür hätte er zusammenharken müssen. Den Osterglocken und den ersten, noch knospigen Tulpen bereitete der Kampf ums Licht sichtlich Mühe, nur die Märzbecher hatten es geschafft, die waren zäh.

Er warf einen verstohlenen Blick zum Nachbarhaus auf der Rechten, bemerkte eine Bewegung der Gardine und verschwand mit langen Schritten um die Hausecke. Er war viel zu gut gelaunt, um sich den Tag von Evchen Lenaus Geschwätz verderben zu lassen und hatte absolut keine Lust, sich wieder etwas halbwegs Höfliches einfallen zu lassen, um ihre unermüdlichen Hilfsangebote abzuwehren. War sie erst in seinem Garten, war sie bald auch in seinem Haus. Vielleicht sollte er doch einen Hund anschaffen, ein Tier mit großen Zähnen und struppigem, flohverdächtigem Fell.

Hans Jolnow war ein stiller, freundlicher Mann, er hielt auf gute Nachbarschaft, doch alles hatte Grenzen.

Der Tag war verhangen und frisch. ‹Prickelnd›, dachte er, als er auf sein Fahrrad stieg, ‹geradezu prickelnd.› Er trat, leise vor sich hin summend, kräftig in die Pedale und hielt die Nase in den Fahrtwind. Was war das nur für eine Melodie, die sich in seinem Kopf festgesetzt hatte? Er bog in die Stadtgrabenstraße ein, winkte der jungen Frau mit dem Kinderwagen, seiner Nachbarin zur Linken, einen Gruß zu und radelte rasch weiter. Immer noch überraschten ihn die breite Umgehungsstraße und die hoch gewachsenen Linden. Natürlich war er in all den Jahren, die er in Hamburg gelebt hatte, oft hier gewesen, doch in seiner Erinnerung hielt sich beharrlich das Bild der alten Allee entlang dem längst zugeschütteten Graben. Dumme Nostalgie, dachte er und bog schwungvoll ab.

In der Straße Beim Kloster, so schien es ihm, hatte sich in den letzten vierzig Jahren nichts verändert. Er wusste, dass das nicht stimmte. Die schon damals mächtigen Kastanien waren weiter gewachsen, und anstelle des hoppeligen Kopfsteinpflasters schlängelte sich nun ein glattes Asphaltband durch den Park und über die Brücke des Mühlbachs bis zum Platz vor dem Kloster. Für das letzte Stück nahm er einen anderen Weg. Gleich hinter der Brücke bog er ab, umrundete das Klostergelände und radelte durch den Park zum Eingang über den hinteren Hof. Er sprang vom Rad, schob es durch die Pforte und betrachtete mit Stolz die behäbigen alten Backsteinmauern der Klostergebäude. Diese Regung hatte er sich erst kürzlich eingestanden, denn die stand ihm nicht zu. Er war dem Kloster und seinen Bewohnerinnen erst seit kurzem und nur durch seine Unterstützung im Archiv verbunden. Trotzdem empfand er diesen Stolz auf die herbe Schönheit der Klosteranlage, die schon da gewesen war, als Möldenburg aus nichts als ein paar einsamen hungerarmen Heidehöfen bestanden hatte und niemand hier je von einer Frucht namens Kartoffel gehört hatte. Offensichtlich war er trotz der vielen Jahre seiner Abwesenheit ein echter Möldenburger geblieben.

Er lehnte das Rad gegen den Schuppen und hielt wohlig aufatmend sein Gesicht in die Sonne. Sie wärmte schon, und an diesem Tag, der ihn seinem Ziel ein so großes Stück näher gebracht hatte, empfand er ihr Licht als doppelt freundlich. Zwei Kohlmeisen hüpften aufgeregt tschilpend in der Weißdornhecke herum, ihre gelben Bäuche mit dem schwarzen Mittelstreifen waren deutlich zu erkennen. Bis vor wenigen Monaten hätte er die kleinen Sänger kaum bemerkt und erst recht nicht sagen können, was für Vögel da herumhüpften. Erst seit die Priorin ihm ab und zu zeigte und erläuterte, was im Garten und Park des Klosters wuchs und lebte, fand er es reizvoll, sich mit der heimischen Flora und Fauna zu befassen. Vor allem, auch das hatte er sich erst kürzlich eingestanden, um Elisabeth Möller zu beeindrucken, denn er hielt die Priorin für eine außerordentlich interessante Dame. Von ihr würde er sich gerne in seinem Garten helfen lassen.

Er stellte den Jackenkragen auf, lockerte den Schal und ging die wenigen Schritte bis zum hinteren Garten. Am Holzgatter verlangsamte er seinen Schritt, um gemächlich schlendernd, die Hände lässig in den Hosentaschen, den Blick sinnend auf die schon erblühende Magnolie gerichtet, den Garten zu betreten. Er hatte sich umsonst bemüht. Niemand war da. Nicht einmal Barbarossa, der dicke rote Kater der Priorin.

Enttäuscht musterte er das rechteckig abgesteckte Areal mit der aufgewühlten Erde, auf dem die Priorin einen Kräutergarten anlegte, und entschied, dass es keinen Zweck habe, müßig herumzustehen.

Sein Blick fiel auf die kleinen gelben Blüten bei der Hecke, die waren ihm gestern noch nicht aufgefallen. Was war das nur? Huflattich? Scharbockskraut? Er kannte nur den Löwenzahn genau, der war unverwechselbar, aber diese hier? Er musste in seinem neuen Buch nachsehen, am besten steckte er es sich immer in die Tasche, wenn er zum Kloster fuhr.

«Guten Tag, Herr Jolnow. Hübsch, der Huflattich, nicht?»

Jolnow fuhr erschreckt herum und starrte in Viktor Altings Gesicht. Genau genommen auf dessen Kinn, denn der Mann im grünen Overall, der plötzlich vor ihm stand, eine mächtige Astschere in der rechten Hand, überragte ihn fast um Haupteslänge.

«Ja, sehr hübsch. Huflattich, natürlich. Erkennt man ja leicht, immer unter den ersten. Echter Frühblüher.»

Hans Jolnow ärgerte sich über sein eifriges Gestotter.

Warum, zum Teufel, machte er diesem jungen Mann, der ohne Zweifel nicht einmal das Abitur hatte, etwas vor? Wozu musste er überhaupt vorgeben zu wissen, wie dieses gelbe Unkraut hieß?

«Frühblüher, ja», sagte Viktor Alting, «tapfere kleine Dinger. Schönes Wochenende», fügte er mit einem Kopfnicken hinzu und ging, vorbei am alten Backhaus, davon.

Jolnow sah dem Mann nach und reckte unbehaglich die Schultern. Er musste sich diese Schreckhaftigkeit abgewöhnen. Sie war nicht angemessen und absolut überflüssig. Der neue Hausmeister und Gärtner war ein netter Mensch, vorbildlich, wie er die Priorin bei ihrem Kräuterkram unterstützte. Trotzdem, auf irgendeine Weise fühlte er sich von Alting eingeschüchtert. Es musste an der Größe liegen. Oder an den Augen. Die waren von seltsam hellem Grau und schienen alles zu beobachten. Er zuckte die Achseln, murmelte: ‹Na und?›, und machte sich endlich auf den Weg zum Archiv im Parterre des Seitenflügels.

Als er den Klang seiner Schritte auf den jahrhundertealten Steinplatten hörte, fiel ihm endlich ein, welche Melodie er schon den ganzen Morgen vor sich hin summte: ‹Wenn ich einmal reich wär, didel-didel-didel …›

‹Jolnow›, dachte Felicitas Stern. Sie blickte vom Fenster ihres Wohnzimmers in den Hof hinunter und auf den Mann, der mit seinen stets ein wenig steifen Schritten zur hinteren Tür eilte, und fühlte leisen Triumph. Obwohl er schon seit einem Vierteljahr half, das Klosterarchiv zu ordnen, vergaß sie ständig seinen Namen. Sie glaubte, man vergesse vor allem Unangenehmes. Doch gegen Jolnow, diesen kleinen Mann mit dem unaufdringlichen Lächeln und dem absurden grauen Pferdeschwänzchen im Nacken, gab es nicht das Geringste einzuwenden. Alle mochten ihn, sogar Lieselotte von Rudenhof, die Langhaarigkeit bei Männern jeglichen Alters als sicheres Zeichen für einen fragwürdigen Charakter deutete.

Sie selbst war ihm vor allem dankbar. Wo sonst fand sich ein erfahrener Archivar, der sich mit so offensichtlichem Vergnügen als professioneller, gleichwohl unbezahlter Helfer zur Verfügung stellte? Eine Schande, dass ihr Kopf seinen Namen verweigerte. Wahrscheinlich wurde sie alt. Begann die Vergesslichkeit, dieses erste untrügliche Zeichen, schon mit kaum Mitte fünfzig? Aber heute hatte sie sich gleich an seinen Namen erinnert – vielleicht ließ die Demenz ja doch noch etwas auf sich warten.

Doch womöglich, so versuchte sie sich selbst auf die Spur zu kommen, fiel ihrem Gehirn gerade jetzt ein sonst leicht vergessener Name ein, wich es eilig auf einen belanglosen Nebenschauplatz aus. Nur ein Vorgespräch, das hatte Henry nun schon dreimal gesagt, aber Vorgespräch hin oder her, sie hätte sich nicht darauf einlassen sollen. Es war viel besser, gleich nein zu sagen, wenn man nein meinte. Wie sollte sie so einem Kind später erklären, warum sie es nicht im Haus haben wollte? Das war unangenehm und peinlich, egal, wie nett man es verpackte. Und immer verletzend.

Wenn sie Glück hatte, war das Ganze überhaupt nur ein schlaues Spiel, eine Farce, und die Kleine hatte eigentlich gar nicht vor, ihre Nachmittage im Kloster zu verbringen. Vielleicht hatte sie sich das nur ausgedacht, weil sie hoffte, abgelehnt zu werden. Um *freie* Nachmittage zu verbringen. Irgendwo anders, wo sie nicht unter wachsamer Aufsicht stand, sondern weiter ihrem ärgerlichen Hobby nachgehen konnte – bis sie das nächste Mal geschnappt wurde. Allerdings erschien diese Überlegung nicht ganz logisch. Die Äbtissin seufzte, und Henry Lukas feixte.

«Du solltest dein Gesicht sehen, Felicitas», spottete er vergnügt. «Du siehst aus, als erwartetest du nicht eine harmlose Sechzehnjährige, sondern den Steuerprüfer.»

«Der Steuerprüfer, mein Lieber, schreckt mich weniger. Unsere Buchführung ist immer tadellos und auf dem letzten Stand. Aber ich fürchte tatsächlich um unsere weißen Wände. Es sind viele, manche hoch, alle sehr lang. Wenn ich allein an den Kreuzgang denke! Der muss die reinste Einladung für ein solches Mädchen sein.»

«Ach was! Jessi ist prima. Manchmal ein bisschen brummig, das wohl, aber nur, weil sie so schüchtern ist. Ihre Eltern sind nette Leute, ‹ordentlich› würde meine Mutter sagen, für sie das höchste Lob. Weiß der Teufel, warum Jessi solche Sperenzien macht. Glaub mir, wenn ihr euch erst besser kennt, wirst du sie richtig mögen. Garantiert. Hätte ich mich sonst für sie eingesetzt?»

Felicitas Stern seufzte ein zweites Mal. «Keine Ahnung, warum ich immer wieder auf dich reinfalle. Ich sollte es besser wissen, Henry, du hast mich schon um den Finger gewickelt, als du gerade über die Tischkante sehen konntest, und das ist ziemlich lange her.»

«Das macht mein angeborener Charme.» Henry grinste breit und legte allen verfügbaren Schmelz in seine Stimme. «Außerdem bin ich nun mal Anwalt, das übt. Im Übrigen hast du schon immer eine Schwäche für flügellahme Exemplare gehabt. Aber mal im Ernst, ich finde es auch erstaunlich, dass Jessi ihre Strafe ausgerechnet hinter euren Mauern abbüßen will, wirklich erstaunlich. Ich könnte mir nämlich was Lustigeres denken.»

«Vielen Dank!»

«Du verstehst schon, wie ich es meine, Felicitas. Ich weiß, dass es sich hier gut lebt und dass du und deine Damen nicht gerade Trauerklöße seid. Aber hättest du dir mit sechzehn ausgerechnet das Kloster ausgesucht? Ich jedenfalls ...»

Felicitas Stern, Äbtissin des evangelischen Damenstifts im Möldenburger Kloster, sah Henry, der, wenn man die verzweigten Linien der Familie sehr genau zurückverfolgte, so etwas wie ihr Neffe oder Cousin irgendeines entfernten Grades war, aufmerksam an. Allerdings hörte sie ihm nicht mehr zu. Eine Fähigkeit, die sie sich in ihrem früheren Leben, zuerst als Mutter zweier temperamentvoller Kinder, später als Dozentin und Abteilungsleiterin einer Volkshochschule auf endlosen Sitzungen mit oft nur wenig fruchtbaren Debatten, angeeignet hatte und perfekt beherrschte. Ihre Gedanken wanderten zurück zu jener Zeit, als sie selbst sechzehn gewesen war. Oder zehn oder zwölf oder neunzehn. Wie schon oft in den letzten beiden Jahren.

Sie war in Möldenburg geboren und aufgewachsen, sie hatte hier das Gymnasium besucht, ihre erste große Liebe durchlitten – und war so bald wie möglich geflohen. Weg aus der erdrückenden Behaglichkeit in der Kleinstadt an der Mölde nach Heidelberg. Nicht gerade in eine berauschende Metropole, aber doch mitten hinein in das trubelige Studentenleben. Hätte ihr damals jemand prophezeit, sie werde drei Jahrzehnte später zurückkehren, zudem um ausgerechnet das Amt der Äbtissin zu übernehmen – sie hätte schallend gelacht.

Nun war sie wieder hier, und selbst die letzten Zweifel, die sie während der ersten Monate noch geplagt hatten, waren vergessen. Sie hatte sich wieder in das Leben der Stadt eingefügt und staunte nicht einmal mehr darüber, wie leicht es gewesen war.

«Hallo!! Felicitas!» Henrys Stimme holte sie in die Gegenwart zurück. «Du hörst mir überhaupt nicht zu. Was ist los?»

«Gar nichts, Henry, es tut mir Leid. Ich bin ...»

Ein vorsichtiges Klopfen ersparte ihr Erklärungen, die Tür öffnete sich, und eine füllige Frau, etwa in Felicitas' Alter und mit einem glatten, seltsam ausdruckslosen Gesicht, trat einen halben Schritt in das Zimmer. Die graue Strickjacke über einer weißen Bluse, der schwarze Rock, der dunkle Lippenstift betonten ihre Blässe; der Farbton ihrer Haut unterschied sich kaum von dem Weißblond ihres Haares, einige Strähnen waren aus den Aufsteckkämmen gerutscht und lagen in malerischer Unordnung auf ihren Schultern.

Henry betrachtete sie mit unverhohlener Neugier. Sie musste einmal eine bildschöne Frau gewesen sein. Wer genau hinsah, und das tat Henry stets, empfand sie trotz der verschwimmenden Konturen ihres Gesichtes immer noch als schön. Wenn sie vorsichtig lächelte, so wie jetzt, wurde der schmale, etwas müde Mund lebendig und ließ die alte Energie ahnen.

«Entschuldige, Felicitas», sagte sie, blieb in der Tür stehen und ließ einen rasch prüfenden Blick über Henry Lukas gleiten. «Frau Möller sagte, ich fände dich in deiner Wohnung, sie wusste wohl nicht, dass du Besuch hast. Kann ich später wiederkommen? Geht das? Es wird nicht lange dauern.»

«Natürlich geht das, Benedikte, in etwa zwei Stunden. Aber ich komme in deine Wohnung, sonst musst du womöglich noch einmal warten. Ist dir das Recht?»

«Wann immer du Zeit hast. Ich werde da sein.» Sie trat zurück und zog die Tür geräuschlos ins Schloss.

«Wie macht sie das?», fragt Henry.

«Was?»

«Deine Tür so leise schließen. Bei mir macht das alte Ding immer ziemlichen Lärm. Ist sie das?»

«Wer?»

«Eure Neue. Als letzter Hort der feinen Sitten pflegt ihr doch das Sie mit dem Vornamen kombiniert als Form inniger Vertrautheit. Sie hat dich geduzt, da das bei euch nicht üblich ist, kann sie nur die Neue sein. Die, die du von früher kennst, aus deiner Studienzeit. Damals werdet ihr euch kaum gesiezt haben.»

Felicitas brauchte sich nicht zu fragen, woher Henry so genau Bescheid wusste. Möldenburg war eine kleine Stadt, Henry der neugierigste Mensch unter der Sonne – mehr Erklärung brauchte sie nicht. Im Übrigen war die neue Bewerberin für den letzten freien Platz im Konvent kein Geheimnis. Auch nicht, dass sie ausgerechnet die Äbtissin in deren (leider gar nicht so) wilden Studentenjahren gekannt hatte. Die Anfänge des Klosters reichten um nahezu 800 Jahre zurück, und schon genauso lange interessierten sich die Möldenburger brennend für alles, was hinter dessen Mauern geschah. Auch heute noch, in Zeiten leerer Kirchen, gehörte die jeweilige Äbtissin zu den Honoratioren der Stadt und wurde auch so behandelt. Dass nun eine geborene Möldenburgerin das Amt innehatte, laut der Chronik zum ersten Mal seit 367 Jahren, verstärkte das Interesse nur. Felicitas war es ein Rätsel, warum. So war es eben.

«Ja. Das war Benedikte.» Ihr Ton schloss selbst für ein so dickfälliges Gemüt wie Henry Lukas jede weitere Frage aus. «Und nun lass uns deinen Vertragsentwurf für diesen Klosterbitter durchsehen.» Sie griff seufzend in die Keksschale, fand eine Schokoladenwaffel und steckte sie sich in den Mund. «Ich weiß immer noch nicht, ob es eine gute Idee ist, ausgerechnet mit Schnaps für unser Kloster zu werben.»

«Seit wann bist du puritanisch, Äbtissin? Spirituosen jeglicher Art waren doch seit jeher Klosterspezialitäten, selbst den Champagner hat ein Mönch erfunden. Glaube mir, der gute alte Dom Perignon hat dafür einen Fensterplatz im Himmel bekommen. Außerdem, das muss ich dir als euer Rechtsberater sagen, verkennst du die Realitäten. Vielleicht wirbt der Schnaps, der im Übrigen ein delikater ‹Liqueur› werden soll, ganz gediegen in der alten Schreibweise, für das Kloster. Zuallererst aber wirbt der seriöse Name des Klosters für den Schnaps, Pardon, ‹Liqueur›, und damit für die Firma Gröhne. Dass die ihrem neuen Produkt auch noch eure alte Rezeptur zugrunde legen wollen, solltet ihr euch teuer bezahlen lassen, es trifft keine Armen. Außerdem haben diese bitter-süßen Gesöffe zurzeit schwer Konjunktur.»

Besonders bei Jugendlichen, hätte er beinahe hinzugefügt, doch Felicitas, sonst für ihre nie erlahmende Energie und gute Laune berüchtigt, war heute schon muffig genug. Die Vorstellung von sich am Klosterliqueur labenden Minderjährigen würde sie kaum stärker für das Projekt begeistern.

«Im Übrigen», fuhr er stattdessen fort, «steht in eurer Klosterordnung, was deine Pflicht ist, nämlich das Kloster nicht nur zu verwalten, sondern auch wirtschaftlich zu fördern, den ganzen Kram zu wahren und zu mehren. So ähnlich, jedenfalls hast du für das Wohl des Konvents zu sorgen. Genau das tun wir gerade, oder?»

Eine halbe Stunde später schob Henry die Papiere zusammen und legte sie in die Mappe zurück. Mit Felicitas Geschäfte zu machen war ein Vergnügen. Sie arbeitete konzentriert, stellte fast keine überflüssigen Fragen und ließ sich nicht über den Tisch ziehen. Es machte ihm mehr Spaß, mit ebenbürtigen Partnern zu arbeiten. Die Firma Gröhne, in der Stadt nur die Schnapsfabrik genannt, war bis zum Verkauf durch den letzten Gröhne an einen dänischen Konzern ein kleiner Betrieb gewesen, der mit regionalen Spezialitäten aus Korn und Kartoffeln erstaunliche Umsätze erwirtschaftet hatte. Lønstrup, der neue dänische Geschäftsführer, führte klebrig-süße Liköre mit poppigen Namen für junge Konsumenten ein, und inzwischen wurden die bunten Flaschen in alle Welt exportiert. Der Klosterliqueur sollte als Verneigung vor der Tradition verkauft werden und galt als viel versprechendes Werbemittel für das 100-jährige Gröhne-Jubiläum im nächsten Jahr. Henry hätte Felicitas nicht erst erklären müssen, dass das zugleich Werbung für das Kloster bedeutete. Die Zahl der Besucher, so hatte er trotzdem versichert, werde sich verdoppeln – was Felicitas nicht wirklich begeisterte, auch wenn sie wusste, dass viele Touristen die Existenz der Heideklöster sicherten.

Wieder klopfte es, und Elisabeth Möller öffnete schwungvoll die Tür.

«Ich dachte», begann die Priorin gleich, «hier bei Ihnen sei es für unser Gespräch netter als im Besuchersalon. Finden Sie nicht auch, Frau Äbtissin? Guten Tag, Dr. Lukas.» Das runde Gesicht unter dem glatten, mit einer grünen Spange zur Seite gehaltenen grauen Haar lächelte erwartungsvoll; nur ein sehr kalter Mensch hätte da widersprechen mögen.

«Sicher», sagte Felicitas und dachte nur ganz kurz daran, dass sie sich erst gestern wieder vorgenommen hatte, ihre privaten Räume mit einem absoluten Tabu für Klosterangelegenheiten zu belegen. «Sicher. Setzen Sie sich, die junge Dame muss auch gleich kommen.»

«Oh», die Priorin lächelte noch breiter, «sie ist schon da. Ich habe sie vor dem Portal gefunden, eine viertel Stunde vor der Zeit. Pünktlichkeit ist etwas Feines. Komm rein, Jessica. Hier beißt niemand.»

Die Äbtissin hatte nicht darüber nachgedacht, wie eine Sechzehnjährige aussehen mochte, die vom Jugendgericht wegen wiederholten Graffiti-Sprayens an Hauswände zu siebzig Arbeitsstunden in einer gemeinnützigen Einrichtung verurteilt worden war. Selbst wenn sie es getan hätte, hätte das Mädchen, das nun zögernd eintrat, alle düsteren Erwartungen übertroffen. Das eleganteste an ihr war die abgewetzte Lederjacke, die Felicitas flüchtig an jene erinnerte, die ihre Tochter vor vielen Jahren auf einem Flohmarkt erstanden und gegen allen mütterlichen Protest einen ganzen Winter lang getragen hatte. Die schwarz-nicht-mehr-ganz-weiß gestreifte hautenge Hose, die Schnürstiefel, die tiefblau gefärbten Haare – immerhin hatte sie ihr Sammelsurium von Silberringen auf die beiden Ohrmuscheln konzentriert, Lippen und Nase waren frei. Felicitas verstand es, sich an kleinen Dingen zu freuen.

«Guten Tag, Jessica», sagte sie und war mit dem neutralen Klang ihrer Stimme sehr zufrieden, «du willst also in unserem Kloster arbeiten.»

Sie reichte dem Mädchen die Hand, sah trotzige Augen, eine zitternde Unterlippe, spürte eiskalte Kinderfinger und wusste, dass sie es nicht schaffen würde. Ein Nein kam nicht infrage. Und genau genommen – der Kreuzgang musste sowieso mal wieder frisch geweißelt werden.

Erst als Felicitas am Abend über die Möldebrücke fuhr und in die Landstraße nach Lüneburg einbog, fiel es ihr siedend heiß ein: Sie hatte Benedikte vergessen.

Bei der nächsten Haltebucht für den Überlandbus hielt sie und suchte in den Tiefen ihrer Handtasche (zum Glück war es nur die kleine schwarze) nach dem Handy, konzentrierte sich auf die Telefonnummern der Konventualinnen und tippte, in der Hoffnung, es möge die richtige sein, die von Benediktes Wohnung ein.

Es war die richtige, doch Benedikte war nicht da. Die

Stimme auf dem Anrufbeantworter nannte keinen Namen, sondern nur die Nummer und bat um eine Nachricht, doch sie war unverkennbar. Jedenfalls für Felicitas. Wenn sie nicht gewusst hätte, dass auch für Benedikte dreißig Jahre vergangen waren, hätte sie gedacht, sie sei alterslos. Ihre Stimme klang noch wie damals. Nur ein wenig schleppender, müder vielleicht.

Dass sie den versprochenen Besuch vergessen hatte, war unverzeihlich. Benedikte lebte erst seit einer Woche im Kloster, zur Probe, so wie es bei neuen Bewerberinnen üblich war. Für Benedikte, die auf diesem Platz stärker als viele andere angewiesen war, musste das eine unsichere, angestrengte Zeit bedeuten. Auf Probe klang hart, doch es war eine Probe für beide Seiten. Der Konvent und die Aspirantin lernten einander kennen und konnten prüfen, ob sie zueinander passten. Und die Bewerberin konnte prüfen, ob der Möldenburger Klosteralltag ihrem Lebensplan entsprach.

Benedikte war die zweite Bewerberin für den letzten freien Platz im Konvent. Gegen ihre Vorgängerin hatte niemand etwas einzuwenden gehabt, sie war eine angenehme unauffällige Frau. Ein wenig *zu* unauffällig womöglich, hatte Frau Hofmann gefunden, aber gleich hinzugefügt, das sei ja kein Makel und besser als zu laut. Sehr richtig, hatte Frau von Rudenhof mit gekräuselter Oberlippe bemerkt. Und alle, auch Dorothea Hofmann, hatten gewusst, dass Frau von Rudenhof mal wieder von den Gesangsübungen ihrer Wohnungsnachbarin gestört worden war, was sie jedoch niemals zugeben würde, da Frau Hofmann sich strikt an die im letzten Herbst vereinbarten zur Übung erlaubten Stunden hielt.

Bevor Felicitas der Bewerberin die frohe Kunde überbringen konnte, der Konvent freue sich, sie als eine der ihren aufzunehmen, kam die ihr zuvor. Das Kloster, so erklärte sie mit sanftem Lächeln, entspreche nicht ihren Vorstellungen, leider. Sie suche ein ruhiges, zurückgezogenes Leben, und das, davon sei sie nach diesen vier Wochen überzeugt, werde sie hier nicht finden. Felicitas hatte ihr nicht widersprechen können.

Sie hinterließ auf dem Band eine Entschuldigung und fuhr weiter. Es waren nicht nur die täglichen Führungen, die das Kloster während des Sommerhalbjahres der Beschaulichkeit beraubten. Die neun Konventualinnen, jede für sich auf den ersten Blick eine honorige Dame gesetzten Alters, waren alle außerordentlich aktiv, inner- und außerhalb des Klosters, und jede hatte – bei genauem Hinsehen – ihren kleinen Spleen. Was das Klosterleben anregender machte, als sie erwartet hatte, nur manchmal auch anstrengender.

In dieser Hinsicht würde Benedikte gut zu ihnen passen. Sehr gut sogar. Wenn sie auch die letzten achtzehn Jahre – oder waren es zwanzig? – ihre Tage in dem Gemeindebüro einer niederrheinischen Kleinstadt verbracht hatte und auch so aussah, hatte sie davor bewegte Jahre erlebt. Ohne diese so wenig veränderte Stimme wäre es Felicitas noch schwerer gefallen, in der behäbigen Frau das strahlende, vor Energie und Lebenslust vibrierende Mädchen von einst wieder zu erkennen.

Benedikte, die damals alle nur als Nora kannten, traf man weniger in den Hörsälen als auf den Wiesen am Neckarufer und in den Kneipen. Jeder kannte Nora, sie war schön, frech, unabhängig und immer da, wo was los war. Einen Winter lang versuchte sie sich als Sängerin einer dieser Bands, die in jenen Jahren von allen, die eine Gitarre halten konnten, gegründet wurden und ebenso schnell wieder verschwanden. Und dann war auch Nora verschwunden. Sie sei einem reichen Kerl nachgelaufen, sagten die, die sie nicht mochten. Sie habe sich in einen tollen Typ verliebt, und der habe sie mit nach Spanien genommen, sagten die, die sie bewunderten und auch vom Märchenprinzen träumten. Beneidet wurde sie von beiden Parteien gleichermaßen. Beinahe auch von Felicitas, doch die hatte sich gerade selbst verliebt und darüber Nora vergessen.

Gemeinsam hatten sie nur eines: Beide brachen ihr Studium der Liebe wegen ab. Und nun waren beide Witwen.

Aber Felicitas hatte mehr Glück gehabt. Viel mehr.

Es war ein seltsamer Zufall, dass Nora, die sich längst wieder Benedikte nannte, wie sie getauft war, ausgerechnet in dem Stift Aufnahme suchte, das Felicitas als Äbtissin leitete. Als Benedikte sich vorstellte, im Januar, und das Probewohnen vereinbart wurde, hatte Felicitas sie nicht gesehen. Sie war verreist gewesen und von der Priorin vertreten worden. Die Fremde, die vor einer Woche mit ihren beiden Koffern im Besuchersalon saß, hatte sie erst auf den zweiten Blick erkannt. Damals, vor mehr als dreißig Jahren, hatten sie nicht zur gleichen Clique gehört, hatten nicht viel miteinander zu tun gehabt, eine wie Nora konnte mit der braven Felicitas wenig anfangen.

Benedikte hingegen hatte sie gleich erkannt und war nicht minder verblüfft gewesen. ‹Lissi?›, hatte sie gefragt. ‹Du bist hier die Äbtissin?› Mit der gleichen Stimme wie vor drei Jahrzehnten.

Benedikte hatte ebenso wenig wissen können, dass die Äbtissin Felicitas Stern einmal die Studentin Lissi van Dorting gewesen war, wie Felicitas hatte erkennen können, dass die neue Bewerberin, die ihre Korrespondenz mit Benedikte Jindrich unterzeichnete, die einst bewunderte und längst vergessene Nora war.

Wahrscheinlich war eine solche Wiederbegegnung doch Anlass zur Freude. So gab sich Felicitas alle Mühe, das Unbehagen zu bekämpfen, das ihr Benediktes Anwesenheit aus unerfindlichem Grund bereitete.

«Quatsch», sagte sie laut, «totaler Quatsch», und trat aufs Gaspedal. Auch wenn sie heute die Verabredung mit Benedikte vergessen hatte (Wie war das gewesen? Man vergaß nur Unangenehmes?) und sich schuldig fühlte, war es höchste Zeit für die Vorfreude auf einen ganz privaten Abend. Und wenn sie sich nicht beeilte, reichte es bis zum Beginn des Konzertes kaum noch für das verabredete Essen mit ihrer Freundin. Schon jetzt würde sie eine viertel Stunde später als versprochen ankommen.

Das Motorengeräusch kam näher, und als es die Garagenauffahrt erreichte, löschte Jessi schnell das Licht. Sonst kam noch jemand auf die Idee, bei ihr anzuklopfen (das immerhin taten sie) und sie daran zu erinnern, dass es längst Schlafenszeit war. Womöglich mit einem Glas warmer Milch bewaffnet. Nein, das war ungerecht. Das Ding mit der warmen Milch hatte Ina sich längst abgewöhnt, vor etwa vier Jahren. Das war nur gut. Warme Milch! Manchmal war es auch Kakao gewesen. Nicht so ein Einfach-in-warme-oder-kalte-Milch-rühren-und-schon-fertig-Zeug, sondern richtiger Kakao. Er schmeckte immer ein bisschen nach Vanille, keine Ahnung, wie Ina das machte. Ihr selbst war es nie gelungen.

Eigentlich kamen sie auch nicht mehr in ihr Zimmer, selbst wenn ein Gewitter über dem Haus tobte, so wie früher. Das hatte sie ihnen ein für alle Mal abgewöhnt. War ja auch höchste Zeit gewesen. Nur einmal waren sie noch gekommen, sogar ohne anzuklopfen, als sie die Spraydosen suchten. Die lagen sicher verwahrt hinter dem Kaminholz im Schuppen. Da hatten sie nicht gesucht.

Sie zog sich die Decke bis zum Kinn, verschränkte die

Arme im Nacken und lauschte auf die Geräusche. Jetzt schlossen sie die Tür ab, zogen die Mäntel aus und hängten sie in die Garderobe. Ina lachte leise, sie redeten auch leise. Früher, als Jessi noch klein war, hatte sie vor dem Einschlafen ihre Tür aufgelassen, einen Spalt nur. Es war so schön gewesen, von unten gedämpft die Stimmen zu hören, Musik, manchmal auch nur das Murmeln aus dem Fernsehapparat oder behutsame Schritte. Obwohl sie dann lieber noch eine Weile wach geblieben wäre und auf die warmen Geräusche gehört hätte, war sie stets schnell eingeschlafen. Und hatte nie so wirres Zeug geträumt wie jetzt.

Nun kamen sie die Treppe herauf. Sie waren guter Laune, natürlich, sie hatten sie ja einen ganzen Abend nicht sehen müssen. Und nicht hören. Sicher hatten sie einen Schwips. Bei Bassani, dem besten Italiener der Stadt, gab es auch die besten Weine. Das sagte Ina jedes Mal, wenn sie dort gewesen waren. Heute hatten sie mit Max den Geburtstag der neuen Apothekerin aus der Brunnen-Apotheke gefeiert. Das könnte was werden, hatte Papa gesagt, Irene ist smart und lässt sich nicht rumschubsen. Wenn Max schlau ist, greift er endlich zu. Ina hatte dazu nichts gesagt.

Die Tür zum Bad im ersten Stock klappte, Schritte im Schlafzimmer, Wasser rauschte, und wie immer, wenn unten ein Hahn aufgedreht wurde, hörte sie ein sanftes Knacken in der Wasserleitung, die bis zu ihrem eigenen kleinen Bad heraufreichte. Noch ein paar hin und her gehende Schritte auf den alten Dielen, dann wurde es still.

Jessi hasste Samstagabende. Alle unternahmen etwas, Kino, Party, Essengehen, irgendwas. Wer nichts vorhatte, machte was falsch. Jessi hatte selten was vor.

Sie knipste die Nachttischlampe wieder an und zog ihr Buch unter dem Kopfkissen hervor, doch sie schlug es nicht auf. Sie starrte weiter zur Zimmerdecke hinauf, an der noch die weißen Sterne klebten, die im Dunklen matt leuchteten. Wie die Ziffern und Zeiger auf Papas Uhr.

Es war knapp gewesen, aber sie hatte es geschafft. Die Äbtissin war ganz anders, als Jessie sie sich vorgestellt hatte. Sie hatte noch nicht mal graue Haare, bis auf die eine Strähne über der Stirn. Sie war auch nicht klein und fett, was Jessi ohne besonderen Grund angenommen hatte. Auch dass sie Hosen und einen Rollkragenpullover trug, war nicht das, was man von einer Stiftsdame dachte. Streng war sie schon, und da hatte Ina Recht gehabt: Es war sicher nicht ihr Herzenswunsch, eine Schülerin mit blauen Haaren bei sich arbeiten zu lassen. Und sei's nur für die paar Stunden.

«Was willst du bei uns tun?», hatte sie gefragt. «Was kannst du denn?»

Darauf war Jessi vorbereitet. «Ich dachte», sagte sie brav, «wo das Kloster doch so groß ist und bald wieder die ganzen Touristen kommen, brauchen Sie jemanden zum Putzen. Ich kann das gut, wirklich. Sie machen doch sicher einen Frühjahrsputz.»

Da hatte die Äbtissin ein bisschen gelächelt. «Doch, das machen wir in jedem Jahr, leider kommst du zu spät, der ist schon vorbei.»

Darauf wiederum war Jessi nicht vorbereitet. Mit dem Putzen, so hatte sie gedacht, läge sie total richtig. Das war immer nötig, und die Bereitschaft zu niedrigster Arbeit zeigte Bußfertigkeit. Und Demut. Kloster und Demut, das gehörte doch zusammen.

Die Äbtissin sah sie an, Frau Möller, die Priorin, sah sie an, Dr. Lukas, auf den sie große Hoffnungen gesetzt hatte, weil er doch ein Freund ihres Vaters war, grinste nur blöd. Und ihr fiel nichts mehr ein. Sie sah ihre Hände an, zum Glück hatte sie die am Brunnen auf dem Marktplatz noch schnell gewaschen, und wusste nicht weiter.

«Laub harken», sagte sie plötzlich, «sicher gibt es Laub zu harken. In unserem Garten immer, und der Klostergarten ist viel größer als unserer, und die vielen Bäume, die Sie hier haben ...»

«Keine schlechte Idee», gestand die Äbtissin zu, «nur fürchte ich, auch dazu kommst du zu spät.»

«Na ja» sagte Henry Lukas endlich und zwinkerte Jessi auf diese alberne Weise zu, wie es Erwachsene tun, wenn sie sich bei Kleinkindern einschleimen wollen, «irgendwas wird sich doch finden lassen. Hast du nicht gestern erst gesagt, der Holzschuppen müsste aufgeräumt werden, Felicitas?!»

Bevor die Äbtissin antworten konnte (tatsächlich war ihre erstaunte Miene Antwort genug), hatte die Priorin die rettende Idee.

«Wenn sie sich ein bisschen mit Gartenarbeit auskennt», wandte sich Frau Möller an die Äbtissin, «könnte ich ihre Hilfe brauchen, tatsächlich reicht es schon, wenn sie sich dafür interessiert. Ich lege nämlich gerade einen Kräutergarten an, Jessica», fuhr sie fort. «So einen, wie ihn die Konventualinnen früher hier hatten, bis vor etwa 250 Jahren, glaube ich, als ihre eigene Apotheke. Jede der Stiftsdamen bekam ein eigenes Stück Garten für ihr Gemüse, aber einen Garten für Küchen- und Medizinkräuter für alle gemeinsam gab es über lange Zeit auch. Da brauche ich dringend Unterstützung. Die Erde vorbereiten, Beete und Wege anlegen, pflanzen, solche Dinge. Hast du dazu Lust?»

Jessi hatte nicht die geringste Ahnung von Gartenarbeit und bisher alle elterlichen Versuche, sie dazu abzuordnen, mit Missmut der Stufe Rot beantwortet, doch plötzlich erschien ihr die Vorstellung, in der Erde zu buddeln und kleine Pflänzchen zu setzen, als das reinste Vergnügen.

«Klar», sagte sie, «das mach ich gern, echt. Wenn Sie mir

sagen, was ich tun muss», fügte sie getreu ihrem Vorsatz, nicht zu lügen, hinzu. «So richtig *viel* verstehe ich davon nämlich nicht. Eigentlich.»

Auf dem Heimweg machte sie einen Umweg zu Hellmanns Buchhandlung in der Marktstraße. Sie fand gleich, was sie suchte. Der Umschlag zeigte irgendwelche gesunden Blüten, die trotzdem sehr hübsch aussahen, und darüber stand in grüner Schrift ‹Kräutermedizin – Gesundheit aus dem eigenen Garten›. Das Inhaltsverzeichnis versprach ausführliche Anleitungen von der Anlage der Beete über die Wahl der Pflanzen bis zur Ernte beim richtigen Stand des Mondes.

«Ist das der neue Geheimtipp?», fragte Frau Hellmann an der Kasse. «Du bist schon die Dritte in dieser Woche, die das Buch kauft.»

«Ich will's nur verschenken», murmelte Jessi und spürte ihr Erröten.

Sie klappte das Buch auf, in dem sie fast den ganzen Abend gelesen und festgestellt hatte, dass die Gärtnerei viel komplizierter war, als sie gedacht hatte. Wenn sie sich zu dumm anstellte, schickten sie sie sicher wieder weg. Bis zum Beginn ihrer Arbeit nach Ostern waren es noch zwei Wochen, genug Zeit, das ganze Buch durchzuackern. Bald würde sie sogar Ina Ratschläge geben können. Papa würde sich freuen. Aber das verkniff sie sich besser, sonst müsste sie nur wieder den Gartenarbeitstreit ausfechten. Es war ein totaler Unterschied, im Kloster einen neuen Garten anzulegen oder zu Hause Unkraut zu zupfen und den Komposthaufen umzuschichten.

Der Garten war nicht ihr Ziel im Kloster, aber sie würde es schon weiter schaffen. Sie musste nur ‹Interesse zeigen›, darauf fielen Erwachsene immer rein. Als die Äbtissin sie fragte, warum sie ausgerechnet im Kloster arbeiten wolle, hatte sie artig von der Besichtigung mit ihrer Schulklasse im letzten Herbst erzählt und wie schön sie alles gefunden habe, besonders die alten Glasfenster und die Wandmalerei im Refektorium. (An der Stelle hoben sich die Augenbrauen der Äbtissin, aber vielleicht hatte sie sich das nur eingebildet.) Es war nicht mal gelogen gewesen. Nicht ein bisschen.

Bevor sie über ihrer Lektüre endlich einschlief, versprach sie sich noch einmal, niemandem, wirklich niemandem, selbst der netten Priorin nicht, zu verraten, was sie tatsächlich im Kloster suchte. Sonst würden alle sie für verrückt halten. Konnte sein, dass sie damit Recht hätten.

KAPITEL 2

Die Nacht war trübe und schwarz wie der Himmel über dem Park. An der schmalen, keine hundert Schritte entfernt nach Norden führenden Straße standen Laternen, doch ihr mattes Licht versickerte schnell in der Dunkelheit, den Teich hinter den hohen Rhododendren erreichte es nicht.

Das war gut.

Und die beiden Laternen am Kloster? Die konnten zum Problem werden. Wie die Tatsache, dass es von einigen Fenstern im ersten Stock des Klosters möglich sein musste, den Teich zu beobachten. Jedenfalls einen Teil des Teiches – wenn alles nach Plan lief, den falschen. Die Gardinen waren geschlossen, nur hinter einem der beiden Fenster, das von dieser Stelle aus zu sehen war, brannte Licht. Es war zu früh als dass schon alle in ihren Betten lagen oder gar schliefen.

Das war schlecht.

Wenigstens war es kalt und nieselig, mit etwas Glück würde es bald richtig regnen. Wer immer seinen Hund oder schwere Gedanken ausführen wollte, würde das in einer solchen Nacht kaum im Park tun, und wenn, dann möglichst kurz und eilig und sicher nicht in der Dunkelheit hinter dem Kloster, sondern auf der besser beleuchteten Allee entlang dem Mühlbach.

Wenn aber doch – egal. Man musste das Ganze als ein Spiel mit hohem Einsatz betrachten, als ein Unternehmen ohne Alternative. Genau das war es.

Hastig geplant, doch so gut durchdacht, wie es die Situation ermöglichte. Wenn es hier und heute nicht gelang, gelang es nirgends.

Die Entfernung zwischen Weg und Teich, etwa zwei Schritte, war genau richtig, das abfallende schilfige Ufer ideal, die Hecken gaben einigen Schutz. Das musste reichen. Die Handschuhe – wo waren die? Keine Panik! Die Handschuhe steckten in der rechten Jackentasche.

Es konnte nicht mehr lange dauern. Und immer noch regte sich nichts im Park, kein Mensch weit und breit. Vielleicht war der Einsatz doch nicht so hoch. Und wer sollte später Verdacht schöpfen? Warum?

Da – endlich – kam er. Die Pforte knarrte leise, nun schob er das Rad hindurch. Noch dreißig Meter. Wenn er jetzt aufstieg – nein, er schob es weiter. Genau, wie es sein musste. Das Paket war zu groß für den Gepäckträger, er hielt es fest, so blieb für den Lenker nur eine Hand. Das machte es leichter. Die Last schien sicher verpackt, das war gut.

Noch fünfzehn Schritte, zehn, zwei – jetzt!

Nur eines war in dem Plan nicht bedacht worden. Mit schrillem Gezeter flüchteten die Enten, als ein dünner Körper mit einem erstickten Schrei in das Schilf fiel, als er so lange unter das brackige Wasser gedrückt wurde, bis seine Lungen sich mit Wasser gefüllt hatten und sein Herz zu schlagen aufgehört hatte.

«Und in die Mitte», sagte die Priorin, «kommt ein Brunnen. Das sieht hübsch aus und ist praktisch. Zum Gießen, weißt du, damit wir das Wasser nicht so weit schleppen müssen. Um die Einfassung säe ich Kapuzinerkresse, die braucht viel Wasser.»

«Ein richtiger Brunnen?» Jessi blickte mit gekrauster Stirn auf die aufgewühlte Erde und versuchte sich vorzustellen, wo einmal die Mitte des Gärtchens sein würde. «Muss man dafür nicht ganz tief graben? Ich meine, wäre es nicht besser, das zu machen, bevor die Beete angelegt sind?»

«Das stimmt schon, aber wir mogeln ein bisschen. Es wird kein echter Brunnen mit einem tiefen Schacht, trotzdem wird es später fast wie einer aussehen. Sieh mal.» Elisabeth Möller stapfte durch die regenschwere Erde zu einem umgestülpten Weidenkorb, hob ihn auf, und darunter kam ein aufragendes Metallrohr zum Vorschein. «Herr Alting hat uns eine Wasserleitung verlegt», erklärte sie. «Auf das Rohr kommt ein Hahn, und drum rum wird ein Becken aus Feldsteinen gemauert. Dann haben die Vögel auch gleich ein Badebassin. Das wird hübsch.»

«Doch, bestimmt.» Jessi bemühte sich um Enthusiasmus und schluckte den Hinweis hinunter, dass die Vögel schon mehr als genug Badegelegenheit in dem Teich gleich hinter dem Backhaus hatten.

Bei Ina hätte sie das nicht getan. Ina hätte auch nicht solche Begeisterung in der Stimme und in den Augen gehabt wie die Priorin, die in Gummistiefeln, Arbeitshose und Pullover im Matsch stand und mit liebevollem Stolz das dünne Rohr betrachtete. Ina hätte den Zollstock in der Hand und Stress in der Stimme gehabt, beides Zaubermittel für patzige Antworten, ob Jessi wollte oder nicht. Manchmal hörte sie sich selbst reden und wünschte, sie würde schweigen. Oder einfach mal was Nettes sagen. Es stimmte, Ina gab sich Mühe und legte sich krumm, obwohl sie sich schon den ganzen Tag in ihrem Büro abrackern musste. Es nützte nichts, es kamen immer nur Patzigkeiten heraus. Fast immer. Sie sah das zufriedene Gesicht der Priorin und nahm sich vor, wenn sie Ina schon nichts Nettes sagen konnte, wenigstens ab und zu den Mund zu halten. Das konnte nicht so schwer sein, und Papa würde sich freuen. Vielleicht musste sie es üben, abends allein vorm Spiegel.

«Glaubst du, du schaffst noch ein paar Fuhren?», fragte die Priorin und stülpte den Korb wieder über das Wasserrohr.

«Klar. Wenn ich die Handschuhe anziehe, auch ein paar mehr.» Sie zeigte mit schiefem Grinsen ihre geröteten Handflächen, auf der rechten blähte sich schon eine kleine Blase.

Die Priorin lachte gemütlich. «Besser spät als nie. Einsichtig sein, meine ich. Erinnere mich an deine Hände, bevor du nachher gehst. Ich habe eine Salbe für solche Fälle.»

Jessi streifte die viel zu großen Gartenhandschuhe über und umfasste die Griffe der Schubkarre. Seit einer Stunde schaufelte sie fette Muttererde von dem großen Haufen beim Weg in die Karre, schob die schwere Fracht zum Garten und lud sie ab. Frau Möllers Hinweis, es sei besser, bei solchen Arbeiten Handschuhe anzuziehen, besonders wenn man sie nicht gewöhnt sei, hatte sie ignoriert. Für das bisschen Gartenarbeit? Sie war doch nicht aus Zucker!

Der Schmerz, den sie nun in ihren Händen fühlte, gab ihr ein ungewohntes Gefühl der Befriedigung.

Es war ihr zweiter Nachmittag im Kloster. Der erste, in der vergangenen Woche, hatte noch keine Arbeit bedeutet. Frau Stern nahm sie in ihrem Arbeitszimmer in Empfang und erklärte, die Priorin werde sich um sie kümmern. ‹Kümmern!›, dachte Jessi, ‹wie im Kindergarten›, und war doch froh gewesen. Irgendwie. Wenn es ein Problem gebe, hatte die Äbtissin versichert, oder wenn sie sonst etwas wissen wolle, könne Jessi trotzdem jederzeit im Büro nach ihr fragen, sie werde sich bemühen, zu helfen. Es hatte ziemlich höflich geklungen.

Da war schon die Priorin gekommen, hatte Jessi von der

Stuhlkante erlöst und, anstatt ihr gleich einen Spaten in die Hand zu drücken, ihre neue Helferin durch das Klosterareal geführt, ihr den Gemüse- und den Blumengarten gezeigt, Bäume und Büsche erklärt und sie dem Gärtner und einigen der Klosterdamen vorgestellt, die ihnen im Park begegnet waren. Erst als Jessi wieder zu Hause gewesen war, war ihr aufgefallen, dass sie ganz nebenbei gründlich ausgefragt worden war. Nach ihren Eltern, der Schule, nach ihren Hobbys, was sie am liebsten lese – nur den Anlass für Jessis Arbeitseinsatz hatte sie mit keinem Wort erwähnt. Jessi wusste nicht, ob das ein gutes oder ein schlechtes Zeichen war.

«Wenn der Kräutergarten fertig ist», rief die Priorin Jessi zu, «laden wir deine Eltern ein. Sie wollen sicher sehen, was ihre Tochter hier geschafft hat.»

«Klar», sagte Jessi, wie immer, wenn ihr nichts Besseres einfiel und ‹Nein! Auf gar keinen Fall!› ausnahmsweise nicht passte, und beugte den Kopf tief über die Schubkarre. Warum sollte sie einer Fremden, auch wenn die sich noch so freundlich gebärdete, auf die Nase binden, dass sie das überhaupt keine gute Idee fand. Oder was für ein Geschrei sie hatte veranstalten müssen, um zu verhindern, dass sie sie an ihrem ersten Tag ins Kloster brachten und bei der Gelegenheit womöglich ein vertrauliches Gespräch mit der Äbtissin führten. Das hätten sie bestimmt getan – etwas Peinlicheres konnte sie sich kaum vorstellen.

«Für einen echten Brunnen müssten wir viel zu tief graben», erklärte die Priorin, während sie mit einer Schaufel die Erde weiter verteilte, die Jessi vor ihr aus der Karre kippte. «Das ist nur teuer und überflüssig. Früher war hier allerdings einer, der ist schon vor Ewigkeiten trocken gefallen. Dort drüben.» Sie stützte sich mit einem erschöpften Ächzer auf die Schaufel und zeigte zu dem Häuschen aus Backsteinfachwerk, das wenige Schritte von dem großen Erdhaufen stand und aussah, als trage es sein Dach nur noch mit Mühe. «Das ist das alte Backhaus. Bevor es dazu wurde, war es das Waschhaus, wenn unsere Chronik nicht lügt.»

Das Waschhaus, erklärte sie weiter, habe nur drei Wände gehabt, nach Süden, zur Sonnenseite hin, sei es offen gewesen. Warum dort ein Brunnen gegraben worden war, obwohl es doch leicht gewesen wäre, die Wäsche im Mühlbach zu waschen, war in der Chronik nicht vermerkt. Jedenfalls sei der Brunnen irgendwann versiegt.

«Auf einem der alten Pläne im Archiv kann man sehen, dass hier auch ein Bach war, genau an der Stelle, wo wir nun den Garten anlegen. Wohl ein Ableger des Mühlbaches sozusagen. Ich denke, tatsächlich war es ein künstlicher Graben, den man damals vom Mühlbach hierher gezogen hat.» Sie streckte ihren Rücken und sah sich stirnrunzelnd um. «Ich kann mir gar nicht erklären, wo der endete. Er muss doch irgendwo eingemündet sein.»

«Wenn hier ein Graben war, wozu hat man sich dann noch die Mühe mit dem Brunnen gemacht?», fragte Jessi.

Die Priorin blickte auf das Waschhaus, als sehe sie es zum ersten Mal, und schob unschlüssig die Unterlippe vor.

«Keine Ahnung», sagte sie schließlich, «darüber habe ich noch nie nachgedacht. Du hast Recht, eigentlich war das überflüssig. Vielleicht war das Grabenwasser nicht sauber genug, womöglich zu eisenhaltig, das verfärbt die Wäsche und schmeckt schlecht. Jedenfalls», energisch stieß sie die Schaufel wieder in die Erde, «wurde das Waschhaus abgerissen, der Brunnenschacht abgedeckt und auf den alten Fundamenten ein Backhaus gebaut. Als hier nicht mehr selbst gebacken wurde, hat es nur mehr als Lager für das Feuerholz gedient. Die Mägde haben noch den Teig gemacht, aber zu Broten gebacken wurde er bei einem der Bäcker in der Stadt. Das war billiger, als den alten Ofen anzuheizen.

Seit vor etwa dreißig Jahren die Zentralheizung eingebaut wurde, steht es leer. Tatsächlich fällt es fast zusammen, aber in diesem Sommer wird es endlich restauriert.»

Die nun folgenden Pläne zur zukünftigen Nutzung des Gebäudes hörte Jessi, ohne sie wirklich zu hören. In ihrem Kopf summte es, alles, was außerhalb ihres Kopfes war, schien leer und fern, gedämpft wie im Nebel. Sie stand da, die Griffe der geleerten Karre in den Händen, und wusste nicht, was plötzlich mit ihr los war.

«Jessi?», hörte sie die Priorin. «Ist dir nicht gut? Du kannst aufhören, du hast für heute mehr als genug gearbeitet.»

«Nein.» Jessi schüttelte den Kopf wie ein nasser Hund, ließ die Karre los und streifte die Handschuhe ab. «Nein, ich bin gar nicht müde. Ich habe nur, na ja, ich habe nur nachgedacht. Kann ich mir das Haus ansehen?»

«Ja. Aber nur von außen. Die Tür ist schon lange zugenagelt und ein bisschen von den Sträuchern überwuchert. Schade um die schönen Büsche, die werden für die Restaurierung wohl ihr Leben lassen müssen. Durch das Fenster neben der Tür kann man auch nicht viel sehen. Es ist seit Ewigkeiten nicht geputzt, ein Wunder, dass die Scheiben noch heil sind, und drinnen ist es sicher furchtbar finster. Mehr als den alten Backofen und vielleicht ein paar Holzreste gibt es da sowieso nicht zu entdecken.»

Sie blickte Jessi nach, wie sie um die Ecke des Häuschens verschwand, und lächelte zufrieden. Sie hatte all ihre Überredungskünste aufgewandt, um den Konvent davon zu überzeugen, Jessis Arbeit auf dem Klostergelände zuzustimmen. Die Äbtissin hatte Einstimmigkeit gefordert, was bei zehn Köpfen immer ein Problem war. Frau von Rudenhof hatte sich besonders widerständig gezeigt. Als die Stimmung sich zu Jessis Gunsten entwickelt hatte, hatte sie sich ganz gegen ihre Art für klare Worte entschieden. Das Mädchen sei zwar aus gutem Haus, gleichwohl habe sie nicht nur fremdes Eigentum beschädigt, sondern auch sonst schlechte Manieren, sogar in der Schule sei sie unbeliebt, überhaupt müsse man sie nur ansehen, um zu wissen, dass ihre Gegenwart Ungemach bedeute. Zweifellos habe sie Kontakt zu kriminellen Kreisen, man wisse doch, wie diese jungen Dinger heutzutage ...

Die Äbtissin war fest entschlossen gewesen, den Damen die Debatte ganz allein zu überlassen. Aber nun sagte sie mit einer Stimme, die alle Sanftmut und Geduld vermissen ließ, von solchen Kontakten habe sie nie gehört, und sie gebe zu bedenken, dass es christliche Pflicht sei, gerade solche vom Wege abgekommene junge Seelen auf den rechten Pfad zurückzuführen.

Die Priorin hatte schweigend triumphiert. Wenn die Äbtissin das Argument der Christenpflicht in die Debatte warf, ein Wort, dessen Gebrauch sie tatsächlich zutiefst misstraute, wurde es ernst. Frau von Rudenhof hatte schmale Lippen gemacht, Frau Hailing ein vergnügtes Glucksen hinter damenhaftem Räuspern verborgen, und Fräulein Morender hatte erklärt, dass sie – wie jeder wisse – nun über 90 sei und sich vor so einem Kind nicht im Mindesten fürchte. Viel mehr sei sie neugierig, auch finde sie es alle Mal besser, wenn junge Mädchen sich mit Kunst beschäftigten, und sei es an fremden Wänden, anstatt ihre Tage bei Friseur und Maniküre zu vertun, was man von diesem Mädchen, soweit sie gehört habe, keinesfalls behaupten könne. Und Frau von Rudenhof, die liebe Lieselotte, werde sicher dem Argument der Frau Äbtissin zustimmen. Im Übrigen glaube sie, dass es längst Teezeit sei.

Damit hatte die Priorin gewonnen, das jedenfalls war ihr Gefühl gewesen, und beschlossen, der Frage, warum sie sich so für ein fremdes Mädchen mit blauen Haaren, schmutzigen Fingernägeln und trotzigen Augen einsetzte, nicht weiter nachzugehen. Christenpflicht war immer ein fabelhafter Grund. Besonders für eine Klosterfrau. Im Übrigen war etwas an diesem Mädchen, das sie rührte.

Bevor sie diesem Gedanken doch noch nachhängen konnte, hörte sie ihren Namen rufen und folgte Jessi zum Backhaus.

Die stand vor der Tür des Häuschens, hielt einige widerspenstige Haselzweige zur Seite und machte ein schuldbewusstes Gesicht.

«Ich bin nicht an das Brett gestoßen», erklärte sie hastig. «Es lag schon auf der Erde. Wenn Sie einen Hammer haben, kann ich's wieder annageln. Obwohl ein neues besser wäre, das alte sieht aus, als würde es beim ersten Schlag zu Staub zerfallen.»

Sie stieß behutsam mit der Fußspitze gegen das Brett, an dem noch ein metallenes Schild mit der Aufschrift ‹Betreten verboten – Unfallgefahr› an einem letzten Nagel hing. Die altmodische Schrift und die aufgeplatzte, vor Rost blasige Farbe zeugten von ehrwürdigem Alter.

Frau Möller fand, dass das eine gute Idee sei, und machte sich auf die Suche nach dem Gärtner, der zweifellos ein passendes Brett samt Hammer und extragroßen Nägeln habe. Sie fand Viktor Alting in dem kleinen Gewächshaus hinter dem Gemüsegarten, und er versprach, sofort ein passendes Brett zu holen. Als sie zum Backhaus zurückkehrte, stand die Tür offen, und Jessi war verschwunden. Sie hätte es wissen müssen. Niemand, der sechzehn und mit einer auch nur durchschnittlichen Neugier gesegnet war, könnte dieser Versuchung widerstehen. Auch niemand, der sechsundsechzig war.

«Jessi?», rief sie. «Bist du da drin?» Sie schob die Tür weiter auf, die Angeln leisteten trotz ihres Rostes wenig Widerstand, trat in den dämmerigen Raum und hielt erschreckt den Atem an. Was ihre Augen im ersten Moment für einen Haufen alter Lumpen gehalten hatten, war Jessi. Sie lag zusammengekrümmt in der Mitte des Raumes, und nur wenige Zentimeter neben ihr gähnte ein schwarzes Loch.

Der Wetterbericht hatte ein Islandtief angekündigt und nicht zu viel versprochen. Die Äbtissin schlug den Mantelkragen hoch und rieb fröstelnd die Hände gegeneinander. Bevor sie in die Wärme des Antiquitätenladens flüchtete, warf sie rasch einen Blick in das Schaufenster. Sie hatte sich zu lange Zeit gelassen, der alte Messingleuchter, genau so einer, wie ihn Verena sich wünschte, war nicht mehr da. An seiner Stelle stand nun ein mächtiger Hirsch, mindestens ein Sechzehnender, und reckte sein Geweih zwei grimmigen Jagdhunden entgegen. Die düstere Bronze wurde von einem Lampenschirm aus Wachspapier gekrönt, der nicht mehr ganz gerade auf seinem einem Baumstamm nachempfundenen Fuß klemmte. Ein Kunstwerk von eindrucksvoller Hässlichkeit und gewiss kein Geschenk für ihre Tochter. Sicher würde das gute Stück bald einen angemessenen Platz auf einem Büfett unter den von der Jagdleidenschaft seines Besitzers zeugenden Trophäen finden. Kandidaten gab es genug: Wer etwas war in Möldenburg, erst recht, wer hier etwas werden wollte, war auch Mitglied im Jagdverein. Das war förderlich für die Reputation und für die Geschäfte – dagegen wog die Gefahr, mit einem solchen Monstrum beglückt zu werden, leicht.

Die Ladentür öffnete sich mit scheppernden Klingeln zu einem schummerigen Raum, der genau das Sammelsurium beherbergte, das sie erwartet hatte: englische ‹Stilmöbel›, Bauernschränke, einige Stühle mit geflochtenem Sitz und geschnitzter Lehne, ländliches Hausgerät vom Butterfass über Sichel und Flegel bis zu den obligatorischen Steinguttöpfen, einen Weidenkorb voller Kunstblumen, einige Stapel alter Leinenwäsche, an den Wänden Bilder in schweren Rahmen. Auch die Vitrine mit Modeschmuck und Geschirr mit Blumen- und Jagdmotiven als Lockmittel für weniger betuchte Kundinnen fehlte nicht. Aus dem Rahmen des Üblichen fiel nur eine in bunten Pastelltönen bemalte Marienfigur, die ziemlich neu aussah und eher in einen der zahllosen Souvenirläden in Assisi oder Rom gepasst hätte als ins durch und durch protestantische Möldenburg. Immerhin wirkte ihr Lächeln weniger entrückt als verschmitzt.

Trotzdem, es roch nach Möbelpolitur, Staub und Bienenwachs, ein Geruch, der Felicitas Stern von jeher anzog und zum Stöbern animierte.

Früher, so nannte sie der Einfachheit halber die Zeit ihrer Kindheit und Jugend, hätte ein Antiquitätenladen in Möldenburg keine Chance gehabt, alte Möbel standen sowieso in jedem Haus. In jenen Jahren beherbergte der Laden einen Uhrmacher, und obwohl ihr der damals schon steinalt erschienen war, war sie irritiert, als statt des Alten mit dem eisgrauen Bürstenhaarschnitt ein sonnenbankgebräunter Mann von etwa vierzig Jahren aus dem Hinterzimmer trat und mit beflissenem Lächeln seine Goldrandbrille zurechtrückte.

«Frau Äbtissin», begrüßte er sie mit einer dezenten Verbeugung. «Wollen Sie sich einfach nur umsehen, oder kann ich mit etwas Bestimmtem helfen. Mein Angebot kann natürlich nicht im Mindesten mit den Kostbarkeiten konkurrieren, die Sie im Kloster umgeben; dagegen unsere Madonna hier … nun ja, kein geniales Kunstwerk, aber doch hübsch, der Faltenwurf, das beseelte Lächeln … Es gibt immer wieder Kunden, die so etwas mögen.»

Er räusperte sich, machte einen breiten Mund, und während er ein silbernes Salznäpfchen zurechtschob, blickte er sie erwartungsvoll an.

Dass er wusste, wer sie war, obwohl sie den Laden nie zuvor betreten hatte und auch seinem Besitzer nie begegnet war, erstaunte sie nicht. Sie hatte sich daran gewöhnt, dass ihr Gesicht in Möldenburg so bekannt war wie das Heppmann-Denkmal im Stadtpark.

Sie hatte Glück, der Messingleuchter – ‹Wirklich ein besonders schönes Stück, spätes 18. Jahrhundert, garantiert, bekommt man heute kaum noch, und dann in dieser Qualität!› – war doch nicht verkauft. Er stand zwischen Kästen mit altem Silberbesteck und einer Beethoven-Büste auf einem Marmortischchen. Just als Felicitas den kleinen Schieber prüfte, mit dem sich die Kerze herauf- und herunterfahren ließ, klingelte das Telefon, und der Antiquitätenhändler ließ sie mit dem Leuchter allein.

«Feldmann», hörte sie ihn, «Kunst und Antiquitäten. Womit kann ich dienen?»

Dann sagte er nur noch so etwas wie «Hm» oder «Nein, noch nicht». Seine Stimme wurde zum Flüstern, und in Felicitas erwachte ein jähes Interesse an dem Stillleben im schweren goldenen Rahmen gleich neben der Tür zum Hinterzimmer. Das Belauschen fremder Telefonate zählte sie nicht unbedingt zu den damenhaften Tugenden, doch wo so offensichtlich geflüstert wurde ...

Leider war es unergiebig. Feldmann erzählte nur irgendeinem ungeduldigen Kunden, dass, was immer der erwartete, noch nicht eingetroffen sei. Er bat um Geduld, versicherte Diskretion, murmelte noch etwas, das wie ‹Kundschaft› und ‹Besser abends› klang, und legte auf.

Vielleicht, überlegte sie und trat an den Tisch mit dem Leuchter zurück, war es gar kein Kunde gewesen, sondern eine misslaunige Erbtante, die dringend seinen Besuch anmahnte. Oder sein Bankberater, der an eine überfällige Kredittilgung erinnerte.

«Ich bitte um Entschuldigung, Frau Äbtissin.»

Feldmann tupfte mit einem Papiertuch seine Oberlippe und griff vergeblich nach seiner Brille, die gar nicht mehr auf seiner Nase saß, sondern in der Brusttasche seines Jacketts steckte. Sein Parfüm, vorhin nicht mehr als ein zarter zitroniger Duft, umgab ihn wie eine klebrige Wolke.

«Mein Onkel», erklärte er. «Ein netter alter Herr, er vergisst nur gern, dass ich tagsüber zu beschäftigt bin, um zu plaudern. Aber wie meine Frau immer sagt: Wir werden alle mal alt, nicht? Der Leuchter», fuhr er übergangslos fort, «ja. Wie ich schon sagte, ein schönes Stück von bleibendem Wert. Und dabei gar nicht protzig, Ihre Wahl zeugt von Geschmack, gnädige Frau, unbedingt. Wenn ich noch etwas empfehlen dürfte: Dazu passt ...»

Sein Redefluss versiegte schlagartig, als Felicitas ihr Portemonnaie aus der Tasche zog, und sein Gesicht verriet Erleichterung. Der Leuchter verschwand mit einer Visitenkarte des Ladens in einer Tüte mit dem Aufdruck ‹Kunst & Antiquitäten? Hajo Feldmann erfüllt Ihre Wünsche›, und noch bevor Felicitas den Laden verlassen und die Tür ins Schloss gezogen hatte, verschwand er wieder in seinem Hinterzimmer. Die Versuchung, die Tür noch einmal zu öffnen und den Händler aus reinem Vergnügen mit dem aufdringlichen Gebimmel seiner Türglocke in den Laden zurückzuscheuchen, war groß.

Die kalte Frühlingsluft schlug ihr unwirsch entgegen, doch sie atmete tief durch. Hajo Feldmann mochte ein Spezialist in seinem Fach sein, ein zuverlässiger Mann, der seine Kunden nie übervorteilte – das war es, was Felicitas von ihm gehört hatte –, ein angenehmer Mann war er nicht. ‹Intolerant›, dachte sie, ‹du wirst intolerant.› Sie wickelte sich den Seidenschal fest um den Hals, schloss den obersten Mantelknopf und blickte streng ihr Spiegelbild im Schaufenster an. ‹Oder zickig›, überlegte sie weiter. Zuerst bereitete ihr die arme Benedikte Unbehagen, nun der duftende Feldmann. Und sie vergaß Namen! Vielleicht sollte sie endlich anfangen, Sport zu treiben. Oder ein bisschen Yoga. Angeblich gab es nichts Besseres gegen beginnenden Altersstarrsinn und ähnlich unerfreuliche Erscheinungen.

Gerade als sie beschloss, dass der Sport noch ein bisschen Zeit habe und für den Moment eine kleine Sünde, nämlich eine Zigarette und ein Cappuccino, viel angenehmer wäre, hörte sie Bremsen quietschen und gleich darauf ihren Namen rufen.

Ein gelber Polo hielt mitten auf der Straße (die breite dunkelgrüne Schramme quer über der linken Seite zeugte von einer heftige Begegnung mit dem Papiercontainer am Bahnhof), und Margit Keller sprang heraus. Ihr Haar, schon an friedlichen Tagen ein karottenroter Dschungel, sah aus wie nach einem Hurrikan.

«Frau Äbtissin», rief sie atemlos, «warum haben Sie Ihr Handy nicht an?! Wir suchen Sie überall, Sie müssen sofort kommen, es ist was passiert. So kommen Sie doch endlich!!»

Die Klostersekretärin sprang zurück in den Wagen und stieß heftig die Beifahrertür auf. Sie war berüchtigt für ihre stets atemlose Rede, dass sie dazu auch einen Verkehrsstau verursachte, war neu. Schon erklangen die ersten Huptöne, und Felicitas, schwankend zwischen Ärger und Amüsement, verschob die Überlegung, welchen wichtigen Termin oder Besucher sie vergessen haben könnte, auf später.

Als der Wagen mit aufheulendem Motor die Straße hinunterschoss und an der Ampel im verwegenen U-Turn wendete, verbreitete sich in Möldenburg schon das Gerücht, die Äbtissin habe nach schweren Konflikten geplant, das Kloster zu verlassen; ihre Sekretärin habe sie gerade noch daran hindern können. Mitten auf der Brunnenstraße.

Felicitas würde nie von diesem Gerücht hören, denn das, was tatsächlich geschehen war und etwa zur gleichen Zeit, vom anderen Ende der Stadt, durch die Straßen und Häuser wisperte, machte eine flüchtende Äbtissin umgehend zur Banalität, die sofort vergessen wurde.

«Oh, Gott», sagte die Äbtissin, als der Polo mit rasantem Schwung in die schmale Straße Beim Kloster einbog. «Nicht schon wieder.»

«Doch», sagte Margit Keller, «und diesmal nicht im Wald, sondern bei uns. Direkt im Kloster. Jedenfalls fast.»

Aufmerksame Zuhörer hätten womöglich Trauer, Betroffenheit und ähnlich angemessene Gefühle in der Stimme der Klostersekretärin vermisst, Felicitas war in diesem Moment nicht in der Lage, auf solcherart Feinheiten zu achten. Sie stemmte sich mit beiden Händen gegen das Airbagfach, weil Margit energisch auf die Bremse trat, um nicht mit voller Wucht in den Streifenwagen zu donnern, der gleich hinter der letzten Kurve quer stand und die Straße blockierte. Ein Polizist, der auch in seiner Uniform wie ein Konfirmand aussah, trat mit strenger Miene an den Wagen.

«Hier ist gesperrt», erklärte er. «Sie müssen zurückfahren.»

«So ein Quatsch», rief Margit. «Das ist doch die Äbtissin, du Blödmann, fahr deine Karre zur Seite und lass uns durch. Sofort.»

Alle, die Polizeischüler Klenze in seinem ersten praktischen Einsatz bisher aufgehalten hatte, waren widerspruchslos umgekehrt. Wenn es für ein solches Ereignis auch erstaunlich wenige gewesen waren, hatte das seinem noch dünnen Selbstwertgefühl einen tüchtigen Schub gegeben. In einer Kleinstadt, schloss er, bedeutete Autorität noch was, und die Leute hatten Besseres zu tun, als rumzustehen und zu gaffen.

Trotz seiner Berufswahl glaubte Klenze noch an das Gute im Menschen, vor allem aber war er fremd in der Stadt. So wie er die Äbtissin nicht kannte, wusste er auch nicht, dass es eine weitere Zufahrt an der Rückseite des Klostergeländes gab und mindestens zwei Schleichwege für Fußgänger, auf denen in der nächsten Stunde halb Möldenburg zum Kloster pilgern würde. In der Begegnung mit Margit Keller lernte er nun, dass Widerstand gegen die Staatsgewalt im Allgemeinen und gegen Straßensperren im Besonderen kein Phänomen der Großstädte ist. Die empörte Frau mit den struppigen roten Haaren und der lauten Stimme nahm ihn so sehr in Anspruch, dass er zu spät bemerkte, wie ihre Beifahrerin aus dem Wagen sprang, die Straße hinunterlief und durch die Klosterpforte verschwand.

Weil der Schlüssel sich mal wieder in den untersten Tiefen der Tasche verkrochen hatte, entschied Felicitas sich gegen den kurzen Weg durch das Kloster und lief um die Gebäude herum zum hinteren Garten. Sie hoffte immer noch, Margit habe übertrieben. Oder sich geirrt. Oder eine falsche Auskunft bekommen. Doch der Leichenwagen, der über den Parkweg heranholperte und hinter einem weiteren Streifenwagen und Dr. Hartwigs BMW hielt, sprach eine deutliche Sprache.

Diesmal hielt sie niemand auf. Der Polizist, der den Zugang zum Garten bewachte, nickte ihr zu und hob respektvoll das quer über den Weg und im weiten Bogen von Baum zu Baum, um den Teich und das Backhaus gespannte rot-weiße Trassierband an, damit sie darunter hindurchschlüpfen konnte.

Um das kleine alte Gemäuer, eindeutig das Zentrum des Geschehens, herrschte eine dumpfe, vom Gurren einer Ringeltaube begleitete Ruhe. Einige Polizisten und auch Männer und Jungen in Zivil kümmerten sich um die Absperrung und hielten die ersten Schaulustigen in Schach. Hilda Bettermann, erst seit einem guten Jahr Mitglied des Konvents, eilte über den Hof und verschwand durch die Tür zum Kreuzgang, als sich eine junge Polizistin aus der kleinen Gruppe der Uniformierten löste und Felicitas entgegenkam.

«Frau Sabowsky», Felicitas war froh, ein vertrautes Gesicht zu entdecken, «ist es tatsächlich Herr Jolnow? Und ist er wirklich tot? Ohne jeden Zweifel?»

«Ja, Frau Äbtissin, Hans Jolnow, ohne jeden Zweifel. Er ist schon in der vergangenen Nacht gestorben.» Über die Ursache gebe es noch keine gesicherten Erkenntnisse.

«Und wo ist die Priorin?», fragte Felicitas. «Geht es ihr gut? Und Jessica?»

«Es geht beiden gut, Frau Äbtissin, wirklich. Die Eltern des Mädchens sind verständigt, sie müssen gleich eintreffen, jedenfalls der Vater. Frau Eisner hat heute einen auswärtigen Termin und ist noch unterwegs. Beruflich, mit ihrem Chef. Wenn Sie wollen, bringe ich Sie gleich zu Frau Möller, sie ist mit Jessica im Holzschuppen, sie hat abgelehnt ...» ‹in ihre Wohnung zu gehen und sich auszuruhen›, wollte Birgit Sabowsky fortfahren, doch die Äbtissin lief schon an ihr vorbei.

Die breite Doppeltür der ehemaligen Remise stand weit offen, Elisabeth Möller und Jessi saßen im einfallenden Licht auf alten Gartenstühlen, mit Decken um den Schultern und dampfenden Teetassen in den Händen. Barbarossa, der dicke rote Kater der Priorin, saß, den buschigen Schwanz akkurat um die Vorderpfoten geringelt, zu Füßen seiner Herrin wie ein kleiner Leibwächter.

«Frau Äbtissin», sagte die Priorin, und eine dünne Träne rann ihre Wange hinab. «Frau Äbtissin.» Mehr nicht.

«Sie hat mir gesagt, dass ich da nicht reingehen soll», platzte Jessi heraus. «Das hat sie mir gesagt, aber das Brett fiel einfach von der Tür, und ich wollte nur mal sehen, wie es da drinnen aussieht. Dann ist mir so komisch geworden. Ich wollte wirklich nicht ...»

«Es ist gut, Jessi.» Elisabeth Möller wischte sich über die Wange und legte ihre Hand auf Jessis Arm. «Du kannst doch nichts dafür. Ich hätte auch hineingesehen, bevor die Tür wieder zugenagelt wurde, ganz bestimmt. Und glaub mir, ich wünschte sehr, ich hätte es vor dir getan.»

Felicitas blickte auf das ungleiche, nah beieinander hockende Trio hinunter, die starr geradeaus blickende Katze, die mollige Frau mit dem grauen, das dünne Mädchen mit dem bunten Haar, und sie wurde ruhiger. Sie zog einen Stuhl heran, wie die beiden anderen ein wackeliges Ding, das darauf wartete, verbrannt zu werden, und setzte sich.

«Dein Vater kommt gleich, Jessica», sagte sie, «am besten steckt er dich sofort ins Bett. Hat die Polizei schon mit Ihnen beiden gesprochen?», wandte sie sich an die Priorin.

«Nur kurz. Dr. Hartwig hat gesagt, sie sollen Jessie erst mal in Ruhe lassen. Und auf Herrn Eisner warten. Es gibt auch nicht viel zu berichten, eigentlich.»

Sie habe mit Jessi am Kräutergarten gearbeitet und von dem alten Backhaus erzählt, und als Jessi hingegangen sei, um durch das kleine Fenster neben der Tür hineinzusehen, habe das Brett, das über die Tür genagelt gewesen war, gleich auf der Erde gelegen.

«Ich bin rasch zu Herrn Alting gegangen, damit er

kommt und es gleich wieder annagelt. Damit nichts passiert, die alte Hütte ist doch so klapperig! Wer weiß, ob nicht plötzlich das Dach einfällt, nur weil darunter jemand fest auftritt. Als ich zurückkam, es kann wirklich nur drei oder vier Minuten gedauert haben, habe ich Jessi gefunden.»

Das Mädchen lag auf dem Boden, es reagierte nicht, als die Priorin ihren Namen rief. Da erst, ihre Augen brauchten einen Moment, um sich an das schummerige Licht zu gewöhnen, sah sie, dass die Holzklappe, die den alten Brunnenschacht verschloss, offen stand.

«Ich habe zuerst gar nicht darauf geachtet, ich musste mich doch um Jessi kümmern. Die lag auf dem Boden, direkt neben dem Schacht, und war ohnmächtig. Sie kam aber gleich wieder zu sich, schon als ich das zweite Mal ihren Namen rief, hat sie die Augen aufgemacht. Ich habe – na ja, das kann ich Ihnen auch später noch berichten, Frau Äbtissin.»

«Sie können das ruhig jetzt erzählen.» Jessi stellte ihren Teebecher auf den Boden, schob heftig eine blaue Haarfranse hinter das rechte Ohr. «Schließlich bin ich dabei gewesen. Außerdem ist es besser, über solche Sachen zu reden. Erwachsene denken immer, man muss Kindern was verschweigen. Selbst wenn die Kinder längst keine mehr sind.»

«Da hat Jessica Recht.» Felicitas rieb sich die Nase, um ein unangebrachtes Lächeln zu verbergen. «So etwas Ähnliches hat meine Tochter mir auch mal erklärt, und sie ist doppelt so alt wie du. Also, Frau Möller, Sie haben es gehört. Reden Sie weiter.»

«Bist du sicher, Jessi? Na gut, also, ich hab mich neben dich gekniet, und da habe ich ihn erst gesehen, es ist dort ja so schummerig. Er lag oder besser, er hockte in diesem Schacht, tatsächlich sah es aus, als sitze er da drin, und der eine Arm, ich glaube, es war der linke, das ist ja jetzt egal, jedenfalls der eine Arm war halb ausgestreckt, die Hand reichte an den Rand. Als ob er versucht hat, sich wieder hochzuziehen. Zuerst dachte ich, er ist auch ohnmächtig, dann habe ich seine Hand angefasst. Ich dachte, ich kann ihn rausziehen, was natürlich sehr unvernünftig war.» Sie atmete schwer, bevor sie mit dünner Stimme fortfuhr. «Die Hand war ganz kalt und steif.» Sie zog ein Taschentuch aus dem Ärmel ihres Pullovers und schnäuzte sich heftig. «Er muss in den Schacht gefallen sein und sich verletzt haben. Oder sein Herz hat ... Vielleicht hat er sich so erschreckt, als er in den Brunnen gerutscht ist. Oder ihm war nicht gut, und er ist deshalb hineingefallen. Was hat er da nur gemacht, Frau Äbtissin? Was wollte er in dieser Ruine? Dr. Hartwig sagt, dass es schon gestern Abend passiert sein muss. Oder in der Nacht. Da war es doch stockdunkel, selbst wenn er eine Taschenlampe hatte. Es ist müßig», murmelte sie nach einer kleinen Atempause und schloss die Hände fest um ihren Becher, «wir werden es nicht mehr erfahren. Herr Alting», berichtete sie mit wieder fester Stimme weiter, «war gleich da. Er hat Jessi rausgebracht, dann wollten wir Herrn Jolnow aus dem Schacht ziehen. Aber es ging nicht, er war ganz steif Da hat Herr Alting gesagt, er ruft erst mal Dr. Hartwig an, und der hat gleich die Polizei verständigt.»

Mit raschen Schritten kam Jessis Vater über den Hof und stürmte in den Schuppen.

«Herr Eisner», Felicitas schob ihren Stuhl zurück und erhob sich, «es tut mir so Leid.»

Er beachtete sie nicht. Er umarmte seine Tochter, zog sie von ihrem Stuhl hoch und führte sie, immer noch einen Arm fest um ihre Schultern, aus dem Schuppen. Der Blick, den er der Äbtissin zuwarf, zeigte, dass jedes weitere Wort unnütz war.

«Warte, Papa.» Jessi wand sich behutsam aus seinen Armen und drehte sich zu den beiden Frauen im Schuppen um. Eine fahle Sonne kroch durch die Wolken und machte ihr Gesicht noch bleicher.

«Frau Äbtissin», sagte sie und sah Felicitas scheu an, «darf ich wieder kommen? Trotzdem?»

«Wenn du das möchtest, Jessi, natürlich», sagte Felicitas, und Roland Eisner rief: «Auf gar keinen Fall!»

«Am besten», befand Felicitas, «reden wir in einigen Tagen darüber. Wenn sich alles ein wenig beruhigt hat. Finden Sie nicht auch, Herr Eisner?»

Roland Eisner fühlte die Hand seiner Tochter auf seinem Arm, sah in ihr erschrecktes Kindergesicht und schluckte seine scharfe Antwort hinunter.

«Sicher», sagte er, «in einigen Tagen», fest entschlossen, seine Tochter nie wieder in dieses Kloster zu lassen, von dem er geglaubt hatte, dass sie nirgends vor den Gefahren der Welt sicherer sein würde.

Felicitas blickte Vater und Tochter nach, wie sie, eng aneinander gedrängt, hinter der Weißdornhecke verschwanden. Es sah aus, als stütze das zierliche Mädchen den großen kräftigen Mann.

«Ich hätte besser aufpassen müssen», hörte sie leise die Priorin, die neben sie vor den Schuppen getreten war. «Ich werde mir das nie verzeihen.»

«Das ist doch Unsinn.» Felicitas' Stimme klang schroffer, als sie beabsichtigt hatte. «Entschuldigen Sie, Möllerin, ich wollte nicht unfreundlich sein. Sie wissen, dass das Unsinn ist. Jessi ist sechzehn, man muss sie nicht ständig an der Hand halten. Und wer konnte ahnen, dass sie auf ihrer kleinen Entdeckungstour einen Toten finden würde. Und auch noch ohnmächtig werden. Sicher hat sie nie zuvor eine Leiche gesehen, und dann in dieser gruseligen Szenerie.»

Felicitas starrte zu dem Backhaus hinüber. Die Zahl der

Schaulustigen, die sich an der Absperrung drängten, hatte sich inzwischen vervielfacht, Blitzlichter zuckten durch den trüben Tag, die Möldenburger schossen Erinnerungsfotos fürs Familienalbum. Von den Bewohnerinnen des Klosters war keine zu entdecken. Felicitas widerstand dem Impuls, zu den Fenstern hinaufzusehen.

Ein Motor sprang an, und Dr. Hartwigs Wagen schob sich langsam hinter dem Backhaus hervor, holperte über den Rasen um den Leichenwagen herum und rollte im Schritttempo den Weg hinunter, der von der Rückseite des Klosters zur Straße führte. Sie hätte gerne noch mit ihm gesprochen.

«Ja», stimmte die Priorin ihr zu, «da drinnen ist es gruselig. Düster und dumpf, voller Spinnweben und dann der offene Brunnenschacht, dieses schwarze Loch. Es ist trotzdem seltsam.»

«Seltsam? Dass die Tür nicht mehr gesichert war?»

«Das weniger, das Brett wurde sicher vor Ewigkeiten über den Rahmen genagelt, da fällt so ein altes Ding schon mal runter. Nein, ich meine Jessis Ohnmacht.»

«Die finden Sie seltsam? Das zeigt doch nur, dass in ihrer harschen Schale ein butterweicher Kern steckt.»

«Hmm.» Die Priorin beugte sich zu Barbarossa hinunter, der, leise maunzend Beachtung einfordernd, an ihren Beinen lehnte, und strich ihm flüchtig über den Kopf. «Seltsam finde ich», sagte sie schließlich und zog die Decke fröstelnd um ihre Schultern, «dass sie überhaupt ohnmächtig geworden ist, sie hat den armen Herrn Jolnow nämlich gar nicht gesehen. Das sagte sie jedenfalls. Darüber bin ich natürlich sehr froh, aber eine gesunde Sechzehnjährige fällt doch nicht einfach so in Ohnmacht. Nur wegen ein paar alter Spinnweben! Na ja, ihre Eltern werden vernünftig genug sein, sie von Dr. Hartwig untersuchen zu lassen.»

«Bestimmt. Ich finde viel seltsamer, dass Herr Jolnow in dem Backhaus war. Was kann er dort gewollt haben? Im Dunkeln?»

Die Priorin sah schweigend ihrem Kater zu, der sich inbrünstig den roten Pelz putzte. «Ja, wenn ich das wüsste», sagte sie. «Er hat sich für das Backhaus interessiert, das weiß ich. Als er erfuhr, dass es restauriert werden soll, hat er nach alten Klosterplänen und Abbildungen gefragt. Er wollte wissen, wie das Gebäude früher ausgesehen und sich in die Klosteranlage eingefügt hat. Aber das wollte ich auch, das war doch nichts Ungewöhnliches.»

«Haben Sie welche gefunden? Ich dachte, die alten Pläne sind bei der Baufirma in Lüneburg.»

«Ja, und es gibt nur die. Sie müssen bald zurückkommen, das Kopieren kann nicht lange dauern. Dann wollten wir sie uns ansehen. Brauchen Sie mich noch, Frau Äbtissin? Barbarossa hat Hunger, und ich möchte mich ein wenig ausruhen.»

«Das hätten Sie längst tun sollen. Warum sind Sie nicht mit Jessi hineingegangen? Hier draußen ist es ziemlich kalt.»

«Sie wollte nicht. ‹Auf gar keinen Fall›, hat sie gesagt. Fragen Sie mich nicht, warum? Ich habe keine Ahnung. Ihre Unterlippe hat dabei so gezittert, dass ich lieber nicht versucht habe, sie zu überreden. Frau Bettermann hat uns Tee und die Decken gebracht, so war es warm genug. Komm, Barbarossa.» Sie bückte sich steif zu ihrem Kater hinunter, hob ihn hoch und drückte ihn zärtlich an die Brust. Ohne ein weiteres Wort ging sie davon und stapfte quer durch die aufgewühlte Erde der zukünftigen Kräuterbeete und über den Hof zur Tür des Wohnflügels.

Elisabeth Möller war eine stets rege, zumeist heitere Frau. Sie besaß die Gabe, sich an kleinen Dingen zu freuen, die andere übersahen, war immer bereit, ihr Herz zu öffnen und war doch niemals aufdringlich. Ihr rundes Gesicht strahlte eine Zuversicht und Wärme aus, die selbst eine lange unerfreuliche Ehe und deren abruptes Ende nicht erstickt hatten. Doch wie sie nun, die Decke immer noch um die Schultern, den grauen Kopf tief über das rote Fell des Katers geneigt, über den Hof ging, hatte Felicitas das Gefühl, die um etliche Jahre Ältere beschützen zu müssen. Nun erst fiel ihr auf, dass sie die Priorin oft hatte lachen hören, wenn sie mit Jolnow im Archiv arbeitete, wenn die beiden im Garten standen, gemeinsam über irgendein Unkraut oder erste Knospen gebeugt. Und endlich fühlte auch Felicitas Trauer um den Tod des kleinen Mannes, dessen Namen sie ständig vergessen hatte.

Immer noch wanderten Schaulustige über die hintere Zufahrt oder quer durchs Gebüsch des Parks zum Kloster, blieben mit gereckten Hälsen an der Trassierband-Sperre stehen, starrten zum Backhaus hinüber, redeten und diskutierten, immer noch zückten Neuankömmlinge ihre Kameras, hielten sie die auf, die sich schon wieder auf den Heimweg machten, um nach der großen Neuigkeit zu fragen. Immer noch hinderten die Sperren der Polizei die Gaffer daran, das Klostergelände zu betreten. Und immer noch stand hinter den beiden Streifenwagen der schwarze Caravan des Bestatters.

Die nächsten Tage würden turbulent werden, Felicitas beschloss, zumindest für heute ihr privates Telefon auszustöpseln. Sie hatte keinerlei Erfahrung in dem offiziellen Prozedere, wenn ein Toter unter so befremdlichen Umständen gefunden wurde, dennoch erschien es ihr seltsam, dass der Leichnam nicht einfach in den Leichenwagen gepackt und weggefahren wurde.

Polizeiobermeisterin Sabowsky lehnte am Heck eines der Streifenwagen und sprach leise und konzentriert, die

Menge hinter der Absperrung gleichwohl fest im Blick, in ihr Handy. Als sie es in ihre Jackentasche steckte, räusperte sich Felicitas, und die Polizistin fuhr herum.

«Ach, Sie sind es, Frau Äbtissin. Ich dachte, es ist wieder dieser Mensch von der *Lüneburger Landeszeitung*. Der soll sich gefälligst an unseren Pressesprecher wenden, so wie es üblich ist.»

Birgit Sabowsky sah müde aus, was bei ihr so viel hieß wie grimmig. Tatsächlich sah sie oft grimmig aus, auch wenn sie gut geschlafen und nicht wie in der vergangenen Nacht zwei Einsätze gehabt hatte. Zuerst wegen einer Schlägerei mit ziemlich blutigem Ausgang in der *Heideklause*, einem stets nach schalem Bier und Pommes frites stinkenden Treffpunkt des unerfreulicheren Teils der Möldenburger Jugend, bei dem sich die einander verprügelnden Parteien sofort gegen den gemeinsamen Feind verbündet hatten, als die vom Wirt zu Hilfe gerufenen Polizisten aufgetaucht waren. Der zweite Einsatz in den frühen Morgenstunden, ein Zusammenstoß zwischen einem Rehbock und einem Pick-up, war nicht erfreulicher gewesen. Das verletzte Tier musste erschossen, der stark alkoholisierte Fahrer trotz heftiger Gegenwehr in einen Krankenwagen verfrachtet werden. Beides hatte kaum vom friedvollen Leben auf dem Lande gezeugt.

«Wissen Sie schon, woran er gestorben ist? War es ein Herzinfarkt?», fragte Felicitas.

Die Polizeiobermeisterin blätterte in ihrem Notizbuch, als stehe darin die Antwort, und sagte: «Wäre möglich. Dr. Hartwig hat da so seine Vermutungen. So was dauert immer», fügte sie hastig hinzu und blickte die Äbtissin endlich an. «Wir müssen das Backhaus noch ein paar Stunden abgesperrt halten. Ich hoffe, das stört Sie nicht. Wir wollen uns hier noch ein bisschen umgucken. Reine Routine», beantwortete sie den fragenden Blick der Äbtissin rasch. «Der Tote hat in Ihrem Archiv gearbeitet. Kannten Sie ihn gut?»

Felicitas neigte abwägend den Kopf. «Eigentlich kannte ich ihn nur flüchtig. Er kam erst seit einigen Wochen zu uns. Die Priorin hat mit ihm gearbeitet, Frau Möller. Sie kannte ihn sehr viel besser, aber mit ihr haben Sie ja schon gesprochen. Ich wäre Ihnen dankbar, wenn Sie ihr jetzt ein paar Stunden Ruhe gönnten. Sie ist wirklich erschüttert über den Tod von Herrn Jolnow, und was er im Backhaus gemacht hat, weiß sie auch nicht. Er hat sich für alles Alte interessiert. Das Backhaus soll bald restauriert werden, vielleicht wollte er es sich vorher noch mal ansehen? Obwohl, mitten in der Nacht?»

«Vielleicht», sagte Sabowsky und holte wieder ihr Handy aus der Tasche. Felicitas begriff, dass sie hier nicht mehr erfahren würde, und machte sich auf die Suche nach dem Gärtner. Sie wollte Viktor Alting für die Unterstützung der Priorin danken. Und vielleicht doch noch das eine oder andere neue Detail über den Fund im Backhaus hören.

Jessi blieb in der Badewanne, bis ihre Fingerspitzen schrumpelig wie ein Bratapfel aussahen und sich anfühlten wie zu lange gekochte Vollkornnudeln. Immer wieder ließ sie heißes Wasser nachlaufen, obwohl sie längst nicht mehr fror. Das Badezimmer war der einzige Ort, wo sie vor ihrem Vater sicher war, vor seiner Empörung, die sie nicht verstand, vor seinen Reden von ‹traumtänzerischen Klostertrinen›, von der Verantwortungslosigkeit, so ein altes Gemäuer nicht richtig zu verbarrikadieren und zu sichern. Von dem Ende ihres Arbeitseinsatzes. Sie wusste, dass er Unrecht hatte, und wollte das alles nicht hören, aber ihr fehlte die Kraft zu widersprechen. ‹Schließ die Tür nicht ab›, hatte er gesagt, ‹falls du wieder ohnmächtig wirst.›

Alle dachten, sie sei wegen des Toten im Backhaus völlig fertig. Das stimmte nicht. Sie hatte den Mann im Schacht kaum gekannt. Und sie hatte ihn gar nicht gesehen, als sie die Tür geöffnet und sich in das Häuschen geschoben hatte. Da war noch etwas anderes gewesen, und dass sie plötzlich auf dem Boden lag, aus irgendeiner Ferne ihren Namen rufen hörte, endlich das erschreckte Gesicht der Priorin über sich sah – all das konnte sie sich nicht erklären. Jedenfalls nicht wirklich. Da war etwas anderes gewesen, und auch wenn sie ahnte, was, wollte sie es nicht wissen. Es war viel zu verrückt.

Trotzdem hätte sie gerne jemandem davon erzählt, aber wem? Ihrem Vater? Früher, als sie noch klein genug gewesen war, um auf seinem Schoß zu sitzen, hatte sie ihm alles erzählt, besonders abends, wenn sie mal wieder Angst vor den Monstern unter ihrem Bett hatte. Nun ging das nicht mehr. Er würde gleich wieder diesen Ausdruck in den Augen haben, diese Mischung aus Zorn, Angst und Vorwurf, würde wieder argwöhnen, dass sie Drogen genommen hätte. Was dachte er denn von ihr? Dass sie schwachsinnig war? Nur weil sie einmal mit den anderen Sprayern ein bisschen Gras geraucht hatte? Einmal nur, und es hatte weder besonders geschmeckt noch den ultimativen Kick gegeben. Mochte ja sein, dass es bei den Jungs die Phantasie anregte, sie hatte sich nur fahrig gefühlt. Und allein. Vor allem allein. Die anderen waren ihr plötzlich weit weg erschienen, obwohl sie neben ihr saßen.

Sie sah auf ihre Hände, und als ihr das Wort ‹Leichenfinger› durch den Kopf schoss, zog sie hastig den Stöpsel heraus. Sie wickelte sich ein Handtuch um das nasse Haar, schlüpfte in Inas Bademantel und betrachtete sich im Spiegel. Ihr Gesicht war von der Hitze des Wassers gerötet, sonst sah es aus wie immer. Das würde helfen.

Das Gluckern des ablaufenden Wassers klang in ihren Ohren wie ein Wildbach, keine Chance, unbemerkt die Treppe hinauf und in ihr Zimmer zu flitzen.

Fast hätte sie es geschafft. Er kam erst, als sie schon unter die Decke kroch, setzte sich auf die Bettkante, nahm ihre Hand, und weil er nicht wusste, was er sonst sagen könnte, begann er wieder zu versprechen, dass er ‹was unternehmen› werde, sich schon überlege, ob man diese Damen nicht verklagen sollte, und garantiert werde sich ein viel besserer Platz für ihre Arbeitsauflagen finden, im Ruderclub zum Beispiel, das mache auch mehr Spaß und ... Da kam auch noch Ina herein und Jessi schloss erschöpft die Augen.

Ina stellte ein kleines Tablett auf Jessis Nachttisch, und anstatt die Beschuldigungen ihres Mannes zu unterstützen, legte sie ihm fest die Hand auf die Schulter, und Jessi hörte sie sagen: «Es ist genug für heute, Roland. Sie braucht jetzt Ruhe, alles andere wird sich morgen finden.»

«Ruhe, klar.» Seine Stimme klang erleichtert. «Schlaf ein bisschen, mein Schatz. Aber morgen ...»

«Roland!» Energisch schob Ina ihren Mann in den Flur.

An der Tür drehte sie sich noch einmal um. Sie war blass, und ihr Lächeln wirkte angestrengt.

«Stört es dich, wenn ich die Tür einen Spaltbreit offen lasse?», fragte sie. «Es würde deinen Vater beruhigen», fügte sie rasch hinzu, «so kann er es besser hören, falls du rufst. Oder womöglich Albträume hast. Du weißt doch, wie Väter sind.»

«Klar», murmelte Jessi, dann lauschte sie den Schritten auf der Treppe nach, den leiser werdenden Stimmen. Woher wusste Ina nur, dass sie die geschlossene Tür heute nur schwer ausgehalten hätte?

Sie lehnte sich in die Kissen zurück und schloss wieder die Augen. Aber sie konnte nicht schlafen. Wie wenn man im Computer das Suchprogramm aktivierte, um ein bestimmtes Wort, einen bestimmten Absatz zu suchen, suchte etwas in ihrem Kopf, nach Bildern, die sie nicht kannte. Doch da war nur Nebel. Und mittendrin dieses schwarze Loch.

Als sie das kleine Notizbuch aus der Schublade zog, entdeckte sie, was Ina auf ihren Nachttisch gestellt hatte: einen Teller mit ihren ganz und gar ungesunden Lieblingskeksen und einen Becher Kakao. Er schmeckte süß und herb zugleich und ein bisschen nach Vanille. Da endlich weinte sie, ein wenig nur, und zum Glück kam niemand, um sie dabei mit Elternfragen zu stören.

KAPITEL 3

Das Käuzchen schwieg in dieser Nacht. Bedauernd schloss Felicitas das Fenster, der dumpfe Ruf des großen Vogels setzte der Atmosphäre um das Kloster und den nächtlichen Stadtpark, der in seinem hinteren Teil eher einem gepflegten Wald glich, erst das i-Tüpfelchen auf. Sie legte sich auf das Sofa, stopfte sich zwei Kissen in den Rücken und griff nach dem Weinglas. Wie immer, wenn der Tag zu Ende ging, lauschte sie auf die Geräusche des Hauses und seiner Umgebung. Heute war es besonders ruhig. Sie hörte nur einige leise Schritte auf alten Dielen; von der Mühlbachstraße klang das gedämpfte Motorengeräusch eines vorbeifahrenden Autos herüber – sonst nichts. Seit Alting die Krone der alten Kastanie ausgelichtet hatte, kratzten auch keine Äste mehr an den Scheiben. Ein Violinkonzert wäre jetzt nicht schlecht, ganz leise nur, aber sie war zu faul, um aufzustehen und eine CD einzulegen.

Hans Jolnow war also tot. Der arme alte Mann. Es war kein schöner Tod, ganz allein in der Nacht in einem baufälligen Gemäuer vom Herzinfarkt ereilt zu werden. Vielleicht war ihm auch nur schwindelig geworden, er war in den Schacht gerutscht, hatte sich den Kopf angeschlagen und war dann vor Schreck gestorben.

Plötzlich fröstelnd, breitete sie eine Decke über ihre Beine und hielt ihr Glas gegen das Licht der Lampe. Sie liebte dieses dunkel leuchtende Rot, allein sein Anblick wärmte schon und nahm der inneren Finsternis das Bedrohliche. Es war nicht der Tod des Archivars, der sie plötzlich bedrückte. Es waren die Erinnerungen, die er lebendig werden ließ. Bei jedem Sterben, das ihr begegnete, kehrte die Erinnerung an ihren größten Verlust zurück. Lorenz' Tod lag schon viele Jahre zurück, der Schmerz hatte nachgelassen, mit jedem Jahr ein wenig mehr, aber er wurde nicht stumpf.

Dass das Telefon jetzt noch klingelte, war stark; es war viertel nach zehn, für Möldenburger Verhältnisse und Gewohnheiten bedeutete das mitten in der Nacht. Der telefonische Ansturm war geringer gewesen, als sie erwartet hatte. Außer Henry, der anbot, sofort ins Kloster zu kommen, um sie wegen etwaiger Schadenersatzansprüche zu beraten, hatten nur Dotti, Mitschülerin aus sehr alten Zeiten, und ihre Cousine Astrid Mellert Fragen auf dem Anrufbeantworter hinterlassen. Dottis Stimme hatte vor Neugier nur so gezirpt, Astrid hingegen hatte einen guten Grund. Sie war Jessis Klassenlehrerin und die Sorge um ihre Schülerin echt. Wer um diese Zeit anrief, musste Wichtiges wollen – oder besonders trickreich sein.

Der Anrufbeantworter war noch eingeschaltet. Felicitas drückte auf den Knopf für den Lautsprecher, und obwohl sie die Nennung des Namens verpasst hatte, erkannte sie den Anrufer sofort.

«... dachte ich, es ist Ihnen sicher lieber, wenn Sie bei der, nun ja, bei der Fundortbegehung dabei sind. Es ist ja Klosterterrain. Allerdings ...»

Rasch hob sie ab. «Herr Hildebrandt!? Ich hatte den Anrufbeantworter an, weil es heute einige Turbulenzen in Möldenburg gab. Wie geht es Ihnen?»

«Oh. Frau Äbtissin. Danke, es geht mir gut. Ich hoffe, ich störe nicht, ich dachte, bevor ich morgen einfach über den Klosterhof laufe, melde ich mich besser an. Vielleicht wollen Sie dabei sein? Ich möchte mich sowieso mit Ihnen unterhalten, da wäre es praktisch, wenn wir uns direkt bei diesem Backhaus träfen, am Fundort. Wenn Sie überhaupt Zeit haben. Am liebsten gleich morgen früh. Um acht, wenn es Ihnen passt.»

«Natürlich passt es mir. Um diese Morgenstunde ist mein Terminkalender selten besetzt. Sie werden mächtig früh aufstehen müssen, von Lüneburg fahren Sie auch um diese Zeit sicher eine Dreiviertel ...» Endlich begriff Felicitas. «Herr Hildebrandt!? Wieso kommen *Sie* nach Möldenburg? Es geht doch um Herrn Jolnow, oder nicht? Heißt das etwa, er ist nicht an einem Herzinfarkt gestorben, sondern jemand hat ihn – ich mag es gar nicht aussprechen. In unserem Backhaus? Während wir alle nur ein paar Meter entfernt gemütlich in unseren Wohnungen gesessen haben?»

«Ja, Frau Stern, das heißt es.» Hildebrandts Stimme klang nun wieder sicher und wie zumeist ein wenig kühl, was, wie Felicitas wusste, nicht unbedingt auf seine tatsächliche Seelenlage schließen ließ. «Ich nahm an, Sie wüssten das. In der Stadt hat es sich längst herumgesprochen, ich bin sicher, auch Ihre Damen wissen Bescheid.»

«Nur ich weiß es nicht. Ich war am Nachmittag nicht mehr hier. Kurz nachdem Jessi Herrn Jolnow entdeckt hatte, habe ich noch mit Ihrer Kollegin gesprochen, Frau Sabowsky, dann musste ich ziemlich eilig weg. Ich hatte einen Termin im Kloster Mehdingen, unser monatliches Äbtissinnen-Treffen. Ich bin gerade erst zurückgekommen und habe hier niemanden mehr gesehen. Ich nehme an, Frau Möller wollte mir eine ruhige Nacht gönnen und mir von diesem Drama erst morgen berichten.»

«Tut mir Leid, wenn nun ich Ihnen die Nachtruhe vermassele. Der Mann ist eindeutig nicht freiwillig gestorben. Das tut kaum jemand wirklich, aber bei ihm wurde heftig nachgeholfen. Deshalb bin ich in Möldenburg, ich bin nämlich schon da, in der *Alten Post*, wie im letzten Jahr. Genaueres kann ich Ihnen morgen erzählen. Falls Sie es hören wollen, ich meine, eine so unerfreuliche Angelegenheit ...»

«Natürlich will ich das! Ich will immer alles genau erfahren, wissen Sie das nicht mehr?»

Daran erinnerte sich Hildebrandt, Kriminalhauptkommissar beim Zentralen Kriminaldienst Lüneburg, Kommissariat Gewaltdelikte, sehr genau. Seit dem vergangenen Herbst waren ihm nicht nur Felicitas' Resolutheit und ihr klarer Verstand, sondern auch ihre Neugier und deren nicht immer erfreuliche Folgen unvergesslich. Auch ihr Charme, was er sich jetzt aber nicht eingestand.

Als er den Hörer auflegte, schob er verdrießlich die Unterlippe vor. Was hatte er da für ein Gestotter geboten? Die Dame war Äbtissin und nicht Gottvater persönlich.

Immer noch ärgerlich, stand er auf und begann den Inhalt seiner Reisetasche in den Schrank zu leeren. Er fröstelte. Es war immer das Gleiche mit diesen Kleinstadthotels, die Zimmerheizung wurde erst angestellt, wenn der Gast wirklich einzog, meistens musste der es sogar selber tun und frieren, bis die klamme Luft sich endlich erwärmte.

Wenn er sich nicht sehr irrte, hatte er das gleiche Zimmer erwischt wie im letzten Jahr, doch wahrscheinlich sahen alle gleich aus. Trotzdem, an die idyllische Heidelandschaft mit Schafen, Sonnenuntergang und den unvermeidlichen Wacholdern, die in ziemlich buntem Öl über dem Doppelbett hing, erinnerte er sich genau. Ein scheußliches Ding, aber er hatte schon schlimmere gesehen.

Diesmal war es gar nicht so einfach gewesen, die Genehmigung für das Hotel zu bekommen. Sparmaßnahmen, hatte es geheißen, die kurze Strecke könne er doch gut fahren, und überhaupt, wer wohne schon freiwillig im Hotel, wenn es nicht gerade das *Vier Jahreszeiten* oder das *Adlon* sei.

Aber er hatte es geschafft – wenn er wollte, konnte er sehr überzeugend sein –, und nun war er nicht mehr so sicher, ob er darüber froh sein sollte. Und warum er überhaupt darauf gedrungen hatte, für die nächsten Tage nach Möldenburg überzusiedeln. Seine Wohnung in Lüneburg war auch nicht viel gemütlicher als dieses Zimmer, aber eben doch eine Wohnung. Immerhin leistete er sich inzwischen eine Putzfrau, tatsächlich seitdem er im letzten Jahr hier gewesen war und ab und zu über sein Leben nachgedacht hatte. Seitdem bemühte er sich auch wieder um den Kontakt zu seinen beiden fast erwachsenen Söhnen, die bei ihrer Mutter lebten. Es war schwierig, aber er war fest entschlossen, nicht wieder loszulassen.

Die Kollegen hatten ihm bedauernd auf die Schulter geklopft, als er den Mord in Möldenburg zugeteilt bekam und deshalb einen lange geplanten Urlaub verschieben musste. ‹Pech›, hatte er gemurmelt, froh, weil niemandem aufgefallen war, dass er ‹den Job› nur zu gerne übernommen hatte. Was sollte er allein auf Teneriffa? Dort würde er nur daran erinnert werden, dass er in wenigen Jahren in Pension ging und nicht wusste, was er dann mit sich anfangen sollte.

Er hatte leise vor sich hin gepfiffen, als er auf die Landstraße nach Möldenburg eingebogen war, was sicher nur an der anmutigen Frühlingslandschaft im Abendlicht gelegen hatte.

Er stellte sich unter die heiße Dusche, ließ den Wasserstrahl auf den Nacken prasseln und konzentrierte seine Gedanken wieder auf den Mord. Er hatte nie verstanden, warum Gewalttaten in vielen Menschen einen Kitzel auslösten. Er fand sie weder im Kino noch in der Realität aufregend. Umso mehr liebte er es, herauszufinden, was tatsächlich geschehen war und vor allem, warum. In den vielen Jahren, er zählte sie nicht gern, war nur einer ‹seiner› Morde unaufgeklärt geblieben. Vielleicht zwei. Er zweifelte bis heute daran, dass die junge Tote, die vor Jahren in einem Waldstück bei Barnstedt gefunden worden war, das Zyankali selbst geschluckt hatte. Die Akte war geschlossen, allerdings nicht in seinem Kopf. Irgendwann würde er neu darüber nachdenken. Irgendwann. In dieser Region wurde nicht genug gemordet, um ungeklärte Fälle zu vergessen.

Der Gedanke an den nächsten Tag, an den Anfang der neuen Jagd, ließ ihn wieder vor sich hin pfeifen. Auch ohne anmutige Frühlingslandschaft im Blick.

Er war nun wieder hellwach und spürte große Lust, in die Gaststube hinunterzugehen, sich eine dieser berüchtigten Portionen Bratkartoffeln mit Sülze servieren zu lassen, egal, was sein launischer Magen dazu sagte, und sie mit einem großen Bier und einem doppelten Korn hinunterzuspülen. Aber schon als er angekommen war, war die Gaststube leer gewesen, nur am Tresen hatte noch ein letzter Trinker gehockt und den müden Kellner in seine Eheprobleme eingeweiht. Nicht gerade ein verlockendes Gesprächsthema.

Er zog Cordhose und dicken Pullover aus dem Schrank und kleidete sich rasch an.

Die Apfelwiesensiedlung lag am südlichen Ende der Stadt, von deren Zentrum aus eigentlich keine große Entfernung. Der direkte Weg führte südlich des Marktplatzes über die Mölde und durch das Blumenviertel – allerdings dank des erfolgreichen Widerstandes seiner einflussreichen Bürger nur über eine schmale Fußgängerbrücke, die weder die Ruhe in den Villen noch den reinen Duft ihrer Gärten beeinträchtigte. Mit dem Auto erreichte er sein Ziel nur über die Autobrücke bei der Schwaneninsel, was die Entfernung beinahe verdoppelte.

In den stillen Wohnstraßen des Blumenviertels verfuhr

er sich zweimal, denn die schmalen Straßen mit ihren Hecken und hohen Bäumen glichen einander alle, ganz besonders für einen Fremden in der Nacht. Die richtige Zufahrt zur Apfelwiesensiedlung und die Breslaustraße fand er hingegen gleich. Auch die Nummer 8, Jolnows Haus, musste er nicht suchen, ein Streifenwagen stand direkt davor.

Hildebrandts Brauen zogen sich unmutig zusammen. Er hatte nicht gedacht, dass es nötig sei, darauf hinzuweisen, das Haus von einem zivilen Fahrzeug aus zu beobachten – besser gesagt: zu bewachen – und möglichst nicht direkt vor der Tür zu parken. Obwohl das letztlich übertrieben war. Im wirklichen Leben kehrte der Mörder selten an den Ort seiner Tat zurück, und dies war nicht einmal der Tatort.

Aus dem geöffneten Autofenster stiegen bläuliche Rauchwölkchen auf, und schon bevor er das Gesicht erkennen konnte, wusste er, wer in dem Wagen saß. Polizeiobermeister Jürgen Dessau kannte er wie dessen Kollegin Sabowsky von seinen Möldenburger Ermittlungen im vergangenen Jahr. Dessau gehörte zu jenen Kollegen, in deren Beurteilung regelmäßig der Passus ‹... hat sich stets bemüht› auftauchte.

«Bleiben Sie sitzen», sagte er leise, als Dessau ihn mit schreckgeweiteten Augen ansah und nach dem Türgriff tastete. «War jemand hier?»

«Nein, niemand.» Dessau versuchte Haltung anzunehmen, was im Sitzen immer schwer ist, erst recht wenn man beinahe zwei Meter groß ist. «Alles ruhig hier. In den letzten anderthalb Stunden nur zwei Leute mit ihren Hunden. Nachbarn. Die sind schnell wieder in ihren Häusern verschwunden. Der eine war ein Dackel, der andere eine Promenadenmischung, schwarz-weiß.»

«Ich nehme an, Sie meinen die Hunde. In welchen Häusern sind sie verschwunden?»

Selbst in der sparsamen Straßenbeleuchtung war Dessaus tiefes Erröten nicht zu übersehen, und Hildebrandt kam sich gemein vor, wenn auch nur für einen sehr kurzen Moment.

«Der mit dem Dackel in Nummer 15, ja, bestimmt in 15.» Dessaus Stimme klang atemlos, und Hildebrandt nahm sich vor, bei der nächsten Gelegenheit milde zu sein.

«Und der andere?»

Dessau rieb seine feuchten Hände gegeneinander und sah seinen Kollegen auf dem Beifahrersitz hilfesuchend an.

«In Nummer 11», sagte der knapp, «zwei Häuser näher, auf derselben Straßenseite, schräg gegenüber von Nummer 8.»

In den meisten Häusern der Breslaustraße brannte noch Licht und gab ihnen eine Atmosphäre von Traulichkeit, die sie am Tage nicht hatten. Die Dunkelheit hinter den Scheiben des Jolnow'schen ließ es umso verlassener wirken.

«Wie lange sind die Spurensicherer weg?», fragte er.

«Erst eine halbe Stunde, Goldmann hat gesagt, Sie sollen nicht vergessen, wieder Siegel über die Türen zu kleben.»

Hildebrandt nickte Dessau zu, warf dem jungen Kollegen, dessen Namen er als Klenze erinnerte, einen kurzen Blick zu und öffnete die Gartenpforte zu Hans Jolnows Grundstück. Er hatte mit mehr Publikum gerechnet, die Leute gingen immer gerne vor Häusern spazieren, die mit Gewaltverbrechen und anderen Tragödien verbunden waren. Danach fühlten sie sich in den eigenen und vom Schicksal verschonten Wänden umso sicherer.

Er fröstelte und wusste, dass es nicht an der feuchten Nachtkälte lag. Es war das Haus, die ganze Siedlung. Er kannte diese akkuraten Vorgärten im Schutz von Ligusterhecken, die Enge der einstöckigen Häuser, die dahinter liegenden Höfe und Gemüsebeete, immer gab es einen kleinen Stall oder Schuppen, wenn darin heute auch nur noch selten Hühner und Kaninchen gehalten wurden. Er erinnerte sich gut an den heimlichen Kummer, den jeder Schlachttag bedeutet hatte. Und an den herben Geruch der Kohleöfen im Wohnzimmer und in der Küche, an die winzigen unbeheizbaren Schlafzimmer unter dem Dach, an deren Fenstern im Winter Eisblumen wuchsen. An das stolze Gefühl von Luxus, als der erste Kühlschrank geliefert wurde und die Kohleöfen endlich einer Ölheizung Platz machten. Die Fernsehantennen aus seiner Erinnerung waren verschwunden, dafür hingen an fast jedem Haus die grauen flachen Schüsseln der Parabolantennen.

Jolnows Haus sah wie alle anderen aus, verputzter Backstein, im ziegelroten Dach eine kleine Gaube. Nur der Vorgarten unterschied sich: Die Nachbarn würden ihn als verwahrlost bezeichnen, da war Hildebrandt sicher.

Er knipste die Taschenlampe an und ging auf dem unter verrottendem Laub verschwundenen Weg um das Haus herum. Da waren sie: der Stall, aus Backstein gemauert mit einer hölzernen, durch ein Vorhängeschloss gesicherten Tür, der Gemüsegarten, die Obstbäume, auf ihren Ästen dieses harte graue Moos. Er senkte die Lampe und grinste, als ihr Schein über die Beete glitt. Das war kein Garten, das war ein matschiges Chaos.

Auch den Hof empfand Hildebrandt, absolut kein Experte für Ordnung, nicht gerade als aufgeräumt. Es sah aus, als habe jemand begonnen, Haus und Schuppen zu entrümpeln und auf halbem Weg alles fallen gelassen. Sollten die Nachbarn sich schon an Jolnows Vorgarten stören, musste der Zustand von Hof und Gemüsegarten sie wahrhaft empören.

Jedenfalls die Nachbarn zu Linken. Die zur Rechten mussten toleranter sein, ihr Hof zeugte von Kinderreichtum und Sammelwut. Da lagen Fahrräder und Bollerwagen, ein von Unkraut durchwachsener Haufen Kaminholz, das schon lange auf Beil und Säge wartete, ein mit Sand gefülltes hölzernes Ruderboot und allerlei anderes Gerümpel in lebendiger Unordnung.

Vorbei an wucherndem Forsythien- und Jasmingebüsch bahnte er sich den Weg zurück zur Vordertür und streifte Handschuhe über. In der Jacke des toten Mannes im Brunnenschacht hatten sie nicht viel gefunden, eine Brieftasche mit Ausweis, Führerschein, Kredit- und Telefonkarte und einen Kassenzettel für ein Gartenbuch. Die Geldfächer für Scheine und Münzen waren leer gewesen. In einer der Außentaschen hatte zwischen zwei Papiertaschentüchern und einigen Hustenbonbons ein Bund mit vier Schlüsseln gesteckt.

Der zweite passte.

Es roch abgestanden, und ein Gefühl, eine dieser lästigen Anwandlungen, sagte Hildebrandt, dass das Licht nicht funktionieren werde. Er irrte sich. Als er auf den Schalter im Flur drückte, glomm ein von der Decke baumelnder eckiger Käfig aus schmiedeeisernen Ranken und gelbem Glas auf. Die Birne hatte höchstens vierzig Watt. Auch daran erinnerte er sich gut und ungern, an diese Funzeln und das ewige Stromsparen.

So vernachlässigt das Grundstück war, so penibel ordentlich und sauber zeigten sich die Räume des Hauses. Wohn- und Esszimmer versetzten ihn im ersten Moment mit ihrer Enge und dem Mobiliar zurück in die sechziger Jahre. Auf einem hölzernen Bord standen ein paar Bücher: die Bibel, eine Balladensammlung, ein Garten- und ein Vogelbuch, einige alte Romane. Schon der alte Bauernschrank, die Biedermeier-Vitrine und der auf den Fernsehapparat ausgerichtete schwarze Ledersessel schienen fehl am Platz. Wirklich überraschend war aber, dass der Esszimmertisch mit Aquarellen bedeckt war. Allerdings sah, selbst wer absolut nichts von Malerei verstand, auf den ersten Blick, dass hier noch geübt wurde, und offensichtlich nicht nur von einer Hand. Das Telefon stand im Wohnzimmer, es war zu alt, um Nummern zu speichern, ein kaum jüngerer Anrufbeantworter stand daneben. Hildebrandts Versuche blieben ergebnislos; falls es Aufzeichnungen gegeben hatte, waren sie gelöscht.

Er ging zurück in den Flur. Da waren drei weitere Türen, die mittlere führte offenbar in den Hof. Der erste Schlüssel passte und bestätigte seine Vermutung. Die rechte Tür öffnete sich zu einem winzigen Badezimmer. Er sah vom Alter schäbige blassgrüne Fliesen, Kalkflecken in der Badewanne, auf einem Glasbord über dem Handbecken ein paar Toilettenartikel der schlichten Sorte. Keine Überraschung. Auch das Schränkchen mit dem roten Kreuz auf der Tür bot nichts Sensationelles: eine Tube mit Venensalbe, Pflaster, zwei noch verpackte Elastikbinden, eine ganze Sammlung von Erkältungsmitteln und eine Schachtel Aspirin.

Er öffnete die dritte, die Tür zur Küche, und ein unangenehmer Geruch stieg ihm in die Nase. Die Lampe über dem kleinen Tisch am Fenster spendete erstaunlich helles Licht. Sofort erhob sich ein empörtes Krächzen, und Hildebrandt wusste, woher der Geruch stammte. Der Sand im Bauer der beiden Wellensittiche musste dringend erneuert werden.

«Blöde Krächzer», murmelte er, sah sich suchend um, fand die Schachtel mit dem Futter auf dem Küchenbuffet und füllte den Fressnapf, der bis auf ein paar Spelzen leer war. «Ist ja gut. Wasser bekommt ihr auch. Und morgen einen Platz im Tierheim. Da habt ihr wieder Gesellschaft.»

Auf dem Tisch lagen Prospekte für Badezimmer- und

Küchenrichtungen, aus denen akkurat ausgerichtete grüne Klebezettel hervorsahen. Hildebrandt öffnete den Prospekt mit dem Titel ‹Ihr neues Bad – Ihr neues Leben› bei dem ersten Zettel und stellte sich vor, wie das abgebildete Bad aus Chrom, Glas und Marmorimitat in die Breslaustraße Nummer 8 gepasst hätte. Auch die Preisliste war beeindruckend. Der alte Mann hatte nicht vorgehabt zu knausern. Daneben lag eine aufgeschlagene Zeitung, die nun nicht mehr zu Ende gelesen werden würde. Das Licht fiel auf die Seiten für die Kleinanzeigen. Leider war keines der Inserate angestrichen, das hätte die Sache womöglich erleichtert.

Hildebrandt warf nur einen flüchtigen Blick in Fächer und Schubladen und stieg dann die enge Treppe in den ersten Stock hinauf. Den flüchtigen Blick wollte er für heute Nacht beibehalten. Inzwischen war es fast Mitternacht, und die Müdigkeit hatte ihn eingeholt. Für gründliches Durchsuchen brauchte er einen wachen Kopf.

Die Tür zum Schlafzimmer stand halb offen, Doppelbett, Kommode und Schrank füllten unter den schrägen Wänden den ganzen Raum und ließen selbst seinem hageren Körper wenig Bewegungsfreiheit. Unlustig zog er die oberste Kommodenschublade auf, ganz automatisch glitten seine Finger zwischen die Schals, Taschentücher und Socken und stießen auf etwas eckig Hartes. Er zog zwei gerahmte Schwarzweißfotos hervor und hielt sie ins Licht. Eines zeigte einen alten Mann mit gepflegtem weißem Bart und ernstem Gesicht unter einem Hut mit breitem Rand, das andere eine junge, sehr schlanke Frau im geblümten Kleid. Sie hielt das vom Wind ins Gesicht gewehte Haar aus der Stirn und lächelte breit, ihr rechter Arm lag um die Schultern eines mageren, sehr aufrecht und steif dastehenden Jungen in kurzen Hosen. Hildebrandt steckte die Bilder in seine Jackentasche und betrat den letzten Raum.

Da stand ein schmales Bett mit kariertem Polster und einem Kasten für Bettwäsche und Decken am Kopfende, daneben ein kleiner Schreibtisch mit einer grünlichen Resopalplatte und schrägen Beinen, gegenüber ein schmaler, weiß gestrichener Schrank. Nichts Besonderes. Besonders hingegen waren die Staffelei vor dem Fenster und die beiden Kästen auf dem Tischchen daneben. Jeder enthielt ein umfangreiches Sortiment Tuben, in einem Öl-, im anderen Aquarellfarben. Skalpelle, Schaber und Pinsel verschiedener Größe und Art warteten gut sortiert und gesäubert in Gläsern auf den Künstler. Dass Künstler auch in diesem Fall ein relativer Begriff war, bewies das halb fertige Ölbild auf der Staffelei. Hildebrandt verwarf die Idee, die Leere der Stunden nach seiner Pensionierung mit Pinsel und Farbe zu bekämpfen, endgültig. Besser gefiel ihm das Aquarell über dem Bett, eine hügelige Küstenlandschaft, in deren üppigem Grün vereinzelt weiße Häuser standen. Auch ein Jolnow-Werk, vor etlichen Jahren gemalt. Die kaum erkennbaren Krakel neben der zierlichen Signatur sahen nach 73 aus. Italien, dachte er und knöpfte sich die Jacke zu. Es war kalt in Möldenburg und dem nun unbewohnten Haus.

Die Schreibtischschubladen hatten bis morgen Zeit, genau wie das jahrzehntealte Sammelsurium, das sich zweifellos über der Klappe für die ausziehbare Leiter in der Decke des Flurs verbarg. All diese Häuser hatten winzige Böden unter dem Dachfirst, staubig, oft ohne Licht, mit Überflüssigem voll gestopft bis in die letzte Ecke.

Das war eine großartige Aufgabe für Sabowsky, sie war so grimmig wie gründlich. Sollte dort oben etwas warten, das Jolnows Tod aufklären half, und sei es in der winzigsten Ritze unter dicksten Spinnweben, sie würde es finden. Und sie hatte bestimmt auch keine Angst vor Spinnen. Nicht einmal vor giftigen.

In der Küche faltete er die Zeitung zusammen, steckte sie zu den Fotografien, löschte alle Lichter und verließ das Haus. Er würde wunderbar schlafen und morgen früh um acht die Äbtissin treffen.

Er löschte die Lichter und blieb in der Dunkelheit stehen. Ein Haus glich einem lebendigen Organismus, selbst eines, das so banal erschien wie dieses, steckte voller Geschichten und Geheimnisse. Er öffnete schwungvoll die Haustür und prallte gegen einen breiten Rücken. Einen uniformierten Rücken.

«Entschuldigung, Herr Hildebrandt, ich musste die Tür sichern.» Polizeiobermeister Dessau trat hastig einen Schritt zur Seite und stolperte die kleine Stufe hinunter. «Frau Lenau will unbedingt in das Haus, das geht doch nicht. Sie will nicht gehen, und ich dachte, vielleicht möchten Sie gleich mit ihr sprechen, sie ist nämlich die Nachbarin. Aus Nummer 6.»

Nach Mitternacht wollte Hildebrandt niemanden sprechen, jedenfalls nicht ausführlich. Aber Evchen Lenau ließ sich nicht aufhalten.

«Ja, ich bin Frau Lenau, die Nachbarin. Der arme Herr Jolnow, der liebe Hans, ein so feiner Mensch. Was für ein schrecklicher Verlust.»

Die folgende Eloge auf die Qualitäten des lieben Verstorbenen war eindeutig und erfreulich kurz. Eva Lenau war eine kleine Frau mit Apfelbäckchen, etwas zu krauser blondierter Dauerwelle und ausgeprägten Rundungen. Sie hatte ihren Nachbarn tief verehrt und mit dessen Mutter, der tapferen guten Henny, streng, aber immer gerecht, bis zu deren Tod vor zwei Jahren auf vertrautem Fuß gestanden.

Evchen Lenau verfügte über eine ausdrucksvolle hohe Stimme, ihre eiligen Sätze hallten durch die Stille der Nacht, als spreche sie in ein Megaphon. Hildebrandt sah sich verstohlen um, doch die Fenster in der Nachbarschaft blieben dunkel. Wahrscheinlich war man hier an diese Stimme gewöhnt.

«Es hilft uns sehr, dass Sie Herrn Jolnow so gut kannten, Frau Lenau», versicherte er, «wir hätten uns morgen sowieso bei Ihnen gemeldet. Jetzt ist es schon ein bisschen spät, es sei denn, Sie haben eine konkrete Information, die keinen Aufschub erlaubt.»

«Natürlich habe ich konkrete Informationen. Was glauben Sie!? Wir sind hier eine gute Nachbarschaft, in der Apfelwiesensiedlung kümmert man sich noch um die anderen. Bei uns ist es nicht wie in der Großstadt mit diesen verwahrlosten Wohnsilos. Aber das hat Zeit bis morgen, wichtige Gespräche soll man nur am Tag führen, nicht? Das hat auch Frau Jolnow immer gesagt, und sie hatte Recht. Jetzt bin ich aus einem anderen Grund hier, dieser junge Mann», sie blitzte Dessau strafend an, «will ja nicht zuhören.»

Wenige Minuten später marschierte Evchen Lenau, glücklich lächelnd und das Bauer mit den beiden Protest krächzenden Sittichen an den Bauch gepresst, zu ihrem Haus zurück. Die beiden lebenden Andenken an den lieben Verstorbenen würden aufs Beste versorgt werden und bald genauso gut im Futter sein wie ihre neue Besitzerin.

Auch am anderen Ende der Stadt, im ersten Stock des Seitenflügels des Klosters, war noch jemand wach. Benedikte Jindrich packte. Sie hatte die Schuhe ausgezogen und bewegte sich mit behutsamen Schritten. Sosehr sie sich auch dagegen wehrte: Seit sie zum ersten Mal durch die Pforte zum Vorplatz des Klosters geschritten war, hatte sie das

Gefühl, beobachtet zu werden und zu stören. Sie wusste nicht, was sie mehr bedrängte.

Sie griff nach dem Buch, das sie auf der Kommode beinahe übersehen hätte, und steckte es in den kleinen Koffer, dann schloss sie die Türen des Schrankes und sah sich suchend in ihrem Zimmer um. Alles, was sie mitgebracht hatte, war wieder in den beiden Koffern verstaut. Einzig die Utensilien aus dem Bad fehlten noch, die würde sie morgen früh einpacken. Und gleich um halb neun, ab dann war Felicitas immer zu sprechen, würde sie sich verabschieden. Ihren ursprünglichen Entschluss, einfach in der Nacht davonzuschleichen, hatte sie verworfen. Das würde alles nur noch schlimmer machen.

Es war ein Risiko, so oder so, aber hatte sie denn die Wahl? Ein heißes Gefühl stieg in ihr auf. Angst, dachte sie und wusste doch, dass es Hass war. Hass auf diesen dummen alten Mann, Hass auf das Mädchen mit dem impertinenten Blick und dem blauen Haar. Hätte sie das Backhaus nicht in Ruhe lassen können? Dann hätten sie ihn erst später gefunden. Hätte das etwas geändert? Kaum, doch es wäre eine Chance gewesen.

Die Hitze in ihrem Körper, der Druck in ihrem Kopf ließen nach, und sie trat ans Fenster. Sie öffnete beide Flügel und starrte zu dem dunklen, halb von der Weißdornhecke verdeckten Schemen hinüber, der das Backhaus war. Die Luft strömte kalt und feucht herein, sicher würde es bald wieder regnen. So wie in der vergangenen Nacht.

Sie hatte nicht schlafen können, natürlich nicht. Später, als sie schon stundenlang wach gelegen hatte, peitschte der Regen gegen die Scheiben und erinnerte sie an diese andere Nacht, die sie sich immer wieder von Neuem vornahm, endlich zu vergessen. Damals hatte es auch geregnet, aber anders als jetzt war es warm gewesen. Diese klebrig feuchte Wärme hatte sie nie gemocht, so wenig wie den süßen Geruch des Gartens, der dann in das Haus drang. Zum Glück hatte es dort selten geregnet, in den Sommern so gut wie niemals.

Was sollte sie morgen sagen? Felicitas würde nach einem Grund fragen. Wenn sie kein Misstrauen hinterlassen wollte, müsste sie einen nennen. Gerade jetzt. Dass ihr das Leben im Kloster, überhaupt in einer kleinen Stadt wie Möldenburg zu ruhig sei? Zu eng? Oder dass eine alte Freundin angerufen und ihr angeboten hatte, sie könne künftig bei ihr wohnen?

Das klang plausibel. Etwas Besseres fiel ihr nicht ein.

Wozu auch? Felicitas würde sich mit dem einen oder anderen Grund zufrieden geben. Sie würde kaum nachfragen, bohren oder sie gar zum Bleiben ermuntern. Die Lissi, die sie damals gekannt hatte, war ein harmloses Mädchen gewesen. Hübsch wie viele, zumeist fröhlich, ziemlich brav und ebenso fleißig. Die Äbtissin Felicitas war eine andere Frau. Sicher noch brav und fleißig, aber nicht mehr harmlos. Felicitas war eine Autorität, deren Blick nichts entging, das hatte sie schon bei ihrer ersten Begegnung im Besucherzimmer erkannt.

Vielleicht war Felicitas über ihre Abreise froh. Wahrscheinlich hatten sie und ihre Damen längst entschieden, dass sie Benedikte nicht in ihrem Kloster haben wollten, dass sie nicht hierher passte. Sie waren freundlich gewesen, doch kaum mehr, als die Höflichkeit erforderte. O ja, sie waren sehr höflich.

Es stimmte, sie passte nicht hierher. In diese Behaglichkeit. In diese sichere Ruhe, die sie in sich nie finden konnte.

Eine Polizeisirene ließ sie zusammenfahren. Sie lauschte dem Heulen nach; es entfernte sich schnell auf der Mühlbachstraße nach Westen.

Sie legte die Hand auf ihr Herz, als ließe es sich so beruhigen. Es funktionierte nicht, das hatte es nie getan.

Verschwinden. Und dann?

Sie schloss das Fenster und begann wieder auszupacken. Sie musste auf das Glück vertrauen. Ihr Lachen klang wie ein Schluchzen.

KAPITEL 4

Es war erst Viertel vor acht, als Felicitas am nächsten Morgen in den hinteren Hof trat. Bevor der Hauptkommissar kam, wollte sie sich das Backhaus alleine ansehen. Nur von außen, und sie wusste auch nicht, warum. Vielleicht war es etwas wie eine Ehrenbezeugung für den Mann, der hier seinen Tod gefunden hatte – ein Ausdruck ihres schlechten Gewissens. Dafür gab es keinen plausiblen Grund, aber es bedrückte sie, dass sie ihm zu seinen Lebzeiten so wenig Beachtung geschenkt und ihn, wenn sie ehrlich war, mit diesem albernen Pferdeschwänzchen und seinen gestelzten Manieren stets ein wenig lächerlich gefunden hatte. Sie, die so gern verkündete, jeder solle nach seiner Façon selig werden, solange er andere nicht beeinträchtige, hatte einen stillen Mann, der niemanden störte und dem Kloster gute Dienste leistete, nicht respektiert.

«So viel zu Theorie und Praxis», murmelte sie und nahm sich fest vor, sich von nun an öfter an die Tugenden der Demut, Bescheidenheit und Toleranz zu erinnern. Zu spät für Hans Jolnow. Aber wenigstens konnte sie alles tun, um bei der Aufklärung seines Todes zu helfen. Erik Hildebrandt würde das womöglich nicht begeistern, sie musste es ihm ja nicht auf die Nase binden.

Immer noch sperrten die rot-weißen Plastikbänder das Areal um das Backhaus bis zum jenseitigen Ufer des Teiches ab. Neu war, dass jemand eine mit einer großen Öse gekrönte Metallstange in die brachliegende Erde des Kräutergartens gerammt und die Absperrung bis dorthin ausgedehnt hatte. Das war erst geschehen, nachdem sie gestern zu ihrem Äbtissinnentreffen gefahren war.

Gegen Morgen hatte es wieder heftig geregnet, und der Wind hatte die Stange in der weichen Erde zur Seite gedrückt. So wirkte die Absperrung harmlos wie der Bestandteil eines Kinderspiels.

Sie hörte Stimmen, verließ, dem Klang folgend, den Hof und trat auf den Weg. Hauptkommissar Hildebrandt und Polizeiobermeisterin Sabowsky standen bei dem Teich. Sie wandten Felicitas und dem Kloster den Rücken zu, blickten in den Park und bemerkten sie ebenso wenig wie die Buschwindröschen, die ihre zarten Blüten zu weißen Teppichen entfaltet hatten, als wollten sie mit ihrer Schönheit vergessen machen, dass hier ein Mord geschehen war.

«Das ist eine Strecke von mindestens zweihundert Metern», sagte Hildebrandt, «er musste damit rechnen, dass er jemandem über den Weg läuft.»

«In der Nacht und bei diesem Wetter eher nicht.» Birgit Sabowsky blättere in ihrem Notizbuch und korrigierte: «Genau 186 Meter. Wahrscheinlich lag es auf seinem Heimweg. Er musste sowieso wieder aus dem Park, das geht von hier nur zu Fuß. Oder mit den Fahrrad. Vielleicht hat er es dorthin gefahren.»

«Wahrscheinlich.» Erik Hildebrandt spürte etwas in seinem Rücken und drehte sich um. «Oh. Frau Stern», sagte er. «Guten Morgen, Sie sind früh dran.»

«Sie auch. Guten Morgen, Frau Sabowsky.» Felicitas gab beiden die Hand und fand, dass Erik Hildebrandt immer noch mager und zerknittert, doch erheblich gesünder aussah als im letzten Jahr. «Darf ich wissen, was 186 Meter entfernt ist?»

«Eine dicke alte Buche. Gegen ihren Stamm gelehnt, haben wir gestern ein Fahrrad gefunden, nicht abgeschlossen. Ihre Priorin hat es als das Rad des Toten identifiziert, sie konnte nicht mit der Rahmennummer dienen, aber die Farbe und die besonders große Klingel sind ganz gute Merkmale.»

«Und Sie glauben, dass der, nun ja, der Mensch, der das getan hat, das Rad zu der Buche gebracht hat? Warum? Es war doch klar, dass es über kurz oder lang dort gefunden wird.»

«Er wird seine Gründe gehabt haben.»

Sabowsky sah nicht aus, als würde das Interesse der Äbtissin sie begeistern. «Wenn es Ihnen recht ist, fahre ich jetzt in die Breslaustraße», wandte sie sich an Hildebrandt. «Soll ich mit dem Dachboden anfangen?»

«Das überlasse ich Ihnen. Wenn Sie sich die Schubladen vornehmen, achten Sie auf eine Fahrradversicherung; wenn er eine hatte, haben wir die Rahmennummer.» Er griff mit beiden Händen in seine stets überfüllten Jackentaschen, wühlte ein bisschen darin herum und fischte endlich Jolnows Schüsselbund heraus. «Der ältere große ist für die Hinter-, der blanke kleine für die Vordertür. Und wenn Frau Lenau auftaucht, was sie zweifellos tun wird, sagen Sie ihr, ich würde sie gern am späten Vormittag sprechen. Nein, sagen Sie das nicht, sagen Sie: im Laufe des Tages. Und zwar in *ihrem* Haus, nicht in Jolnows. Die Dame ist neugierig.»

«Das sind sie doch alle», murmelte Sabowsky, nickte der Äbtissin zu und machte sich auf den Weg zum Parkplatz.

«... sie alle?», fragte Felicitas.

«Nachbarn. Und Leute, die etwas zu wissen glauben. Oder etwas wissen wollen.»

«So wie ich.»

«So wie Sie. Sie gehören in die erste Reihe.»

Er grinste, sie lachte, und der Bann der Fremdheit und der Gezwungenheit war gebrochen.

Im vergangenen Herbst, als Hildebrandt nach Möldenburg kam, um den Tod eines jungen Rumänen aufzuklären und die Spuren ihn direkt in das Kloster führten, war das Misstrauen zwischen ihnen zunächst groß gewesen. Dass es bald schwand, lag nicht zuletzt an ihrer gemeinsamen Vorliebe für gute italienische Küche, wobei Hildebrandt, den sie eher in die Magenbitter-Fraktion eingeordnet hatte, noch größeren Wert auf die Weine legte.

Er wiederum hatte nicht gewusst, wie er mit einer Frau umgehen sollte, die als Äbtissin einem evangelischen Damenstift vorstand und das jahrhundertealte, an christlicher Kunst reiche Kloster verwaltete. Andererseits hatte sie seinen Hang zur Brummigkeit stets im Handumdrehen vertrieben.

Es war gut gegangen, auch wenn sie sich nicht immer einig gewesen waren. Das hatte ihm gefallen, alles andere wäre langweilig gewesen. Aber das hatte er erst später erkannt, in diesem langen Winter, in dem er es immer wieder auf den nächsten Tag verschob, sich für die verabredete Privatführung durch das Kloster anzumelden. Erik Hildebrandt war nur mutig, wenn es um Mörder, Totschläger und ähnlich üble Zeitgenossen ging.

«Wir gehen davon aus», sagte er und zeigte auf den Teich, «dass er dort getötet wurde. Ich bin sogar sicher, doch bis das Labor mit der Wasseranalyse den endgültigen Beweis liefert, gilt es nur als Annahme.»

«Beim Teich?»

«Im Teich. Er ist in Ihrem Backhaus gefunden worden, aber nicht dort gestorben. In seinen Lungen war eine Menge Wasser, er ist ertrunken, das heißt, er wurde ertränkt.

Und zwar energisch, denn er hat sich gewehrt. Der Zustand der Lunge und die Beschaffenheit des darin enthaltenen Wassers erzählen das den Pathologen ziemlich genau.»

«Du meine Güte! Das muss doch Lärm gemacht haben.»

Beide betrachteten schweigend den Teich. Ein Stockentenpärchen dümpelte in seiner Mitte, am Ufer leuchteten Sumpfdotterblumen – ein Bild des Friedens.

«Sie haben versprochen, mir heute Morgen Genaueres zu erzählen, Herr Hildebrandt. Ich höre.»

Da war sie wieder, diese selbstbewusste Strenge, die ihn bei ihren ersten Begegnungen so irritiert hatte.

«Ja», sagte er, «und danach habe ich Fragen. An Sie und an Ihre Damen. Sind Vormittagsbesuche mit der Klosteretikette vereinbar?»

«Bei Mord immer. Und nun fangen Sie endlich an. Es ist verdammt kalt.»

Hildebrandt begann mit Viktor Alting. Der war der Priorin und Jessica zu Hilfe geeilt, und hatte festgestellt, dass der Mann im Brunnenschacht nicht nur tot, sondern auch völlig durchnässt war. Anstatt ihn aus dem Schacht zu zerren, war er so klug gewesen, den Toten zu lassen, wo er war. So blieben Opfer und Fundort halbwegs unversehrt, bis der Arzt und die Polizei und schließlich auch die Spurensicherer kamen. Wenn man von den Abdrücken der Gummistiefel von Elisabeth Möller, Jessi und Viktor Alting absah.

Das Problem waren in diesem Fall dennoch die Spuren, nämlich der Mangel an verwertbaren Hinweisen wie deutliche Fußabdrücke, Stoff-Fetzen oder der berühmte verlorene Knopf. Von alledem gab es nichts. Am Morgen nach dem Mord hatte ein Trecker seinen mit schwerer Muttererde beladenen Anhänger beim Backhaus ausgekippt und dort wie auch auf der Zufahrt alle möglichen Spuren erdrückt oder zugedeckt. Die Priorin und Jessi hatten ein Übriges getan, als sie den ganzen Tag mit ihren schlammigen Gummistiefeln und der Schubkarre in der regenweichen Erde herumstapften.

Der Weg, auf dem das Rad zu der Buche gebracht worden war, gab auch nichts her. Er war fest geschottert, was gut für das Schuhwerk und schlecht für Spurensucher war. Die Griffe am Lenker und der hintere Rand des Sattels hatten ein paar brauchbare Fingerabdrücke geliefert, doch die halfen erst, wenn sie nicht zu Jolnows Händen passten und wenn es Verdächtige gab.

«Es sei denn, die Abdrücke sind in Ihrer Kartei», wandte Felicitas ein. «Es kann doch nur ein Raubüberfall gewesen sein, und solche Leute sind oft Wiederholungstäter, wenn ich den Fernsehkrimis und den Zeitungen glauben darf.»

«Ganz so einfach ist es nicht, aber wenn sie wirklich in der Kartei sind, finden wir sie blitzschnell. Der Teich als Tatort war nahe liegend», fuhr er rasch fort, bevor Felicitas die Raubmordfrage vertiefen konnte. «Man sieht es immer noch.»

«Tatsächlich?»

«Eindeutig», behauptete Hildebrandt, ging am Wegrand in die Hocke und wies auf das Ufer unterhalb des abschüssigen Grasstreifens. «Das junge Schilf und dieses wuchernde Grünzeug davor sind ziemlich ramponiert. Das schaffen keine Enten oder Schwäne, nicht mal ein badelustiger dicker Hund. Ich bin sicher, dass er hier ertränkt und wieder aus dem Wasser gezogen wurde.»

«Warum? Und warum hat sein Mörder ihn in das Backhaus geschleppt?», dachte Felicitas laut nach. «Es sind nur wenige Schritte vom Teich aus, aber die Chance, dabei gesehen zu werden, war trotz der Dunkelheit groß. Warum hat er Jolnow nicht einfach im Schilf liegen lassen und das

Rad auf dem Weg am Ufer? Es hätte ausgesehen, als ob er gestolpert oder aus sonst einem Grund in den Teich gefallen und ertrunken sei.»

«Das werde ich ihn hoffentlich bald selbst fragen», sagte Hildebrandt und dachte, dass der Mörder kein ganz dummer Mensch sein könne: Er hatte sich ausgerechnet, dass ein brutaler Vorgang wie das Ertränken auch bei einem Mann von so zarter Statur wie Hans Jolnow ein Kraftakt ist, der am Körper des Toten eindeutige Hinweise hinterlässt. An Hals oder Kopf, an den Schultern, wo der harte Griff ihn unter das Wasser gedrückt hatte, auf dem Rücken, wo er mit dem Knie nachgeholfen hatte. So war es auch in diesem Fall. Wäre das Mädchen mit dem blauen Haar nicht so neugierig gewesen, hätte es lange dauern können, bis die Leiche in dem gesperrten Backhaus entdeckt worden wäre. Wahrscheinlich hatte er auf den Prozess der Verwesung gehofft, der die Spurenidentifikation schwerer machte. Sicher auf den Gewinn an Zeit.

«Wann sind Sie vorgestern Abend eigentlich nach Hause gekommen, Frau Stern?», fragte er plötzlich. «Oder waren Sie am Nachmittag und Abend im Kloster?»

Felicitas schluckte. «Ich habe tatsächlich meine Cousine besucht, Astrid Mellert, und bin gegen 20 Uhr zurückgekehrt. Wollen Sie etwa sagen, dass ich genau zu der Zeit über den Klosterhof ging, als der Mord geschah?»

«So ziemlich. Haben Sie niemanden in der Nähe des Klosters gesehen? Oder etwas gehört?»

«Nein!! Das hätte ich Ihnen doch längst gesagt.»

«Es wäre trotzdem nett, wenn Sie noch einmal darüber nachdächten.»

«Mit Vergnügen.» Felicitas machte schmale Lippen. «Ich mag so schon kaum noch über den Hof und in den Park gehen, sobald sich die Dämmerung ankündigt. Ach, entschuldigen Sie, ich habe heute einen besonders ungeduldigen Tag. Natürlich müssen Sie das fragen, und natürlich werde ich darüber nachdenken. Allerdings ist mein Parkplatz auf der anderen Seite des Klosters, worüber ich gerade heute sehr froh bin. Dazwischen liegt fast die ganze Klosteranlage, es ist unwahrscheinlich, dort Geräusche von dieser Stelle zu hören. Jedenfalls weiß ich ganz genau, dass ich niemanden gesehen habe, keine Menschenseele.»

Hildebrandt nickte gleichmütig. Er hatte ständig mit Menschen zu tun, die gerade einen schlechten, schweren, düsteren oder anstrengenden Tag hatten. Die Variante mit der Ungeduld, die immerhin von einer Portion Selbstkritik zeugte, war da ganz angenehm.

«Wollen Sie damit sagen, dass ich nicht nur bei den Neugierigen, sondern auch bei den Verdächtigen ganz oben auf Ihrer Liste stehe?»

«Darüber werde *ich* nachdenken.» Hildebrandt lächelte vage. «Das würde den Skandal schön abrunden, ein echtes Highlight für die Klosterchronik.»

«Vielen Dank! Es reicht auch so. Wenn in der nächsten Woche die Klosterführungen wieder beginnen, wird hier ein Andrang herrschen wie in einem Zoo nach der Geburt eines zweiköpfigen Elefanten.»

Hildebrandt ging die wenigen Schritte zum Ufer hinunter, die Augen fest auf das nasse Gras gerichtet. Eine tief eingegrabene Gewohnheit, von der er wusste, dass sie überflüssig war. Die Kollegen von der Spurensicherung hatten an dieser Stelle und in ihrer Umgebung längst jeden Grashalm umgedreht. Auch wenn er auf die alte Weisheit, nach der Kontrolle besser sei als Vertrauen, setzte – niemand sah und fand so viel wie Matts Goldmann, der auch in diesem Fall die Feinarbeit gemacht hatte.

Er wandte dem Teich den Rücken zu und sah sich um.

Vor dem Backhaus wuchs Gebüsch, das fast bis zum Dach reichte, die Tür öffnete sich nicht zum Weg, sondern zur Seite, dem Kloster abgewandt. Aus dem ersten Stock von dessen Seitenflügel musste es besser zu sehen sein, obwohl die Sicht auf Teich und Backhaus erheblich durch zwei alte Fichten eingeschränkt war. Nur die äußeren Fenster waren von dieser Stelle am Ufer des Teiches zu sehen.

Die weißen Gardinen hinter den Scheiben verrieten bewohnte Räume. «Wer wohnt dort?», fragte er und zeigte zu den Fenstern hinauf.

«Der Gang ist erst seit kurzem wieder bewohnt, jedenfalls im Verhältnis zum Alter des Klosters. In der letzten Wohnung, hinter den drei Fenstern ganz rechts, wohnt Benedikte Jindrich. Sie ist eine Expectantin, so nennen wir die Damen, die sich um einen Platz im Kloster bewerben und einige Wochen zur Probe bei uns wohnen. Wir kennen uns noch aus der Studienzeit, allerdings nur sehr flüchtig. Das vierte und zwei weitere, die sie von hier aus wegen der Fichten nicht sehen können, gehören zu Hilda Bettermanns Wohnung, sie lebt seit etwa anderthalb Jahren bei uns. Wenn Sie mit Ihrer Frage andeuten wollen, eine der beiden hätte etwas gesehen und das nicht längst gesagt, sind Sie auf dem Holzweg. Wir wollen alle, dass dieses Drama so schnell wie möglich aufgeklärt wird.»

Hildebrandt hörte die Empörung, sah ihre zusammengezogenen Brauen und dachte an eine Löwenmutter, die ihre Jungen verteidigt. War es angenehm, einen solchen Zerberus zur Seite zu haben? Oder erdrückend? Vielleicht war sein Alleinleben, das ihn an grauen Tagen und in ehrlichen Momenten deprimierte, doch die bessere Lebensweise.

«Sicher muss ich Ihnen nicht erklären, dass wir alle oft etwas sehen oder hören, was uns erst auffällt, wenn wir danach gefragt werden. Sind die beiden Damen zu Hause?»

«Das weiß ich nicht. Das Kloster ist kein Mädchenpensionat mit Meldepflicht.»

Hildebrandt blinzelte irritiert. Was war falsch an seiner Frage gewesen?

«Kommen Sie», sagte er gleichmütig und warf einen letzten Blick auf das ramponierte Ufergrün, «lassen Sie uns das Backhaus ansehen.»

Felicitas biss sich auf die Lippen und überlegte, was sie Nettes sagen könnte. Erik Hildebrandt wusste nichts von ihrem Bemühen, den Ruf der Klosterstifte als Orte für fügsame alte Schachteln unter der Fuchtel einer Alleinherrscherin zu bekämpfen. Ihr fiel das Nächstliegende ein: «Und dann gibt es erst mal Kaffee, schön heiß und stark, sonst holen Sie sich noch einen Schnupfen. Wenn Sie mögen, auch ein zweites Frühstück mit …»

Sie blieb abrupt stehen, legte den Finger auf den Mund und zeigte auf die Tür des Backhauses. Die stand weit offen, das zerrissene Polizeisiegel lag im nassen Gras. Hildebrandt legte die Finger auf die Lippen, bedeutete ihr, zurückzubleiben, und betrat vorsichtig das Backhaus. Das graue Morgenlicht des trüben Tages erhellte den kleinen Raum nur dürftig, gerade genug, um zu erkennen, was darin auf dem Boden lag. Es war ein Mensch, lang ausgestreckt, die Beine gespreizt, der Oberkörper hing bis zur Hälfte im Schacht.

Die Stadtgespräche der letzten Wochen, nämlich die bevorstehenden Kommunalwahlen und der Streit um die neu installierten, unermüdlich säuselnden Lautsprecher in der Fußgängerzone, interessierten an diesem Morgen niemanden in Möldenburg. Das konkurrenzlose Thema waren Hans Jolnow und sein plötzlicher Tod, was niemanden überraschte. Nur wenige Möldenburger hatten Kontakt zu ihm gehabt, seit er in seine Heimatstadt zurückgekehrt war. Das ließ wunderbar weiten Raum für Spekulationen und machte die Sache nur noch spannender.

Er hatte zurückgezogen gelebt, war keinem Verein beigetreten, und es hatte keinen Grund gegeben, einen pensionierten Archivar aus der Apfelwiesensiedlung zu beachten oder gar einzuladen. Tatsächlich hatte außer seinen wenigen Malschülern und neuerdings den Klosterdamen niemand in der Stadt mehr als flüchtigen Kontakt zu ihm gehabt. Bis auf Evchen Lenau, seine Nachbarin zur Rechten, hatte das auch niemanden bekümmert.

An diesem Morgen jedoch erinnerten sich erstaunlich viele an ihn, selbst wenn die Gemeinsamkeiten mit dem Toten mehr als ein halbes Jahrhundert bis zurück in die Schulzeit reichten. Das war nach einem Mord nichts Besonderes. In der Polizeiwache wurde ein Ansturm von Anrufen und Besuchern erwartet, die sich alle als nutzlos erweisen würden. Polizeiobermeister Dessau hatte sich mit einem besonders deftigen Frühstück gewappnet.

Gegen Mittag wünschte er sich trotzdem, ein Gewitter möge aufziehen und einen mächtigen Blitz in die Telefonleitungen schicken. Die Zahl der persönlichen Besuche blieb hingegen mager. Um halb neun stürmte Dotti Meyerkamp herein, als Gattin des Stadtkämmerers und Vorsitzende des Kulturvereins musste sie besonders höflich und bevorzugt behandelt werden. Sie wurde von Cordula Henning eskortiert, die nach der Scheidung von Sparkassendirektor Henning erheblich an Renommee verloren hatte, was ihre erst kürzlich eröffnete Parfümerie samt Kosmetikstudio weniger wettmachte als ihre Freundschaft mit Dotti.

Beide Damen stellten sich als Schülerinnen des armen Verschiedenen vor und ließen sich von Dessau Stühle zurechtrücken. Als sie eine Stunde später wieder gingen, hatte er alles erzählt, was er wusste, und nichts über den Toten erfahren, was ihm und seinen Kollegen neu gewesen wäre. Schon gar nichts über Bekanntschaften oder mögliche verdächtige Beschäftigungen, dafür Ausführliches über die Freuden, sich künstlerisch zu betätigen, den großartigen Unterricht Hans Jolnows und dass es eine Tragödie sei, dass ein Meister wie er sein Leben als Archivar fristen und so kurz vor seinem künstlerischen Durchbruch sterben musste. Die Ankündigung einer eilig geplanten Ausstellung der hinterlassenen Jolnow'schen Werke, in Öl, Wachskreide und Aquarell, komplettiert durch die Versuche seiner Schülerinnen und Schüler – leider waren es nur fünf gewesen –, nahm Dessau als Warnung dankbar entgegen.

Er goss sich Kaffee ein, verkniff sich die entspannende Zugabe aus dem kleinen Weinbrandfläschchen in der unteren Schublade und war erleichtert, dass er dem Hauptkommissar wenigstens diese fünf Namen präsentieren konnte. Die der beiden Damen und drei weitere, die er nie zuvor gehört hatte. Der Teufel wusste, warum sich erwachsene Menschen, besonders solche, die mehr als genug Geld hatten, um sich von Profis gemalte Bilder samt teurem Rahmen zu kaufen, so viel Mühe machten. Er hatte die Malerei schon als Schulkind nicht gemocht, nie geriet die Kleckserei so, wie die Lehrer es wollten. Selbst für seine Muttertagsbilder war er, anders als seine Schwester, nie gelobt worden, schon gar nicht geküsst, obwohl er sich das brennend gewünscht hatte, wenn auch nur heimlich.

Wieder klingelte das Telefon, wieder war es nicht der dringend erwartete Zeuge, sondern nur die Meldung, dass ein Hund entlaufen sei.

Auch in den Fluren und auf dem Pausenhof des Gymnasiums wurde über Jolnow geredet. Die Schilderungen möglicher Mordmethoden gingen weit über das tatsächliche Geschehen am nächtlichen Teich hinaus und zeugten von intensivem Fernseh- und Kinokonsum. Tobi Mack, zwölf Jahre alt und ältester Sohn von Jolnows Nachbarn zur Rechten, erfreute sich an diesem Tag außerordentlicher Beliebtheit, was er geschickt zu nutzen verstand. Er wusste, dass das wohlige Bad ungewohnter Beachtung nur einen, höchstens zwei Tage andauern würde und dass er es vor allem der Tatsache verdankte, dass Jessi an diesem Morgen in der Schule fehlte. Natürlich wäre sie der Star des Tages gewesen, es wurde ihr allgemein verübelt, dass sie sich dieser Pflicht entzog. Jessi war schon lange eine Spaßverderberin. Dieses rigide Urteil würde morgen, wenn sie wieder an ihrem Tisch in der letzten Reihe hockte, umgehend vergessen sein, was aber noch niemand wusste, und heute war eben noch nicht morgen.

Roland Eisner hatte den Schulbesuch seiner Tochter für diesen Tag verhindert. Ina war für die Schule, und die Stimmung am Frühstückstisch wurde im Handumdrehen kritisch. Während Ina und Roland noch darüber diskutierten, nahm Jessi schweigend ihr Marmeladenbrötchen in die Hand, schloss die Küchentür hinter sich und ging hinauf in ihr Zimmer. Sie setzte sich auf ihr Bett und wartete auf das Klappen der Vordertür, wenn die beiden Streithähne das Haus verließen. Das taten sie meistens gemeinsam, gewöhnlich nach Jessi, beide begannen ihre Arbeit erst um neun, aber beide legten auch großen Wert auf ein gemeinsames Frühstück mit Jessi. Nur wenn Ina morgens joggte, blieb sie mit ihrem Vater allein. In der letzten Zeit hatte Ina ihre langen Runden allerdings meistens abends gedreht.

Als Jessi endlich die Haustür ins Schloss fallen hörte, legte sie sich erleichtert zurück. Zu früh. Noch bevor die Tür geöffnet wurde, hatten ihr die raschen Schritte auf der Treppe verraten, wer heraufkam,

«Tut mir Leid, Schätzchen», sagte Roland Eisner, «Familienkrach ist das Letzte, was du heute brauchen kannst. Eigentlich war es kein Krach, nur eine kleine Meinungsverschiedenheit, das muss wohl ab und zu sein. Du weißt ja, Ina meint es nur gut. Sie findet, wenn du heute in die Schule gehst, hast du es hinter dir, weil sie dich morgen genauso ausquetschen werden. Wir haben uns darauf geeinigt, dass du am besten selbst entscheidest. Also geh in die Schule, oder mach dir einen schönen Tag.» Er beugte sich zu seiner Tochter hinunter und gab ihr einen Kuss auf die Stirn. «Lass dir ruhig ein bisschen Zeit, und wenn du dich einsam oder deprimiert fühlst – ich bin heute den ganzen Tag im Büro. Du kannst jederzeit anrufen oder kommen, du störst auf gar keinen Fall.»

Sie sagte nichts – warum war das Mädchen nur immer so verdammt schweigsam? –, doch er spürte ihre Arme um seinen Hals, dünne Kinderarme, und hielt sie fest. Einen Moment nur. Er wusste nie, wie lange er das durfte, ohne dass ihr Körper sich versteifte.

«Wenn du willst, kann ich heute zu Hause bleiben. Oder wir fahren irgendwohin.»

«Danke, Papa, das ist nicht nötig. Ich komme allein klar. Wirklich.»

Als er die Tür des Architektenbüros Eisner & Kleve öffnete, fand er vor, was er erwartet hatte. Die gesamte Belegschaft stand im Empfang und tauschte sich höchst angeregt über den Mordfall aus.

«Der Mann soll ja schwul gewesen sein», verkündete Justus Kerner gerade, technischer Zeichner und als echter Möldenburger stets umfassend, leider nicht immer richtig informiert, «jedenfalls war er nie verheiratet. In der Generation ist das doch eindeutig. Für die war Heiraten und Kinderkriegen selbstverständlich, wenn man nicht ...»

«Guten Morgen!!» Roland Eisner ließ die Tür laut ins Schloss fallen und blickte streng. Es nützte nichts, er galt als netter Chef, was Respekt nicht ausschloss, nur Furcht. Niemand rannte eilig an seinen Arbeitsplatz, alle sahen ihn erwartungsvoll an.

«Mensch, Roland», sagte Max Kleve, «so ein verflixtes Pech. Wie geht es Jessi? Sie muss heute Nacht Albträume gehabt haben.»

«Okay.» Roland warf seine Tasche auf den Tisch, zog den Mantel aus und setzte sich hinter den Schreibtisch seiner Sekretärin. «Ich bringe euch auf den neuesten Stand, und dann gehen wir alle flink an unsere Arbeit.»

«Guter Deal», grinste Max, und die anderen nickten, «darum wärst du sowieso nicht herumgekommen.»

«Und? Hat die Polizei schon einen Verdacht?», fragte Regine Otterbeck und rettete das Jahrbuch für Architektur vor dem Absturz in den Papierkorb. Sie hatte es gar nicht gern, wenn einer ihrer beiden Chefs auf ihrem Stuhl saß und die Füße auf ihren Schreibtisch legte.

«Keine Ahnung. Er ist ja erst gestern Nachmittag gefunden worden, ich weiß nur, sie gehen davon aus, dass er in der Nacht davor umgebracht worden ist.»

Er wartete, ob jemand etwas sagte wie, die Kriminalität werde selbst in einem so friedlichen Ort wie Möldenburg immer schlimmer, und man müsse dringend etwas unternehmen, aber das sagte niemand. So erzählte er, was er wusste, sah die Enttäuschung in den Gesichtern und schwang seine Beine vom Schreibtisch. Was hatten sie erwartet? Er wusste nur, was alle wussten, und Jessi, auf deren Informationen sie gehofft hatten, wusste auch nichts.

Sie war in das Backhaus gegangen, und das Nächste, an

das sie sich erinnerte, war das erschreckte Gesicht der Priorin. Was in den wenigen Minuten dazwischen geschehen war, wusste sie nicht. Keine Ahnung, hatte sie gesagt, als Ina fragte, da sei doch niemand außer ihr, und – ja, und dem Mann gewesen. Sie beharrte darauf, dass sie ihn nicht gesehen habe, bevor sie ohnmächtig wurde. So etwas vergesse man, hatte Ina gesagt, das sei der Schock. Roland hatte gesehen, wie Jessi eine scharfe Erwiderung hinunterschluckte, und sich hilflos gefühlt, weil er ihr dafür dankbar war. Ihr sei sehr kalt gewesen, hatte sie noch gesagt, richtig kalt, trotz der dicken Jacke.

Sie hatten gedacht, Jolnow sei in das Loch gefallen und gestorben, an einem Herzinfarkt zum Beispiel, woran auch sonst? Sie begannen gerade mit dem Abendessen, als dieser Lüneburger Kriminalhauptkommissar anrief und um ein Gespräch mit Jessi ‹und einem Erziehungsberechtigten› vereinbaren wollte. Wozu?, fragte Roland, seine Tochter habe den Mann gefunden, mehr gebe es dazu nicht zu sagen. Wahrscheinlich nicht, stimmte der Polizist zu, aber da der Mann ermordet worden sei, müsse er Jessi trotzdem noch einmal sprechen.

«Wie grässlich.» Justus Kerner rieb sich schaudernd die Oberarme. «Ein bisschen schonender hätte er's Ihnen ruhig beibringen können. Und hat er schon mit ihr gesprochen? Ist ihr noch was eingefallen?»

«Nein auf beide Fragen. Er will nochmal mit ihr reden, morgen oder übermorgen, was weiß ich? Völlig überflüssig, das habe ich ihm gesagt, Jessi weiß gar nichts. Er soll sich lieber mit den Klostertanten befassen. Die kannten den Mann und waren in der Nähe, als es passierte, und in deren Archiv hat er seine Zeit vertrödelt. Das war's, Leute.» Er stand auf und griff nach seiner Aktenmappe. «Mehr weiß ich nicht. Lest die Zeitungen, da steht sicher alles drin, ob es wahr ist oder nicht. Jessi geht es gut, und so viel ich weiß, hat sie auch gut geschlafen. Ich habe ihr heute schulfrei verordnet und hoffe, dass sie zu Hause bleibt. Falls sie anruft, Regine, egal, was ich gerade tue, sofort durchstellen. Klar?»

«Geht's ihr wirklich gut?», fragte Max und folgte seinem Kompagnon in dessen Büro. Er schloss die Tür und machte keine Anstalten, so bald wieder zu gehen.

«Ich hoffe es.» Roland rieb sich müde die Stirn. Keiner fragte, wie er geschlafen hatte. «Sie redet nie viel, jedenfalls wenn es um ihr Innenleben geht. Ich glaube, dass sie sehr erschreckt ist und ein paar Tage braucht, um alles zu verdauen. Dann versuche ich nochmal, mit ihr darüber zu reden. Leider will sie ihre Arbeitsauflage unbedingt weiter in diesem blöden Kloster ableisten. Denkst du, ich sollte ihr das verbieten?»

«Das solltest du ganz sicher nicht. Du kennst deine Tochter am besten, Jessi ist ein tolles Mädchen, aber verbieten kommt bei ihr nun mal ganz schlecht an. Das war schon so, als sie kaum laufen konnte. Sie hat ihren eigenen Kopf, das ist sicher manchmal unbequem, aber ich finde es sympathisch. Sie hat Charakter.» Wie ihre Mutter, hätte er beinahe hinzugefügt.

«Warte, bis du selbst Kinder hast», seufzte Roland. «Etwas weniger Charakter wäre mir manchmal lieber.»

«Ist Ina jetzt bei Jessi?»

«Nein, sie wollte lieber alleine bleiben. Die beiden stecken gerade in einer schlechten Phase. Wegen der Pubertät, sagt Ina.»

«Du hast sie allein gelassen? Und wenn die Medienfritzen bei euch klingeln?»

«Das haben sie gestern schon getan. Obwohl einer Jessi und mich mit seiner Kamera gleich vorm Kloster erwischt hatte. Glaub mir, ich war ziemlich deutlich, die kommen nicht wieder.»

«Das glaube ich überhaupt nicht. Jedes Kind weiß, dass die für eine Schlagzeile notfalls durch Badezimmerfenster einsteigen.»

Roland hob hilflos die Hände. «Was soll ich machen? Außerdem hat sie versprochen, weder an die Tür noch an das Telefon zu gehen, wenn es klingelt. Für meine und Inas Anrufe haben wir ein Zeichen verabredet, zweimal klingeln, auflegen, nochmal klingeln. Es wird schon gehen. Wollen wir jetzt arbeiten? Ach nein, bleib noch. Ihr wolltet hören, was ich weiß, nun scheint mir, ich bin es, der nicht auf dem neuesten Stand ist. Was hat Kerner erzählt? Jolnow sei schwul gewesen? Woher weiß er so was. Und was wollte er damit sagen? Verbrechen in der Schwulenszene? In Möldenburg?»

Max lachte. «Frag ihn, ich weiß es wirklich nicht. Ich glaube, er wollte nur ein bisschen wichtig sein. Bevor er richtig loslegen konnte, kamst du zur Tür rein und hast ihm die Show gestohlen. Keine Ahnung, wo er dieses Gerücht aufgeschnappt hat. Denkst du, das könnte wichtig sein? Ein bisschen schwul sah er immerhin aus.»

«Jolnow? Kanntest du ihn?»

«Ja, du auch. Allerdings ist es mir erst wieder eingefallen, als ich heute sein Bild in der Zeitung sah. Er war doch hier, vor ein paar Monaten. Erinnerst du dich wirklich nicht? Es muss um Weihnachten herum gewesen sein, ein ziemlich kleiner hagerer Mann mit grauen Haaren. Mit einem Pferdeschwänzchen wie ein Althippie. Sonst sah er eher bieder aus, nicht wie ich mir ein potenzielles Mordopfer aus irgendeiner Szene vorstelle.»

«Bist du sicher? Ich kann mich absolut nicht an ihn erinnern.»

«Vielleicht, weil du an dem Tag in Eile warst. Er kam recht spät, Regine war schon weg und die anderen, glaube ich, auch. Er hat geklingelt, du hast ihn reingelassen, und weil du eilig zu deinen Hockey-Jungs oder sonst wohin musstest, hast du ihm gesagt, er solle wegen eines Termins anrufen, und ihn weggeschickt. Na ja, ich kam gerade ins Entree, da habe ich ihn übernommen.»

«Was wollte er? Eine Villa bauen lassen?»

«Leider nicht, das hätten wir gut gebrauchen können. Nein, er wollte etwas in seinem Haus umbauen, frag mich nicht, was, ich müsste die Akte raussuchen und nachsehen. Ich glaube, er brauchte ein Gutachten für die Statik und wollte wissen, was der ganze Kram kostet, mit Umbau.»

«Und?»

«Nichts und. Es war ihm zu teuer. Er hat rumgedruckst, irgendwas von ‹im nächsten Jahr› gemurmelt und sich verabschiedet. Und jetzt muss ich mich verabschieden. Lønstrup erwartet mich in einer halben Stunde. Mensch, Roland», rief er, «du kannst doch über diese Aufregung nicht das neue Bürogebäude für unsere Schnapsfabrik vergessen haben? Der Gröhne-Auftrag ist ein echter Wurf, besonders nachdem uns die Sache mit dem Backhaus entgangen ist. Wir sollten wirklich überlegen, ob wir uns mit einem Fachmann für alte Bausubstanz komplettieren – wobei ich für eine Fachfrau votiere, das wäre anregend in unseren Männerladen. Es gibt jede Menge zu restaurierende Bausubstanz, und auch wenn du es nicht glaubst, das ist ein echtes Zukunftsgeschäft. Vorsicht!», rief er und fing geschickt die schwankende Mineralwasserflasche auf, die Roland im Umdrehen angestoßen hatte. «Warum bist du so nervös, alter Junge? Jessi ist doch nichts passiert, oder?»

Roland Eisner löste seine Krawatte. «Nicht wirklich», sagte er, «hoffentlich.» Er griff zum Hörer, tippte die Nummer ein, legte nach dem zweiten Klingeln auf und wählte neu. In der Rosenstraße nahm niemand den Hörer ab. Er hoffte, dass Jessi schlief.

Der Körper auf dem Boden des Backhauses erwies sich als höchst lebendig, als Hildebrandt ihn fest an beiden Knöcheln packte.

«Mensch, Erik!», rief Matts Goldmann und rieb sich den Haaransatz über der Stirn, der bei seinem plötzlichen Auftauchen an der Schachtwand entlanggeschrammt war. «Du kannst einen Mann bei der Arbeit erschrecken! Ich dachte schon, der Kerl ist zurückgekommen.»

«Das dachte ich auch, obwohl du eher tot aussahst. Was machst du noch hier? Ist die Spurensicherung nicht abgeschlossen?»

«Ist sie auch.» Goldmann reckte die steifen Schultern, knipste die Taschenlampe aus, mit der er in den Schacht geleuchtet hatte, und stand auf. «Willst du mich nicht vorstellen? Matts Goldmann», stellte er sich gleich selbst vor, «und Sie sind, nehme ich mal an, die Äbtissin, stimmt's?»

Felicitas beschloss, seinen hemmungslos neugierigen Blick amüsant zu finden. «Stimmt. Felicitas Stern. Sie haben mich auch ganz hübsch erschreckt. Suchen Sie etwas Bestimmtes in dem Brunnen?»

Goldmann warf Hildebrandt einen unsicheren Blick zu, doch der hockte vor dem Schacht und starrte in das Dunkel hinunter.

«Nein», sagte er, «nichts Bestimmtes, ich hatte nur so ein Gefühl, als hätte ich die Schachtwand nicht genau genug überprüft. Das ist eine Berufskrankheit, unheilbar. Der alte Stein ist ziemlich rau, da kann einiges hängen bleiben.»

«Und?» Hildebrandt sah immer noch in den Brunnen. «Noch was entdeckt?»

«Nichts.» Sein breites Grinsen zeigte eine Reihe makelloser kräftiger Zähne. «Ich war gestern einfach zu gründlich, um mir heute mit einem Überraschungsfund eine Freude zu machen.»

Zu Felicitas' Bedauern folgte nun nicht die Schilderung der gestrigen Funde. Matts Goldmann war ein penibler Mensch, meistens gut gelaunt, doch keinesfalls geschwätzig.

Obwohl schon seit geraumer Zeit über die Restaurierung verhandelt wurde, hatte Felicitas das Innere des Backhauses nie zuvor betreten. Es war für sie nur ein klappriges altes Gebäude gewesen, das es zu retten und klug zu nutzen galt. Nun sah sie es mit anderen, schärferen Augen.

Kleiner als die bei großen Klöstern üblichen Backhäuser bestand es nur aus der Backstube, der gewöhnlich angeschlossene Lagerraum fehlte. Die Feuerstelle und der darüber gemauerte Backofen waren mit eisernen Klappen verschlossen, der große Arbeitstisch, der einst in der Mitte gestanden haben musste, war verschwunden, einzig ein schmales, grob gezimmertes und von Staub und Spinnweben bedecktes Bord unter dem Fenster erinnerte an das alte Mobiliar.

Unwahrscheinlich, dass es für dieses kleine Backhaus einen hauptamtlichen Bäcker gegeben hatte. Viele der großen mittelalterlichen Konvente wie zum Beispiel das Kloster Isenhagen hatten über eine reiche Vieh- und Landwirtschaft verfügt und eigene, in späteren Jahren zumeist weltliche Spezialisten gehabt, vom Hufschmied über den Braumeister bis zum Backmeister, daneben eine große Schar von Knechten und Mägden. Brau- und Backhaus, beide mit ihren starken Feuern und dem Funkenflug aus den Schornsteinen eine Gefahr für die Klostergebäude, waren oft unter einem Dach vereint und standen in sicherer Entfernung. Kloster Möldenburg hatte zwar bis zur Reformation und zur Umwandlung in ein evangelisches Damenstift eine beachtliche Reihe von Dörfern samt den dazugehörigen Wäldern zum Lehen gehabt, ein eigener Klosterhof hatte jedoch nie zu seinem Besitz gehört.

Damals war dieses Gebäude noch das Waschhaus gewesen, es war erst lange nach der Reformation umgebaut worden, und gebacken hatten hier nur die Dienstmädchen der Stiftsdamen, jede für den Vorrat ihrer Herrin. Die Konventualinnen hatten sich selbst zu versorgen, aber Felicitas gefiel die Vorstellung, dass ihre Mägde sich zumindest für das Brotbacken zusammengetan hatten.

«Auf Wiedersehen, Frau Äbtissin.» Matts Goldmann hatte sein Gemurmel mit dem Kommissar beendet und stand schon in der Tür. Sie nickte ihm zu, dieser junge Mann, so fand sie, war eine äußerst erfreuliche Erscheinung.

Hildebrandt stand immer noch am Rand des Schachtes und blickte, die Stirn runzelnd, in das dunkle Loch. «Warum ist diese Brunnenruine nie zugeschüttet worden? Wozu wurde hier überhaupt ein Brunnen gebraucht?»

«Zu Ihrer zweiten Frage: Zuerst war dieses Gebäude ein Waschhaus, da braucht man viel Wasser und mag es nicht von weit heranschleppen, obwohl ich auch finde, dass das schwer nach Luxus aussieht. Damals wird es niemanden gekümmert haben, wenn die Mägde krumme Rücken bekamen. Außer den Mägden natürlich. Zur ersten Frage: Es kann sein, dass dies die erste und damit zunächst die einzige Wasserstelle war und das Waschhaus darüber errichtet wurde. Der Brunnen im Innenhof ist viel später entstanden, ich nehme an, weil dieser damals austrocknete. Noch später wurde einer beim Pfarrhaus gegraben.»

«Und warum der Umstand mit der Klappe? Warum wurde der Schacht nicht einfach zugeschüttet?»

«Können Sie nicht mal nach etwas fragen, das ich genau weiß? Die Priorin sagt, der Schacht sei schon vor Ewigkeiten eingebrochen, er ist kaum noch zwei Meter tief, eher weniger, das ist zu wenig für einen Brunnen, jedenfalls wenn man gutes trinkbares Wasser haben will. Womöglich wurde er nur abgedeckt, weil man ihn wieder ausheben wollte, ein Provisorium, das die Jahrhunderte überstand. Wie es mit Provisorien so geht. Die Klappe ist irgendwann erneuert worden, und nun fragen Sie mich nicht, warum man nicht wenigstens bei der Gelegenheit das gefährliche Loch verschwinden ließ, anstatt es einfach wieder abzudecken. Ich weiß es wirklich nicht. Zuletzt wurde in dem Haus nur noch Feuerholz gelagert, da lohnte die Mühe vielleicht nicht. Fragen Sie Frau Möller, in Sachen Klostergeschichte ist die Priorin besser informiert als ich. Sie weiß sogar solche Dinge.»

«Und wer wusste von dem Schacht?»

«Das weiß ich noch weniger. Wenn ich Ihnen jetzt Namen nenne, liefere ich Ihnen damit eine Liste von Verdächtigen?»

«Hätten Sie Skrupel? Nach einem Mord?»

«Nur bei falschen Verdächtigungen. Möldenburg ist eine kleine Stadt, böser Klatsch bleibt kleben wie schwarzer Sirup. Ich denke, dass die meisten von uns im Konvent von dem Schacht wussten. Außer Fräulein Morender führen alle Konventualinnen während des Sommerhalbjahrs Touristen durch das Kloster, darauf bereitet sich jede gründlich vor. Das Backhaus gehört zwar nicht zum Führungsprogramm, aber es ist Teil der Sozial- und auch der Baugeschichte. Also haben sich alle mal damit befasst. Und alle haben die detaillierten Pläne zur Restaurierung gesehen, solche Dinge entscheide ich nie alleine.»

«Schlaue Taktik», murmelte er, und sie fuhr, ohne darauf

zu achten, fort: «Außerdem unser Rechtsberater, Sie werden sich an ihn erinnern, Dr. Lukas. Sicher auch Frau Rehland, sie restauriert unsere alten Fresken. An Judith werden Sie sich ganz bestimmt erinnern – im vergangenen Jahr stand sie auf der Liste Ihrer Verdächtigen ganz oben.»

«Sie ist noch hier? War sie nicht schon im Herbst mit ihrer Arbeit fast fertig und wollte eilig nach Hamburg zurück?»

«Am liebsten nach Italien, sie liebt die Kunst des Quattrocento. Fragen Sie Judith nie danach, wenn Sie gerade wenig Zeit haben. Es stimmt schon, mit der großen Secco-Malerei im Refektorium ist sie fertig. Aber ihr gefällt es in Möldenburg, gut genug, um die Reste weiterer Wandmalereien zu retten. Auch wenn sie nicht so bedeutend sind wie die Anna samt ihrem heiligen Gefolge im Refektorium, sind sie für uns ein Schatz.»

Sie sah keinen Grund, ihm zu erzählen, dass außer den Fresken und dem verschlafenen Charme der Stadt auch Henry Lukas Schuld an Judith Rehlands Bleiben trug.

«Wer noch?»

«Im Zweifelsfall wusste auch Hans Jolnow davon, was allerdings ein makabrer Gedanke ist. Er hat ja in unserem Archiv mitgearbeitet, vielleicht ist er dabei auch über Pläne des Backhauses gestolpert. Und natürlich einige Mitarbeiter der Lüneburger Firma, die das Backhaus restaurieren wird. Sie ist auf alte Bausubstanz spezialisiert, ich habe die Adresse in meinem Büro. Allerdings kennen alle nur die Pläne, die Begehung und Untersuchung für die Restaurierung des Hauses ist erst für Anfang Mai geplant.»

Hildebrandt schob die Unterlippe vor, ließ den Blick durch den Raum gleiten, beugte sich zu der hölzernen Klappe hinunter und schloss bedächtig die Öffnung zum Schacht.

«Frau Möller sagt, die Klappe habe offen gestanden», erinnerte sich Felicitas. «Warum hat er sie nicht zugemacht? Dann hätte man Jolnow sicher erst viel später gefunden.»

Hildebrandt öffnete und schloss die Klappe erneut und lauschte auf das Geräusch. «Ziemlich leise», sagte er. «Trotzdem ein Geräusch. Vielleicht hat er draußen etwas gehört und fürchtete, das Quietschen könnte ihn in der Stille der Nacht doch verraten.»

«Das ist unlogisch, Herr Kriminalhauptkommissar. Falls es so war, wird er das Haus erst verlassen haben, als es wieder still war. Dann konnte er auch die Klappe schließen.»

«Sie hätten nicht Äbtissin, sondern Polizistin werden sollen. Ist Ihr Gärtner ein ordentlicher Mensch?»

«Keine Ahnung. Es ist lange her, dass Äbtissinnen die Wohnungen ihrer Angestellten kontrollierten. Fragen Sie das etwa wegen der offenen Klappe?»

Hildebrandt schüttelte den Kopf und kickte ein Steinchen über den Weg. «Ich meine in seiner Arbeit. Lässt er Gartengeräte herumliegen?»

«Sicher nicht. Ich habe noch nie eines gefunden. Warum?»

«Weil im Gebüsch am Backhaus ein Spaten lag.»

«Vielleicht hat Frau Möller ihn neben der Tür abgestellt, bevor sie hineinging, um nach Jessi zu sehen, und dann ist er umgefallen, ins Gebüsch. Fragen Sie sie einfach.»

«Das mache ich. Wie steht es mit dem versprochenen Kaffee?»

«Na endlich! Der wartet schon. Und erzählen Sie mir bloß nicht, dass Sie den mit mir trinken wollen. Welche der Damen möchten Sie zuerst sprechen?»

Beinahe hätte Hildebrandt gelächelt. «Eine der beiden, die von ihren Fenstern aus den Teich sehen können. Welche, dürfen Sie entscheiden.»

KAPITEL 5

Elisabeth Möller blieb auf dem Vorplatz des Klosters stehen und schnupperte. Es roch eindeutig nach Kaffee und verbranntem Toast. Ohne zu den Fenstern des Wohntraktes hinaufzusehen, wusste sie, welches geöffnet war. Viktoria Kutzschinsky ließ das Brot immer im Toaster, bis es die Farbe knochentrockenen Torfs annahm. Die unermüdlichen Mahnungen ihrer Nachbarin Karin Hailing, der Genuss von stark Geröstetem sei im hohem Maße gesundheitsschädlich, parierte sie mit Grandezza: mit Taubheit und einem Lächeln. Die beiden mochten sich trotzdem, sie besuchten gemeinsam einen Yoga-Kurs im Fitness-Zentrum und teilten auch die Vorlieben für chinesische Kunst und schwer duftende weiße Lilien. Einzig in Sachen Toast wurden sie nie einig.

So weit die morgendlichen Gerüche, nun die Geräusche. Sie zog die Wollmütze vom Kopf und lauschte. Vielleicht ein paar Töne von Dorothea Hofmanns Sopran? Dafür war es zu früh. Das Fensterschließen mit dem verzögerten Klapp-Klapp, wie es nur Philomena Baumeister schaffte? Sie hörte gar nichts. Nur ein sanftes Rauschen des Windes.

Es tat gut, zum Kloster zurückzukehren. Hier hatte sie sich immer sicher gefühlt und nach dem ersten schwierigen Jahr endlich auch geborgen. Gerade die alltäglichen Dinge, von den vertrauten Geräuschen und Gerüchen bis zu kleinen Unstimmigkeiten und Reibereien, die immer entstehen, wenn Menschen so nah beieinander leben, gaben ihr das sichere Gefühl, zu Hause zu sein. Hier und nirgends sonst. In den letzten Monaten hatte auch die gemeinsame Arbeit mit Hans Jolnow dazugehört.

Sie zog das Schlüsselbund aus der Tasche, doch sie öffnete die Tür nicht. Der Spaziergang entlang dem Mühlbach und der Mölde bis hinunter zur Schwaneninsel und zurück hatten ihren Körper erfrischt, ihre Seele kaum. Jedes Schilfbüschel hatte sie an das erinnert, was vorgestern Nacht geschehen war. Sie war dennoch weiter gegangen, mit raschen Schritten, den Blick immer wieder auf das Ufer gerichtet.

Und nun? ‹Auf ins Archiv›, dachte sie und ballte die Faust um das Schlüsselbund, ‹jetzt erst recht.› Aber vorher wollte sie noch etwas tun, was sie lange nicht mehr getan hatte.

Sie ging über den Vorplatz zurück, trat durch das alte Tor in der von dickem Efeu überrankten Mauer und blieb abrupt stehen. Auf der Bank, deren Lehne schon von dem überhängenden Grün erreicht wurde, hockte eine dünne Gestalt, die Stirn auf die hochgezogenen Knie gelegt. Elisabeth Möller schnaufte. Da pflegte sie ihr Selbstmitleid, anstatt an dieses Kind zu denken. Sie selbst war ein altes Schlachtross, so schnell warf sie nichts um. Hingegen Jessi?

Sie strich behutsam über den gebeugten Kopf und bemühte sich, etwas ganz Normales zu sagen. «Was machst du hier so allein und in dieser Kälte?»

Jessi hob den Kopf, erkannte die Priorin, und die Abwehr schwand aus ihrem Gesicht.

«Mir ist nicht kalt», sagte sie. «Mein Vater hat gesagt, ich muss heute nicht in die Schule, und zu Hause ... Na ja.»

Sie zog die Schultern hoch und schob die Hände in die ausgebeulten Taschen ihrer Lederjacke.

«Da fühlt man sich an einem solchen Tag ein bisschen seltsam? Tu ich auch. Ich finde, dann muss man sich beschäftigen, sonst fahren die Gedanken Achterbahn, und davon wird mir nur übel. Der Kräutergarten ist heute nicht der richtige Ort, ich gehe gleich ins Archiv. Du kannst gerne mitkommen. Da ist nur altes Papier, aber ich finde es ungemein spannend.»

Jessi sah nicht wirklich begeistert aus. «Ich war noch nie in einem echten Archiv. Ist so was nicht geheim?»

«Absolut nicht. Früher vielleicht, weil darin auch alle wichtigen Verträge, Briefwechsel und solche Dinge aufbewahrt wurden. Viele der Verträge bewiesen und sicherten den Besitz des Klosters und damit den Lebensunterhalt der Konventualinnen, deshalb waren sie außerordentlich wertvoll. Das sind sie immer noch, nur aus anderem Grund. Natürlich lassen wir nicht jeden rein, aber es kommen oft Wissenschaftler oder andere Leute, die sich für die Geschichte der Klöster oder für Möldenburgs Vergangenheit interessieren. Da ist unser Archiv eine echte Fundgrube.»

Jessi verstand nur die Hälfte von dem, was sie gerade gehört hatte, aber den Vormittag mit der Priorin im warmen Archiv zu verbringen war alle Mal besser, als weiter allein durch die Stadt zu laufen oder auf Parkbänken herumzusitzen.

«Vorher möchte ich in die Kirche gehen», sagte Elisabeth Möller, «willst dorthin auch mitkommen? Keine Sorge, du sollst mir nicht beim Beten zuhören. Ich habe mir überlegt, dass es schön wäre, für Herrn Jolnow eine Kerze anzuzünden. In unserer Kirche gibt es dafür einen Halter, er sieht aus wie ein kleiner Baum ohne Blätter, und ein Karton mit Kerzen ist auch immer da.»

«Glauben Sie an so was?»

«Ans Kerzenanzünden? Ich glaube, dass es tröstlich ist, das scheint mir genug.»

«Ich könnte vielleicht eine für meine Mutter anzünden»,

murmelte Jessi, als sie an der Mauer entlang zu der kleinen Kirche am Ende des Klosterareals gingen.

«Für deine Mutter? Das ist eine schöne Idee. Du solltest es ihr ruhig erzählen, sie wird sich freuen.»

«Kann ich nicht», sagte Jessi. Und als sie den fragenden Blick der Priorin spürte: «Ich meine nicht für Ina, die ist nicht meine richtige Mutter.»

«Das tut mir Leid», sagte die Priorin sanft, und weil sie keine Fragen stellte, erklärte Jessi: «Denken Sie nicht, sie ist tot. Sie ist nur weggegangen. Als ich noch klein war. Mein Vater hat gesagt, es geht ihr ganz sicher gut, nur dass sie eben ihr Leben lebt und wir unseres. Deshalb schickt sie auch keine Briefe oder Geburtstagskarten. Er hat gesagt, sie weiß, wie lieb er mich hat und dass er besser für mich sorgen kann, nur deshalb hat sie mich nicht mitgenommen. Jetzt wissen Sie es.»

«Danke für dein Vertrauen, Jessi. Das ist eine traurige Geschichte und ein guter Anlass für eine besonders hell leuchtende Kerze.»

Das Archiv sah ganz anders aus, als Jessi es sich vorgestellt hatte. Sie hatte an helle weite Räume mit hohen Regalen und Lesepulten aus edlem Holz gedacht, an lange Reihen alter Bücher, darunter kostbare dicke Folianten, wie sie sie in der Bibliothek eines der Schlösser gesehen hatte, die sie vor zwei Jahren in Bayern besichtigen musste. Das Klosterarchiv bestand aus nichts als zwei bescheidenen Räumen im Parterre, die hoch gewachsenen Büsche vor den beiden Fenstern ließen nur wenig Licht herein, das lieferten ungemütliche Neonröhren unter der Decke und zwei Leselampen auf dem langen Arbeitstisch in dem kleineren Vorraum.

Die Regale waren aus Metall, die meisten standen an den

Wänden, eines durchzog die Mitte des Raumes. Dicke alte Bücher waren nicht zu sehen. Zwar gab es welche, zumeist Andachtsbücher und zu Büchern zusammengefasste alte Handschriften, doch die lagen staubsicher in einem Schrank. Dafür waren in den Regalfächern jede Menge flacher Kartons, und in einem Metallschrank mit tiefen, ebenfalls flachen Schubladen wurden zwischen Lagen von Seidenpapier besonders wertvolle Dokumente aufbewahrt. Die ältesten datierten bis ins 13. Jahrhundert zurück.

«Die ganz alten Urkunden und Schriften sind in Latein geschrieben», erklärte die Priorin, «aber schon ab dem 14. Jahrhundert wechselte man zu Niederdeutsch. Mit einiger Übung kann man das ganz gut lesen und verstehen. Mit ziemlich viel Übung, um ehrlich zu sein. Man hat damals eine Menge besonderer Abkürzungen und Begriffe benutzt, die meisten versteht man erst, wenn man die Texte miteinander vergleicht, ein bisschen Detektivarbeit ist immer dabei. Da bin ich ab und zu überfordert. Aber zum Glück gibt es im Kloster Wienhausen einen Archivar, der alle Klöster unserer Region unterstützt. Er ist ein echter Spezialist und versteht sich fabelhaft auf diese Dinge. Ich bin eigentlich nur für die Chronik zuständig.»

Und mit Hans Jolnow, dachte sie, war endlich der gute Engel gekommen, der sich an den Computer setzte und mit der Erfassung dieser zahllosen Papiere begonnen hatte, von der Gründungsurkunde über Verträge, Rechnungsbücher und Briefwechsel bis zu zwischen den Seiten anderer Dokumente und Bücher gefundenen Notizzetteln, fachgerecht und für die Ewigkeit.

Die Priorin zog eine der flachen Schubladen heraus und befreite eine Urkunde von dem Seidenpapier. Jessi fuhr behutsam mit der Fingerspitze über die runden gelblichen oder roten steinharten Wachsstücke, von denen eine ganze

Reihe mit geflochtenen bunten Seidenbändern am unteren Rand des Dokumentes befestigt waren. «Sind das Siegel?»

«Richtig. Sind sie nicht schön? Jahrhundertealt und bis auf die hier und da abgebröselten Ränder wunderbar erhalten. Dies ist eine Urkunde aus dem 14. Jahrhundert, ein Vertrag über die Belehnung mit dem Dorf Grotenmöhl; das bedeutet so viel wie, dass das Dorf dem Kloster auf Zeit gehörte. Von da an mussten die Bauern ihre Abgaben nicht an den Landesherrn leisten, sondern an das Kloster und dem Konvent auch mit ihrer Arbeitskraft und ihren Gespannen zur Verfügung stehen. Im Vertrag ist das alles genau geregelt. Und alle Beteiligten werden im Text auch genannt und mussten den Vertrag besiegeln. Die Bauern natürlich nicht, die hat niemand gefragt. In dieser Urkunde sind es die damalige Äbtissin und der Herzog, die anderen Siegel stammen von deren Nachfolgern. Wenn der Landesherr oder die Äbtissin starb, verlor der Vertrag nämlich seine Gültigkeit, und das Lehen musste neu vergeben und entsprechend gesiegelt werden. Diese Siegel sind noch sehr groß, fast wie deine Handteller, im Lauf der Zeit wurden sie kleiner, bis zur Größe eines Daumennagels. Schließlich hat man sie durch Unterschriften und Stempel ersetzt. So wie es heute noch gemacht wird.»

«Komisches Papier», sagte Jessi, «es ist so dick.»

«Weil es gar kein Papier ist, sondern Pergament, hauchdünnes Leder. Das wurde bis ins 16. Jahrhundert benutzt, für Urkunden sogar noch, als alles andere schon längst auf Papier geschrieben wurde, in besonderen Fällen nimmt man es sogar heute noch.»

«Und was ist in den Kartons in den Regalen?»

«Akten, Register, Briefwechsel, Abrechnungen – einfach alles, was in den letzten mehr als 700 Jahren gesammelt worden ist. Nur die Akten und Schriften der letzten 50 Jahre werden im Büro der Äbtissin aufbewahrt.» Sie stemmte die Hände in die Hüften und sah sich seufzend um. «Unser Archiv», erklärte sie, «ist bei Licht besehen noch ein beachtliches Durcheinander. Es gibt zwar Findbücher aus dem 19. Jahrhundert, das sind Listen der Dokumente, trotzdem wird es lange dauern, bis wir den Überblick haben und genau wissen, welche Papiere hier liegen und vor allem, wo. Natürlich wurde auch früher versucht, Ordnung zu halten, aber bis weit ins 20. Jahrhundert bestand unser Archiv aus einem einzigen Schrank mit vielen Fächern, der stand im Äbtissinnenbüro und war bis in die letzte Ecke mit Mappen voller Papier voll gestopft. Dagegen sind wir heute tadellos sortiert. Trotzdem muss man noch viel suchen, manchmal allerdings umsonst, weil Akten herausgezogen und falsch zurückgelegt worden sind. Oder vernichtet, weil sie für wertlos angesehen wurden.»

So besitze das Kloster eine Quittung aus dem 18. Jahrhundert, die beweist, dass die damalige Äbtissin den Archivschrank gründlich aufgeräumt und daraus 296 Pfund ‹unnützes Papier› als Altpapier verkauft habe.

«Damals nahmen diese ‹unnützen Papiere› nur Platz weg, heute wären sie wichtige Zeitzeugen. Vor allem die ab dem Ende des 15. Jahrhunderts, da hat man nämlich begonnen, auch Alltägliches aufzuschreiben und zu sammeln. Es wurde überhaupt mehr aufgeschrieben, weil Papier allmählich billiger wurde. Wie das Alltagsleben aussah, interessiert uns heute viel mehr als früher.»

«Es war nett von Herrn Jolnow, Ihnen zu helfen. Ich meine, wenn das Archivieren so mühsam ist.»

«Ja, aber es hat ihm Spaß gemacht. Er hatte viel Zeit und war schließlich Archivar, Ordnung machen gehört zum Prinzip seiner Arbeit. Ich meine sinnvolle Ordnung, nicht einfach aufräumen. Er war ein penibler Mensch.»

Jessi fuhr mit der Fingerspitze über den Rand des Bildschirms. «Der Computer ist ziemlich neu, nicht?»

«Ja, wir haben ihn erst seit einem halben Jahr, der alte war langsamer als eine Schnecke. Dieser Apparat ist unser ganzer Stolz. Sag's keinem weiter, er war eine Spende. Wir haben jetzt auch Internet-Anschluss. Herr Jolnow kannte sich da gut aus, er wollte mir einen kleinen Kursus geben, wie man sich am besten darin zurechtfindet, aber nun ...»

«Soll ich es Ihnen zeigen? Es ist ganz einfach.»

«Wirklich? Du kannst das? Ich meine, du weißt, um welche Ecken man surft, ohne nur im weltweiten Netznirvana herumzuirren? Du findest tatsächlich, was du suchst?»

«Klar.» Jessi zog ihre Jacke aus und hängte sie über die Stuhllehne. «Es ist nicht schwer, sollen wir gleich anfangen?»

«Nichts würde ich lieber tun, aber das müssen wir aufschieben. Heute wartet andere Arbeit auf mich. Du kannst gerne bleiben, Jessi. Auf dem Arbeitstisch liegen ein paar Bücher über die Geschichte der Heideklöster, vielleicht magst du mal reinsehen.»

«Steht auch was über die Bilder drin? Die Wandmalereien?»

«Es gibt sogar eine ganze Menge Abbildungen.» Elisabeth Möller setzte sich behutsam auf den Stuhl, auf dem Hans Jolnow während der letzten Monate viele Stunden gesessen hatte. «Stimmt ja», sagte sie und sah Jessi schmunzelnd an, «fast hätte ich es vergessen. Wandmalereien interessieren dich besonders, nicht?»

Das blasse Gesicht des Mädchens überzog sich mit tiefer Röte, sie beugte sich rasch über die Bücher und schlug das erste auf. Die Priorin zog den Karton mit den Dokumenten heran, an denen Jolnow zuletzt gearbeitet hatte, und versuchte zu verstehen, was es war.

«Darf ich Sie noch was fragen, Frau Möller?», sagte Jessi plötzlich.

«Fragen darf man immer», murmelte die Priorin, ohne von dem Schriftstück aufzusehen, in das sie vertieft war.

Jessi war zu nervös, um zu bemerken, dass die Antwort von wenig Interesse zeugte. Trotzdem klang ihre Stimme angriffslustig: «Warum sind Sie eigentlich so freundlich zu mir? Ich bin doch hier, weil ich was verbockt habe, als Strafe. Und nett bin ich auch nicht.»

Die Priorin ließ das Blatt sinken, legte die Lupe auf den Tisch und sah Jessi aufmerksam an.

«Warum sollte ich unfreundlich zu dir sein?», sagte sie. «Sicher, du hast etwas verbockt, wie du es nennst, aber das hat jeder mal. Im Übrigen irrst du dich, du bist doch nett. Obwohl du dir viel Mühe gibst, es zu verbergen. Glaube mir, das geht vorbei. Ich bin alt, ich weiß solche Dinge. Wo wir gerade bei nett sind: Weiß dein Vater eigentlich, wo du bist? Vielleicht solltest du ihn anrufen, damit er sich keine Sorgen macht.»

Erleichtert, dass die Priorin über die erschütternde Tatsache, dass sie sie nett fand, so rasch hinwegging, blickte Jessi auf das Telefon.

«Mach ich nachher», sagte sie, schon wieder über das Buch gebeugt.

Die Priorin nickte und widmete sich ihrer Lektüre. Eltern, die ihre Tochter nach einem solchen Erlebnis den ganzen Tag sich selbst überließen, geschah die eine oder andere besorgte Stunde nur recht.

Fünf Minuten später dachte sie nicht mehr an Roland Eisners mögliche Ängste. Der alte Papierbogen, den sie zwischen den Papieren in Jolnows Karton gefunden hatte, ließ sie alles andere vergessen. Im Konvent herrschte keine Einigkeit über das Motiv für den Mord an Hans Jolnow. Die

Mehrheit jedoch war überzeugt, er sei das Opfer eines Raubüberfalls durch kriminelle Jugendliche geworden. Dafür sprach die leere Geldbörse, so vermutete auch die Zeitung, und was sonst sollte es gewesen sein.

Lieselotte von Rudenhof allerdings beharrte auf ihrer These von einem Irren, der die Stadt von Außenseitern reinigen wolle, was Fräulein Morender, die bei derart überflüssigen Debatten gewöhnlich eindöste, zu ungewohnter Schärfe veranlasste. ‹Die Stadt von Außenseitern reinigen› sei ein Vokabular, an das sie sich nur zu gut erinnere und das sie in diesem Konvent nicht hören wolle. Nicht einmal in Verbindung mit einem Irren. Woraufhin Frau Bettermann, als Pastorenwitwe der Harmonie verpflichtet und wegen des Irren heimlich Lieselotte von Rudenhofs Meinung, mit flatternden Händen die Schale mit Ingwerkeksen herumreichte und deren Bekömmlichkeit pries, was aber niemanden interessierte. Auch nicht Fräulein Morender.

Elisabeth Möller hatte sich an dieser Diskussion nicht beteiligt. Sie erschien ihr makaber, und aus einem Grund, den sie nicht benennen konnte, wurde Hans Jolnows Tod um nichts als ein wenig Geldes willen noch verstörender. Sie hatte auch geschwiegen, weil sie darüber nachdachte, was sonst der Grund gewesen sein könnte. Irgendeine vage Idee versteckte sich in ihrem Kopf, sie konnte sie nur nicht klar erkennen.

Nun starrte sie auf diesen alten, mit zierlicher Schrift gefüllten Papierbogen und wusste, was sie nicht hatte sehen wollen.

«Es tut mir Leid, Jessi.» Sie stand auf, legte die Briefe in den Karton und klemmte ihn sich unter den Arm. «Ich muss sofort die Äbtissin sprechen, ich darf dich nicht ... Ach was, wenn es dich allein mit dem alten Kram nicht gruselt, kannst du hier bleiben. Du darfst nur nicht an die Akten und Dokumente gehen. Ich komme bald zurück, wenn du vorher gehen willst, ruf im Büro an. Neben dem Telefon liegt die Liste mit den Nummern der Hausanschlüsse. Dann komme ich und schließe ab.»

«Ich fass bestimmt nichts an. Außer diesen Büchern. Haben Sie etwas Wichtiges entdeckt?»

«Vielleicht. Ich hoffe allerdings sehr, dass ich mich irre.»

Im grauen Licht des Tages sah Jolnows Grundstück noch trostloser aus als in der Nacht. Der Garten brauchte viele Stunden mit Forke, Heckenschere und Spaten, das Haus mindestens einen neuen Anstrich. Inmitten seiner ordentlichen Nachbarn wirkte es wie ein Rebell, einzig die blitzsauberen Fenster verhinderten den Eindruck von völliger Vernachlässigung. Erik Hildebrandt parkte direkt vor dem Haus und blickte die Straße hinunter. Ligusterhecke reihte sich an Ligusterhecke, dahinter Tulpen, Osterglocken, die ersten gelben Margeriten, in akkuraten Abständen oder in runde Schalen gepflanzte Stiefmütterchen und Primeln – genau so, wie er es erwartet hatte. Büsche und Bäume zeigten erstes Grün, ein paar warme Tage nur, und die prallen Knospen der Forsythien und Wilden Johannisbeeren würden platzen. Hinter einem der Parterrefenster in Evchen Lenaus Haus bewegte sich die Gardine, und Hildebrandt schritt rasch durch den Vorgarten und drückte auf den Klingelknopf.

«Ach, Sie sind es», sagte Birgit Sabowsky, als sie endlich die Tür öffnete. «Wollen Sie Kaffee?»

Sie trug anstelle ihrer Uniform knapp sitzende Jeans und einen blau-grün geringelten Pullover, was Hildebrandt wie den Hauch von Lippenstift – seit er sie kannte, ein absolutes Novum – mit Wohlwollen registrierte. In die Küche holte sie eine zweite Tasse aus dem Schrank und füllte sie aus einer Thermoskanne. Hildebrandt hatte schon den Kaffee der Äbtissin als kräftig empfunden, das Gebräu aus Sabowskys Kanne war das reinste Rattengift. Sie ließ sich auf einen der Küchenstühle fallen und sah ihn erwartungsvoll an.

«Und? Haben die Damen die aufregende Nacht verschlafen, oder hat eine was gesehen?»

«Weder noch. Sie waren alle zu Hause, aber keine hat aus dem Fenster geschaut oder es auch nur geöffnet.» Er hielt anklagend die Tasse hoch. «Sie haben wohl nicht auch ein Tröpfchen Milch?»

«Nein, aber Kekse.»

Sie schob eine halb leere Tüte mit knochentrockenen Sesamkräckern über den Tisch, die Hildebrandt als viel zu gesund ignorierte.

«Bis auf Frau Möller», berichtete er, «kannte keine den Toten über ein paar höflich gewechselte Worte hinaus. Fräulein Morender – nun ziehen Sie nicht gleich die Augenbrauen hoch, Frau Sabowsky, das Mädchen ist über neunzig und besteht auf dieser Anrede – also, Fräulein Morender erinnert sich kaum an ihn, dafür an seinen Großonkel und an seine Mutter. Der alte Mann, er muss damals schon ziemlich alt gewesen sein, war Maler und hatte sich in seinen letzten Jahren nach Möldenburg zurückgezogen. An Henriette Jolnow erinnert sie sich, weil die vor vielen Jahren für einige Zeit die Klostertreppen geputzt hat. Wann das war, weiß sie nicht mehr, da keine der anderen Damen Frau Jolnow kannte, muss es gewesen sein, bevor die ins Kloster zogen. Das heißt vor mindestens vierzehn Jahren, da kam Frau», er fingerte sein Notizbuch aus der Tasche und überflog die kärglichen Notizen, «Viktoria Kutzschinsky. Alle anderen sind später eingezogen. Fräulein Morender lebt schon seit 1968 im Konvent, allerdings schon seit

1944 in Möldenburg. Sie war damals vor den Bombenangriffen aus Braunschweig hierher geflohen und hat zunächst wie eine ganz Menge anderer Flüchtlinge im Kloster gewohnt. Als sie eine Wohnung in der Stadt fand, ist sie ausgezogen. Sie hätte bleiben können, sie ist nämlich die Letzte, die noch von ihrem Vater in den Konvent eingekauft wurde, aber sie war 35 Jahre alt, und – so hat sie selbst gesagt – zwar schon eine alte Jungfer, aber doch noch zu jung für ein ehrbares Damenstift.»

«Eingekauft? Da klingt ja schrecklich.»

«War es gar nicht. Sie sagt, es sei so eine Art Lebensversicherung gewesen. Ihr Vater hat, als sie noch ein Kind war, eine ordentliche Summe gezahlt, dafür wurde ihr lebenslanges Wohnrecht garantiert. Die alte Zita», sagte Hildebrandt mit einem Anflug von Bewunderung in der Stimme, «war eine aparte junge Frau, wirklich schön, Sie sollten ihre alten Fotos sehen, und enorm gebildet. Sie hat dann als Lehrerin gearbeitet, Deutsch, Englisch, Französisch und Handarbeit, wobei sie sagt, dass sie im Handarbeiten eine echte Niete gewesen sei. Ich frage mich, ob sie Hans Jolnow unterrichtet hat. Damals war er ja ein Schuljunge.»

«Sicher nicht in Handarbeit», brummte Sabowsky, die sich wenig für neunzigjährige Lebensläufe interessierte. «Dann hätte sie ihn auch besser gekannt, ich meine, über ‹ein paar höflich gewechselte Worte› hinaus. Alte Lehrerinnen werden doch immer ganz rührselig, wenn sie ehemalige Schüler treffen. Lassen Sie uns lieber näher an der Gegenwart bleiben. Jolnows Mutter ist vor zwei Jahren gestorben, da war sie steinalt. Auch fast neunzig, glaube ich. Ich habe in den Papieren ihren Totenschein gefunden, wenn es Sie interessiert, kann ich nachsehen. Dass Jolnows Tod mit seiner Mutter zu tun hat, kann ich mir aber nicht vorstellen. Sie etwa?»

«Wer weiß?», sagte Hildebrandt. Das alte Fräulein hatte ihn beeindruckt. Die Vorstellung, in einem solch biblischen Alter noch so wach zu sein, erschien ihm ebenso tröstlich wie die Ruhe und Zufriedenheit, die sie ausstrahlte. «Und die beiden Damen», kehrte er unter Sabowskys ungeduldigem Blick zu seinem Thema zurück, «deren Fenster direkt auf das Backhaus und den Teich hinausgingen», wieder blätterte er in seinem Notizbuch, «Benedikte Jindrich, ehemalige Gemeindesekretärin im Niederrheinischen, und Hilda Bettermann, Pastorenwitwe, haben auf ihren Sofas gesessen und ferngesehen.»

Hilda Bettermann war überaus nervös gewesen, als sie den Kommissar hereinbat, ihr straff aus dem Gesicht gekämmtes Haar ließ sie schutzlos wirken, und er hatte sich vorgenommen, der Bitte der Äbtissin, mit der scheuen Frau Bettermann sanft umzugehen, zu entsprechen. Vom Fenster ihres Wohnzimmers sah man eine Ecke des Teiches und das Backhaus, das allerdings auch von dieser Seite fast bis zum niedrigen Dach von hohem Gebüsch verdeckt wurde. Sie hatte Herrn Jolnow nur flüchtig gekannt, eigentlich, so betonte sie, nur vom Sehen; nur einmal habe sie mit ihm geplaudert, er sei nett und bescheiden gewesen, gut erzogen, ohne Zweifel, mit seiner leisen Stimme ein angenehmer Mann. Sie erinnerte sich genau, worüber sie geredet hatten, nämlich über das Wetter.

Das Gespräch dauerte nur wenige Minuten. Erst als sie Hildebrandt zur Tür brachte, erwähnte sie die Sache mit den Enten. Nur weil er gesagt habe, alles könne wichtig sein, gewiss sei es nicht von Bedeutung.

Die Enten auf dem Teich, erklärte sie, hatten in der Nacht furchtbar gekreischt. Einmal nur, und ganz sicher seien es die vom Teich gewesen, die Enten vom Mühlbach könne sie in ihrem Wohnzimmer gar nicht hören. Der Film, den sie gesehen habe, ein wirklich interessanter Dokumentarfilm über die Rhön, sei gerade durch Werbung unterbrochen worden, dann stelle sie immer den Ton ab, und da habe sie die Enten gehört. Trotz des geschlossenen Fensters. Wann? Das wisse sie leider nicht genau, jedenfalls nicht auf die Minute. Es sei kurz vor neun gewesen, so zwischen viertel und fünf vor.

«Denken Sie, dass das die Tatzeit ist?», nuschelte Sabowsky, den Mund voller Sesamkräcker. «Dass die Enten mit Protest geflüchtet sind, als Jolnow in den Teich fiel und unters Wasser gedrückt wurde?»

«Es passt in die Zeitspanne, die Dr. Moppe ausgerechnet hat. Und um kurz vor neun war es schon stockdunkel.»

«Weiß eigentlich inzwischen jemand, wann er das Archiv verlassen hat?»

«Das wäre schön. Frau Möller sagt, sie habe bis halb acht mit ihm gearbeitet, dann war sie mit drei der anderen Damen zum Kartenspielen verabredet; sie versuchen, ihr Bridge beizubringen. Er ist noch geblieben, das kam nicht oft vor, doch hin und wieder. Sie sagt, sie habe ihm völlig vertraut und sich nichts dabei gedacht. In solchen Fällen hat er das Archiv abgeschlossen und den Schlüssel in einen Kasten an der Bürotür geworfen. Die Hintertür, durch die er das Kloster immer betrat und auch verließ, hat von außen nur einen Knauf, man kann sie also ohne Schlüssel nicht öffnen, deshalb zog er sie einfach hinter sich ins Schloss. Frau Möller hat sie an solchen Abenden später von innen abgeschlossen, vorgestern Abend etwa um halb zehn. Da war er ganz sicher nicht mehr im Archiv.»

«Und wenn er reinwollte?»

«Dann hat er geklingelt. Manchmal stand die Tür aber auch offen.»

«Wir sollten der Äbtissin einen Sicherheitsberater schicken. Wenn man bedenkt, was an Kostbarkeiten im Kloster rumsteht – ich würde in so einem Museum jede Tür immer sofort und zweimal abschließen.»

Hildebrandt murmelte Unverständliches, etwas wie: Es gehe hier nicht um Einbruch, sondern um einen Mord, und nippte mit Todesverachtung an seinem Kaffee.

«Und die andere?»

«Frau Jindrich? Hat auch ferngesehen, Werbeeinblendungen inklusive. Und mit Jolnow hatte sie ebenfalls nur über das Wetter geredet. Eine seltsame Frau.»

«Wieso seltsam?»

«Es ist nur ein Gefühl. Sie ist ein bisschen anders als die anderen Damen.»

«Nicht so sehr Dame?»

Er starrte in seine Tasse, und Sabowsky kratzte ihren mageren Vorrat an Geduld zusammen, um ihn in Ruhe überlegen zu lassen.

«Das ist es nicht», erklärte er zögernd, «sie ist auf eine bestimmte Weise spröde. Ich kann sie mir nicht wie die anderen bei Tee und Small Talk vorstellen. Zugleich ist sie sehr konzentriert. Sie wirkt träge und trotzdem wachsam. Wie ein Gecko, bewegungslos, aber sprungbereit. Vielleicht liegt es nur daran, dass sie erst kurz hier ist, drei oder vier Wochen, und auch noch nicht zum Konvent gehört. Egal, jetzt sind Sie dran. Was haben Sie entdeckt? Wenn ich mir Ihre Haare ansehe, auf alle Fälle reichlich Spinnweben.»

Die Spinnweben stammten vom Dachboden, einem einzigen niedrigen Raum direkt unter dem Dachfirst. Was es dort sonst zu entdecken gab, wusste Sabowsky noch nicht. Als sie gerade begann, sich über das Gerümpel herzumachen, hatte Hildebrandt geklingelt. Die beiden Räume im Erdgeschoss boten nichts Überraschendes. Im oberen Fach des Bauernschrankes, sonst gefüllt mit Tischwäsche, Wolldecken, Blumenvasen und einer großen Schachtel voller Nippes, standen zwei Kartons mit alten Fotos und vergilbten Zeitungen. Sabowsky hatte sie flüchtig durchgesehen und nichts entdeckt, was auf diesen ersten Blick von Bedeutung schien. Später würde sie jedes Blatt umdrehen, die Fotos prüfen und versuchen herauszufinden, warum Henriette Jolnow gerade diese Zeitungen aufbewahrt hatte. Dass sie dem Toten gehört hatten, war unwahrscheinlich, dazu lagen sie zu lange in ihrem Karton.

«Im Schafzimmer der Mutter war auch nichts Erhellendes. Der Schrank und die Kommode sind noch voll mit ihren Sachen. Es sei denn, Jolnow mochte Frauenklamotten.»

«Und sein Zimmer? Das mit der Staffelei.»

«Ein paar Ordner mit seinen Unterlagen, Rente, Versicherungen, die Papiere für das Haus und solcher Kram. Nichts Ungewöhnliches, ich sehe das noch genauer durch. Leider kein Terminkalender, kein Adressbuch. Das hatte er wahrscheinlich in der Tasche, und sein Mörder hat's mitgehen lassen. Im Telefonbuch im Wohnzimmer lag nur ein Zettel mit ein paar Namen und Nummern, ein altes, oft benutztes Stück Papier, immer die gleiche steife Schrift, in verschiedenen Kugelschreibertinten. Ein paar sind durchgestrichen. Ich denke, das war das schlichte Adressbuch seiner Mutter, sie hatte wohl nicht viele Bekannte. Das prüfe ich, sobald wir die gesicherte Schriftprobe von Jolnow haben.»

Die Schreibtischschubladen bargen nichts als ein paar Kugelschreiber und andere Stifte, einen Locher, Radiergummireste, einfache Papierbögen, Briefumschläge, eine kleine Blechschachtel mit Briefmarken und eine Mappe mit Familienpapieren.

«Außer dem Totenschein seiner Mutter und seiner eigenen Geburts- und Konfirmationsurkunde sind da noch Papiere von seinem Vater. Der ist 1944 gefallen, als Jolnow gerade sieben Jahre alt war.»

«Frau Jolnow hat nie wieder geheiratet?»

«Darüber habe ich nichts gefunden, aber dann wäre sie kaum als Frau Jolnow gestorben.»

«Stimmt. Und sonst?»

«Noch ein Totenschein, von 1947 für Matthias Reithbühl, ausgestellt in Möldenburg. Reitbühl war Frau Jolnows Mädchenname, dem Alter nach könnte er ihr Vater gewesen sein.»

«Reithbühl! Das ist der alte Herr gewesen, von dem Fräulein Morender gesprochen hat. Scheint ein interessanter Mann gewesen zu sein. Er war nicht Frau Jolnows Vater, sondern ihr Onkel, Hans Jolnows Großonkel. Ich habe den Namen nicht notiert, aber ich bin ziemlich sicher.»

«Da wird uns das Einwohnermeldeamt weiterhelfen. Aber der Gute liegt schon mehr als ein halbes Jahrhundert auf dem Friedhof, das hört sich nicht gerade nach einer brandheißen Spur an, oder? Das Einzige, was wirklich interessant sein könnte», Sabowsky zog eine Klarsichthülle aus ihrer Tasche und legt sie auf den Tisch, «ist diese Liste mit Namen und diese Visitenkarte. Beides lag auf dem Schreibtisch unter einem Katalog für Malerzubehör. Jolnow war Hobbymaler, vielleicht hat er auf seine alten Tage dem Onkel seiner Mutter nachgeeifert, Rentner tun so was. Sein letztes Werk haben Sie gestern Abend sicher entdeckt. Es gibt auch eine Mappe mit Skizzen. Offenbar hatte er eine Vorliebe für Arkaden, ich habe für so was keinen Blick. Es sieht komisch aus, nur Umrisse. Aber die alte Staffelei ist schön. Die Adressen und Telefonnummern», erklärte sie, als Hildebrandt sich über die Liste beugte, «sind alle aus Möldenburg, drei der fünf Namen kenne ich. Sven Finke arbeitet in der Verwaltung der Großbäckerei Mühlberg, ich glaube, er ist sogar Personalchef. Dotti Meyerkamp ist die Gattin unseres Kämmerers und die Oberkulturtante in der Stadt. Cordula Henning hat eine Parfümerie, dort kaufen Damen, die ein dickes Konto haben und gesteppte Täschchen an der Goldkette schick finden. Und auf der Rückseite», sie drehte das Blatt um und legte es direkt vor Hildebrandt auf den Tisch, «da gibt es eine kleine Zugabe. Noch eine Telefonnummer, es sieht jedenfalls nach einer aus, der Name ist nur ein Krakel und nicht zu entziffern, der Anfangsbuchstabe sieht nach einem C aus. Es könnte auch ein E sein.»

Hildebrand warf nur einen kurzen Blick auf die hastig gekritzelten Zahlen. «Und? Wer hat sich gemeldet?»

«Ich habe noch nicht angerufen. Ich dachte, wenn ich nachher die Liste abtelefoniere, ist es früh genug.»

Hildebrandt nickte, ergriff mit spitzen Fingern die Visitenkarte und las mit zusammengekniffenen Augen die Aufschrift. Hajo Feldmann, Kunst und Antiquitäten. Darunter die Anschrift samt Telefon- und Faxnummer und der E-Mail-Adresse.

«Besser als nichts.» Er stellte die Kaffeetasse in die Spüle und zog endlich seine Jacke aus. «Gehen wir auf den Dachboden. Haben Sie schon in den Schuppen hinter dem Haus gesehen?»

«Nur kurz. Außer einer Schubkarre, einem alten Schlitten, einem rostigen Damenfahrrad mit platten Reifen, Gummistiefeln und Gartengerät ist nicht viel drin. Es sieht aus, als hätte Jolnow in der letzten Zeit gründlich entrümpelt. Von den Schubladen bis zum Schuppen – nirgends der übliche überflüssige Kleinkram. Auf dem Boden steht auch nicht viel. Was auf dem Hof herumliegt, ist nur Müll.»

«Gibt es einen Keller?»

«Einen kleinen, das Haus ist nur teilweise unterkellert,

bis auf eine alte Kohlenschütte und eine Kartoffelkiste ist er auch leer.»

Der niedrige Raum unter dem First war ebenso aufgeräumt wie die unteren Etagen. Nach einem Lichtschalter suchten sie vergeblich, durch die beiden kleinen Fenster an den Giebelseiten des Dachbodens fiel diffuses Licht. In einer Ecke warteten vier Stühle, ein Sessel und ein Teewagen auf ihr Ende im Sperrmüll, in einer anderen lagerten zwei Koffer und eine ganze Anzahl ordentlich übereinander gestapelte Kartons.

«Und ich dachte, Archivare sind pathologische Sammler», sagte Sabowsky. «Wirklich schade, dass er tot ist, ich hätte ihn gerne zum Ausmisten meiner Wohnung engagiert.»

Hildebrandt antwortete nicht. Er hatte schon kältere Sätze über Tote gehört. Wenn es stimmte, dass Jolnow erst vor wenigen Jahren nach Möldenburg übergesiedelt war, musste er seine alte Wohnung radikal aufgelöst haben. Das ganze Haus atmete die Atmosphäre einer sehr alten Frau. Bis auf den schwarzen Sessel im Wohnzimmer, auf die Staffelei und die Malerutensilien in seinem einstigen Kinderzimmer.

In den Kartons entdeckten sie nur Bücher, eine ganz gewöhnliche Mischung, wie sie sich in jedem bürgerlichen Wohnzimmer fand. Während Hildebrandt den ersten Koffer öffnete, er enthielt Männerkleidung und drei Garnituren noch verpackter Bettwäsche, begann Sabowsky das Gebälk zu untersuchen. Gründlich, aber lustlos. Auf alten Balken fanden sich nur in Kinderbüchern ungeahnte Schätze. Sie tastete die Ritzen ab, leuchtet mit der Taschenlampe hinter die Streben – es war, wie sie erwartet hatte. «Hier ist nur Staub», sagte sie, «und noch mehr alter Kram.»

Sie zog das Laken von dem, was sie für ein Schränkchen

gehalten hatte, und lachte. «Ganz schlecht kann sein Geschmack nicht gewesen sein, wenn er die unters dunkle Dach verbannt hat. Das waren sicher die Bilder, die seine Mutter mochte. Die meisten sehen ganz ähnlich aus wie der Ölschinken im Wohnzimmer. Schaun Sie doch mal, Herr Hildebrandt. Ich versteh nichts davon, vielleicht entdecken Sie einen Rembrandt.»

Ein Rembrandt war nicht unter den zweiundzwanzig Ölbildern und Aquarellen, aber einige, fand Hildebrandt, waren ganz nett.

«Familienerbstücke», vermutete er, fasste eins nach dem anderen am Rahmen und ließ den Lichtstrahl seiner Lampe darübergleiten. Er ging in die Hocke und richtete das Licht auf die untere rechte Ecke eines der größeren Bilder. «Einige sind von unserem Opfer selbst, Jolnow steht da, eindeutig zu entziffern. Aber hier ... – ja, das heißt eindeutig Reithbühl, der gleiche Name wie auf dem Totenschein in der Familienmappe. Der malende Verwandte, da haben wir ihn ja. Offenbar hatte er eine Vorliebe für heimatliche Landschaften. Und dies», der Lichtkegel traf die nächste Signatur, «dies ist wieder von Jolnow selbst. Keine Frage, wer mit seiner Malerei Geld verdienen konnte und wer nicht.»

Froh, dass es in seiner Familie niemanden gab, der ihn mit eigenen Werken beglücken konnte, nahm er Sabowsky das Laken aus der Hand und breitete es wieder über die Bilder.

«Sehen Sie sich später die Rahmen genau an, vielleicht versteckt sich etwas auf den Rückseiten. Nun kommen Sie», sagte er, «zuerst befassen wir uns mit den Lebenden. Frau Lenau erwartet uns.»

«Ohne mich. Ich muss mich um die Liste kümmern, die ist doch eilig. Die Nachbarn auf der anderen Seite habe ich übrigens schon gesprochen. Sie sagen, dass er ein netter alter Herr war und sehr zurückgezogen gelebt hat, keine Besucher außer – natürlich!», sie schlug sich mit der flachen Hand gegen die Stirn, «‹außer seinen Malschülern›, haben sie gesagt. Es seien nicht viele gewesen, und sie wussten auch keine Namen. Das sind die Leute auf der Liste. Seine Schüler. In einer halben Stunde weiß ich es genau.»

‹Ossobuco Milanese›, dachte Hildebrandt sehnsüchtig, als er die Tür abschloss und zu Evchen Lenaus Haus ging, ‹dazu gedünstete Wildpilze. Oder Möhren mit Koriander?› Sein Magen antwortete mit ungehaltenem Knurren, und er verbot sich die Überlegung zu den passenden Weinen. Hildebrandt wusste, was ihn stattdessen erwartete: Kaffee. Schon wieder Kaffee, und es gab keine Chance abzulehnen.

«Warum machen Sie ein so besorgtes Gesicht, Möllerin? Mich macht Ihr Fund glücklich. Er rettet unseren Vertrag mit der Schnapsfabrik.»

Verträge interessierten Elisabeth Möller in diesem Moment wenig. Sie saß auf der Kante des Besucherstuhls im Büro der Äbtissin, den Archivkarton fest umklammert auf dem Schoß, und fühlte sich wie eine Verräterin.

«Wahrscheinlich ist es wirklich eine dumme Idee. Sicher bin ich nur darauf gekommen, weil Sie mir vorhin von dem Reinfall mit unserer Klosterrezeptur erzählt haben.»

«Die Scharte können wir jetzt wieder auswetzen. Ich finde das großartig.»

Denn der Anruf, der Felicitas nach ihrem Rundgang mit Erik Hildebrandt erreicht hatte, war alles andere als großartig gewesen. Carl Lønstrup, Geschäftsführer der Gröhne AG, hatte sie selbst angerufen, charmant und höflich wie stets, was den Grund seines Anrufes nicht besser machte. Sein Destillateurmeister hatte die alte Klosterrezeptur gelesen und strikt abgelehnt, sie für den neuen Likör zu verwenden, auch nicht mit Variationen, die für den modernen Geschmack ohnedies nötig wären. Diese Mischung, so hatte er befunden, liefere keinen Likör oder Magenbitter, sondern ein Abführmittel von der Sorte, die selbst Bandwürmern mit sieben Leben den Garaus machte. Das Kloster möge sie einer Apotheke andienen, die besonders widerstandsfähige Menschen ohne Geschmacksnerven zu ihren Kunden zähle. Am besten verschwinde sie jedoch rasch wieder im Archiv, und zwar unter dem Stichwort ‹hundsgemeine Curiosa›.

«Mit dieser Rezeptur kann das nicht passieren», erklärte Felicitas vergnügt, «auf der, die wir Lønstrup überlassen haben, standen nur die Zutaten. Deshalb haben wir uns geirrt. Irgendjemand hat irgendwann die falsche Rezeptur im Findbuch unter Klosterlikör notiert. Auf diesem Bogen steht klar und deutlich ‹Klosterliqueur› über den Zutaten. Und hier», sie tippte auf den letzten Satz unter der Anweisung für die Zubereitung, «hier steht: ‹Ein wohlschmeckendes Elixier, welches dem Magen und dem ganzen Wohlbefinden bekömmlich ist›. Wohlschmeckend und bekömmlich! Jetzt haben wir die Richtige. Das ist doch wunderbar. Und nun erklären Sie mir, was Ihnen daran Sorgen macht.»

Elisabeth Möller kam sich plötzlich sehr dumm vor. «Entschuldigen Sie, Frau Äbtissin, ich habe Gespenster gesehen. Natürlich haben Sie Recht, es ist ein Glücksfall, dass die richtige Rezeptur aufgetaucht ist.»

«Ich würde trotzdem gerne wissen, was Sie gedacht haben. Sie sehen sonst nie Gespenster.»

«Es ist nur, na ja, er legte immer alles, was er sortiert, aber noch nicht erfasst hatte, in Mappen oder Klarsichtfolien, die er mit einem Stichwort kennzeichnete. Wenn er noch nicht sicher war, schrieb er es nur auf einen seiner hellgrünen Klebezettel. Er war ein sehr systematischer Mensch. Und die Rezeptur hat weder Mappe noch Klebezettel.»

Seit die Priorin den toten Hans Jolnow gefunden hatte, grübelte sie darüber nach, warum er ermordet worden war. Erst als sie sich über die Dokumente beugte, die er zuletzt bearbeitet hatte, gestand sie sich ihre Furcht ein, sein gewaltsames Ende könne mit seiner Arbeit im Kloster verbunden sein. Sie hatte ihn dem Konvent empfohlen und ihm vorbehaltlos vertraut. Der Gedanke, der leichte Zugang zum Archiv und auch zu den anderen, weitaus kostbareren Schätzen in allen Teilen des Klosters könnte ihn in Versuchung geführt haben, bedrückte sie schwer.

«Ich verstehe nicht, wieso die Rezeptur in diesem Karton liegt. Sie passt weder von der Zeit noch vom Inhalt zu den anderen Papieren. Nach der anderen, die sich nun als die falsche herausgestellt hat, haben wir zusammen gesucht. Sie war im Findbuch vermerkt, sonst hätte ich gar nicht entdeckt, dass es in unserem Archiv so etwas gibt, trotzdem war der Bogen nicht leicht aufzustöbern, und tatsächlich hat er ihn gefunden. Ich war in dem Moment gerade nicht im Archiv. Nun dachte ich, er hat mir vielleicht mit Absicht die falsche Rezeptur gegeben, und die richtige – ich weiß nicht, vielleicht dachte er, er kann sie verkaufen?»

«Das ist tatsächlich ein unangenehmer Gedanke. Sie glauben, er hat beide gefunden und die richtige zurückgehalten?» Felicitas sah die Priorin zweifelnd an. «Nein», sagte sie entschieden, «das glaube ich nicht. Wenn er das wirklich vorgehabt hätte, läge die Rezeptur jetzt nicht auf meinem Schreibtisch, sondern gut versteckt in seinem Haus. Sie haben ihm vertraut, und das war richtig. Ich glaube, dass er die Rezeptur entdeckte, kurz bevor er das Archiv verließ, vielleicht zwischen diesen alten Abrechnungen, und sie Ihnen am nächsten Tag geben wollte. Dafür spricht auch, dass er sie in eine Klarsichthülle gelegt, aber noch nicht mit einem seiner Klebezettel versehen hatte.»

«Das klingt nach einer vernünftigen Erklärung.» Elisabeth Möller seufzte erleichtert. «Wem hätte er sie auch verkaufen sollen? Der Konkurrenz unserer Schnapsfabrik? Und heimlich? Das hätte kaum funktioniert und der sicher nicht hohe Ertrag den Diebstahl kaum gelohnt. Ich muss mich entschuldigen, Frau Äbtissin. Wer hätte gedacht, dass ich mal wie eine Diva an überreizten Nerven leiden würde. Es war eine törichte Idee.»

«Wir sind in diesen Tagen alle ein bisschen nervös. Seien Sie nicht so streng mit sich.»

«Dann denken Sie nicht, wir müssen Herrn Hildebrandt davon erzählen? Er will wissen, an welchen Dokumenten Herr Jolnow gearbeitet hat.»

«Das soll er natürlich erfahren. Ich sehe nur keinen Grund, ihm Ihren Verdacht aufzudrängen. Wenn es doch wichtig ist, wird er es schon selbst herausfinden.»

Als Elisabeth Möller in das Archiv zurückkehrte, stand das Fenster sperrangelweit offen. Scharfer Zugwind fegte ein paar Briefbögen vom Tisch, und Jessi, die immer noch in den Klosterbüchern las, sprang auf, um sie aufzuheben.

«Frierst du nicht?», fragte die Priorin und schloss rasch das Fenster. «Hier ist es ja eiskalt.»

«Es war so stickig», murmelte Jessi. Sie legte die Bögen auf den Tisch, schubste sie akkurat übereinander und griff nach ihrer Jacke. «Ich muss jetzt gehen, mein Vater will mit mir zu Mittag essen. Darf ich dieses Buch ausleihen? Nur bis morgen?» Sie hielt einen schmalen Bildband hoch, alt genug, um nur mit Schwarzweißfotos illustriert zu sein.

«Auch ein paar Tage länger. Ich bin sicher, du wirst gut darauf Acht geben.»

Jessi zog die Tür zum Hof hinter sich ins Schloss und kroch tief in ihre Jacke. Das alte Leder fühlte sich an wie ein Schutzpanzer. Sie schlug das Buch auf und fand gleich die richtige Seite. Diesmal wurde ihr nicht schwindelig, begann nicht wieder das wattige Summen in ihrem Kopf. Sie hatte sich trotzdem nicht geirrt. Das Foto zeigte den Blick über den hinteren Hof auf das Backhaus. Es war vor hundertzwanzig Jahren aufgenommen worden, und zwar von beinahe genau der Stelle, an der sie nun stand. Nur hatte es damals auf dem Hof ein mit Rosen bepflanztes und von niedrigem Buchsbaum eingefasstes Rondell gegeben, und die Hecke, die heute nur noch das Grundstück begrenzte, hatte sich einige Meter weit in den Hof hineingezogen. Auch die beiden Eichen beim Schuppen fehlten heute. Sie kannte dieses Bild, sie wusste nur nicht, woher. Hastig schloss sie das Buch.

Eine Rabenkrähe hockte groß und schwarz in der aufgewühlten Erde des Kräutergartens und flog mit ärgerlichem, durch die Stille hallendem Gekrächze auf, als eine hoch gewachsene Gestalt hinter dem Backhaus hervortrat und, die Hände tief in den Jackentaschen vergraben, stehen blieb und zu Jessi herübersah.

«Hallo», sagte Viktor Alting, «hast du dich von dem Schrecken erholt?» Sie nickte nur, und er fuhr fort: «Ich habe zwei neue Bretter vor die Tür geschraubt. Da kann jetzt nichts mehr passieren.»

Als sie immer noch schwieg, hob er grüßend die Hand und verschwand hinter dem alten Schuppen. Jessi holte tief Luft, presste das Buch gegen die Brust und rannte durch die Pforte bis zum Vorplatz und zum Tor hinaus, rannte und rannte, bis sie keuchend die ersten Häuser an der Mühlbachstraße erreichte.

KAPITEL 6

«Der alte Mann hatte Schulden.» Sabowsky klopfte auf die Mappe mit Hans Jolnows Kontoauszügen und machte ein strenges Gesicht. «Überraschend, nach allem, was wir von ihm bisher gehört haben. Allerdings sind sie nicht sehr hoch.»

Erik Hildebrandt fand Schulden nie überraschend, möglicherweise, weil sein eigenes Konto stets kurz vor dem Zusammenbruch stand.

«Ölfarben sind teuer», knurrte er, ohne von dem Möldenburger Stadtplan aufzusehen, «davon hat er sicher massenhaft gebraucht. Wie hoch?»

«Fast 9000 Euro. 8496, um genau zu sein.»

«Donnerwetter.» Das war tatsächlich überraschend. «Wann sind für Sie Schulden hoch, Frau Sabowsky?»

«Keine Ahnung, ich hatte nie welche. Sie waren noch höher. Als es an der Börse so schön rauschte, hat er einen Kredit aufgenommen und Aktien gekauft, blöd, was? Und leider zu spät, er ist total abgestürzt. Vor ein paar Monaten», sie blätterte in einer anderen Mappe und zog einen Kaufvertrag heraus, «am 17. Januar, hat er einen Acker verkauft, das hat aber nicht mal die Hälfte gebracht. Nur Bauland ist teuer, Ackerland ist billig. Jedenfalls sind die 8496 Euro noch übrig.»

«Hm.» Hildebrandt stützte das Kinn in die Hand und blickte stirnrunzelnd in den Nieselregen hinaus. Die Aussicht war wenig animierend. Das Fenster des engen Büros, das er für sich und Sabowsky mit Beschlag belegt hatte, ging auf den Hof hinaus. Das schmucklose Karree fungierte als Parkplatz für die Einsatzwagen und zugleich als Zufahrt für die Lieferanten eines Supermarktes, dessen fensterlose Rückfront den Hof wie den eines Gefängnisses erscheinen ließ. Zur Straße zeigte der Laden über großen Schaufenstern voller Reklameposter mit Billigangeboten eine hübsche alte Fassade, die Rückseite bot nichts als Beton. Die Müllcontainer und Stapel alter Paletten neben der breiten schmutzig-braunen Metalltür machten es nicht besser. Möldenburgs Idylle war eben auch nur Fassade. Da war ihm der schlichte Bau der Wache beinahe lieber, die klebte glatt, kühl und eckig in der erbarmungslosen Manier der siebziger Jahre zwischen kleinbürgerlich schmucken, schmalen Häusern aus der Zeit um die vorletzte Jahrhundertwende. Ihm fielen Begriffe wie ‹ehrlich› und ‹wenigstens funktional› ein, und er schalt sich einen Moralapostel.

«Schulden also», sagte er und schenkte Sabowsky, die mit mühsam unterdrückter Ungeduld kleine Pfeile und Rauten auf ihren Block kritzelte, endlich die nötige Aufmerksamkeit. «Wenn das das ehrenwerte Evchen Lenau wüsste. Sie ist so überzeugt, alles zu wissen, was in der Apfelwiesensiedlung vor sich geht, und ganz besonders in der Breslaustraße Nummer 8.»

«Was wusste sie denn tatsächlich? Wesentliches?», fragte sie knapp.

Hildebrandt mochte Sabowsky. Sie redete nie zu viel und arbeitete stets konzentriert. Oft bis zur Verbissenheit. Im Privaten mochte das unangenehm sein, im Dienst jedoch war es sehr förderlich. Als er sie im letzten Jahr zum ersten Mal als Mitarbeiterin für die Zeit seiner Möldenburger Ermittlungen bestimmte, hatte er das aus Mangel an angenehmeren Alternativen getan. Sie war ruppig, spröde und von einem Ehrgeiz getrieben, den er nie gefühlt hatte, nicht einmal in seinen jungen Jahren. Ein Quäntchen Humor bewies sie nur, wenn sie sich für einen Moment vergaß – ein wirklich grobes Vergehen. In einem selbstkritischen Moment hatte Hildebrandt erkannt, dass sie darin einander ähnelten. Im Übrigen war sie ungemein sportlich, eindeutig keine weitere Gemeinsamkeit, was er jedoch als Beweis von Selbstdisziplin für anerkennenswert hielt. Wenn er einmal seinen Dienstausweis abgab, müsste er Acht geben, dass er sich überhaupt noch aus seinem Sessel bewegte.

«Evchen Lenau», sagte er, «tja, die bewegt sich auch wenig.» Er ignorierte Sabowskys verständnislosen Blick und konzentrierte sich auf das, was die Polizeiobermeisterin erwartete, nämlich das Wesentliche.

Evchen Lenaus Bild von ihrem Nachbarn zeugte bei genauem Hinhören von großer Unentschiedenheit, die von der Enttäuschung über sein mangelndes Interesse an ihrer Nachbarschaft genährt worden war. Für die Dauer von zwei Tassen Kaffee und einem Kirschlikör, den Hildebrandt sicherheitshalber abgelehnt hatte, hatte sie ein Loblied auf Henriette Jolnow gesungen, die, schon als junge Frau verwitwet, allen männlichen Versuchungen widerstanden und nur für ihren Sohn gelebt habe. Treue, die wahre Tugend der deutschen Frau, sei ihr ein Leitstern gewesen. Und Sparsamkeit. Eine Meisterin im Umgang mit ihrer kleinen Rente sei sie gewesen, die sie nur hin und wieder mit Putzarbeiten aufstockte, aber ausschließlich in ersten Häusern.

Die ausführlichen Details über Henriette Jolnows Fleiß, Sauberkeit, edle Gesinnung und aufopfernde Mutterliebe ließ Hildebrandt nun als unwesentlich weg. Ebenso die Geschichte über den stets vorbildlich in Ordnung gehaltenen Garten, während ihr Sohn nie einen Spaten oder Pflanzstock auch nur angefasst habe; und die bei diesem Thema dargelegten Vorzüge von Mist gegenüber chemischem Dünger.

«Wenn sie eine so arme Witwe war», unterbrach ihn Sabowsky, «woher hatte sie dann einen Acker, den ihr klammer Sohn flugs verkaufen konnte? Das Haus hat ihr auch gehört. So was war in den fünfziger Jahren zwar billig, aber damals hatten die Leute noch nicht so viel Geld, schon gar nicht eine junge Kriegerwitwe.»

«Abwarten.» Hildebrandt fühlte sich gestört. «Das Haus, besser gesagt, das Häuschen hat ihr dieser malende Onkel gekauft, Reithbühl, ein schon ziemlich alter Herr, der während des Krieges aus Berlin nach Möldenburg gezogen ist und seine letzten Jahre bei den Jolnows gelebt hat. Dass Jolnow den Acker verkauft hat, wusste die Lenau, woher die gute Henriette den hatte, dass sie ihn überhaupt hatte, wusste sie bis zu dem Verkauf nicht. Davon hat Jolnow ihr selbst erzählt. Das hätte er besser nicht getan, sie fand den raschen Verkauf pietätlos. Fast so sehr wie seinen Versuch, das halbe Grundstück in der Breslaustraße als Bauland zu verscherbeln, was er aber nicht geschafft hat.»

«Und woher hatte sie den Acker nun?»

«Stellen Sie sich vor», sagte Hildebrandt grimmig, «danach habe ich sie nicht gefragt. Sie können es gerne nachholen, es wird nichts bringen. Sie ist erst vor fünfzehn Jahren in die Breslaustraße gezogen. Alles, was davor war und ihr nicht erzählt wurde, ist ihren Argusaugen entgangen. Falls Jolnow überhaupt wusste, woher sein Erbe stammte, wird er es ihr nicht gesagt haben. Gibt es darüber nichts in seinem Papierkram?»

«Nur über den Verkauf.»

‹Vielleicht›, dachte Hildebrandt, ‹hat sie bei einem Bauern geputzt, den ‹männlichen Versuchungen› doch nicht so konsequent widerstanden und zum Dank den Acker bekommen.› Doch das sagte er nicht. Es fiel in die Sparte Spekulation und mieser Scherz. Sabowsky würde es nicht verstehen und vermutlich mit einem Vortrag über männliche Vorurteile gegen allein stehende Frauen kontern.

«Dann haben Sie die Ehre, im Grundbuchamt nachzufragen», ordnete er stattdessen an. «Haben Sie ein Testament gefunden?»

«Nein. Es sieht aus, als würde Vater Staat den Reibach machen. Wenn nicht plötzlich längst verschollene Cousins und Cousinen auftauchen.»

«Gut, der hat selbst reichlich Schulden, der Staat, meine ich. Übrigens hat die alte Henriette auch einige Zeit im Kloster geputzt, das ist auch schon lange her. Mindestens fünfzehn, eher zwanzig Jahre.»

«Das haben Sie schon erwähnt.» Das Kloster interessierte Sabowsky nur als Fundort. «Hat sie gar nichts über Jolnow selbst gewusst?»

«So gut wie nichts, jedenfalls nichts Neues. Er ist vor etwa zwei Jahren nach Möldenburg und ins Haus seiner alten Mutter zurückgekehrt. Ein Jahr später ist sie gestorben. Er hat sie nicht so geliebt, wie sie es verdient hätte. Andererseits findet sie, dass er ein wirklicher Herr gewesen sei, klug und gebildet, sagt sie, aber leider ein Künstler, und als solcher wusste er das solide Leben und die treue Zuneigung einer einfachen Frau nicht zu würdigen. Ich fürchte, sie hat damit weniger Frau Jolnow als sich selbst gemeint.»

«Wollten Sie sich nicht auf das Wesentliche beschränken?», erinnerte Sabowsky.

«Das Wesentliche, verehrte Kollegin, besteht in diesem Fall aus Unwesentlichem. Nach Frau Lenau hatte er keine Freunde in der Stadt, nur ein paar Bekannte. Dass er Malschüler hatte, wissen wir, Sie werden mir gleich erzählen, mit wem von der Liste Sie schon gesprochen haben. Die waren wohl sein einziger Besuch. Bis uns jemand anderer vom Gegenteil überzeugt, können wir darauf vertrauen: Sie hat einen bequemen Stuhl direkt am Fenster stehen. Um die Vögel im Vorgarten zu beobachten, sagt sie. Was noch? Ab und zu ging er essen, allein, immer in die *Alte Post*. Dort wohne ich und höre mich mal um, ob er tatsächlich immer allein gegessen hat. In den letzten Monaten interessierte er sich nur noch für seine Aktivitäten im Kloster, was Frau Lenau einerseits löblich fand, andererseits gar nicht gut, weil er eine zu offensichtliche Schwäche für die Priorin hatte. Das hat sie natürlich nicht gesagt, es war aber überdeutlich. Von den Umbauplänen für sein Haus wusste sie nichts, nur noch, dass er überlegte, eine Ausstellung mit Bildern seines Großonkels zu organisieren, dem Mann, dem er und Henriette das Haus verdankten. Der Mann hieß Reithbühl, sein Totenschein ist in Jolnows Papieren, Sie erinnern sich gewiss, kein Mensch kennt ihn und seine Werke. Von ihm müssen die Bilder mit der anderen Signatur sein, die auf dem Dachboden verstauben.»

«Ich kann mich trotzdem erkundigen, ich kenne da jemanden», murmelte Sabowsky, notierte den Namen und versuchte mit gesenktem Kopf, ihr Erröten zu verbergen.

Hildebrandt war irritiert. Dass es in Sabowskys Leben jemanden gab, der sie erröten ließ, war schon ein Ereignis, dass es jemand war, der sich anstatt in Karate und Marathonläufen mit vergessenen Malern auskannte, doppelt erstaunlich. Das konnte nur eine unglückliche Liebe sein.

«Sonst nichts?», fragte sie knapp.

«Er fuhr immer Fahrrad, was Frau Lenau im Prinzip für gesund hält, obwohl sie ihres nicht benutzt, weil es die Knie zu sehr beansprucht. Und seine neue Frisur gefiel ihr nicht. Das Rattenschwänzchen», erklärte er.

«Na toll. War der Kaffee wenigstens gut?»

«Fast so gut wie Ihrer: reinstes Gift. Hatten die anderen Nachbarn mehr zu bieten?»

«Absolute Nullrunde. Dessau und Klenze haben alle abgeklappert und – nun gucken Sie doch nicht so, Jürgen ist manchmal ein bisschen tapsig, trotzdem ist er gründlich, besonders in letzter Zeit. Und wenn's hart auf hart geht, bei nächtlichen Prügeleien zum Beispiel, die sind hier in manchen Kneipen das obligatorische Samstagnacht-Vergnügen, bin ich verdammt froh, wenn er in der Nähe ist. Also, sie waren überall, und keiner wusste was, nicht mal so wenig wie Frau Lenau. Alle beschreiben ihn als höflich und unauffällig. Frau Mack, die Nachbarin zur Rechten, sagt, er habe immer so schön ausgeglichen und zufrieden gewirkt. Mit vier Kindern und einem heimwerkenden Gatten hat sie ihn darum sicher beneidet. Nur der Mann von direkt gegenüber hat missbilligend vermerkt, dass Hans Jolnow gewöhnlich bis nach Mitternacht Licht brennen ließ, helles Licht, hat er betont, nicht nur eine Leselampe. Schweres Verbrechen. Als er hörte, dass sein Nachbar hobbymäßig gemalt hat, war er beruhigt.»

Hildebrandt überlegte flüchtig, wie seine Nachbarn ihn selbst beschreiben würden, und beschloss, besser nicht darüber nachzudenken. Wahrscheinlich wussten die meisten nicht einmal, wie er aussah.

Er klappte sein Notizbuch zu und schob seinen Stuhl zurück. «Wenn Ihre Malschüler-Liste nichts Weltbewegendes ergeben hat, möchte ich davon morgen hören. Jetzt mache ich zur Abwechslung einen Besuch im Blumenviertel.»

«Bei den Eisners?»

«Schlau kombiniert. Ich weiß, dass Sie mit dem Mädchen gesprochen haben und nichts Neues dabei rauskommen wird», erklärte er rasch, als er ihre schmalen Lippen sah, «nennen Sie es ruhig schlichte Neugier. Ich möchte nur wissen, wie diese Häuser von innen aussehen.»

«Das haben Sie schon im letzten Jahr gesehen. Oder haben Sie das Fest in der Mühlberg-Villa vergessen? Mit Jagdhörnern und allem Trara? Das war nur ein Steinwurf weiter. Wenn Sie schon dort hingehen: Die Eisners sind auch Nachbarn von Jolnow. Gewesen natürlich.»

«Wer hätte das gedacht?», murmelte er und faltete den Stadtplan zusammen.

«Ja. Wenn man in der Apfelwiesensiedlung ist und sich nicht auskennt, merkt man es nicht, weil es über die Straßen ein ganzes Stück entfernt ist. Aber hinter der Tannenreihe am Ende von Jolnows Garten fängt der Eisner'sche an. Die Grundstücke grenzen direkt aneinander. Ach, und noch was», fuhr sie fort, als er schon seine Jacke vom Kleiderhaken nahm, «nur damit Sie nicht ins Fettnäpfchen treten: Ina Eisner ist Jessis Stiefmutter. Ihre richtige Mutter ist abgehauen, als Jessi noch ziemlich klein war, vor etwa zehn Jahren, mehr oder weniger bei Nacht und Nebel und mit einem Liebhaber. In die Rosenstraße sind die Eisners erst später gezogen, so etwa als Jessis Vater Ina geheiratet hat. Soll ziemlich schnell gegangen sein, vielleicht ist Frau Eisner I abgehauen, weil Frau Eisner II schon auf der Matte stand. Das weiß ich übrigens vom Kollegen Dessau. Der kennt die Gegend und die Leute hier nämlich genau.»

In der Rosenstraße saßen die Eisners um den Abendbrottisch und bemühten sich um Munterkeit. Obwohl es heute, wie an jedem zweiten Tag, dran gewesen wäre, hatte Ina an diesem Abend auf das Laufen verzichtet. Nicht wegen des Regens, gegen die Widrigkeiten des Wetters war sie ausgerüstet, sondern weil sie fand, dass Jessi in diesen Tagen die Nestwärme eines harmonischen Familienlebens brauchte.

Wenn Harmonie die Abwesenheit von Streit bedeutete, klappte es ziemlich gut, wenn sie entspannte Vertrautheit bedeutete, war dieser Abend mal wieder ein echter Reinfall.

Nachdem Roland Eisner ausführlich berichtet hatte, wie nett das gemeinsame Mittagessen mit Jessi gewesen sei, tatsächlich hatte seine Zeit nur für eine Pizza vom Schnelldienst in seinem Büro gereicht, lobte er ein ums andere Mal den Curryhuhn-Salat, den wirklich niemand so gut mache wie Feinkost-Mettmann am Markt. Im Übrigen sei das Wetter wirklich scheußlich, und wie gut, dass Jessi nun nicht mehr zu dieser Klostergarten-Arbeit müsse, überhaupt und wegen des Schlamms. Gleich morgen werde er sich um einen besseren Einsatzort kümmern. Worauf Jessi tief Luft holte und Ina eilig eine schöne kleine Reise für die Pfingstferien vorschlug. Einige Tage Abstand von Möldenburg täte ihnen allen gut, auch wenn es bis dahin noch einige Wochen dauern werde. Das sei eine tolle Idee, behauptete Roland und schlug die Faust in die flache Hand, eine wirklich tolle Idee. Dann plädierte er beharrlich für Kopenhagen, während Ina die Vorzüge Istriens verteidigte.

Jessi, nach ihrer Meinung gefragt, hatte keine. Sie stocherte in ihrem Salat herum, sortierte die zermanschten Mandarinenstücke aus und schob sie auf den Tellerrand. Eine Tätigkeit, die ihre ganze Konzentration zu fordern schien. Als die Frage Istrien oder Kopenhagen kritisch zu werden begann, wechselte Roland das Thema. Zur allgemeinen Überraschung ging es um Hockey, insbesondere um seine Pläne für die dringend nötige Ausbesserung des Platzes. Ina lächelte mit gepressten Lippen und gab auf.

Irgendetwas war im letzten Jahr mit ihrem Familienglück schief gelaufen. Jessis Erlebnis beim Backhaus war nur eine kleine Krise. Sie war erschreckt und verwirrt, solche Dinge waren tragisch, aber sie gehörten zum Erwachsenwerden. Und Krisen sollten den Zusammenhalt einer Familie fördern, ein gemeinsamer äußerer Feind, und sei es auch nur ein belastendes Erlebnis, stärkt die Gemeinsamkeit. So weit die Theorie. Sie sah den Mann an, den sie einmal geliebt hatte und vielleicht immer noch liebte, das Mädchen, das schon lange nicht mehr ihre kleine klebrige Hand in ihre beschützende schob. Hatte Jessi das überhaupt irgendwann getan? Oder nur ihrem Vater zuliebe, der sie zweifellos darum gebeten hatte, nett zu seiner neuen Freundin zu sein? Jessi hatte sie nie Mama genannt, obwohl sie damals doch erst sechs Jahre alt gewesen war. Das hatte Ina nicht erwartet, nicht wirklich, Stiefmutter blieb Stiefmutter, aber andere Stiefkinder taten das, wenigstens ab und zu aus Versehen. Sie war eben nicht der Kuscheln-Milch-und-Kekse-Typ, trotzdem gab sie sich alle Mühe, bis zum Verleugnen ihrer eigenen Prinzipien. Das hatte sie vom ersten Tag an getan, das würde sie auch weiter versuchen. Aber wozu?

Sie sah Jessi verstohlen an, den gesenkten Kopf, die Hände mit dem abblätternden schwarzen Nagellack, und hätte viel darum gegeben, zu wissen, was unter den hässlichen blauen Haaren vor sich ging. Einfach fragen, das musste doch leicht sein. Aus irgendeinem Grund war es nicht leicht.

Sie sah ihren Mann an, hörte ihn launig über die Freuden der Kajaktouren seiner Jugend plaudern und stellte sich ein breites Klebeband über seinem Mund vor. Endlich riss sie sich zusammen. Wer hatte behauptet, das Familienleben sei alle Tage Glück und Vergnügen? In ihrem Beruf galt sie als risikofreudig, ohne dabei leichtsinnig zu sein, ein Lob, auf das sie stolz war. Risiko. Warum nicht auch am Küchentisch.

«Jessi», begann sie und warf ihrem Mann einen Blick zu,

der ihn umgehend verstummen ließ, «Jessi, ich möchte gerne wissen ...»

Da klingelte es, und Jessi flüchtete zur Haustür.

«Hildebrandt, Kriminaldienst Lüneburg», stellte sich der hagere Mann mit dem dünnen, schon ergrauenden Haar vor. «Entschuldigen Sie, dass ich einfach so hereinplatze, es ist auch schon ziemlich spät, ja, ich war gerade in der Nähe ... störe ich, oder haben Sie ein paar Minuten Zeit? Ich möchte mit Ihrer Tochter reden, und da sollten Sie dabei sein.»

Stühle wurden gerückt, Geschirr wurde abgeräumt (Hildebrandt ließ sich bei rein dienstlichen Gesprächen nie zum Essen einladen; er aß einfach zu gerne, es hätte seine Objektivität beeinflusst, sie je nach Qualität des Angebots positiv oder negativ verzerrt). Nachdem er versichert hatte, er würde gerne in dieser hübschen Küche bleiben, wurden Gläser auf den Tisch gestellt. Er bat um Mineralwasser und versuchte zu erspüren, in was für eine seltsame Stimmung er hineingeplatzt war. Die üblichen Reaktionen auf sein unerwartetes Erscheinen waren beschränkt: Im Prinzip gab es nur die Varianten Neugier und Angst mit all ihren Fassaden und schillernden Facetten. Was er hier spürte, war ihm nicht deutlich.

Bei Jessi erkannte er weder das eine noch das andere. Sie sah ihn abwehrend an, misstrauisch auch; im Gegensatz zu ihren Eltern verriet sie jedoch keine Nervosität.

«Ich will Sie in Ihrer Arbeit natürlich nicht behindern», sagte Ina Eisner, «aber ist das wirklich nötig? Wir finden, das Kind (bei diesem Wort verdunkelten sich Jessis Augen) braucht Ruhe und Abstand von dieser schrecklichen Geschichte. Ihre Kollegin hat ausführlich mit ihr gesprochen. Ich denke, das reicht.»

Roland Eisner legte seine Hand auf Jessis und war derselben Meinung. Hildebrandt auch, das behielt er jedoch für sich. Wenn die Eisners glaubten, seine Fragen fielen aus Rücksicht so mager aus, störte ihn das nicht.

«Ist dir inzwischen noch etwas eingefallen, Jessica? Irgendetwas, was an diesem Tag im Klostergarten ungewöhnlich war? War vielleicht jemand in der Nähe des Backhauses, der dir aufgefallen ist? Auch schon an früheren Tagen?»

Jessi schüttelte den Kopf. «Außer der Priorin und mir war niemand dort.»

Roland Eisner rutschte unruhig auf seinem Stuhl hin und her. «Es war erst ihr zweiter Tag dort. Und wenn es nach mir geht, auch der letzte.»

Jessi zog ihre Hand unter seiner vor und schob sie in die Hosentasche. «Wenn ich was wüsste», sagte sie und sah an Hildebrandt vorbei gegen die schwarze Fensterscheibe, «würde ich's Ihnen sagen. Ich war nur neugierig, deshalb wollte ich mir das Backhaus ansehen. Mehr weiß ich nicht. Wirklich.»

«Neugierig, klar, das alte Gemäuer sieht verlockend aus.» Hildebrandt drehte sein Glas in den Händen und nahm einen Schluck Mineralwasser.

«Frau Sabowsky hat dich schon einiges gefragt, Jessica, du musst Geduld mit mir haben, falls ich die gleichen Fragen noch einmal stelle. Du weißt, wie es um das Backhaus herum aussieht, da ist vor allem Gras, und dieser neue Erdhaufen für die Beete deckt eine ganze Fläche zu. Du bist ganz sicher, dass du nicht irgendetwas dort gesehen hast? Oder gefunden und eingesteckt?»

«Nein, ich meine, ja, ich bin sicher. Was sollte das sein?»

«Der Kriminalhauptkommissar meint solche Sachen, wie sie in Fernsehkrimis immer entdeckt werden», half ihr Vater aus, «einen Handschuh, eine Zigarettenkippe oder irgendein Papier. Oder einen Knopf. Werden da nicht immer Knöpfe abgerissen?», wandte er sich an Hildebrandt.

«Hin und wieder», antwortete Hildebrandt ernsthaft. «Am besten mit einem dicken Fingerabdruck drauf. In der Realität geschieht das leider selten. Aber dein Vater hat Recht, Jessica, so etwas meine ich.»

«Da lag nichts. Ich habe mich auch gar nicht umgesehen. Wenn da was rumlag, habe ich es nicht bemerkt. Ich bin doch kein Penner, der nach Kippen sucht.»

«Natürlich nicht. Und sonst ist dir auch nichts aufgefallen?»

«Na ja», sagte Jessi, und Hildebrandt, der nichts als eine unwirsche Antwort erwartet hatte, sagte rasch: «Alles kann wichtig sein, auch wenn es dir jetzt nicht so erscheint.»

«Also. An dem Tag, an dem wir ihn gefunden haben, ist mir nichts aufgefallen, wirklich nicht. Aber es könnte sein, am Abend vorher.»

«Am Abend vorher?» Roland Eisner rutschte auf die vorderste Stuhlkante. «Du warst doch den ganzen Abend in deinem Zimmer, Jessi. Was soll dir da aufgefallen sein?»

Sie beugte den Kopf und befreite den linken kleinen Finger von einem Nagellackrest. «War ich beinahe, Papa. Ich war noch mal kurz weg, du hast es nur nicht gemerkt.» Sie holte tief Luft, hob entschlossen den Kopf und blickte Hildebrandt an. «Ich bin an dem Abend mit dem Fahrrad zum Kloster gefahren …»

«Bei dem Wetter!?», fragte Ina dazwischen.

«Warum nicht? Du warst ja auch Joggen. Bei dem Wetter. Also, ich bin da hingefahren, zur Mauer an der Rückseite, wo der Weg hinter dem Kloster entlang und eine Abzweigung weiter in den Park führt, es war schon dunkel und ein bisschen unheimlich, weil kein Mensch da war.»

«Und was, um Himmels willen, wolltest du da?» Roland

Eisner sah seine Tochter fassungslos an. «Willst du mir das bitte mal erklären?»

Das wollte Jessi nicht. Sie würde nicht erzählen, dass sie zwei Spraydosen in der Tasche und die schöne freie Fläche der Klostermauer im Auge gehabt hatte.

«Ich bin nur so rumgefahren», murmelte sie, und alle, jedenfalls Ina und Roland Eisner, wussten, was der Grund ihres ‹Nur-so-Rumfahrens› gewesen war.

«Okay», sagte ihr Vater grimmig, «was war dann?»

«Ich stand da und guckte, nur so eben, und da kam jemand. Weil es doch unheimlich war, habe ich mich schnell im Gebüsch versteckt, er ist vorbeigegangen und hat mich nicht gesehen. Ich dachte, er geht spazieren. Manche Leute tun das auch nachts.»

Der letzte Satz klang nach purem Trotz, Roland Eisner holte tief Luft, doch Hildebrandt kam ihm rasch zuvor: «Sicher gehen Leute im Park spazieren, sogar nachts bei Regen. Weißt du, wie spät es war? Ungefähr.»

Jessi nickte. «Ungefähr halb neun. Als ich über den Markt geradelt bin, war es nämlich zwanzig nach acht. Da ist eine Uhr, an der Brunnen-Apotheke.»

Hildebrandts Adrenalinspiegel schoss in die Höhe, was ihm jedoch nicht anzumerken war. «Halb neun, gut. Wie sah er aus? War es überhaupt ein Mann?»

«Ich glaube schon. Er hatte Hosen an. Sonst habe ich nicht viel gesehen. Eine dunkle Jacke, schwarz. Glaube ich. Es war ja dunkel, da sieht das meiste schwarz aus.»

«Konntest du die Haarfarbe erkennen?»

«Das ging nicht. Er trug eine Mütze. Ich glaube, so eine dünne aus Wolle, wie man sie zum Skifahren trägt, die war auch schwarz. Oder vielleicht dunkelblau. An dem Weg sind keine Laternen.»

«Groß? Klein? Dick? Dünn?»

Jessi dachte nach. «Normal», sagte sie schließlich. Und auf Hildebrandts Stirnrunzeln: «Wie mein Vater oder wie Sie. So etwa. Normal eben.»

Roland Eisners Größe entsprach in etwa Hildebrandts, allerdings wog er mindestens zehn Kilo mehr, und hinter seinen breiten Schultern konnte Hildebrandt sich leicht verstecken.

«Gut, also normal.» Hildebrandt hatte von Zeugen schon ärgere Verallgemeinerungen gehört. «Hast du gesehen, wohin er ging?»

«Nur ungefähr, eben den Weg runter. Als er vorbei und weit genug weg war, um nicht mehr hören zu können, wenn es im Gebüsch raschelt, bin ich raus und schnell nach Hause gefahren. Das Fahrrad hatte ich auf dem Klosterparkplatz gelassen, da musste ich natürlich erst hinlaufen. Ich war nicht lange weg, Papa, deshalb hast du nichts gemerkt.»

Den Weg runter. Wenn Hildebrandt jenen Teil des Parks richtig im Kopf hatte, und davon war er überzeugt, gabelte sich der Weg bald nach dem Parkeingang. Der Hauptweg führte zum Heppmann-Denkmal, der steinernen Erinnerung an den Möldenburger Heimatdichter, die etwas schmalere Abzweigung zurück zur Mühlbachstraße, direkt vorbei am Backhaus und am Kloster. «Und sonst?», fragte er. «Ging er auf eine besondere Weise? Sah es aus, als habe er es eilig? Hielt oder bewegte er seine Arme besonders?»

Jessi zog die Schultern hoch und sah ihren Vater hilfesuchend an.

«Es ist völlig in Ordnung, wenn du dich an sonst nichts erinnerst.» Roland Eisner warf Hildebrandt einen eisigen Blick zu. «Das wird irgendein Spaziergänger gewesen sein, und du konntest nicht ahnen, dass dich jemand nach ihm fragen wird. Ist das nun genug, Herr Hildebrand?»

«Ja. Ich bin der gleichen Meinung wie dein Vater», log er, «mach dir wegen dieses Spaziergängers keine Gedanken, Jessi. Trotzdem, nur sicherheitshalber: Hast du ein parkendes Auto in der Nähe gesehen?»

«Direkt am Park ist mir keins aufgefallen. Auf dem Klosterparkplatz standen ein paar Autos, aber davor hängt eine Kette, für die nur die Damen einen Schüssel haben. Ein bisschen weiter, bei den Gebäuden, die noch zum Kloster gehören, stand ein Jeep, der gehört Herrn Alting. Das wusste ich da nur noch nicht. Der wohnt in einem der Häuser.»

«Nur noch eine Frage, Jessica. Kanntest du Herrn Jolnow? Persönlich, meine ich.»

«Nicht richtig. Ich hab ihn nur ab und zu gesehen. Geredet oder so was hab ich kaum mit ihm, nur einmal, vor ein paar Wochen, jedenfalls waren die Bäume noch völlig kahl. Die Katze von den Mellerts schlich durch unseren Garten, so eine hübsche grau-weiße, und ich wollte sie streicheln, wir haben ja keine. Als sie durch die Tannen gerannt ist, bin ich hinterhergekrochen. Da stand Herr Jolnow und grub ein Beet um, er hat sich ziemlich erschreckt, aber nicht gemeckert. Auch nicht über die Katze. Bis zu dem Tag kannte ich ihn gar nicht, dabei war er unser Nachbar.»

«Tatsächlich?»

«Das kann man so nicht sagen», wandte Ina energisch ein. «Sein Grundstück grenzt wohl an unseres, die Gärten sind nur durch eine Tannenhecke getrennt. Das hat aber wenig zu sagen, tatsächlich hatten wir gar nichts miteinander zu tun. Das Blumenviertel und diese Siedlung, na ja, die liegen nah beieinander, trotzdem wird keine Nachbarschaft gepflegt. Wurde es nie. Hier und dort, da bestehen zu unterschiedliche Interessen.»

«Ina meint, die Leute auf der anderen Seite der Hecke

spielen Fußball und kaufen bei Aldi, hier gehen die Leute golfen und kaufen bei Feinkost-Mettmann.»

«Jessi!» Roland Eisner lachte bemüht. «So kann man das wirklich nicht ausdrücken. Es ist eben ...»

«Doch», fiel ihm Ina ins Wort. «Doch, das kann man. Im Übrigen war gerade er nicht der Nachbar, den man sich wünscht. Ich kannte ihn auch kaum, und das hat mir gereicht. Sie haben inzwischen sicher sein Grundstück gesehen, Herr Hildebrandt: Völlig verwahrlost, ich möchte nicht wissen, wie es in seinem Haus aussieht. Trotz der Hecke treibt der Wind ständig seinen Abfall in unseren Garten, das ganze Laub und abgebrochene Äste von seinen alten bemoosten Bäumen. Die müssten längst geschlagen und durch neue ersetzt werden. Im Herbst ist das ein Desaster. Selbst jetzt – kommen Sie», sie stand auf und ging zum Fenster, «sehen Sie sich das an. Erst am letzten Wochenende habe ich den Rasen geharkt, und nun? Sehen Sie? Schon wieder ist der ganze Dreck zu uns rübergeflogen. Ich habe ihn mehrfach gebeten, für ein *bisschen* mehr Ordnung zu sorgen, es hat nichts genützt.»

Hildebrandt legte die Hände zwischen Schläfen und Fensterscheibe und versuchte in der nur von einer matten Gartenlaterne erleuchteten Dunkelheit die Grundstücksgrenze und Jolnows Haus zu erkennen. Viel interessanter fand er jedoch Inas Erregung. Sie schien ihm nicht angemessen. Andererseits hatten sich schon Menschen den Schädel eingeschlagen, weil sie sich über die Größe ihrer Gartenzwerge nicht einigen konnten. Sie stand neben ihm, angespannt wie die Sehne eines Bogens kurz vor dem Schuss, aus den Augenwinkeln sah er ihre angestrengte Miene. Sie war sehr schlank, eine große sportliche Frau, sie erinnerte ihn an Sabowsky.

«Wissen Sie, was nun mit seinem Besitz geschieht, Herr

Hildebrandt? So viel ich weiß, hatte er keine Kinder und auch sonst keine Verwandten. Wir überlegen ...»

«Woher weißt du das, Ina?», fragte ihr Mann.

«Woher?» Ihre Hand flatterte ärgerlich in die Höhe. «Das habe ich irgendwo gehört. Die Leute reden zurzeit über nichts anderes als Jolnows Tod. Geschwätz eben, es muss nicht stimmen. Wenn es so ist, sollten wir ernsthaft überlegen, das Haus und das Grundstück zu kaufen, von mir aus mit allem Inventar. Unser Garten ist ziemlich klein.»

Anders als Erik Hildebrandt beachtete sie Roland Eisners Verblüffung nicht. Vielleicht sah der seine Frau nur so entgeistert an, weil sie ihren Garten klein fand, was er tatsächlich nicht war, jedenfalls für Menschen, die nicht einmal über einen Balkon verfügten.

«Sie müssen meine Frau verstehen», bat Roland Eisner mit gesenkter Stimme, als er Hildebrandt bald darauf zur Tür brachte. «Es geht ihr nicht nur um den Garten und das bisschen Laub von Jolnows Bäumen. Es geht um Jessi, Ina ist die Stiefmutter meiner Tochter, so was ist nie leicht, und sie macht es sich manchmal ein wenig schwer. Jolnow war es nämlich, der Jessi wegen ihrer Sprayereien verpfiffen hat. Er hat sie – sozusagen auf frischer Tat – erwischt und angezeigt. Anstatt es erst mal mit uns zu besprechen, wir hätten das auch ohne Polizei geregelt. Mit ein bisschen Geld als Entschädigung geht manches. Einfach ein Kind anzeigen ist nun wirklich nicht das, was man unter guter Nachbarschaft versteht, oder? Er meinte, Jugendliche müssten Grenzen und Respekt vor fremdem Eigentum lernen und deshalb angemessen bestraft werden. Er war ein alter Moralapostel.»

«Trotzdem wollte Ihre Tochter im Kloster arbeiten? Obwohl sie ihm dort jeden Tag begegnen konnte?»

«Sie weiß nicht, wer sie angezeigt hat, wir haben es ihr

jedenfalls nicht gesagt. Sie glaubt, es waren die Leute in dem Haus, dessen Wände sie so fleißig verunziert hat. Nun fragen Sie mich nicht, was meine Tochter denkt. Warum sie so verrückt nach dem Kloster ist, verstehe ich sowieso nicht. Vielleicht aus reinem Trotz, sie ist jetzt in diesem Alter.» Eisner rieb ratlos die Hände gegeneinander. «Es wäre mir lieb, wenn Sie Jolnows Anzeige den Klosterdamen gegenüber nicht erwähnten. So viel ich weiß, war er dort sehr beliebt, und nun, wo er tot ist ... Andererseits, die Frauen dort werden völlig seiner Meinung sein. Womöglich hat er es ihnen selbst erzählt.»

«Haben Sie nie mit ihm darüber gesprochen?»

«Wozu? Ich kannte ihn doch nicht. Mein Kompagnon sagt zwar, er sei vor einigen Monaten mal bei uns im Büro gewesen. Aber daran erinnere ich mich nicht. Ich hatte jedenfalls nichts mit ihm zu tun, weder privat noch beruflich.»

«Tatsächlich. Und warum hat er sich dann Ihre Durchwahl notiert?»

«Meine Durchwahl? Sind Sie sicher?

«Absolut. Die von Ihrem Büro.»

«Das ist mir rätselhaft. Oder doch, warten Sie, jetzt fällt es mir ein. Das muss im letzten Winter gewesen sein, noch vor Weihnachten, ja natürlich, da habe ich ihn angerufen. Ich habe nur seinen Anrufbeantworter erwischt und meine Büronummer hinterlassen, er hat nie zurückgerufen. Es war nicht wichtig, nur so eine flüchtige Idee, ich habe es gleich wieder vergessen. Völlig unwichtig.»

«Sicher, sonst hätten Sie es nicht vergessen. Verraten Sie mir trotzdem, worum es ging?»

«Natürlich. Ich hatte gehört, dass er Zeichenunterricht gibt, auf dem Golfplatz hat jemand davon erzählt. Ich glaube, Frau Meyerkamp, genau, die nahm bei ihm Unterricht.

Na ja, und als Jessi das zweite Mal mit ihren Spraydosen vor einem Graffito erwischt wurde, da hielt ich es für eine gute Idee, den Teufel mit dem Beelzebub auszutreiben. Ich wollte sie bei ihm zum Unterricht anmelden. Blöde Idee, das hätte sie nie gemacht. Ich habe sie gar nicht erst gefragt. Nun werden Sie mich gleich nach einem Alibi für die Tatzeit fragen, was?»

«Nur so aus Spaß», Hildebrandt lächelte breit, «wo waren Sie denn vorgestern Abend zwischen acht und elf?»

«Sie haben schlechte Karten, Herr Kriminalhauptkommissar. Ich war den ganzen Abend zu Hause, ab halb sieben. Mit meiner Familie. Meine Frau hat zwar wie an jedem zweiten Tag ihr Lauftraining absolviert, aber Jessi war die ganze Zeit im Haus.»

«Wie Sie gerade gehört haben, ist das ein Irrtum. Nun gut, immerhin war sie zeitweise hier. Wo trainiert Ihre Frau?»

«Es reicht nun, Herr Hildebrandt.» Roland Eisner verlor auch den letzten Rest seines frostigen Lächelns. «Wenn Sie darauf bestehen: Ina läuft immer auf dem Spazierweg entlang der Mölde. Um Ihrer Phantasie gleich Grenzen zu setzen: Bis zum Park hinter dem Kloster und zu diesem blöden Backhaus ist es viel zu weit. Und: Vorgestern kam sie sehr schnell wieder zurück, das Wetter war saumäßig, wie Sie sich vielleicht erinnern.»

«Danke», sagte Hildebrandt. «Sie müssen das nicht so persönlich nehmen, Herr Eisner, alles reine Routine, das wissen Sie doch.»

«Natürlich. Tut mir Leid, wenn ich ungehalten bin, wir sind alle etwas geschafft. Sie glauben doch nicht, dass dieser Mann, den Jessi gesehen hat, Jolnows Mörder war? Schon der Gedanke ist mir schrecklich.»

«Ich weiß es nicht, Herr Eisner, und solange das so ist,

glaube ich auch nichts. Alles andere führt nur in die Irre. Was glauben Sie?»

Felicitas legte den Hörer auf die Gabel, schlug ihren Terminkalender auf und zog einen Strich durch die Eintragung für den Abend des 3. Mai. Sie spürte Ärger und hoffte, Verena mit ihrem sechsten Sinn für Zwischentöne habe nichts davon bemerkt. Der Ärger war dumm und ungerecht, zumindest sollte sie ihn anstatt gegen ihre Tochter auf sich selbst richten. Sie traf Verena viel zu selten und hatte sich auf das Geburtstagsessen mit ihr gefreut. Dass sie es nun abgesagt hatte, weil sie für ein paar Tage nach Wien fahren wollte, fand Felicitas nur schade: Verena arbeitete viel zu viel, auch nach dem Ende ihrer Zeit als Assistenzärztin war der Dienst mörderisch geblieben, die kleine Reise würde ihr gut tun. Ärgerlich fand Felicitas, dass ihre Tochter behauptete, alleine zu fahren. Obwohl sie zunächst von ‹wir› gesprochen hatte. Warum konnte sie ihrer Mutter nicht einfach sagen, dass sie mit einem Freund verreiste? Warum verheimlichte sie überhaupt, dass es jemand Neuen in ihrem anstrengenden Leben gab? Dass es so war, wusste Felicitas nur von Jasper, der anders als sie immer genau über das Leben seiner Schwester Bescheid wusste.

Sie klappte den Terminkalender zu und schnippte unwirsch gegen den Messingleuchter, der auf ihrem Sekretär darauf wartete, eingepackt zu werden. Manchmal vergaß sie, wie dünnhäutig ihre Tochter war. Auch jetzt noch, mit dreiunddreißig. Manchmal vergaß sie auch, dass ihre eigene Direktheit hin und wieder denselben Effekt hatte wie ein Elefant im Porzellanladen. Sie hätte sich ihr spitzes Urteil über Verenas letzte Liebschaft wirklich verkneifen müssen. Aber dieser Mann war einfach zu albern gewesen. Sein unermüdliches Geschwätz von seinen wichtigen Geschäften, Miami hier, Singapur da, sein Gerede über das Konzert, in das Verena ihn mitgeschleppt hatte, wobei er nicht mal wusste, wie man Dvořák ausspricht, und ihn auch noch zum Russen machte.

Aber warum wehrte Verena sich nicht, warum sagte sie nicht: ‹Jetzt ist Schluss! Ich will so etwas über meine Freunde nicht hören. Schon gar nicht von meiner Mutter.›?

Sie lehnte sich zurück und betrachtete die Fotografien ihrer beiden Kinder, die neben der ihres Mannes auf dem Sekretär standen. Jasper wurde seinem Vater immer ähnlicher, er hatte das gleiche eckige Kinn wie Lorenz, die hohen Wangenknochen, den gleichen Blick. Sie hörte oft, Verena gleiche ihr. Obwohl sie das selbst nicht sehen konnte, machte es sie auf lächerliche Weise stolz. Falls irgendetwas in ihrem Leben gelungen war, waren es ihre Kinder, auch wenn sie ganz andere Wege gingen, als sie es sich vorgestellt hatte. Als Verena und Jasper heranwuchsen, hatte sie in ihren schönen Mutterträumen geglaubt, dass zumindest einer der beiden einen besonderen Weg einschlagen würde, einige Schritte abseits der gutbürgerlichen Traditionen ihrer Familie. Doch Verena ließ trotz ihres großen Talents die Geige im Regal verstauben und studierte Medizin wie ihr Großvater. Jasper hatte sich für die Juristerei entschieden wie sein Vater und, in Ermangelung einer besseren Idee und wegen der Kinder nur bis zum ersten Staatsexamen, auch seine Mutter.

‹Mach dir nichts draus›, hatte er grinsend gesagt, als sie ihm vor einiger Zeit ihr Bedauern anvertraute, ‹wir sind für Abenteuer nicht gemacht. Uns sind ein verlässliches Einkommen und die gut eingelaufene Spur lieber. Dafür gibt es nun eine Äbtissin in der Familie, das ist für uns alle exotisch genug.›

Mit Jasper war es immer leicht. Trotzdem fühlte sie sich

ihrer Tochter enger verbunden, selbst wenn sich Verena ihr nicht mehr vorbehaltlos anvertraute. Sie war selbst schuld: zu neugierig, zu schnell und zu hart mit den Urteilen.

Jasper hatte Recht. ‹Halt dich einfach raus›, hatte er gesagt, ‹Verena ist manchmal eine Auster, und Mütter müssen nicht alles wissen. Glaube nicht, dass das mit der Pubertät aufhört, nicht mal bei meiner vernünftigen großen Schwester.› Dabei hatte er ihre Wange getätschelt, trotz seiner dreißig Jahre väterlich, genauso wie es Lorenz gern getan hatte. Noch wenige Minuten bevor er vor schon so langer Zeit plötzlich starb. Vor fünfzehn Jahren, und immer noch kam es vor, dass sie am Morgen erwachte und auf seine Geräusche im Bad lauschte. Anders als sie war er ein Frühaufsteher gewesen und stets vor ihr munter. Sogar in den Semesterferien, wenn seine Studenten weit und die Seminarräume und Hörsäle leer waren.

Sie holte Geschenkpapier und einen passenden Karton und begann Verenas Geburtstagsgeschenk zu verpacken. Halt dich raus. Das nahm sie sich oft vor, nicht nur bei ihren Kindern ohne Erfolg. Leise fluchend zog sie einen Streifen verdrehten Tesafilms von ihren Fingern und versuchte, sich auf den Kampf mit dem widerborstigen Klebeband zu konzentrieren. Benedikte, dachte sie, die war auch so eine Auster. Sie in Ruhe zu lassen war ihr allerdings leicht gefallen, sogar zu sehr. ‹Benedikte zum Tee einladen› schrieb sie auf einen Zettel, und prompt musste sie an einen anderen denken, den sie gestern zwischen ihren Papieren gefunden hatte. Darauf stand ‹H. Jolnow zum Tee einladen›. Dafür war es nun zu spät. Sie hatte die Erinnerung, kurz nachdem er mit seiner Arbeit im Archiv begonnen hatte, geschrieben, im Januar oder Februar, und umgehend vergessen. Sie verteilte ihre Beachtung in falscher Weise. Es war peinlich gewesen, wie wenig sie von einem Mann wusste, der monatelang im Kloster ein und aus gegangen war, als Erik Hildebrandt nach ihm fragte. Selbst Margit Keller wusste mehr. Was allerdings kein Maßstab war, als echte Möldenburgerin verfügte die Klostersekretärin über weit verzweigte Informationskanäle, die selbst Felicitas' weit in den Schatten stellten. Anders als die von der wieder gefundenen Rezeptur sollte sie Hildebrandt diese Neuigkeiten besser nicht vorenthalten.

Es war schon zwei Stunden über die übliche Bürozeit gewesen, als sie am frühen Abend auf der Suche nach ihrem privaten Adressbuch in ihr Büro ging und ihre Sekretärin immer noch an deren Schreibtisch fand.

Margit Keller hatte einen Hang zum Chaos, der sich, wenn man von ihrer stets atemlosen Rede absah, zum Glück ihrer Chefin überwiegend auf ihr Privatleben beschränkte. Bei ihrer Arbeit war sie schnell und zuverlässig, Überstunden kamen kaum vor.

«Ich bin schon weg, Frau Äbtissin», sagte Margit, fischte zwei Papierbögen aus dem Drucker und legte sie auf den Schreibtisch. «Viktor, ich meine, Herr Alting hat vorhin die Gartenplanung gebracht, die Liste für die Kräuter, Küchen- und Medizinpflanzen samt Preisen und Anschriften einiger Gärtnereien, wo es das Zeug gibt, und», sie hielt den zweiten Bogen hoch, «und einen kleinen Überblick, einen groben, sagt er, über den Zustand der Bäume und Büsche, was im Herbst raus und ersetzt werden muss und so weiter. Er hat es mit der Hand geschrieben, stellen Sie sich mal vor, und da dachte ich, ich tippe das schnell ab, es muss ja sowieso in den Computer. Schade eigentlich, er hat eine echt schöne Handschrift. Für jemanden mit seinem Beruf.»

Margit Keller fand offenbar nicht nur Viktor Altings Handschrift schön. Felicitas hatte ihn erst vor einer halben Stunde über den Hof gehen sehen. Sie verkniff sich die Frage, wieso es zwei Stunden gedauert habe, die beiden Listen abzuschreiben.

Margit sammelte Lippenstift, Schlüsselbund und eine halb leere Tüte Sahnebonbons vom Schreibtisch, stopfte alles in ihre Handtasche und zeigte trotzdem keine Eile zu gehen.

«Gibt es schon Neues von dem Mord?», fragte sie, als der Schreibtisch aufgeräumt und absolut nichts mehr zu tun war.

«Seit ich vor zweieinhalb Stunden das Büro verlassen habe, nicht. Könnte es sein, dass Sie eine Neuigkeit loswerden möchten?»

Margit fuhr mit beiden Händen durch das rote Gestrüpp auf ihrem Kopf und ließ sich wieder auf ihren Stuhl fallen. «Nicht direkt, man soll ja nichts Schlechtes über die Toten sagen, andererseits ist immer ein Körnchen Wahres dran, wenn Leute klatschen, und wenn man bedenkt, dass es um Mord geht, müssen wir ...»

«Halt! Sie wissen doch, dass mein Verstand nicht ausreicht, Ihrem Feuerwerk an labyrinthischen Sätzen zu folgen. Ob es wahr ist oder nicht, was klatschen die Leute?»

Hans Jolnow, erfuhr Felicitas nun, hatte schon kurz nach dem Tod seiner Mutter versucht, die Hälfte seines gerade geerbten Grundstückes als Bauland zu verkaufen, was die Nachbarn sehr empörte. Zum einen, weil der seligen Henriette Jolnow ihr Garten heilig gewesen war und sie so einen Verkauf strikt abgelehnt hätte. Zum anderen, weil ein Neubau inmitten der ohnehin nicht sehr großen Grundstücke sowohl das Gleichmaß als auch die Ruhe der Siedlung gestört hätte, wobei man sich nicht einig war, was schwerer wog. So oder so, die Sache klappte nicht, weil die Bebauung der Grundstücke in der Apfelwiesensiedlung mit einem zweiten Haus nicht erlaubt war.

«Und jetzt kommt's, Frau Äbtissin. Jolnow soll gesagt haben, na ja, eher so was wie angedeutet, dass der Verkauf nur eine Frage der Zeit sei, er habe da so seine Verbindungen.»

«Ins Rathaus?

Margit nickte. «Hätten Sie das gedacht?»

«Nein, aber warum nicht? Er ist hier geboren, sicher kannte er noch viele Möldenburger von früher, alte Klassenkameraden, Freunde, Nachbarn. So wie ich.»

«Und würden Sie verkünden, Sie gehen mal eben ins Rathaus und bringen jemanden dazu, der mit Ihnen im Sandkasten gespielt hat, für das Kloster Verordnungen oder wie das heißt zu ändern? Dazu muss man schon was wissen, was Kriminelles.»

Felicitas lachte hell auf. «In der Stadt geht also das Gerücht herum, der zarte Hans Jolnow sei ein Erpresser gewesen? Das ist stark.»

«Es kommt noch stärker. Evchen Lenau, die ist seine direkte Nachbarin, soll geflüstert haben, es sei doch erstaunlich, dass Frau Jolnow so schnell nach der Rückkehr ihres Sohnes, das war unser Herr Jolnow, Sie wissen schon, sie hatte sonst keine Kinder, jedenfalls sei es erstaunlich, dass sie so schnell gestorben ist, wo sie total gesund war mit ihren 86. Sie und ihr Sohn hätten sich nie gut verstanden, und auf die Ärzte sei heute auch kein Verlass mehr, die interessiere nicht, woran ein alter Mensch gestorben sei, und schrieben eilig den Totenschein aus, das wisse doch jeder.»

Das hatte Felicitas gereicht. Ihr Ärger über diese üble Nachrede auf einen Menschen, der sich nicht mehr wehren konnte, war noch größer als ihr Erstaunen über solcherart Phantasien.

Regen schlug hart an die Scheiben, bedrohlich nachtschwarze Quadrate in den weißen Wänden. Sie schloss die

Vorhänge, stellte das Radio an, leise genug, damit es nicht störte, laut genug, die dumpfe Stille aufzulösen. Dann suchte sie die schönste Geburtstagskarte heraus, schraubte die Kappe vom Füllfederhalter – und starrte Löcher in die Luft. Schließlich gab sie auf, es würde ihr doch keine Ruhe lassen, bis sie ein bisschen herumgeschnüffelt hatte.

Sie lief die Treppe hinunter und durch den nur spärlich beleuchteten langen Gang zum Archiv, ihre Schritte hallten hohl auf den jahrhundertealten Steinplatten. Sie war diesen Weg, der auch von ihrer Wohnung zu der Tür führte, die sich in den hinteren Hof öffnete, oft gegangen, beinahe an jedem Tag, doch noch nie bei Nacht. Nun schien alles fremd, das Echo ihrer Schritte, die Dimensionen und Schatten, die den Gang zu einem ins Dunkel mündenden Tunnel machten.

Sie zog ihr Schlüsselbund aus der Tasche, und als sie endlich das Archiv erreichte, öffnete sie die Tür mit dem Generalschlüssel. Noch bevor sie sie wieder schloss, drückte sie auf alle Lichtschalter, die sie finden konnte. Um die alten Dokumente zu schonen, sollte im Archiv nie mehr Helligkeit als unbedingt nötig herrschen, in dieser Nacht mussten sie das Licht ertragen. Die Versuchung, in die Geborgenheit ihrer Wohnung zurückzukehren, war groß. Die Unruhe in ihrem Kopf, angestachelt von einer satten Portion Neugier, war größer.

Der Karton, in dem die Priorin die echte Rezeptur für den Klosterlikör entdeckt hatte, stand wieder an seinem Platz auf dem langen Arbeitstisch. Es war mühsam, die alte Schrift der Dokumente zu lesen, trotzdem war sie am Ende der Lektüre sicher, nichts Besonderes entdeckt zu haben. Nichts, was für dieses Jahrhundert von Belang sein könnte, was – daran hatte sie gedacht – zu späten Erbstreitigkeiten oder Besitzverschiebungen führen konnte. Womöglich half der Computer weiter. Mit ihrem eigenen war sie seit Jahren vertraut, einen fremden einfach anzuschalten und die Dateien zu durchstöbern – das überließ sie lieber jemandem, der mehr davon verstand. Sie würde womöglich gerade die Datei löschen oder falsch abspeichern, auf die es ankam.

Sie reckte müde die Schultern, und als sie ihre Beine ausstreckte, stieß sie an den Rollcontainer unter dem Arbeitstisch. Er stand ein Stück zurückgeschoben, sodass man ihn auf den ersten Blick nicht entdeckte. In der obersten der drei Schubladen lag nichts, nicht mal eine staubige Büroklammer oder ein vergilbter Notizzettel. Ein erstaunliches Phänomen. Sie schaffte es nie, eine Lade auch nur halb leer zu lassen. Die zweite bot das gleiche Ergebnis, die dritte auch. Doch als sie sie mit Schwung zurückschob, hörte sie ein sanftes Geräusch und zog sie diesmal ganz heraus.

Die Mappe, die im Schwung des Zuschiebens vom hinteren Ende der tiefen Lade ein kleines Stück nach vorne gerutscht war, war nicht bezeichnet, doch der grüne, mit einem Frage- und einem Ausrufezeichen beschriftete Klebezettel konnte nur von Jolnow stammen. Die Priorin fand die neongrelle Farbe scheußlich und benutzte ausschließlich gelbe. Darunter lag eine alte Ansichtskarte. Schon ein wenig blass, zeigte sie Meer, Strand und einen dahinter aufsteigenden Hang. Die weißen Flecken in seinem satten Grün sahen eher nach Villen als nach bäuerlichen Anwesen aus. ‹Marbella› stand auf der Rückseite, ‹Perle der Sonnenküste›, drunter hatte jemand in hastiger Schrift etwas notiert, das wie ‹Casa Kramet› aussah. Die Karte trug weder Text noch Briefmarke, sie sah wie ein Andenken aus, das vor langer Zeit in dieser Schublade gelandet war.

Wenige Minuten später hatte sie alles um sich herum vergessen. Die Briefe, die Felicitas in der Mappe gefunden hatte, führten sie nicht nur in ein fremdes Leben, sondern auch in einen Skandal, der vor 150 Jahren das Kloster und alle, die mit ihm verbunden waren, bis ins Mark erschüttert haben musste.

Entgegen der Sitte der damaligen Zeit fehlte den Briefen alle Umständlichkeit und gedrechselte Ehrerbietung. Sie waren von Menschen geschrieben, die gewohnt waren, mit Worten umzugehen, die sich einander ebenbürtig fühlten und zutiefst grollten.

Das zuoberst liegende Schreiben, kein fertiger Brief, sondern ein auf billigem Papier verfertigter Entwurf mit Korrekturen und Streichungen, stammte von einer ihrer Vorgängerinnen, der Äbtissin Thilda von Metteswold, als Datum war der ‹26te Mai im Jahre des Herrn 1852› notiert. Die Schrift verriet eine schnell geführte Feder, einige Tintenspritzer verunzierten den Bogen, die Dame musste mehr als unmutig gewesen sein. Für ihre Entwürfe hatte sie die Feder nicht in die haltbare teure Tinte getaucht, die Schrift war stark verblasst.

Felicitas holte die Lupe vom Arbeitsplatz der Priorin, richtete den Strahl der Leselampe auf das Papier und begann zu lesen.

‹Euer Ansinnen›, schrieb Äbtissin von Metteswold nach einführenden, in Abkürzungen notierten Floskeln, ‹empört befremdet mich ungeheuerlich in hohem Maße. Es entspricht nicht dem Vertrag noch unseren Sitten, das Statutengeld für Eure Tochter Ulrica zurückzugeben, wie Euch gewiss bekannt ist. Zudem erlaubt, wenn ich Euch darauf verweise, dass diese zweihundert Taler an alle Klosterjungfrauen verteilt wurden, wie es die Bestimmung des Statutengeldes ist. Wie ein Ehemann bei einer Heirat eine Mitgift, bekommen wir diesen Anteil, der wahrlich knausernd billig bemessen ist. Es ist nicht möglich, die Anteile der Klosterjungfrauen retour zu fordern, auch bin ich nicht

Willens, das zu tun. Eure Tochter hat uns ~~aufs schändlichste beleidigt und~~ großen Schaden zugefügt, der Verlust ist stärker, als die geforderte Summa zu ersetzen vermag, dessenthalben der Propst erwägt, Euch die Differenz in Conto zu stellen. Das werdet Ihr als ~~Pferdehändler~~ ehrenwerter Kaufmann leicht begreifen. Wollt Ihr mir dagegen mangelnde Aufsicht anrechnen, muss ich Euch ~~schweres Versagen~~ mangelnde Erziehung Eurer ~~dummen und sündigen~~ Tochter anrechnen. Solltet Ihr wünschen, eine andere Eurer Töchter nehme Ulricas Platz ein, ~~werde ich das mit aller mir zur Verfügung stehenden Macht unterbinden~~.

Hier brach das Schreiben ab, obwohl es weiter unten, am Ende des Bogens, mit Unterschrift und Datum versehen war. Die selige Thilda hatte sich in Wut geschrieben, als adelige Dame und ehrwürdige Äbtissin wollte sie sich gewiss beruhigen, bevor sie den Brief beendete. Oder bis ihr höflichere Formulierungen leichter von der Hand gingen.

Felicitas breitete die Bögen auf dem Tisch aus und sortierte sie nach den Datumsangaben.

Sie erkannte drei Entwürfe der Äbtissin, einer war ganz und gar durchgestrichen, mit breiten, einander kreuzenden Linien. Die Feder hatte tüchtig gespritzt. Womöglich hatte die von dem Ungehorsam einer zweifellos noch jugendlichen Ulrica – zudem der Tochter eines zu Geld und fürstlicher Gewogenheit gekommenen Kaufmanns ohne beeindruckenden Stammbaum – beleidigte Thilda von Metteswold das wütende Schreiben aufgehoben, um sich nachts, wenn sie vor Zorn nicht einschlafen konnte, daran zu erfreuen. Felicitas begann sie zu mögen.

Die übrigen beiden Briefe waren auf gutem Papier geschrieben und mit Jobst zu Lönne unterzeichnet. Am Kopf jedes Bogens prangte in der Mitte ein Wappen, auf dem Felicitas ein springendes Pferd unter einem Bogen aus ineinander gewundenen Versalien zu erkennen glaubte, J und L. Die Schrift war steil, doch schwungvoll und mit erstklassiger, auch nach der langen Zeit noch halbwegs kräftiger Tinte geschrieben.

Der Entwurf, den sie zuerst gelesen hatte, war für das dritte Schreiben dieses Briefwechsels.

Das erste, ebenfalls ein Entwurf der Äbtissin, trug das Datum 21. April 1852. Es teilte dem Vater Ulrica zu Lönnes mit, dass seine Tochter aus dem Kloster entlaufen sei, nicht allein oder, wie es der Anstand zumindest erfordert hätte, wenn man in einer solchen Angelegenheit überhaupt an Anstand denken könne, auch nicht in Begleitung ihrer Jungfer, sondern – an dieser Stelle hatte sie die Feder hart kratzen lassen – mit dem Sohn eines Pächters. Niemand habe das ~~sündige~~ unglückliche Paar gesehen, da sie bei Nacht geflohen seien. Doch es gelte als gewiss, denn auch der junge Mensch sei seit dieser, der nämlich gerade vergangenen Nacht verschwunden, mitsamt dem Pferd der Jungfrau. Die Pferde des Pächters, grobe, nur für schwere Arbeit gemachte Tiere, stünden noch in seinem Stall, ebenso Ulricas Wagen in der Remise des Klosters. Seine Tochter habe schon geraume Zeit ein ungehöriges Interesse an diesem jungen Menschen ohne geringste Verdienste und Vermögen gezeigt. Er sei von niedrigem Stand, daran ändere auch nicht, dass er über die Sitte in seiner Familie hinaus gebildet sei. Die Angelegenheit zeige im Gegenteil, wohin es führe, wenn man einen jungen Menschen über seinen Stand hinaus fördere. Nach ernsthafter Verweisung habe die Jungfrau sich wohl reuig gezeigt, was, wie sich nun beweise, nichts als eine Arglist gewesen sei. Beide seien in der Nacht verschwunden, mit nur einem Pferd und wie Diebe, und es schmerze sie zutiefst, sagen zu müssen, dass sie dies auch tatsächlich seien:

‹Denn mit Eurer Tochter haben wir auch den Verlust einer hölzernen Madonna zu beklagen, von vielen ein Götzenbild aus papistischer Zeit genannt, gleichwohl ein Abbild der jungfräulichen Mutter unseres Herrn Jesus Christ.›

Die Madonna, erklärte Thilda weiter, sei ohne jeden Zweifel von Ulrica gestohlen worden, eine Statue aus schwerem Holz, doch von bescheidener Größe und somit sehr wohl von einer gesunden Jungfrau ein geringes Stück Weges zu tragen. Der Wert der kleinen Madonna sei umso bedeutender, als sie in Kürze an ein katholisches Haus im Bayerischen verkauft werden sollte. Sie trage nämlich eine Reliquie in sich, eine Phiole mit von den Papisten als wundertätig erachtetem Öl aus den Gebeinen der dort als heilig verehrten Walburga zu Eichstätt.

Nach einigen strengen Auslassungen über die Verwerflichkeit der Reliquien- und Heiligenverehrung forderte sie, ohne Verzug benachrichtigt zu werden, sollte Ulrica ins Haus ihrer Eltern zurückkehren, mit Gottes Hilfe unversehrt, worauf sie als Äbtissin und stets in der Verantwortung für die Reputation des Klosters aus tiefer Seele hoffe und wofür sie innig beten werde. Wenn auch Ulricas Platz im Konvent für alle Zeiten verwirkt sei. Sollte sie die Madonna noch mit sich führen, worauf die Äbtissin allerdings nicht zu hoffen wagte, fordere sie die Statue umgehend zurück. Mitsamt dem Öl.

Nun folgte die Beschreibung der Madonna, die aber schnell mit dem Ende der Seite abbrach. Dort stand nur noch, dass sie etwa zweieinhalb Fuß in der Höhe messe, die ehemals delikate Bemalung wegen des Alters von mehr als dreihundert Jahren schadhaft, doch noch leuchtend sei. ‹In der Rechten ...› waren die letzten Worte auf dem Bogen, nach dem dazu gehörigen folgenden Blatt suchte Felicitas vergeblich.

Was für eine Geschichte. Felicitas war beeindruckt und amüsiert. Ganz sicher hatte es in dem langen Bestehen des Klosters, wie jedes Klosters und Damenstifts, kleine und große Skandale gegeben. In alter Zeit waren die Plätze heiß begehrt gewesen. Sie bedeuteten für adelige und noch mehr für nichtadelige Familien eine große Ehre – und die gesicherte lebenslange Versorgung einer ihrer Töchter. Auch noch vor hundertfünfzig Jahren traten viele der Klosterjungfrauen als halbe Kinder in die Konvente ein. Dort waren sie sicher aufgehoben und gewöhnlich mit Gottesdiensten, Chorgesang und allerlei manierlichen Arbeiten beschäftigt, bis sich ein passender Ehemann fand. Oder, wenn sich, wie häufig, keiner fand, bis an ihr Lebensende.

Für die meisten mochte das eine gute Perspektive gewesen sein, die ihnen eine gewisse Freiheit und Würde bot, eine anerkannte Stellung in der strikt gegliederten Gesellschaft ihrer Zeit. Dass es die eine oder andere trotzdem wagte durchzubrennen, wunderte Felicitas nicht. Selbst wenn sich junge Frauen in vergangenen Jahrhunderten klagloser in die ihnen zugewiesene eng begrenzte Bestimmung gefügt haben mochten, hatte es zweifellos zu jeder Zeit unruhige Geister gegeben, die Ehrbarkeit und Sicherheit für unpassende Leidenschaften und Abenteuer aufgaben. Oder für einen hübschen Pächterssohn, was in diesem Fall das Gleiche gewesen sein mochte.

Dass eine stahl, und gleich eine besonders wertvolle Madonnenstatue, musste jedoch ein Ereignis ohnegleichen gewesen sein. Das wäre es heute noch.

Warum hatte Jolnow diesen Schriftwechsel in eine Extramappe gelegt und ganz hinten in der untersten Schublade eines nicht benutzten Rollcontainers verwahrt? Und wie hatte die widerspenstige Ulrica – im ersten Brief ihres Vaters stand, sie sei sechzehn Jahre alt gewesen – eine Statue aus ‹schwerem Holz› aus dem Kloster geschleppt? Hatte sie Hilfe gehabt? Wenn ja, gewiss nicht im Kloster selbst, und der Pächterssohn konnte frühestens vor dem Tor gewartet haben. Wie war sie überhaupt durch das Tor, das in der Nacht ganz bestimmt versperrt gewesen war, hinausgekommen? War schon damals die Mauer zum Park hin, der noch ein ganz normaler Wald gewesen sein musste, unterbrochen und durch eine Hecke ersetzt? Hatte es dazwischen schon wie heute die im Vergleich leichte hölzerne Pforte zum hinteren Hof gegeben? Trotzdem war dann immer noch die das ganze Areal umschließende Mauer zu überwinden. Für zwei entschlossene junge Menschen war das kein bedeutendes Problem, aber für ein Pferd?

Sie ließ den Blick über die Regalreihen im Nachbarraum gleiten. Irgendwo in diesen Tausenden Seiten von Papieren verbargen sich die Antworten: in den alten Plänen des Klosters, den Briefen, Urkunden und Rechnungsbüchern. Vielleicht gab es sogar noch den Briefwechsel mit dem ‹katholischen Haus im Bayerischen›.

Sicher half die Klosterchronik weiter. Darin musste ein solches Ereignis verzeichnet sein. Sie würde Elisabeth Möller fragen, die Priorin würde leichter das Richtige finden. Sie wollte unbedingt wissen, wie die Geschichte mit Ulrica zu Lönne ausgegangen war. Obwohl das jetzt nicht wichtig war, jetzt ging es einzig um Jolnows Absichten. Was mochte er gedacht haben? Was geplant? Wenn er überhaupt etwas geplant hatte. Hatte er einen Hinweis entdeckt oder auch nur vermutet, dass die Madonna damals gar nicht verschwunden war? Dass sie das Klosterareal tatsächlich nie verlassen hatte? Oder irgendwo in Möldenburg herumstand, eingestaubt, ohne dass jemand um ihren Wert wusste. Das zumindest war unwahrscheinlich.

Er habe sich sehr für das Backhaus interessiert, hatte die

Möllerin gesagt. Wenn er die kleine Madonna dort vermutet hatte? Das war eine ziemlich absurde Idee. Und wenn er irgendwie ihre Spur gefunden hatte? Heute war eine Statue aus dem 15. Jahrhundert, zumal mit einer Reliquie im hölzernen Bauch, noch um vieles wertvoller als anno 1852. Nicht nur in frommen bayerischen Häusern. Und Jolnow brauchte aus irgendeinem Grunde Geld, sonst hätte er kaum versucht, sein halbes Grundstück zu verkaufen.

Hirngespinste! Selbst wenn er etwas über die Madonna herausgefunden und unredliche Pläne entwickelt hatte – warum sollte er deshalb ermordet worden sein? Und immer noch konnte sie sich Hans Jolnow nicht als trickreichen Gauner vorstellen, nicht einmal als einen dilettantischen.

Es war spät, fast Mitternacht, morgen, im hellen Licht des Tages, würde sie wieder klarer sehen und denken.

Felicitas legte behutsam die alten Papierbögen aufeinander und in ihre Mappe. Und nun? Zurück in die Schublade mit ihnen? Oder in ihren eigenen Sekretär? Gar in den kleinen Tresor im Büro? Die Schublade hatte gerade gewonnen, als sie die Schritte hörte. Leise Schritte im Gang. Sie kamen näher, behutsam wie die einer Katze. Felicitas' Herz klopfte schneller, und sie schalt sich töricht. Das Kloster sei kein Mädchenpensionat, hatte sie Hildebrandt zurechtgewiesen. Wenn eine der Konventualinnen – wer sonst sollte um diese späte Stunde durchs Kloster schleichen? – keinen Schlaf fand und sich bei einer Wanderung durch die Gänge … Nun waren die Schritte ganz nah. Nun blieben sie stehen. Direkt vor dem Archiv. Felicitas starrte auf die Tür und sah mit angehaltenem Atem zu, wie die Klinke langsam heruntergedrückt wurde.

Die roten Leuchtziffern auf der Radio-Uhr zeigten zehn Minuten nach Mitternacht, als Jessi aus dem Schlaf hochschreckte. Obwohl die Fensterklappe offen stand und kalte Nachtluft hereinwehte, war ihr Haar im Nacken schweißnass. Sie knipste die Leselampe an und wünschte, das Fenster sei geschlossen. Oder jemand käme und schlösse es für sie. Wenn sie es selbst täte, würde sie in die Finsternis hinaussehen, und das schien ihr fast so bedrohlich wie im Dunkeln allein durch den Park zu laufen. Sie wusste nicht, warum. Im Haus, selbst im Garten hatte sie sonst keine Angst vor der Dunkelheit. Im letzten Sommer hatte sie sich in milden Nächten aus dem Haus geschlichen, sich mit einer Decke in die Hängematte oder auf einen der Liegestühle auf der Terrasse gekuschelt und die Sterne betrachtet. Einmal war sie dabei eingeschlafen, endlich ruhig und friedvoll, und erst vom Morgengesang der Vögel aufgewacht, gerade noch rechtzeitig, um in ihr Bett zurückzuhuschen, bevor Ina zu ihrer Joggingrunde aufbrach und sie erwischte.

Sie hatten sie den Toten nicht ansehen lassen. Darüber war sie froh. Der Gärtner hatte sie einfach aufgehoben und hinausgetragen, seine Jacke an ihrem Gesicht war rau gewesen und hatte ein bisschen nach diesem Zeug gerochen, mit dem Holzzäune angestrichen werden, damit sie nicht verrotten. Sie kannte den Geruch gut, er erinnerte an den der Farben in den Spraydosen. Das hatte sie gemocht. Dann waren plötzlich lauter Leute da gewesen, Dr. Hartwig, die Polizisten, ein Mann mit seinem Hund, eine dicke blonde Dame aus dem Kloster, die schnell wieder verschwand. Alle machten wichtige Gesichter, und sie war froh, dass die Priorin sie keine Minute allein ließ.

Warum nur hatte sie dieses drängende Gefühl gehabt, unbedingt in das Backhaus gehen zu müssen? So war es nämlich gewesen. Früher hatte sie sich nie für altes Zeug interessiert, die Museen und Schlösser, in die Ina sie und Papa im Urlaub schleppte – alle furchtbar langweilig. Am schlimmsten waren die Kirchen im Süden mit all den Bildern von Märtyrern. Komisch, dass ihr das Wandbild im Refektorium des Klosters so gefiel. Vielleicht, weil es zwar auch Heilige zeigte, aber keine toten oder gequälten oder mit schleimigem Lächeln. Anna, die Figur in der Mitte, sah sogar vergnügt aus; jedenfalls für eine heilige Frau, die immerhin die Mutter Marias war und auch noch das Jesuskind auf dem Arm trug. Das hatte Judith ihr erklärt, die Restauratorin, als sie das alte Wandbild das erste Mal sah. ‹Sag einfach Judith›, hatte sie gesagt, als Jessi ihren Namen vergessen hatte, ‹das ist einfacher.›

Judith könnte sie fragen. Die würde nicht gleich diese blöde Sorge im Blick haben, sie würde auch nicht so tun, als sei Jessi ein dummes Kind mit dummen Kinderträumen. Sicher saß sie morgen wieder auf ihrem hohen Hocker oder der Leiter vor den Fresco-Resten über der Tür zum Kreuzgang. Das war ein schöner Beruf, das Restaurieren, eine Arbeit, bei der einen niemand störte. Natürlich brauchte man viel Geduld, aber die käme fast von selbst, hatte Judith gesagt, wenn man sich erst mal mit der alten Kunst befasse. Es sei wie Detektivarbeit, spannend, zu entdecken, was sich unter alten Farbschichten verbarg, etwas zu erhalten, das sonst für alle Zeiten verloren ging.

Es klappte nicht. Sosehr Jessi sich auch bemühte, an schöne und nützliche Dinge zu denken, immer wieder schob sich das schwarze Loch dazwischen, musste sie sich die Hand am Rand des Brunnenschachts vorstellen, so wie es Frau Möller beschrieben hatte. Und immer wieder kehrte die Frage zurück, warum das Backhaus sie so angezogen hatte. Warum ihr so komisch geworden war, als sie es betrat.

Sie schlüpfte aus dem Bett und schlich auf Zehenspitzen zu dem Sessel, auf dem ihre Lederjacke lag. Es war ganz leicht, dabei nicht zum Fenster zu sehen. Wenn es schon mal offen stand, konnte sie auch eine rauchen. Bis zum Morgen würde es niemand mehr riechen, nicht mal Ina mit ihrer empfindlichen Nase und der Nikotinphobie. Sie tastete die Taschen ihrer Jacke ab, irgendwo musste die Schachtel doch sein. Eine mochte noch drin sein, für Notfälle, und wenn das heute Nacht keiner war, was dann?

Sie fand die Packung, sie war leer. Verdammt. Wenn sie wenigstens ein bisschen Schokolade hätte oder Inas Kekse. Die Jeansjacke. In der steckte ihre geheime Supersicherheitsreserve, zwei Zigaretten in einer flachen Blechdose. Aber wo war die Jacke? Bei der Arbeit im Klostergarten war sie ein bisschen dreckig geworden, wenn sie nicht hier war, konnte sie nur im Keller sein. Ina und ihr Waschzwang!

Vielleicht hatte sie Glück. Sie streifte den großen Pullover über den Kopf, öffnete behutsam die Tür und lauschte in das Treppenhaus. Leises Schnarchen, sonst nichts. Die kleine Lampe im unteren Flur brannte, wie in jeder Nacht, und gab genug Licht, den Weg nach unten zu erkennen. Jetzt musste sie nur noch die knarrenden Stufen auslassen. Vor allem die letzte, ganz unten, die war die lauteste.

Sie schaffte es ohne Knarren und hatte Glück. Die Jacke lag, immer noch schmutzig, in dem Korb vor der Waschmaschine. Mit ausgebeulten Taschen, Ina hatte sie noch nicht geleert.

Sie griff nach der Jacke – und da fiel es ihr plötzlich wieder ein. Wie hatte sie das vergessen können?

Es musste in der rechten Tasche stecken – dort war es nicht. Rasch leerte sie alle Taschen, fand die Dose mit den Zigaretten, fand zerknüllte Papiertaschentücher, den hübschen gesprenkelten Stein, einen Kaugummi, einen Bleistiftstummel, eine alte Kinokarte, das rote Feuerzeug – nur nicht das kleine Messer. Es musste da sein. Oder hatte sie es herausgenommen und auch das vergessen? Wurde sie doch verrückt?

Die Kälte des Steinfußbodens kroch durch ihre Füße und die Beine hinauf, sie merkte es kaum.

Sie hatte es *nicht* aus der Tasche genommen, das wusste sie genau, so genau, wie sie nun wieder wusste, dass sie das Messerchen gefunden hatte, als sie vor der Tür des Backhauses stand und dieses heruntergefallene Brett ansah. Da hatte es gelegen, nur einen Schritt entfernt im Gras. Sie hatte es aufgehoben, in die Tasche mit dem Reißverschluss gesteckt und über allem, was dann passiert war, vergessen.

Und nun war es verschwunden? Hatte Ina es genommen? Warum? Sie hatte doch den anderen Kram in den Taschen gelassen. Vielleicht hatte sie gerade angefangen, sie zu leeren, das Messerchen zuerst gefunden, und dann hatte das Telefon geklingelt und dann … Trotzdem. Ina behielt nie, was sie in Jessis Taschen fand, sondern legte alles fein säuberlich aufgereiht auf Jessis Schreibtisch. Sogar Zigaretten, was wirklich erstaunlich war.

Sie musste es wieder verloren haben. Vielleicht war es ihr aus der Tasche gerutscht, als Herr Alting sie auf den Hof trug. Es war winzig, wie ein kleiner Finger, und steckte in einem Etui aus Wildleder, sicher hörte man nichts, wenn es zu Boden fiel. Aber das war unmöglich, sie wusste genau, dass sie es in die Tasche mit dem Reißverschluss gesteckt und den zugezogen hatte. Als sie es fand, war es ihr nicht wichtig erschienen, da wusste noch niemand, dass hinter der Tür des Backhauses der tote Herr Jolnow lag. Der ermordete Herr Jolnow.

Erschreckt sank sie auf den Hocker neben der Waschmaschine. Es war doch nur ein winzig kleines Schweizer Taschenmesser. Davon musste es Tausende geben, Millionen. Es war nur ein Zufall, dass es genau so eines war, wie sie es ihrem Vater zum letzten Weihnachtsfest geschenkt hatte. Nur ein ganz blöder Zufall.

Die schwere Archivtür öffnete sich geräuschlos, und Felicitas ließ das Lineal, das sie wie einen Knüppel fest umklammert hielt, auf den Tisch fallen.

«Benedikte!! Was, um Himmels willen, tust du hier? Mitten in der Nacht. Du hast mich zu Tode erschreckt.»

«Das tut mir Leid, Felicitas.» Benedikte Jindrich trat in den Vorraum und schloss behutsam die Tür hinter sich. «Entschuldige, dass ich nicht geklopft habe. Ich sah Licht unter der Türritze und dachte, jemand habe vergessen, es auszumachen. Das wollte ich nachholen.» Sie stand vor der Tür und erschien Felicitas in ihren schwarzen Hosen und der schwarzen Jacke fremd, ihr weiches Haar, gewöhnlich nur locker im Nacken gefasst und ein wenig in Unordnung, wurde von einer Spange straff gehalten und gab ihr im diffusen Licht eine ungewohnte Strenge. «Es tut mir wirklich Leid», wiederholte sie, streifte ihre Handschuhe ab und steckte sie in die Jackentaschen, «wer hätte gedacht, dass dein Amt Nachtarbeit erfordert? Ist das der Arbeitsplatz von Herrn Jolnow?»

Felicitas nickte. «Ich habe die Dokumente durchgesehen, an denen er zuletzt gearbeitet hat. Wie zu erwarten war, ist nichts Besonderes dabei. Ich wollte gerade gehen.»

«Das ist euer Archiv?», sagte Benedikte, als habe sie den letzten Satz nicht gehört. «Ich bin enttäuscht, es sieht aus, als gehöre es zu einem beliebigen Büro. Im Gemeindehaus hatten wir etwas Ähnliches.» Sie lächelte entschuldigend und betrat den zweiten Raum. «In diesen kühlen Regalen liegen also 800 Jahre Geschichte.»

«Fast. Und auch nur, was Brände, Dummheit, Unordnung und Unwissen überlebt hat.» Felicitas wusste nicht, warum, doch sie schob rasch die Mappe in einen der großen Bildbände. «Es ist nicht unbedingt der ideale Zeitpunkt», sagte sie und klemmte sich das Buch fest unter den Arm, «aber ich muss mich bei dir entschuldigen, Benedikte. Ich habe mich viel zu wenig um dich gekümmert. Kurz bevor die Führungen wieder beginnen, ist es bei uns immer turbulent, ich schaffe nur die Hälfte von dem, was ich mir vornehme.»

«Du musst dich nicht um mich kümmern, Felicitas, das ist ein so trauriges Wort, findest du nicht?»

Da war sie wieder, diese unnahbare, mit einem Lächeln der Lippen garnierte Kühle.

«Wie man es nimmt. Ich habe es ab und zu ganz gerne, wenn sich jemand ein bisschen um mich kümmert, besonders wenn ich unter Fremden bin. Ich möchte einfach wissen, wie es dir bei uns geht, Benedikte. Alle mögen dich, und wir beide haben, abgesehen von dem kurzen ersten Mal, was ja auch erst im zweiten Anlauf klappte, noch nicht gründlich miteinander geplauscht. Zum Beispiel darüber, wie es uns in den letzten dreißig Jahren ergangen ist.» Felicitas hörte sich zu und spürte eine unmutige Steife im Nacken. Was redete sie da für ein gestelztes Zeug? Und ‹geplauscht›. So ein albernes Wort. «Das müssen wir dringend nachholen. Hast du morgen Zeit? Am späten Nachmittag, etwa um halb fünf in meiner Wohnung?»

«Natürlich.» Benedikte strich mit beiden Händen leicht über die Tür, die beide Räume voneinander trennte. «Ist das Stahl?», fragte sie.

«Ja, dieser zweite Raum, das eigentliche Archiv, ist so etwas wie ein begehbarer Tresor. Die Tür vom Flur zum vorderen Raum ist auch aus Stahl, aber diese ist besonders dick.»

«Das reinste Verlies. Hier möchte man nicht eingesperrt

sein. Bist du sicher, dass mich alle mögen?» Sie schob die Hände in die Jackentaschen und sah Felicitas an.

«Ganz sicher!» Das war eine faustdicke Lüge. Felicitas hatte nur eine sehr vage Vorstellung davon, was die anderen Damen über die neue Aspectantin dachten. Einzig Lieselotte von Rudenhof hatte bisher klare Worte gesprochen, nämlich dass diese Frau Jindrich eine angenehme, unaufdringliche Person sei – was so viel bedeutete, dass sie mit Benedikte kaum inhaltsschwerere Sätze als ‹Guten Morgen› oder ‹Schönes Wetter heute› ausgetauscht hatte und sich nicht gestört fühlte.

Der sanfte Spott in Benediktes Blick verriet, dass sie die Beteuerung als kühne Behauptung durchschaute.

«Lass uns gehen», sagte Felicitas, erhob sich mit einem unterdrückten Gähnen und verschloss die Tür zum zweiten Raum, «ich habe hier unten die Zeit vergessen und bin hundemüde.»

«Das Archiv ist spannender, als es aussieht», versicherte sie, als sie Benedikte die Treppe zu den Wohnungen hinauf folgte und kein besseres Thema gegen das Schweigen fand. «Wenn du magst, frage Elisabeth Möller. Sie ist glücklich, wenn sich jemand für unsere Geschichte interessiert, und wird dir mit Vergnügen einige der kostbarsten Urkunden und Handschriften zeigen. Oder alte Fotos, davon gibt es auch eine ganze Menge.»

«Danke», sagte Benedikte. Sie blieb vor der Tür zu ihrer Wohnung stehen, gab Felicitas mit einem sanften «Gute Nacht, Äbtissin» die Hand und zog die Tür hinter sich ins Schloss.

Felicitas hörte, wie der Schlüssel umgedreht wurde, und seufzte aus tiefer Seele. Sie hatte immer geglaubt, es falle ihr leicht, mit Menschen unterschiedlichster Art umzugehen. Nun war sie nicht mehr so sicher.

Ihre Wohnung lag ein wenig abseits von den übrigen, über dem anschließenden Flügel des Kreuzgangs. Sie eilte so leise wie möglich den Gang hinunter, der Klang ihrer Schritte auf den mächtigen uralten Holzdielen gefiel ihr weitaus besser als der harte Widerhall auf den Steinplatten des unteren Ganges. Als sie um die Ecke bog, blieb sie an einem der Fenster stehen und sah in den vom Kreuzgang umschlossenen Innenhof hinunter. Immer noch regnete es, doch der Wind hatte sich schlafen gelegt, und so öffnete sie einen Flügel und hielt ihr Gesicht in die kalte feuchte Luft.

Sie liebte diesen Blick, selbst in der Dunkelheit. Wo vor sehr langer Zeit Konventualinnen ihre letzte Ruhe gefunden hatten, breitete sich nun Rasen über das Geviert, einige Thujen und zwei struppige Wacholder flankierten, in die Jahre gekommenen Hofdamen gleich, ein Grabmonument. Es erinnerte an die selige Walburga, Äbtissin vor drei Jahrhunderten und zugleich daran, dass dieser Hof einmal der Friedhof des Konvents gewesen war.

Auch eine Walburga, so wie die Heilige, deren Öl in der anno 1852 entführten Madonna verborgen war. Die alten Fenster des Kreuzgangs und der darüber liegenden Räume, das ebenmäßige Backsteinfachwerk, das stille grüne Geviert in seiner Mitte, das alles bildete ein Ensemble, das Ruhe und Sicherheit versprach.

Aber heute tat dieser friedvolle Anblick seine Wirkung nicht. Sie spürte noch Benediktes Blick und verstand nicht, warum diese Frau, die sie als abenteuerlustiges Mädchen nur flüchtig gekannt hatte und die darüber hinaus keine besondere Bedeutung hatte, ihr solches Unbehagen bereiten konnte. Und erst jetzt bemerkte sie, dass ihr Benediktes Antwort auf ihre Frage, was sie um diese späte Stunde vor der Archivtür mache, wenig überzeugend schien.

Aber warum sollte sie nicht nachts herumlaufen? Vielleicht hatte sie eigentlich einen Spaziergang durch den Klostergarten machen wollen und war wegen des Regens lieber durch die Gänge gewandert. So musste es gewesen sein. Warum sonst, wenn nicht gegen die nächtliche Kälte, hätte sie Handschuhe tragen sollen, als sie die Archivtür öffnete?

KAPITEL 7

Immer wenn sie an dem Haus mit den schmutzig grauen Wänden vorbeifuhr, trat Jessi besonders kräftig in die Pedale. Seit sie Stunden damit verbracht hatte, die nicht minder hässliche Wand der dazugehörenden Gemeinschaftsgarage zu schrubben, empfand sie den Anblick dieses Hauses jedes Mal neu als Demütigung. Zuerst hatte sie sich geweigert, denn ein Bild zu zerstören, das man selbst gesprüht hatte, war wie Selbstverstümmelung. Das Argument des Jugendgerichtshelfers, es sei blöd, es nicht zu tun, die Sache gehe vors Gericht, dort bedeute es einen dicken Pluspunkt, wenn sie vor der Verhandlung ‹aufräume›, leuchtete ihr auch jetzt noch nicht ein. Das war so verlogen, wie auf den Knien zu rutschen. Schließlich hatte sie es doch getan, damit die Leute nicht schlecht über ihren Vater redeten. Nur deshalb.

Auch eine Entschuldigung gehörte dazu. Zum Glück nicht bei den Leuten, die in dem Haus wohnten, sechs Parteien, das hätte sie nie durchgestanden, sondern bei dem Hausbesitzer. Der war nur einer. Ausnahmsweise spielte er nicht mit Papa oder Max Golf, aber dafür rannte sein blöder Sohn mit der Hockeymannschaft über den Rasen, an die ihr Vater seine freie Zeit verschwendete. Klar, dass der freundlich war, die Tochter vom Trainer behandelt man nett. Er hatte ihr die Wange getätschelt, was ekelhaft war, und etwas von ‹auch mal jung gewesen› gefaselt. Wie er wohl reagiert hätte, wenn sie statt der schetterigen Garage seinen schneeweißen Bungalow verschönert hätte? Eine gute Idee. Für später.

Das Schrubben der Wand war schlimmer gewesen. Nicht wegen der harten Arbeit oder weil das Zeug, mit dem die Farbe nur abging, so ätzend stank. Es hatte wehgetan, als das Bild immer dünner wurde und schließlich verschwand. Und hinter den Gardinen standen die Leute aus dem grauen Haus und machten Stielaugen. Sie wusste nicht, wie die Jungs von der Sprüher-Clique das durchstanden, die mussten oft Wände schrubben. Wenn man sie ließ. Als Jakob dabei erwischt wurde, wie er Bahnwaggons besprühte, fünf waren schon fertig, war nichts mit Schrubben. Die Leute von der Bahn ließen die Jungs nicht an ihre Wagen, sondern beauftragten eine Firma mit der Reinigung, Jakobs Eltern zahlten die Kosten immer noch ab, und Jakob bekam ewig kein Taschengeld. Zu denen von der Clique wollte sie sowieso nicht gehören, die lachten nur über sie. Und was die sprühten, sah in Jessis Augen immer gleich aus. Lauter eckige Sachen und böse Fratzen, ihre Bilder nannten sie *Pieces*, jeder hatte sein *Tag*, sein Zeichen, hinterließ es auf der Wand und fühlte sich wie Michelangelo. Sie machte andere Sachen, und auf ein *Tag* konnte sie verzichten.

Sie bog in die Straße ihrer Schmach ein, bremste vor der Garage und sprang vom Rad. Immer noch sah man einen großen hellen Fleck. Wenn der Regen aufhörte, im Mai vielleicht, sollte die Wand gestrichen werden, danach sah man gar nichts mehr. Sie hätte es gerne selbst gemacht, wenn schon, denn schon, aber das erlaubten sie nicht; der Anstrich müsse fachmännisch gemacht werden, hatten sie gesagt. Sie trauten ihr eben nichts zu.

Ihre Fingerkuppen strichen über die raue Fläche, folgten der oberen Rundung der Kontur, die nur sie noch sah. Es hieß, wenn man ein Problem oder eine Idee habe, solle man darüber reden, wenn das nicht ging, alles aufschreiben. Ging beides nicht. Also hatte sie gesprüht, was sie in ihren Träumen erlebte, und hatte versucht zu begreifen. Es war ein schönes Gefühl gewesen, geholfen hatte es nicht. Es erschien langweilig, aber vielleicht sollte sie es trotzdem auf Papier versuchen, auf einem großen Bogen Packpapier. Im Schreibtisch mussten noch der alte Tuschkasten und die Buntstifte liegen.

«He! Was machst du da?» Aus einem der Fenster im ersten Stock beugte sich ein rotgesichtiger Mann im Trainingsanzug und fuchtelte mit einer Zeitung herum. «Glaub bloß nicht, dass wir dich nicht erkennen, du Kröte. Verschwinde. Oder ich rufe eins-eins-null. Hau ab.»

Jessi hätte ihm mit Genuss die Scheibe eingeworfen, heute musste die ausgestreckte Zunge reichen.

«Unverschämtes Gör!», brüllte er ihr nach, als sie seelenruhig auf ihr Rad stieg, eine Ehrenrunde auf der Einfahrt drehte und davonradelte. «Schmier doch die Wände von eurer Villa voll. Bei uns herrscht ...»

Den Rest ersparte ihr der Wind. Bei so einem würde sie sich NIE entschuldigen.

Ihr Tag wurde erst wieder heller, als sie durch die Körnertwiete fuhr.

«Haaalt. Himbeerbonbonkontrolle!» Max Kleve sprang ihr mit ausgebreiteten Armen vom Bürgersteig in den Weg. Die Sache mit den Himbeerbonbons war ein alter Scherz zwischen ihnen, von dem niemand sonst wusste. Er stammte aus der Zeit, als Jessi noch klein, Ina noch neu war und Zahnpflege und gesunde Ernährung gerade das Hauptthema waren.

«Na, blauer Engel, geht's dir wieder besser? Dein Vater sagt, du hältst dich tapfer.»

«*Mir* ist doch nichts passiert. Ich hab mich nur erschreckt. Ich bin okay.»

«Das würde ich gerne genauer überprüfen.» Dr. Hartwig, der mit Max und Henry Lukas gerade den neuesten Klatsch ausgetauscht hatte, trat zu ihnen auf die Fahrbahn. «Deine Mutter hat gestern angerufen und dein Erscheinen bei mir angekündigt. Ich soll dich gründlich durchchecken. Wann kommst du?»

«Muss ich?»

«Unbedingt. Schon wegen des Familienfriedens. Eltern machen sich immer Sorgen, und dann werden sie quengelig. Also wann?»

«Morgen?»

«Okay, komm in die Nachmittagssprechstunde, um kurz vor drei, du musst nicht lange warten.»

«Wollt ihr nicht endlich von der Straße kommen?» Henry Lukas stand, die Fäuste in die Taille gestemmt, am Rand des Bürgersteigs und tat besorgt. «Man glaubt es kaum, trotzdem könnte sich ein Auto in diese Straße verirren. Geht es dir wirklich gut, Jessi. Felicitas, ich meine, die Äbtissin macht sich Sorgen.»

«Ja!! Wirklich! Herr Jolnow ist zwar tot, aber ich hab ihn nicht mal gesehen.»

«Du musst unseren Freund Henry entschuldigen», spottete Max. «Er leidet an einer zarten Seele, er sorgt sich so leicht wie Eltern. Als Freund und Anwalt deines Alten muss er zumindest so tun.» Henry drohte ihm mit der Faust, Dr. Hartwig zog eine Grimasse, und Max ergriff mit großartiger Geste Jessis Rad und hob es auf den Bürgersteig. Manchmal gebärdeten sich Männer von immerhin fast vierzig albern wie kleine Jungs. Richtig komisch fand Jessi das nicht.

«Und nun, meine Herrn», rief Max, «geht wieder an eure Arbeit. Ich leiste mir eine verlängerte Mittagspause in Begleitung einer bezaubernden jungen Dame. Magst du, Jessi? Hast du Zeit?»

«Nur wenn du aufhörst, so blöde Sprüche zu machen», brummelte sie. «Das ist ja peinlich.»

Dr. Hartwig und Henry Lukas wünschten guten Appetit und verschwanden, beide eine Aktentasche in der Hand, in dem Haus, in dem sie ihre Praxis und ihr Büro hatten. Jessi sah Henry nach und fragte sich, warum Judith mit ihm zusammenlebte. Die Restauratorin war ganz anders als Henry, er redete immer so ein Zeugs, von dem sie nie wusste, ob er es ernst meinte oder nicht. Judith meinte es immer ernst, das war einfacher.

«Pizza und Salat?», fragte Max, endlich grimassenfrei, als sie in dem Restaurant in der nächsten Querstraße, einer Mischung aus Plüsch, Neapel und Jugendstilimitat, den letzten freien Tisch ergattert hatten.

«Pasta», entschied Jessi. «Mit Pilzen. Keinen Salat. Cola.»

«Klare Ansage.» Max entschied sich für grüne Pasta mit Gorgonzola und einen leichten italienischen Weißwein. Der das ganze Restaurant beherrschende Geruch von gebackenem Käse und Pizzagewürz ließ keine kulinarischen Höhenflüge erwarten. Er musterte die schmal gerafften roten Samtvorhänge, die die mit Milchglasscheiben voneinander abgetrennten Sitznischen zur Mitte des Raumes einrahmten. Die beherrschte eine runde Bar, deren Hocker restlos von jugendlichem Publikum besetzt waren.

«Wie war der erste Schultag nach dem bösen Ereignis?»

«Warum sagen immer alle Ereignis oder Erlebnis? Sag Mord, das war es nämlich. Ich bin doch kein Baby. Der erste Schultag war blöde.»

«Ich dachte, heute würdest du der Star sein.»

«Das war ja so blöde. Leute, die mich sonst nicht mal angucken, kamen plötzlich angeschleimt. Zum Glück nur in der ersten Pause, dann war's schon vorbei. Hat Papa dir alles erzählt?» Was für eine Frage, natürlich hatte er das.

«Klar. Wir sind ja nicht nur Kompagnons. Hauptsache, du hast es gut überstanden. Nein, keine Sorge, ich fang nicht wieder damit an.»

Der Kellner legte Besteck und Servietten auf den Tisch, nahm die Bestellung auf und hastete wieder davon.

Plötzlich lachte Max. «Entspann dich, Jessi. Knips dein Kampfgesicht aus, wir wollen einfach nett essen. Die Lederjacke steht dir übrigens prima. Darin siehst du deiner Mutter noch ähnlicher. Auch das Haar, ihres war nicht blau, sondern dunkelbraun, aber es fiel auch in der Mitte auseinander. Wie deines.»

Jessi hob jäh den Kopf und starrte ihn an.

Verdammt, ganz falsches Thema. Jahrelang hatte er Rolands Bitte, nie von Marion zu sprechen, besonders nicht in Jessis Gegenwart, eingehalten. Und ausgerechnet jetzt.

«Kanntest du meine Mutter?»

«Klar.» Max zögerte. «Ich gehöre doch fast zur Familie. Ina kannte ich sogar vor deinem Vater. Aber du solltest lieber ihn nach deiner Mutter fragen.»

«Ich glaube, er spricht nicht gerne über ... ‹alte Zeiten›.» Sie konnte sich nicht mehr erinnern, wann sie aufgehört hatte zu fragen, es musste viele Jahre her sein. «Wie war sie?»

«Wirklich, Jessi, du solltest Roland fragen. Es ist Unsinn, wenn er dir nichts von ihr erzählt. Sie war eine liebenswerte Frau, ich bin sicher, das ist sie immer noch. Dass sie einfach abgehauen ist und euch im Stich gelassen hat, war natürlich nicht sympathisch. Aber manchmal müssen Menschen so etwas wohl tun, Entscheidungen treffen, die andere verletzen. Sie war sehr phantasievoll und warmherzig. Eine Träumerin, immer unruhig. Ich denke, sie mochte das Erwachsensein nicht.» So wie du, hätte er beinahe gesagt und wünschte sich weit weg. «In einem kannst du ganz sicher sein: Sie hat dich sehr geliebt. Immer.»

Jessis dunkle Augen brannten. Sie saß steif auf ihrer Bank, mit gekrümmten Schultern, als fürchte sie einen Schlag, und blickte immer noch starr an Max vorbei.

«Warum schreibt sie nie?», stieß sie endlich hervor, «nicht mal zum Geburtstag oder zu Weihnachten. Warum …»

Da kam der Kellner, knallte sein Tablett auf den Tisch, und lud hastig Teller, Gläser und Brotkorb ab.

Warum ist sie gegangen? Warum hat sie mich nicht mitgenommen? Max wusste, dass das Jessis Fragen waren. Doch als der Kellner ging, schwieg sie. Es war für ein Mädchen von sechzehn nicht einfach, ein seit Jahren schwelendes Tabu zu brechen. Selbst wenn sie jemand anderem als ihrem Vater gegenübersaß.

Sie nahm ihre Gabel und begann Pilze aufzuspießen, als müsse sie sie töten. Der Moment war vorbei.

«Ich meine es ernst, Jessi», sagte Max sanft, «frage deinen Vater. Roland kann nicht ewig auf seiner alten Wunde hocken, und du hast ein Recht, zu fragen. Ob er auf alles Antworten hat, wird sich zeigen. Anderes Thema?»

Sie nickte. Um nichts in der Welt wollte sie in dieser Kneipe, in der die halbe Abiturklasse rumhockte und gaffte, mit wem sie da saß, anfangen zu heulen.

«Gut, erzähl mir, warum du so gerne im Kloster arbeiten willst. Das ist uns allen ein Rätsel. Oder ist dir das zu nah an dem Er…, an dem Mord?»

«Das Kloster gefällt mir eben», murmelte sie, schob eine Ladung Pilze in den Mund und kaute lustlos darauf herum.

«Das mag deinem Vater reichen. Ich will mehr hören.»

«Echt?» Jessi holte tief Luft. «Also gut. Im letzten Herbst haben wir es besichtigt, Exkursion im Kunstunterricht, alle fanden es öde, ich zuerst auch. Aber da sind so Wandmalereien, und die Restauratorin hat mir alles erklärt. Wer auf den Bildern dargestellt ist, und welche Symbole darin stecken. Total interessant. Das sieht man nämlich erst, wenn man es weiß.»

«Du meinst Judith?»

«Kennst du sie?»

«Durch Henry Lukas, sie ist seine Freundin. Du magst also alte Fresken. Spricht da die Graffiti-Künstlerin?»

«Ja.» Jessi nickte ernst. «So ähnlich jedenfalls. Und seitdem ...», sie suchte angestrengt nach einem Pilz, der zu dem passte, der schon auf ihrer Gabel steckte.

«Seitdem ...?»

Sie gab die Suche auf und legte die Gabel auf den Teller.

«Es hat mir einfach gut gefallen, und seitdem, ja, seitdem habe ich alles, was da im Kloster rumsteht, nicht nur das Gemalte, anders gesehen. Irgendwie schöner. Interessanter. Und Judith ist nett. Sie hat mir auch erklärt, was sie dort macht und wann die Bilder gemalt wurden und die besonderen Techniken bei Wandmalereien. Solche Sachen eben. Sie kann gut erklären.» Sie griff in den Brotkorb und begann eine der trockenen Scheiben zu zerzupfen. «Kann man das erben, phantasievoll sein?»

Marion, dachte er, wie dumm zu glauben, dass das Thema so leicht abzuhaken war. «Ich denke, ja. Frag morgen Dr. Hartwig, Ärzte kennen sich in diesen Dingen besser aus als Architekten. Warum fragst du?»

«Nur so. Wegen der Wandbilder.»

Sie schälte sich umständlich aus der Lederjacke, schüttelte den Kopf, als Max sie ihr abnehmen wollte, und legte sie neben sich auf die rote Plüschbank. «Glaubst du an Gespenster, Max?»

«Mensch, Engelchen, du hast Fragen auf Lager! Nein, ich glaube nicht an Gespenster, aber sobald mir das erste beggegnet, werde ich das gerne überdenken. Hast du eines gesehen?»

«Ich träume manchmal komisch. Das darfst du Papa nicht erzählen, der erzählt es Ina, und dann höre ich ‹vernünftige› Vorträge. Zu meinem Besten. Oder sie schicken mich zum Psychiater.»

Endlich sprudelte es aus Jessi heraus, dieses lange gehütete Geheimnis, das sie nach der Ohnmacht im Backhaus nicht mehr verleugnen konnte.

Seit dem ersten Besuch im Kloster, der ersten Begegnung mit den Wandmalereien, den Statuen und Bildern bedrängte sie dieser Traum. Zuerst, während des Winters, nur ganz selten, zwei- oder dreimal, in der letzten Zeit öfter. An manchen Tagen wurde ihr schwindelig, dann war es, als summe etwas in ihrem Kopf; es klang, als komme es aus der Ferne oder durch Watte. So war es auch vor dem Backhaus gewesen, nur stärker, und dann war alles schwarz geworden. Sicher nur, weil es in dem Häuschen so stickig war, im ersten Moment hatte sie kaum Luft bekommen.

In dem Traum ängstigte sie sich nie, nicht wirklich, obwohl alles so ungewiss und finster blieb. Darin tauchten auch keine Monster auf wie in Albträumen, nur eine Gestalt mit langen Haaren, zuletzt mit einem Kopftuch oder einem Schal. Obwohl sie nie sprach, spürte Jessi ihre Freundlichkeit. Gleichzeitig war eine Dunkelheit und Kälte um sie – das war nicht freundlich.

«Das Gesicht kann ich nicht erkennen. Das letzte Mal habe ich nach dem Aufwachen kurz gedacht, es könnte auch ein Mann sein, so wie auf alten Bildern von Propheten oder Moses; da haben die alten Männer auch manchmal Tücher über dem Kopf. Wegen der Sonne in der Wüste. Das glaube ich aber nicht. Ich kann sie nicht erkennen und weiß doch, es ist eine Frau. Du denkst, ich spinne, oder? So guckst du mich jedenfalls an.»

«Das war nicht meine Absicht Jessi. Ich kenne mich mit Träumen nicht gut aus. Ich will dir trotzdem sagen, was mir dazu einfällt. Vielleicht liege ich völlig falsch. Ich weiß auch nicht. Also: Du hast die Frauengestalten im Kloster gesehen, alte Bilder und Statuen, jede Menge. Du erlebst diese Damen im Kloster, Roland sagt, die Priorin magst du besonders gerne. Und, meine Güte, ja, da ist die Sache mit Marion, deiner Mutter. Von der du nichts weißt. Die liegt – im übertragenen Sinn – im Dunkeln. Sprich mit deinem Vater, lass dir von ihr erzählen, und diese Träume hören auf. Das ist es, was mir dazu einfällt. Mach dich deshalb nicht verrückt. Unerledigte Dinge haben die miese Eigenschaft, im Untergrund weiterzubrodeln. Jessi? Ist dir nicht gut»

«Wie? Doch, klar ist mir gut», log sie. Da war es wieder, das summende Wattegefühl – und schon wieder vorbei. Sie stieß heftig die Luft aus. «Frag mich lieber was anderes.»

«Schule?»

«Negativ.»

«Liebe?»

«Doppelt negativ.»

Max grinste. «Armes Mädchen. Bleibt Jolnow.»

Jessi grinste auch, blass und schmal, doch wieder halbwegs in der vertrauten Rotzigkeit.

«Da muss ich durch, hat Papa gesagt. Also: Als er noch lebte, fand ich ihn ganz nett. Obwohl er mich angezeigt hat. Papa und Ina glauben, ich weiß das nicht, aber ich habe auch meine Kontakte. Klingt gut, nicht? Zuerst war ich stinksauer, aber dann ... pfff.» Sie zuckte mit den Achseln und redete hastig weiter. «Eigentlich fand ich ihn eher komisch. Mit diesem Pferdeschwänzchen, bei einem so alten

Mann. Und er sagte so witzige Sachen. Ich war mal bei ihm im Garten …»

«So gut kanntest du ihn? Für Gartenbesuche?»

«Nein, ich wollte bloß eine Katze einfangen, die von den anderen Nachbarn, ist ja jetzt egal. Er stand da mit dem Spaten rum und war gar nicht sauer. Er hat gleich angefangen zu reden, dass sein Haus nicht so schön ist wie unseres, dass sich das bald ändert. Er hatte irgendwelche großen Pläne und gefragt, wie ich es finde, wenn er den Schuppen abreißt. Und was noch? Ach ja, ob wir einen Gartendienst haben, er wollte ‹alles umgestalten›, nur die Apfelbäume wollte er behalten. Ausgerechnet die ollen Dinger. In der Apfelwiesensiedlung ein Gartenarchitekt, das ist doch witzig, oder? Ich glaube, er wollte ein bisschen angeben. Ich bin nicht lange geblieben, die Katze war sowieso weg. Und jetzt», schloss sie plötzlich, ihren noch halb vollen Teller zurückschiebend, «muss ich nach Hause.»

Max warf einen Blick auf die Uhr und pfiff erstaunt. «Ich bin auch spät dran. Ihre anregende Gesellschaft, verehrtes Fräulein, hat mich die Zeit vergessen lassen.»

Er winkte nach dem Kellner. «Erstaunlich, dass er dir seine privaten Angelegenheit anvertraut hat. Er kannte dich doch gar nicht.»

«Richtig privat war das auch nicht, er hat nur so geredet. Sicher war er einsam, so allein in seinem Haus, da redet man mit jedem. Falls man gerne redet.»

«Und? Hat er erzählt, was für Geschäfte er macht? Woher er das Geld für seine Pläne hat? Womöglich ist das für die Polizei interessant. Es muss schließlich einen Grund geben, warum ihn jemand aus der Welt haben wollte.»

«Geschäfte? Er war doch Rentner, von Geschäften hat er nichts erzählt. Oder ich hab's vergessen. Das ist auch komisch: Wenn man so viel gefragt wird wie ich in den letzten

Tagen, merkt man erst, wie viel man vergisst. Ständig hab ich das Gefühl, was Wichtiges vergessen zu haben.»

Sie verabschiedeten sich vor dem Restaurant, während Jessi noch das Schloss ihres Rades öffnete, eilte Max schon mit langen Schritten davon. Sie sah ihm nach und spürte wieder das Brennen in ihren Augen. Sie kannte Max ihr ganzes Leben lang, sie mochte ihn. Die Träume hätte sie ihm trotzdem nicht anvertrauen sollen. Er hatte sie nicht verstanden.

«Ja, wir sind auch sehr froh. Vielen Dank, dass Sie mir gleich Bescheid geben, Frau Eisner. Es war mir schrecklich peinlich, als sich herausstellte, dass wir Ihnen die falsche Rezeptur überlassen haben.» Felicitas nahm den Hörer in die andere Hand und schaltete den blubbernden Wasserkocher ab. «Und noch etwas, ich habe schon mit Ihrem Mann gesprochen, das wissen Sie sicher, ich möchte auch Ihnen sagen, wie sehr ich es bedauere, dass Ihre Tochter unter unserer Obhut ein so fatales Erlebnis hatte.»

Am anderen Ende der Leitung ließ Ina Eisner ihre Fingerspitzen einen lautlosen Marsch auf dem Schreibtisch trommeln. «Niemand kann Ihnen einen Vorwurf machen, Frau Äbtissin», sagte sie, «wer konnte so etwas ahnen? Es hat Jessi erschreckt, aber nicht genug, um sich einen anderen Einsatzort zu wünschen. Was mein Mann, ehrlich gesagt, gerne sähe. Ich bin anderer Meinung, wenn sie weiter bei Ihnen arbeiten will, soll sie das tun. Es ist nie gut, Problemen auszuweichen. Wer vom Pferd fällt, muss sofort wieder aufsteigen. Ist bei Ihnen inzwischen Ruhe eingekehrt?»

«Mehr oder weniger. Ich fürchte nur, in der nächsten Woche wird es einen Ansturm von Schaulustigen geben. Dann beginnt die Sommersaison mit den Klosterführungen», erklärte sie. «Die Anfragen sind im Vergleich zu anderen Jahren erstaunlich zahlreich. Das hätte Herrn Jolnow gefreut, er hatte alle möglichen Ideen, den Tourismus für das Kloster stärker anzukurbeln. Seine letzte war gar nicht schlecht. Er wollte eine Ausstellung mit Werken lokaler Künstler organisieren, am liebsten im Kreuzgang. Als Ergänzung und Kontrast zu unserer alten Kunst.»

«Die Idee ist wirklich nicht schlecht», überlegte Ina. «Es kommt natürlich auf die lokalen Künstler an. Darf ich fragen, ob es Neues in den Ermittlungen gibt? Sie sind doch gut mit dem Kommissar bekannt.»

«Nur flüchtig, Frau Eisner, wir kennen uns von seinen Ermittlungen in der Stadt im vergangenen Jahr. Dienstgeheimnisse vertraut er mir nicht an.»

«Hat man denn gar nichts gefunden? Man hört und liest doch immer, dass die Polizei aus jedem am Tatort gefundenen Fädchen ihre Schlüsse ziehen kann.»

«Es hat sich wohl kein Fädchen gefunden.» Felicitas klang streng. Dass sich Ina Eisner, die sie als kühl und sachlich kennen gelernt hatte, bei den Zaunguckern einreihte, überraschte sie. Aber es ging um ihre Stieftochter, und so fuhr sie milder fort: «Jessica ist bei uns willkommen. Die Arbeit im Kräutergarten ruht allerdings zurzeit. Frau Möller, unsere Gartenspezialistin, ist nicht ganz so tapfer wie Ihre Tochter. Aber wir werden mit Jessi eine Alternative überlegen. Es gibt immer genug zu tun. Wenn Sie Bedenken oder Fragen haben, rufen Sie mich gerne an, Frau Eisner, jederzeit. Das gilt natürlich auch für Ihren Mann.» ‹Wenn auch nicht ganz so gerne›, fügte sie in Gedanken hinzu.

Als Felicitas den Hörer auflegte, nahm sie sich vor, von nun an besonders nett zu Jessi zu sein. Überhaupt zu allen, die ihr unter diesem Dach anvertraut waren. Und ein bisschen genauer darauf zu achten, was sie sagte. Und sofort damit anzufangen.

Sie goss den Tee auf, als es klopfte. Benedikte sah wieder aus wie gewöhnlich. Heute trug sie unter der grauen Strickjacke keine weiße, sondern eine hellblaue Bluse, ihr Haar lag weich auf ihren Schultern, und der dunkle Lippenstift betonte die helle Haut. Nur der schön gefasste Amethyst an ihrer rechten Hand war Felicitas bisher nicht aufgefallen. Benedikte besuchte nicht zum ersten Mal die Äbtissinnen-Wohnung, doch zum ersten Mal sah sie sich genau um.

«Hübsch», rief sie in Richtung Küche und beugte sich vor, um die Signaturen auf den modernen Graphiken über dem weißen Sofa zu entziffern. «Und interessant. Bei deinem Beruf und in einem so traditionsschweren Haus würde man Plüsch und Biedermeier erwarten.»

Felicitas nahm in der Küche das Teesieb aus der Kanne und trug ein Tablett mit Tassen, Zucker, Sahne und Keksen in das Wohnzimmer.

«Dort», sagte sie und zeigte durch die weit geöffneten Flügeltüren zu dem zweiten, nicht ganz so lichtdurchfluteten Raum. «Esstisch, Stühle, Sekretär, Kommode: fast alles biedermeierlich. Beachte bitte auch das unvermeidliche kleine Gemälde, Öl mit Landschaft samt Kühen. Das habe ich allerdings von meiner Vorgängerin übernommen. Sie hat es gefreut, und mir gefällt die Idylle. Das Bild ist nicht aus dem Biedermeier, aber es ist so schön friedlich. Und nicht ganz schlecht gemalt. Setzt dich doch. Oder möchtest du die Bücherregale inspizieren? Ich mache das gern, wenn ich in eine fremde Wohnung komme.»

Benedikte verzichtete. Sie setzte sich auf das Sofa, beobachtete, wie Felicitas Teekanne und Stövchen hereintrug, und ließ sich einschenken.

«Weißt du eigentlich, was für eine Welle von Neid und Bewunderung du ausgelöst hast, als du damals aus Heidelberg verschwandest?», fragte Felicitas, nachdem sie die Vorzüge von Darjeeling und Assam gegeneinander abgewogen und sich über das Für und Wider weißer Möbel ausgetauscht hatten.

«Nein, aber ich kann es mir denken.» Benediktes Lippen kräuselten sich zu ihrem spöttischen Lächeln. «Spaniens Süden galt in jenen Jahren als schick, das war er auch, wenn man sich nicht gerade an überfüllten Stränden und in Bettenburgen rumdrücken musste. Warst du auch neidisch?»

«Nein. Ich hatte mich gerade in Lorenz verliebt, meinen späteren Mann, war hemmungslos glücklich und fand mich selbst beneidenswert. Zu Recht, wie sich in den folgenden Jahren zeigte. Auch wenn er viel zu früh gestorben ist. Dass ich mein Studium abgebrochen habe, als ich zum ersten Mal schwanger wurde, war natürlich dumm. Doch das war damals eben so, und ich war nie eine begeisterte Juristin. Wenigstens habe ich es noch bis zum ersten Staatsexamen gebracht, als Verena geboren und Jasper noch nicht unterwegs war. Aber lass uns von dir sprechen. Es gab damals Wetten, dass du bald wie ein begossener Pudel zurückkommen würdest. Ich habe mich gefreut, als ich hörte, dass du geheiratet hattest. Frag mich nicht, von wem, es hat sich halt herumgesprochen. Ich glaube, einer der Jungs von deiner Band hat es erzählt, zu ihm hattest du wohl noch Kontakt.» Als Benedikte nickte, fuhr sie behutsam fort: «Magst du mir aus deiner Zeit in Spanien erzählen? Ich weiß gar nichts, nur dass du deinen Mann sehr früh verloren hast. Noch früher als ich.»

«Neugierig?»

«Interessiert. Ich verstehe, wenn du nicht darüber reden möchtest.» Felicitas war mit sich zufrieden, rücksichtsvoller konnte man kaum fragen. Wenn man schon fragen musste.

«Es ist lange her, und wenn du es wirklich hören

willst ...» Leider fasste Benedikte sich schrecklich kurz. «Ich fühlte mich damals auch beneidenswert. Das Studium habe ich nie richtig ernst genommen, ich war unfähig, länger als eine Stunde im Seminar oder am Schreibtisch zu sitzen. Als ich ihn kennen lernte, war ich fasziniert. Wir waren ja alle auf dem Flower-Power-Trip, glaubten an die große Weltrevolution – ich nicht, aber du weißt ja selbst, es war die allgemeine Stimmung. Er war völlig anders, nicht nur weil er fünfzehn Jahre älter war als ich. Er erschien mir so unabhängig und gewandt, er kümmerte sich nicht darum, was andere sagten, fuhr ein fabelhaftes Auto, trug teure Anzüge – Anzüge!! – und verkörperte die große Welt. Geld und Freiheit. Das war für mich damals dasselbe. Mädchenträume, wirst du sagen, dich hätte ein solcher Mann kaum beeindruckt. Mich hat er umgehauen. Er gab mir das Gefühl, etwas Besonderes zu sein. Schön und besonders.»

«Das hat dich umgehauen? Für uns alle warst du etwas Besonderes. Und schön sowieso. Du warst ein bildschönes Mädchen. Das musst du doch gewusst haben.»

«Wenn ich heute alte Fotos von mir sehe, könnte ich auch auf den Gedanken kommen. Damals sah ich das nicht. Ich fand mich zu dünn und vor allem zu groß, hässliche Knie, zu schmale Lippen, langweilige Haare – du kennst das sicher, Felicitas, in dem Alter ist man doch nie mit sich zufrieden und bildet sich ein, ohne den Leberfleck am großen Zeh würden einen endlich alle lieben. Er war ...», sie blickte zögernd auf den Ring an ihrer rechten Hand, «er war so nett und aufregend. Und attraktiv, das war er wirklich. Also ging ich mit ihm in den Süden, er hatte dort ein Haus und seine Geschäfte, nach einem halben Jahr haben wir geheiratet. Das war's schon.»

«Es muss ein spannendes Leben gewesen sein. Wenn man wie ich in Heidelberg hängen geblieben ist, hört sich das an wie ständiger Urlaub.» Eine einfältige Bemerkung, aber wenn Benedikte nicht von selbst auspackte ...

«Beinahe richtig. Ich habe an der Costa del Sol eine Menge interessanter Leute getroffen. Es war anders, als du es dir vorstellst, aber langweilig war es nicht, wahrhaftig nicht. Obwohl ich während der ersten beiden Jahre, als er noch lebte, nicht gearbeitet habe. Er erlaubte es nicht, und ich wollte es auch nicht. Ich habe das Leben genossen», sie lachte, «Schlag auf Schlag, so ging es. Zu Anfang noch nicht, aber bald.»

«Woran ist er gestorben? Er war doch noch jung. War es ein Unfall?»

«Ja. Ein Unfall. Das war es.» Sie lehnte sich in die weißen Polster zurück, sah ihr Gegenüber an und erzählte diese Geschichte, die sie schon viele Male erzählt hatte.

Es war ein Unfall gewesen, mit dem niemand gerechnet hatte. Er fuhr immer auf Risiko, und in dieser Nacht war es zu viel. In einer der scharfen Kurven am Hang kurz vor ihrem Haus machte er einen Fehler. «Er verlor die Kontrolle und – jedenfalls war er sofort tot. Die Einzelheiten wirst du mir ersparen.»

Ohne eine Antwort abzuwarten, sprach sie weiter, rasch und knapp. Obwohl sie nach seinem Tod gerne nach Deutschland zurückgekehrt wäre, blieb sie weitere zehn Jahre. Sie versuchte mit seinem Kompagnon seine Geschäfte weiterzuführen, zwei Restaurants für die Leute mit Geld, sehr viel Geld. Dann stand sie plötzlich auf der Straße, von ehemals seinem, nun ihrem Kompagnon elegant ausgespielt, über den Tisch gezogen und vor die Tür gesetzt.

«Mein Geld reichte noch für ein knappes Jahr, ich habe in Boutiquen und kleinen Restaurants gejobbt, was man an einem solchen Ort eben so tun kann, wenn man nichts gelernt hat. Es war unerfreulich. Und jetzt willst du wissen, wie ich zu meiner glänzenden Karriere als Sekretärin einer Kirchengemeinde gekommen bin. Wobei ‹Sekretärin› missverständlich ist. Ich kann tippen, sonst brachte ich keine Qualifikation für den Bürojob mit, aber in so einer Gemeinde ist man Mädchen für alles, das weißt du sicher. Verstehe mich nicht falsch, ich war dort zufrieden. Ich hatte meine Ruhe, das war es, was ich wollte. Darf ich?»

Sie nahm die Kanne vom Stövchen, legte für einen Moment die linke Hand an den heißen Porzellanbauch und schenkte sich und Felicitas nach.

«Wärme», sagte sie, «die zähle ich zu den echten Gottesgeschenken. Ich habe immer viel Wärme gebraucht. Es muss schön für dich gewesen sein, in einen vertrauten Ort zurückzukehren, dorthin, wo man dich noch kennt und wo du die Leute kennst. In so etwas wie Heimat.»

«Das war es. Es ist erstaunlich, wie gegenwärtig die Orte der Kindheit bleiben, auch nach dreißig Jahren. Allerdings erinnern sich viel mehr Leute an mich als umgekehrt. Natürlich war ich ab und zu hier, um meine Eltern zu besuchen, doch immer nur für wenige Tage. Als ich jetzt zurückkehrte, um zu bleiben, fühlte ich mich während der ersten Monate fremd, die Menschen, die Stadt, alles war verändert. So wie ich auch. Bei genauem Hinsehen zeigten sich die Veränderungen als nur oberflächlich. Das Fremdeln ging schnell vorbei, inzwischen ist die Stadt wieder das, was sie früher für mich war, Heimat. Das ist ein Wort, das ich lange nicht benutzt habe und auch jetzt nicht verwendet hätte, aber du hast Recht. Warum bist du nicht wieder dorthin zurückgekehrt, wo du aufgewachsen bist? Letztlich hat doch jeder Mensch so einen heimatlichen Ort.»

«Nein», sagte Benedikte, «so einen Ort hat nicht jeder. Ich bin in Frankfurt aufgewachsen, in einer dieser Nachkriegssiedlungen. Wenn man nach so langer Zeit in eine

Großstadt zurückkehrt, erkennt man kaum die Straße wieder, in der man als Kind gelebt hat. Und die Leute», sie zuckte mit den Achseln, «die Leute sind in alle Winde verstreut. Oder haben einen vergessen. Oder man mag sie nicht mehr. Es gibt dort einfach zu viele Menschen, und die Uhren laufen anders. Ich hatte großes Glück, als ich Thomas traf.»

Der Pfarrer war ein Jugendfreund aus der Nachbarschaft, sie hatten dieselbe Schule, wenn auch nicht dieselbe Klasse besucht, und als er mit seiner Frau Urlaub in Spanien machte, liefen sie einander über den Weg.

«Ein glücklicher Zufall. Er hatte eine freie Stelle, ich wollte zurück nach Deutschland – so hat es sich ergeben. Dass ich fließend Spanisch spreche, hat sicher geholfen, die Gemeinde hat eine Partnergemeinde in Nicaragua, darum konnte ich mich kümmern.»

«Und deine Familie?»

«Meine Eltern sind tot, sonst gibt es niemanden. Frag nicht nach *seiner* Familie, Schwiegereltern, Geschwistern. Da bestand nie Kontakt. Verzeih, wenn ich schroff klinge, diese Frage kommt immer, und die Antwort ist immer die gleiche. Es ist, wie es ist.»

«Das alles tut mir sehr Leid, Benedikte. Ich bin froh, dass wir Platz im Konvent haben, und hoffe, du bleibst. Ich brauchte hier auch meine Eingewöhnungszeit. In der Stadt ist nicht viel los, aber sicher auch nicht weniger als am Niederrhein, es lebt sich gut hier. In der Stadt wie im Konvent.»

«Wenn nicht gerade die Polizei durch den Garten stapft, ich weiß.» Sie nahm einen Keks aus der Schale, die sie bis dahin ignoriert hatte, und stand auf. «Nun würde ich gerne von deinen vergangenen Jahren hören», sagte sie, «aber leider muss ich dich jetzt verlassen. Frau Hofmann und Frau Hailing gehen heute ins Kino und haben gefragt, ob ich sie begleiten möchte. Ich möchte. Das wird dich freuen.»

«Das freut mich wirklich. Was werdet ihr sehen?»

«Ich weiß es nicht. Ich war so lange nicht mehr im Kino, mir ist alles recht. So wird vielleicht alles gut», sagte sie, als sie Felicitas an der Tür die Hand gab, förmlich, doch ohne sich hinter diesem kühlen Spott zu verstecken.

Und noch einmal an diesem Tag war Felicitas sehr zufrieden. Es war leicht gewesen, das Unbehagen, diese diffuse Mauer zwischen ihr und Benedikte war durchbrochen. Benedikte musste es ähnlich ergehen. Als sie sich verabschiedete, war ihr Händedruck fest und warm, ihr Gesicht rosig gewesen. Am Ende der nächsten Woche, wenn der erste Ansturm der neugierigen Klosterbesucher vorüber war, wollte sie den Konvent einberufen und über Benediktes Eintritt abstimmen lassen. In geheimer Wahl, wie immer, sie zweifelte nicht an dem Ergebnis. Nun nicht mehr. Wie angenehm, dachte sie, seit dem Mord war Benedikte die Erste, die mit ihr nicht über Jolnow, den Mord oder Neuigkeiten über die Suche nach dem Täter sprechen wollte.

Das Gasthaus *Alte Post* befand sich in einer Metamorphose. Hundertfünfzig Jahre lang war es das erste Haus am Platz gewesen, bis ein langhaariger Italiener die düstere alte *Klosterschänke* kaufte und mit Terrakottafliesen, Palmen, weißer Tischwäsche und langbeinigen Kellnerinnen in hautengen schwarzen Röcken der *Post* im Handumdrehn den Rang ablief. Womöglich lag es auch an dem Charme und der mediterranen Höflichkeit Marcello Bassanis, an seinem trotz seiner Geburt im norddeutschen Friesoythe gepflegten elterlichen Akzent, dass die Möldenburger, insbesondere die mit dem dicken Portemonnaie, zum Feind übergelaufen waren. Dass es an der Speise- und der Weinkarte lag, die hielten, was die darauf notierten Preise versprachen, hatte Fritz Schulteskort, *Post*-Wirt seit 38 Jahren, vehement bestritten. Manche sagten, Bassani und sein Erfolg hätten den alten Fritz im letzten Winter auf den Möldenburger Friedhof gebracht, andere zeigten sich klarsichtiger und tippten auf seine berufsbedingte Leidenschaft für deftiges Essen und scharfe Schnäpse. So oder so, alle waren sich einig, dass Ines Schulteskort, die stille Witwe, ihr Schicksal tapfer trug, ihre Sache als Wirtin erstaunlich gut machte und inzwischen um Jahre jünger aussah. Letzteres wiederum lag – möglicherweise – an dem neuen Innenausstatter am Markt, den sie wegen der umgehend in Angriff genommenen Generalüberholung des Restaurants und der Gästezimmer konsultierte. Er war ein Mann kurz vor den besten Jahren und dem bis dahin tief verborgenen Liebreiz seiner Auftraggeberin sofort erlegen. Darüber wurde nur hinter vorgehaltener Hand gesprochen, gleichwohl mit unverhohlenem Wohlwollen, denn Fritz war ein griesgrämiges Rabenaas gewesen und Ines eine freundliche Frau.

Das alles wusste Hildebrandt von Herrn Hopf, dem Kellner, der immer noch sein dreifaches Doppelkinn über der stets etwas zu engen Weste trug und den Herrn Kriminalhauptkommissar bei dessen Ankunft gleich wieder erkannt hatte und wie einen Stammkunden begrüßte. Hildebrandt hoffte, dass er dazu nie würde, andererseits genoss er die bevorzugte Behandlung, zu der unter anderem ein stets frisch gekochtes, also noch heißes und pflaumenweiches Frühstücksei gehörte. So etwas widerfuhr ihm selten.

Jolnow, hatte der Kellner ihm bereitwillig erzählt, sei ein echter Stammkunde gewesen, der arme Mann, jetzt liege er tot im Gefrierfach, eine Schande sei das, und wann er endlich unter die Erde komme. Das wusste Hildebrandt nicht, versicherte aber, es könne nicht mehr lange dauern.

Das Grab, plauderte der Kellner munter weiter, sei wirklich schön, ein echtes Familiengrab, noch auf dem alten

Friedhof – der neue habe ja überhaupt keine Atmosphäre –, da liege schon seine Mutter und als Erster und schon seit Jahrzehnten Henriette Jolnows Onkel. Der habe die Grabstelle gekauft, seinerzeit, die Henriette habe doch nie genug Geld gehabt für so was, arme Kriegerwitwe, die sie gewesen sei, und die Daten von ihrem vermissten Mann seien auch in dem Grabstein eingemeißelt, echter schwarzer Granit, poliert, Goldschrift. Sehr gediegen.

Nur mit Mühe gelang es Hildebrandt, den Redefluss in die richtige Richtung zu lenken, doch endlich erfuhr er, was er wissen wollte. Hans Jolnow war einmal in der Woche, meistens donnerstags, manchmal freitags, zum Essen gekommen, seit dem Tod seiner Mutter allein. Ja, immer. Mit einem Buch, wo doch die Leserei beim Essen gar nicht bekömmlich sei. Davor in ihrer Begleitung, auch immer, noch in der Woche vor ihrem letzten Stündlein, hatten die beiden an ihrem Lieblingstisch am hinteren Fenster des Restaurants gesessen, nie in der Gaststube beim Tresen. Sie hatte meistens Pannfisch gegessen, gesund und schön weich, wegen der alten Zähne, er Lamm. Das mochte er am liebsten. Im Winter auch mal Wild, gerne Rehrücken mit Preißelbeeren. Oder Wildschweingulasch. Und zum Nachtisch Apfelkompott oder Rote Grütze. Mit Sahne. Die beiden waren echte Genießer.

Das war auch schon alles, was der dicke Kellner von Jolnow berichten konnte. Hildebrandt war enttäuscht. Er hatte von Herrn Hopf, den er als außerordentlich gut informiert in Erinnerung hatte, mehr erwartet. Inzwischen hätte er gerne noch viel über Henriette Jolnow und ihren Acker erfahren, leider hatte Herr Hopf heute seinen freien Tag.

Nachdem er seine Lieblingslektüre, die Kleinanzeigen der Regionalzeitung, gründlich studiert hatte – weder Acker- noch Bauland stand in dieser Ausgabe zum Verkauf –, sah er sich um. Die Gaststube und die Zimmer waren noch unverändert, das Restaurant jedoch hatte den Beginn einer Wandlung vollzogen. Oder ertragen, wie man es nahm, jedenfalls sah es besser aus als zuvor. Die Wände oberhalb des alten dunklen Paneels waren frisch gestrichen, die karierten Tischdecken auf den Tischen hatten weißen Platz gemacht, die muffigen cremefarbenen Gardinen aus körnigem Leinenimitat schmalen weißen Stores. Unter der Decke baumelte noch der Kronleuchter aus ineinander gewundenen Hirschgeweihen, jedoch gründlich entstaubt und mit vollständigem Glühbirnensatz. Und wo im letzten Herbst noch knorrige, goldgerahmte Bauerngesichter mit Bart und Apfelbäckchen, Pfeife und Hut von den Wänden auf die Teller geguckt hatten, hingen nun Aquarelle, schlichte Landschaften in duftigen Farben. Der Effekt war bei aller Halbherzigkeit erstaunlich. Doch weil Hildebrandt nicht wusste, ob er an diesem Abend, mit dieser Verabredung gut oder schlecht gelaunt sein sollte, wusste er ihn nicht zu würdigen.

Er hatte die Äbtissin zu Bassani einladen wollen, so wie vor einem guten halben Jahr (immerhin) angekündigt und versprochen. Er hatte sich auf die fabelhaften Weine gefreut, sich in Gedanken schon die Speisekarte rauf- und runterphantasiert, nur um zu erfahren, dass Bassanis *Klosterschänke* in dieser Woche geschlossen war. Wasserrohrbruch, hatte Hopf gestern Abend mit glücklichem Schnaufen verkündet, während der Nacht zum letzten Sonntag, am Morgen habe das ganze Restaurant unter Wasser gestanden, die feinen Fliesen aus Italien hätten schwimmen gelernt, und die Küche und der Weinkeller – jedenfalls waren an diesem Abend, wie schon während der ganzen Woche, die Tische in der *Alten Post* nach langer Zeit endlich wieder gut besetzt.

Hildebrandt zerrte an seiner neuen Krawatte und vertiefte sich in die Speisekarte. Jolnow hatte also Lamm bevorzugt. Dafür würde er sich heute auch entscheiden. Im letzten Jahr war es ausgezeichnet gewesen, und die Köchin war die gleiche geblieben. Oder doch lieber Heidschnucke?

«Guten Abend, Frau Äbtissin», hörte er die Stimme der Wirtin aus der vorderen Gaststube. Er widerstand dem Impuls, Felicitas entgegenzugehen, und tat, als höre er die Stimmen der beiden Frauen nicht. Den Kopf über die Karte gebeugt, erinnerte er sich an seine erste Tanzstundenverabredung, als er auch nicht gewusst hatte, wie er sich verhalten sollte. Die Blicke der anderen Gäste wurden neugierig, als die Äbtissin den Raum betrat und, dem einen oder anderen zunickend, zu seinem Tisch kam. Er stand auf, sie gab ihm lächelnd die Hand, und seine Nervosität legte sich. Tanzstundenzeiten waren längst Vergangenheit.

Sie strahlte Heiterkeit aus, die weiche Bluse aus dunkelroter Seide, die kleinen Ohrringe aus Perlen und Granat, die man nur sah, wenn sie, eine charakteristische Handbewegung, das dunkelbraune Haar auf der rechten Seite rasch hinter das Ohr strich, ließen sie weniger resolut erscheinen als gewöhnlich, was er angenehm fand.

«Ich habe Ihnen etwas mitgebracht.» Sie klopfte auf ihre Handtasche von der Größe eines mittleren Aktenkoffers. «Allerdings ist mein Hunger riesig, zuerst muss ich bestellen. Haben Sie schon etwas ausgesucht? Sonst lege ich Ihnen als Vorspeise die Feine Kartoffelsuppe ans Herz, sie ist absolut köstlich. Ihre Krawatte ist hübsch. Sind das kleine Sonnen am dunkelblauen Himmel?»

«Stiefmütterchen. Passend zur Jahreszeit.» Er hätte sich für die schlichten Streifen entscheiden sollen. Über den Rand der Speisekarte warf er ihr einen prüfenden Blick zu. Sie lächelte ganz ohne Ironie.

Nachdem die Wirtin ihre Bestellungen aufgenommen

hatte, sagte sie: «Jetzt geht es los. Sie müssen vorsichtig sein, Herr Hildebrandt, diese Briefe sind alt, ich fürchte, die Priorin wäre bei aller Sympathie für Sie nicht begeistert, wenn sie wüsste, dass ich einige ihrer Schätze entführt habe. Sie werden sie sowieso nur schwer lesen können, ich möchte aber, dass Sie sie sehen. Was drin steht, erzähle ich Ihnen.»

Er wischte verstohlen die Hände über die Oberschenkel, bevor er die Mappe aufschlug und den ersten Bogen herausnahm.

«Die Mappe samt Inhalt habe ich in Jolnows Schublade im Archiv gefunden», erklärte sie, «das heißt, in einem sonst völlig leeren Rollcontainer, der bei seinem Arbeitsplatz stand. In der untersten Schublade. Auf der Mappe klebte einer seiner grünen Zettel mit einem Frage- und einem Ausrufezeichen, den habe ich nach innen geklebt, damit er nicht verloren geht. Die Möllerin benutzt nur gelbe, es ist also eindeutig, dass er die Briefe in die Mappe und die Mappe in die Schublade gelegt hat. Ich finde das seltsam. Warum hat er das getan? Und dann ganz hinten in die unterste Lade? Alles Übrige, an dem er gearbeitet hat, liegt in einem Karton, der auf dem Arbeitstisch steht. Nichts Besonderes. Für unser Archiv ist natürlich alles besonders, was älter als drei Tage ist, aber in dem Karton findet sich nichts, was ein Mordmotiv hergäbe.» Sie sprach mit gesenkter Stimme, Hildebrandt hatte trotzdem das Gefühl, plötzlich halte das ganze Restaurant den Atem an. Das mochte stimmen, aber niemand außer ihm hatte sie verstanden, was an einigen Tischen bedauert wurde.

«Warum erzählen Sie mir nicht zuerst, worum es geht? Und was ist das?» Er bückte sich nach einer alten Ansichtskarte, die aus der Mappe gerutscht und unter den Tisch gesegelt war.

«Die hat damit nichts zu tun.» Während Hildebrandt die

Mappe schloss und auf den freien Stuhl neben sich legte, griff sie nach der Karte und schob sie in ihre Tasche.

«Die Briefe sehen aus, als seien sie sogar uralt», sagte er. «Ihr Vertrauen in die bewegte Historie des Klosters in allen Ehren, Frau Stern, bevor ich allerdings glaube, dass sie für Jolnows Ende zuständig sind, müsste es sich ...»

Felicitas unterbrach ihn mit einer ungeduldigen Handbewegung. «Ich gebe ja zu, es erfordert eine Portion Phantasie, aber in diesen Briefen geht es um eine sehr wertvolle Madonnenstatue, und so was ist doch immer ein Motiv. Also hören Sie zu.»

Die Stimme senkend, neigte sie ihren Kopf dem seinen näher zu, er roch einen frischen blumigen Duft und begann den Abend, diese Verabredung zu genießen. Die alte Geschichte von der entlaufenen Ulrica, ihrem empörten Vater, der zutiefst beleidigten Äbtissin und der gestohlenen kleinen Madonna gefiel ihm ausnehmend gut. Als Geschichte. Als Hintergrund für einen aktuellen Mord weniger.

«Hübscher Skandal», sagte er und lehnte sich zurück, als Felicitas zu Ende erzählt hatte und ihn erwartungsvoll ansah. «Wenn ich Sie richtig verstehe und eine Portion Ihrer Phantasie einbeziehe, ist diese Ulla – Ulrica, richtig –, also dieses Mädchen, mit ihrem Galan durchgebrannt und hat bei der Gelegenheit die Madonna mitgehen lassen. Aufruhr in Möldenburg, im Haus ihrer Eltern und dann? Wenn ich Ihre Phantasie in Rechnung stelle – gucken Sie nicht so streng», er lächelte milde, «Sie haben den Begriff ins Spiel gebracht –, dann also stellen Sie sich vor, Jolnow hat die Spur dieser hölzernen Reliquiendame gefunden und – ja, und was?»

«Ich dachte, der Kriminalist sind Sie! Das liegt doch auf der Hand.»

«Zweimal Kartoffelsuppe?» Die Kellnerin, ein pummeliger Teenager und unverkennbar die Tochter der Wirtin, unterbrach, was auf der Hand lag, und Hildebrandt musste zugeben, dass Felicitas zumindest darin nicht geirrt hatte: Die Kartoffelsuppe war bis zu den auf ihr verstreuten gerösteten Mandelblättern köstlich.

«Es ist doch einfach», fuhr Felicitas fort, «geradezu logisch. Er hat herausgefunden, dass die Madonna noch hier ist, das heißt im Kloster oder in seiner Nähe, und wollte damit Geschäfte machen.»

«Und dann hat er einen Abnehmer gefunden, der ihn lieber umbrachte, als zu zahlen.» Hildebrandt nickte ernst. «Man weiß ja, was man vom Kunstmarkt zu halten hat. So ähnlich?»

Wieder wurde die Strähne hinters rechte Ohr geklemmt. «So ähnlich, ja. Ich gebe zu, aus Ihrem Mund klingt das abenteuerlich. Glauben Sie an Intuition?»

«In Verbindung mit Logik unbedingt. Sie sollten Ihre Suppe nicht kalt werden lassen, das wäre schade. Was möchten Sie eigentlich finden: die Madonna oder den Täter?»

Felicitas ließ ihre Suppe weiter erkalten. «Beide. Aber ich sehe, Sie haben mich ertappt. Was Sie noch nicht wissen: In dem Brief der Äbtissin steht, genauer, in dem Entwurf, es war damals üblich, zuerst Entwürfe zu schreiben, sicher gab es eine Konventualin mit besonders schöner Schrift, die die Reinschrift für sie erledigte. Dort steht also, dass die Statue trotz der von der Rückseite zugänglichen Höhlung für die Reliquie recht schwer war, wohl von einer jungen Frau zu tragen, nur nicht sehr weit.»

«Ihr Freund wird kräftiger gewesen sein.»

«Sicher, aber erinnern Sie sich: Die beiden sind auf *einem* Pferd geflüchtet. Zu zweit auf *einem* Pferd. Und dann noch eine hölzerne Madonna. Wie soll das gehen?»

«Pferde ziehen ganze Fuhrwerke.»

«Ja. Aber zwei Menschen in einem Sattel, das ist etwas anderes. Muss ich heute denn ständig ‹aber› sagen? Auf einem Pferderücken ist nicht viel Platz, und die Madonna war schwer. Auch schwer zu halten. Es handelt sich um eine sitzende Madonna, das heißt, zu der eigentlichen Figur gehört also eine Art Bank oder Thron, beides wurde gewöhnlich alles aus einem Stück geschnitzt, zumindest fest miteinander verbunden. Nur die Hände und das Jesuskind oder christliche Symbole wie eine Traube oder Lilie waren – sozusagen – Einzelteile und angefügt, deshalb sind sie auch häufig verloren gegangen oder zerstört. Er wird sich so eine Statue kaum auf den Rücken gebunden haben. Stellen Sie sich die beiden jungen Leute doch mal vor: in der Dunkelheit, auf der Flucht, es war kalt, sicher hat es geregnet, das tut es hier um diese Jahreszeit bekanntlich ständig, womöglich gestürmt, auf den Straßen lauern Banditen. Ich merke schon», seufzte sie, «Sie wollen sich nicht darauf einlassen.»

«Aber nein, ich höre Ihnen gerne zu, eine so romantische Ader hätte ich bei Ihnen gar nicht vermutet. Ihre Geschichte wird immer schöner. Was also, glauben Sie, haben die beiden mit ihrem erbeuteten Schatz gemacht?»

«In ihren Briefen betont die selige Thilda die Aufmüpfigkeit Ulricas, wobei ich unter aufmüpfig etwas anderes verstehe. Sie schreibt, dass Ulrica verwarnt wurde, weiter Interesse an dem Sohn eines Pächters zu zeigen, dass sie das überhaupt tat, war mutig, wie immer sie das gezeigt haben mag, das arme Mädchen. Er war schließlich ein Niemand. Thilda schreibt auch, in dem anderen Brief, Ulrica habe darum gebeten, na, sie drückt es nicht so nett aus, jedenfalls hat das Mädchen sich dafür stark gemacht, die Madonna nicht zu verkaufen. Man dürfe sie nicht ihrer Heimat berauben, soll sie argumentiert haben, und erst recht nicht zu den Papisten schicken, so nannte man seinerzeit die Katholiken. Um Judaslohn. Das ist gegenüber ihrer Äbtissin mehr als ungehörig, geradezu unverschämt. Zudem hat eine der anderen Klosterjungfrauen sie dabei erwischt, wie sie Blumen vor der Madonna niedergelegt hat, was damals für eine gute evangelische Frau unerhört war – heute sind unsere Herzen natürlich weiter. Dabei habe die Madonna schon längst, um die Klosterjungfrauen nicht in Versuchung zu führen, abseits in einem nicht bewohnten Gang gestanden, in dem Ulrica nichts zu suchen hatte. Damals galten strenge Sitten.»

Beide aßen schweigend ihre Suppe, und die Gäste an den Nachbartischen konnten sich endlich wieder mit ungeteilter Aufmerksamkeit auf die eigenen Gespräche konzentrieren.

«Wenn Sie schon nicht fragen», sagte Felicitas, als sie den Löffel neben den endlich geleerten Teller legte, «hören Sie weiter zu. Es dauert nicht mehr lange.» Obwohl sich das Restaurant inzwischen noch weiter gefüllt hatte und der Lärm der Stimmen sie wie ein akustischer Paravent umschloss, senkte sie wieder die Stimme. «Ich glaube, Jolnow wusste, wo die Madonna ist. Und ich glaube, dass sie noch im Kloster ist, zumindest auf unserem Areal. Raten Sie mal, an welchen Ort ich da denke! Es ist doch logisch: Ulrica liebte die Madonna, warum auch immer, und wollte nicht, dass die ihre Heimat verlassen muss und – sozusagen – ins feindliche Ausland verkauft wird. Mitnehmen konnte sie die Statue nicht. Da beide, Ulrica und die Madonna, in derselben Nacht verschwanden, hat sie sie direkt vor ihrer Flucht sicher versteckt. *Im* Kloster wäre sie in der Zwischenzeit zweifellos gefunden worden, ich nehme deshalb an, die abtrünnige Jungfrau und ihr Fluchthelfer haben die Figur vergraben. Was sonst?»

«Eine verwegene These.» Hildebrandt griff nach seinem

Bierglas, sah, dass es leer war, und stellte es wieder auf den Tisch. «Aber interessant. Warum erinnert mich das nur an Stevensons ‹Schatzinsel›? Ich will mich nicht lustig machen, Frau Stern. Wenn man zwischen so zahlreichen und kostbaren Zeugen der christlichen Vergangenheit lebt wie Sie, zieht man andere Schlüsse als ein spröder Kriminaler. Gehen wir ruhig mal davon aus, dass es so war: Dann können wir die Sache mit dieser Madonna vergessen.»

«Warum?»

«Weil, wie Sie gesagt haben, die gute Santa Maria aus Holz war. Nach hundertfünfzig Jahren in der Erde kann nicht mehr viel von ihr übrig sein.»

«Hm.» Felicitas winkte nach der Kellnerin, bestellte zwei Bier und machte noch einmal: «Hm.»

Doch nun kam die Wirtin mit zwei Tellern, servierte Hildebrandt sein Lamm, Felicitas ihre ‹Gemischte Gemüsepfanne›, wünschte ‹Guten Appetit› und verschwand. Sie hätte gerne gefragt, ob die Suppe geschmeckt hatte, doch die Miene der Äbtissin gebot raschen Rückzug.

«Das hat etwas für sich», murmelte Felicitas.

«Vielleicht», lenkte Hildebrandt ein, schnitt in das zarte Fleisch und ignorierte den Gedanken an die vergnügten kleinen Lämmer, die er auf den Weiden vor der Stadt gesehen hatte, «vielleicht war das Ding aus besonders haltbarem Holz.»

«Das ist nett gemeint», seufzte Felicitas. «Wenn ich an unsere alten Zäune und die Pfähle im Fundament des Backhauses denke, tröstet mich das wenig. Ich bin bereit, zuzugestehen, dass Sie möglicherweise Recht haben und diese Briefe meine Phantasie zu heftig beflügelt haben. Trotzdem, ich werde weiter darüber nachdenken. Einfach so, ohne eine Verbindung zu toten Archivaren zu suchen.»

«Fragen Sie doch Viktor Alting, als Gärtner wird er wissen, wie lange die verschiedenen Holzsorten brauchen, bis sie verrottet sind.»

«Ich bewundere Ihr Gedächtnis. Haben Sie auch die Vornamen der Konventualinnen behalten?»

Hildebrandt überlegte, ob es den herrschenden Tischsitten entsprach, wenn er die butterigen Prinzessböhnchen zerschnitt. «Nur einige», sagte er und setzte das Messer an, «den des alten Fräuleins Morender zum Beispiel, Zita, das klingt für diese Gegend exotisch.»

«Nicht für ihre Generation. So hieß die letzte Kaiserin von Österreich, sicher ist sie nach der benannt. Wollen Sie von Alting ablenken? Es flüstert, Sie haben ihn verhört.»

«Es flüstert zu viel, Frau Stern. Wir sprechen mit allen, die Jolnow kannten oder auf irgendeine Weise mit ihm zu tun hatten. Das gehört zu den Spielregeln.»

Er hatte den Gärtner in dessen Wohnung in einem der Nebengebäude des Klosters aufgespürt. Viktor Alting kochte gerade Tee und lud Hildebrandt zu einer Tasse ein. Es war nicht zu übersehen, dass Alting wenig Sinn für Gemütlichkeit hatte. Seit seinem Einzug waren fast drei Monate vergangen, doch im Flur stapelten sich noch Kartons, an den Wänden hing bis auf den Blumenkalender in der Küche, der Werbegabe eines Großhandels für Gärtnereibedarf, kein Bild. Die Möbel im Wohnzimmer, geschmackvoll und von guter Qualität, wirkten, als seien sie von den Möbelpackern irgendwo abgestellt worden und stehen geblieben. Hildebrandt registrierte das, ohne dem Bedeutung beizumessen. Es erinnerte ihn an den Zustand seiner neuen Wohnung im ersten Jahr nach der Scheidung.

Alting war vierunddreißig Jahre alt, er war groß, ohne linkisch zu wirken, seine Bewegungen und seine Sprache waren ruhig. Vielleicht stimmte es, dass Arbeit an der frischen Luft für eine ausgeglichene Seele sorgte. Zu Altings Job gehörten allerdings auch all die kleineren handwerklichen Arbeiten, die im Kloster und in den dazugehörenden Gebäuden anfielen. Hausmeister nannte man das, und in Anbetracht des Alters der Gebäude stellte Hildebrandt sich jede Menge verstopfte Abflussrohre und Kurzschlüsse vor, die zu reinigen und zu beheben kein Vergnügen sein konnte. Er irrte, das Kloster war alt, seine Rohrsysteme und Leitungen jedoch waren bis zur hochmodernen Alarmanlage erst vor wenigen Jahren auf den neuesten Stand gebracht worden.

Der Spaten, den Sabowsky neben der Tür des Backhauses entdeckt hatte, gehörte Alting nicht. Er lasse sein Arbeitsmaterial nicht herumstehen, betonte er. Der Spaten sei im Übrigen eine Schaufel und gehöre der Priorin. Sie vermisse ihn seit jenem Nachmittag, und es sei gut zu wissen, dass er sich im Gewahrsam der Polizei befinde. Der Gärtner, so fand Hildebrandt, wusste sich gut auszudrücken.

Alting bestätigte noch einmal die Aussage der Priorin, dass sie ihn zu Hilfe geholt und er das Mädchen rasch aus dem Haus getragen habe. Jolnow sei tot gewesen, und die Leichenstarre hatte schon eingesetzt, jedenfalls habe er so ausgesehen, und wie sich später herausstellte, stimmte es. Deswegen habe er ihn nicht aus dem Schacht gezogen. Ja, er hatte den Archivar gekannt, vom Sehen und von den üblichen drei Sätzen, die man so austauscht, wenn man sich zufällig im Garten oder im Hof trifft. Als Neuling in der Stadt wusste er darüber hinaus nichts von dem Archivar. Außer etwas, das nun kaum von Belang sei, hier lächelte Alting in seine Teetasse, dass nämlich Jolnow offensichtlich die Priorin verehrte und sich große Mühe gab, die Namen von Vögeln und Pflanzen zu behalten, die Frau Möller ihm gezeigt hatte.

Den Abend, an dem der Mord geschah, hatte Alting in seiner Wohnung verbracht, allein mit einem Buch. Er könne nicht mit einem bestimmten Fernsehfilm zur Tatzeit dienen, er habe noch keinen Apparat.

Er hatte von draußen nichts Ungewöhnliches gehört, auch nichts Gewöhnliches, die Nacht sei kalt und seine Fenster seien verschlossen gewesen.

Hildebrandt hatte seine Tasse geleert und gefragt, was Alting nach Möldenburg verschlagen habe.

‹Wurzeln›, hatte der geantwortet, ‹meine Eltern sind hier in der Nähe aufgewachsen, und wir haben in dieser Region ab und zu Urlaub gemacht, Ferien auf dem Bauernhof, das gehört zu meinen schönsten Kindheitserinnerungen.›

Felicitas riss Hildebrandt aus seinen Gedanken: «Kann es sein, dass Sie gerade ziemlich weit weg sind, Herr Hildebrandt? Ich sagte: Viktor Alting ist ungemein tüchtig und ein angenehmer Mensch. Im Übrigen sind nun Sie es, der sein Essen kalt werden lässt. Kaltes Lamm ist eklig.»

«Entschuldigung, ich denke noch an Ihren neuen Gärtner. Warum haben Sie überhaupt einen neuen?»

«Weil der alte, Herr Brandes, in Rente gegangen ist, worüber ich mehr als froh bin. Niemand kann behaupten, dass wir uns mochten, der giftige Brandes und ich. Erfreulicherweise ist er auch noch weggezogen, obwohl er nach seinem Vertrag noch fünf Jahre Wohnrecht bei uns hatte. So war die Wohnung gleich für seinen Nachfolger frei. Ein bisschen groß für eine Person, aber das kann sich ändern, Alting ist ja im heiratsfähigen Alter.»

«Er kommt aus Köln, wieso kommt jemand vom Rhein zu dieser Anstellung? Gab es keine Bewerber aus Möldenburg oder der Umgebung.»

«Gute Frage. Solche Bewerber gab es natürlich, aber wenn man alle abzieht, die mit einer Schnapsfahne zum Vorstellungsgespräch kamen, und auch die, die noch nie einen Spaten in der Hand hatten oder eine Buche nicht von einem Veilchen unterscheiden können, blieben zwei übrig. Und Viktor Alting. Warum dann er? Ganz einfach, er hatte die beste Ausbildung und die für unsere Bedürfnisse passende Erfahrung. Und ich fand ihn gleich angenehm, er hat so etwas Ruhiges. Wir leben hier eng beieinander, da ist das wichtig. Die Priorin schätzt ihn natürlich auch, sie ist die Gartenfrau bei uns und muss den Gärtner akzeptieren. Sie hatte auch die Anzeige in dieses Fachblatt gesetzt, auf die er sich beworben hat. Sie sehen: keine Kungelei.»

Die Möldenburger hatten ihr trotzdem gegrollt, weil sie die Arbeitslosenstatistik der Stadt nicht entlastet hatte. Wieder betraten neue Gäste den Raum, diesmal fiel Felicitas' Gruß wärmer aus, und Hildebrandt musterte neugierig die elegante junge Frau, die nach kaum merklichem Zögern ihrem Begleiter an einen der hinteren Tische folgte.

«Unsere neue Apothekerin in der Brunnen-Apotheke am Markt», erklärte Felicitas, «Irene Husby. Sie ist eine Studienfreundin meiner Tochter. Ihr Begleiter ist übrigens Roland Eisners Kompagnon, Max Kleve, einer der begehrtesten Junggesellen in der Stadt. Die beiden sind ein schönes Paar, nicht? Sie sehen plötzlich so interessiert aus, mit wem soll ich Sie bekannt machen? Mit Irene oder mit Max Kleve?»

Hildebrandt suchte nach einer Antwort, die ebenso spitz klang. Er war nicht gut in spitzen Antworten, ihm fiel keine ein. «Danke», brummte er, «ich hätte jetzt lieber ein Dessert.» Dass er mit Kleve auch ohne ihre Vermittlung reden würde, und zwar gleich morgen Vormittag, ging sie nichts an. Er griff nach der Mappe mit den Briefen, die immer noch auf dem freien Stuhl lag, und legte sie auf den Tisch. «Die sollten Sie lieber wieder einstecken, sonst landet sie hier im Altpapier. Es wäre schade, wenn der schöne Skandal Ihrer Historie verloren ginge. Konnten Sie inzwischen feststellen, ob in Ihrem Archiv etwas fehlt?»

Felicitas lachte. «Guter Witz! In unserem Archiv liegen Dokumente aus Jahrhunderten. Bis vor wenigen Jahrzehnten wurde einfach eines nach dem anderen in einen Archivschrank gelegt. Zwar gab es so etwas wie eine Systematik in bestimmten Fächern, aber die war eigenwillig und hing von der Laune der jeweiligen Äbtissin ab. Deshalb war Herr Jolnow für uns so wertvoll. Als ausgebildeter Fachmann mit viel Erfahrung verstand er sich auf diese Dinge. Aber er stand ganz am Anfang. Selbst wenn wir in so kurzer Zeit feststellen sollten, dass etwas fehlt, dass also bestimmte Dokumente nicht aufzufinden sind, obwohl sie sogar in den alten Findbüchern stehen, bedeutet das nicht viel. Immer wieder haben irgendwelche Leute im Archiv gearbeitet – heute achtet man peinlich genau darauf, dass jedes Blättchen wieder an seinen Platz zurückkommt, aber leider ist das ein am Alter des Archivs gemessen relativ junges Verfahren.»

Was früher aus den Regalen gezogen worden sei, könne man heute lange und oft vergeblich suchen. Vieles sei einfach in Fächer zurückgesteckt worden, die gerade passend erschienen oder Platz boten. So etwas sei im Laufe der Jahrhunderte gewiss häufig geschehen.

«Am häufigsten, denke ich, von den letzten Jahrzehnten des 19. bis in die siebziger Jahre des 20. Jahrhundert. In dieser Zeit waren Heimatthemen ungemein populär, aber der sorgfältige, der wissenschaftlich akkurate Umgang mit alten Dokumenten war noch nicht selbstverständlich.»

«Und ich dachte immer, die Suchsysteme mit den Computerprogrammen für unsere Polizeiarchive seien unzulänglich. Habe ich Ihnen eigentlich schon gesagt, dass Frau Sabowsky morgen Ihren Archiv-Computer inspizieren wird? Um neun, wenn es recht ist. Sie hat ein Faible für diese Maschinen, sie stöbert sogar schon Gelöschtes wieder auf. In Jolnows Haus haben wir keinen PC gefunden, es könnte also sein, dass er den im Archiv für seine privaten Angelegenheiten benutzt und eine aufschlussreiche Datei hinterlassen hat.»

«Das haben Sie nicht gesagt, aber es ist mir sehr recht. Und Ihre Kollegin muss es ertragen, dass Frau Möller ihr über die Schulter sieht. Sie weiß immer gern, was im Archiv geschieht. Selbst wenn es eine Polizistin ist, die darin herumschnüffelt.»

Ob es Sabowsky passte, wusste Hildebrandt nicht, ihm selbst kam es sogar gelegen. Ganz nebenbei und ohne offizielle Fragen fielen Zeugen oft erst die wichtigen Nebensächlichkeiten ein, die das erste Licht ins Dunkel brachten. Die Priorin hatte von allen, die Jolnow gekannt hatten, die meiste Zeit mit ihm verbracht; er hatte ihr vertraut und, wenn Altings Beobachtung richtig war, versucht, Eindruck auf sie zu machen. Die beste Voraussetzung für Schwatzhaftigkeit. Was auf ihn selbst allerdings nicht zutraf. Schweigend beugte er sich auf der Suche nach dem Dessert über die Karte. Keinesfalls würde er Rote Grütze oder Apfelkompott wählen.

Felicitas brauchte die Karte nicht, sie würde, wie immer, wenn sie in der *Alten Post* aß, das Menü durch ein Zimtparfait mit Portweinpflaumen krönen.

«Ob Jessi ihr Erlebnis im Backhaus verarbeiten kann?», überlegte sie laut. «Über einen solchen Schock sollte man reden, und sie ist ein so verschlossenes Mädchen.»

«Zeit heilt alle Wunden», sagte Hildebrandt knapp und entschied sich doch für die Rote Grütze.

«Erik», sagte Felicitas, «Sie ...»

«Sie haben mich Erik genannt. Ja, Felicitas?»

«Erik», sie bemühte sich, nicht zu lachen, «Sie reden Quatsch.»

KAPITEL 8

Erik Hildebrandt schnippte den Bleistiftanspitzer, eine kleine Tonne aus moosgrünem Kunststoff, über den Schreibtisch und gönnte sich einen Seufzer. Er sollte seine Energien sinnvoller einsetzen, die beiden Stifte sahen schon verdammt kurz aus, einer war nur mehr ein Stummel. Er ließ ihn in den Papierkorb fallen und überlegte, was andere Leute taten, wenn sie festsaßen, wenn die Gedanken immer in der gleichen Sackgasse stecken blieben, wenn sie einsehen mussten, das sie nicht vorankamen? Dass sie sich nicht auf dem falschen, sondern auf gar keinem Weg befanden? Sabowsky würde zweifellos zu einem Halbmarathon starten, Jürgen Dessau in Tiefschlaf verfallen. Und die Äbtissin? Felicitas würde über den kleinen Klostersee rudern oder mit ihren energischen Schritten durch den Kreuzgang eilen und – und? Oder sie trank ein Glas besonders guten Rotwein und stellte die Musik lauter. Laute Musik zerrte an seinen Nerven, aber die Sache mit dem Rotwein war verlockend. Leider passte sie nicht für den frühen Morgen auf einem Polizeirevier.

An strengen Tagen predigte Hildebrandt seinen jungen Kollegen gerne, das Wort Frustration sei aus ihrem Vokabular ersatzlos zu streichen. Wie jeder andere Beruf habe auch der ihre unbequeme und von ermüdender Kleinarbeit bestimmte Zeiten, da helfe nur energische Weiterarbeit und die Entschlossenheit, das Spiel zu gewinnen. Einmal hatte er hinzugefügt, am Ende eines jeden Tunnels warte das Licht, was er als peinlichen Ausrutscher empfunden und für alle zukünftigen Predigten gestrichen hatte. Auch ersatzlos.

An diesem Morgen, der nach einem schönen Abend hell und beschwingt hätte sein sollen und es nicht war, überlegte er, ob so eine Platitude nicht hin und wieder doch etwas für sich habe. Solange man sich nicht mit dem Gedanken an die Spätfolgen belastete, konnte sie wie jeder andere kleine Selbstbetrug das Leben erleichtern. Das Kinn in die Hände gestützt, blinzelte er in den trüben Morgen hinaus. Obwohl der Regen heute Pause machte, erschien ihm die Betonwand des Supermarktes noch grauer als während der letzten Tage.

Just in dem Moment stahl sich ein Sonnenstrahl durch die Wolken und in den Hof hinter der Wache. Hildebrandt probierte ein Lächeln. Das Licht am Ende des Tunnels zeigte sich in vielen Gestalten, im Notfall tat es auch diese blasse Sonne, selbst wenn sie auf den Schlachthof-Lieferwagen vor einem Supermarkt-Hintereingang traf.

Zugegeben, er war frustriert. Hans Jolnow war seit dreieinhalb Tagen tot, und er hatte nicht die geringste Idee, wer den alten Mann ertränkt hatte und warum. Seit einer Stunde saß er in dem engen Büro und ging die Unterlagen durch, las die Befunde des Gerichtsmediziners, die Erkenntnisse der Spurensicherung, sah sich unerfreuliche Fotos an, mit und ohne Lupe, und studierte die Protokolle der Aussagen, die eigentlich keine waren, weil sie nichts aussagten. Fast nichts. Er hätte gerne jemanden angeknurrt. Dummerweise war gerade niemand da.

Was hatte er behauptet? Da helfe nur energische Weiterarbeit und die Entschlossenheit, das Spiel zu gewinnen?

Also alles nochmal von vorne.

Am Anfang stand die Tat. Was natürlich nicht stimmte.

Am Anfang stand das Motiv, genau genommen der Anlass für das Motiv. Das waren Polizeischülerüberlegungen, auf diese Weise gelangte er zu Adam, Eva und dem Sündenfall, nicht zum Mord beim Backhaus.

Er schlug die Mappe mit den Fotos der Leiche auf und breitete die Bilder wieder auf dem Schreibtisch aus. Leichenflecken, Verletzungen, der Inhalt der Lunge und der Zustand der Kleidung des Toten erlaubten eine halbwegs verlässliche Rekonstruktion des Tathergangs.

Der Täter hatte sich im Gebüsch oder hinter dem Backhaus verborgen, bis Jolnow mit seinem Fahrrad kam. Wahrscheinlich hatte er es geschoben. Hätte der Täter ihn vom Rad gezerrt, hätte der Schotter auf dem Weg deutlichere Spuren aufweisen müssen, trotz der abgeladenen Gartenerde. Entweder hatte er Jolnow angesprochen und dann überwältigt, oder – das schien wahrscheinlicher – ihn von hinten umfasst und ihm den Mund zugehalten, ihn zum Tümpel gedrängt und unter Wasser gedrückt. Ruck, zuck. Die Druckstellen auf der Leiche zeigten, dass er dazu Schultern und Hinterkopf seines Opfers gefasst und sein Knie auf dessen Rücken gepresst hatte. Es musste viel Kraft gekostet haben; ein Mensch in Todesangst, selbst ein zierlicher wie Jolnow, wehrt sich verzweifelt und entwickelt ungeahnte Kräfte. Wenn er den Überfall gut durchdacht hatte und schnell gewesen war, mochte Jolnows Erschrecken für seinen Mörder gearbeitet haben. Bis das Opfer begriff, was mit ihm geschah, füllten sich seine Lungen schon mit Wasser. Dann war alles sehr schnell gegangen, obwohl Jolnow mit aller Kraft versucht haben musste, den Kopf wieder über die Oberfläche zu bekommen. Das schaumige Teichwasser in seinen Lungen bewies, dass er es zumindest für kurze Atemzüge geschafft hatte, bevor er starb.

Seine Kleidung war nur vom Hals bis zur Taille völlig

durchnässt gewesen; erst als er zum Brunnen geschleppt wurde, war das Wasser weiter in die Hose gesickert, noch weiter, als er im Schacht hockte.

Jolnow war nur 1,68 Meter groß gewesen, 59 Kilo schwer, 67 Jahre alt und nicht gerade sportlich. Für einen gesunden, halbwegs kräftigen Menschen ein leichtes Opfer. Wenn es jemals leicht war, einen Menschen mit den eigenen Händen zu töten.

Auch der Täter war nicht mit trockener Kleidung davongekommen. Seine Jackenärmel mussten nach der Tat durchnässt, wahrscheinlich auch schlammig gewesen sein. Ganz sicher auch die Schuhe und die Hosenbeine, zumindest dasjenige, mit dem er Jolnows Oberkörper unter der Wasseroberfläche gehalten hatte. Und mit dem anderen Bein hatte er im Teich gestanden, sonst hätte er keinen Halt gehabt.

Es *musste* Lärm gemacht haben, selbst wenn das Opfer nicht mehr hatte schreien können. Und es war doch, verdammt nochmal, unmöglich, dass niemand, absolut niemand etwas bemerkt hatte! Hockte um diese Zeit die ganze Stadt vor dem Fernseher oder las den Kindern Gute-Nacht-Geschichten vor? Fiel niemandem auf, wenn ein Mensch in dunkler Jacke, eine Wollmütze auf dem Kopf mit nassen Ärmeln, Hosenbeinen und Schuhen durch die Straßen lief? Womöglich mit einem Paket unter dem Arm, mit etwas, das in einem dunkelgrauen Plastiksack steckte? Zweifellos war er nicht weit gegangen; wenn der Mord geplant gewesen war, hatte er sein Auto in der Nähe geparkt. *Wenn* der Mord geplant gewesen war, *wenn* der Mörder mit dem Auto gekommen war.

Als sie das Fahrrad entdeckt hatten, klemmte an seinem Gepäckträger ein Fetzen Plastikfolie. Dunkelgrau. Es passte genau zu der Rolle von Mülltüten, die sie auch in Jolnows Küche gefunden hatten. Solche Kunststoffsäcke gab es natürlich in vielen Haushalten. Trotzdem konnte das bedeuten, dass Jolnow etwas in einer solchen Tüte auf seinem Gepäckträger transportiert hatte. Vielleicht schon Tage zuvor, wahrscheinlicher in der Nacht seines Todes. Er war ein penibler Mensch gewesen, er hätte den Fetzen entfernt, wenn er die Gelegenheit dazu gehabt hätte. Was tat man in eine solche Tüte? Müll. Und sonst? Alte Kleider, Zeitungen. Oder einfach etwas, das an einem regnerischen Tag trocken bleiben sollte?

Wenn die Tüte von der Rolle in Jolnows Küche stammte, hatte er etwas in seinem Haus verpackt und mitgebracht, oder er hatte die Tüte mitgenommen, weil er später etwas hineintun wollte, das er im Kloster oder unterwegs abholen wollte. So oder so, wenn Jolnow in dieser Nacht etwas auf dem Rad transportiert hatte, hatte er es zuvor im Archiv gehabt. Zumindest im Kloster.

Hildebrandt schlug sein Notizbuch auf, nahm den Hörer vom Telefon und tippte eine Nummer ein. Es war zu früh für einen höflichen Anruf, doch das war ihm nun egal.

Elisabeth Möller meldete sich sofort.

«Sie müssen sich nicht entschuldigen, Herr Hildebrandt», unterbrach sie ihn, «mein Tag hat längst begonnen, und ich nehme an, dass Sie nicht mit mir über das Wetter plaudern wollen, also fangen Sie einfach an. Was wollen Sie wissen?»

Hildebrandt weitete seine Sympathie für die Äbtissin umgehend auf die Priorin aus.

«Wir haben das Fahrrad Ihres Archivars im Stadtpark gefunden», erinnerte er sie, «am Gepäckträger hing noch ein kleines Stück einer dunkelgrauen Mülltüte, deshalb vermute ich, dass er am Abend seines Todes etwas transportiert hat. Da er direkt aus dem Kloster kam, liegt auch die Vermutung nahe, dass er das, was immer für ein Gepäckstück es war, zuvor im Archiv bei sich hatte. Meine Frage ist: Als Sie an dem Nachmittag mit ihm gearbeitet haben, hatte er da etwas mitgebracht, das in einer solchen Tüte steckte? Konkret gesagt: in einem dieser grauen Plastiksäcke für die Müllabfuhr?»

Die Priorin überlegte einen Moment. «Nein», sagte sie dann entschieden. «Das wäre mir bestimmt aufgefallen. Er hat nichts in einem Plastiksack mitgebracht. Auch sonst nichts. Es könnte ja sein», fügte sie zögernd hinzu, «dass er auf dem Herweg Einkäufe gemacht und die später, als er das Archiv verlassen wollte und merkte, dass es regnete, in eine solche Tüte gesteckt hat.»

«Das könnte sein. Hätten Sie es denn zwingend gesehen, wenn er etwas bei sich gehabt hätte? Oder gibt es ein Fach, einen Schrank, irgendeine Ecke, in der er seine Sachen für die Zeit seiner Arbeit verstaute? Ohne dass Sie es sehen konnten?»

«Nicht direkt. Seine Jacke hängte er an den Garderobenhaken neben der Tür im vorderen Raum, in dem auch der Arbeitstisch steht. Manchmal brachte er eine Aktentasche mit, die stellte er, lassen Sie mich mal überlegen, ja, die stellte er einfach unter den Arbeitstisch.»

«Und was war drin?»

«Sie werden nicht annehmen, dass ich, kaum dass er mal draußen war, seine Tasche durchwühlt habe, Herr Hildebrandt! Ich weiß nur, dass er, *wenn* er sie mitbrachte, was nicht immer der Fall war, darin Butterbrote und Obst für seine Pausen transportierte. Was sonst noch darin war, weiß ich nicht. Es kann nicht viel gewesen sein, sie wirkte nie richtig voll gepackt.»

«Und an dem Tag hatte er nur diese Tasche mitgebracht.»

«Das habe ich nicht gesagt. Er brachte sie ja nicht immer mit. Ich habe gesagt: Er hatte *nichts* bei sich. Aber lassen Sie mich nochmal überlegen. Meine grauen Zellen rattern nicht mehr so schnell. Nein, er kam ohne die Tasche. Ich würde solche Dinge sonst nicht beschwören, die Erinnerung ist ja eine tückische Dame, aber wie er an diesem Tag ins Archiv kam, erinnere ich genau. Ich war schon da, wie meistens, und er öffnete die Tür so schwungvoll! Er war sehr gut gelaunt, richtig schlecht gelaunt war er nie, aber an diesem Tag strahlte er mehr Energie aus als sonst. Das war jedenfalls mein Eindruck. Und dann …»

«Und dann?», fragte Hildebrandt ungeduldig, als ihr Schweigen sich zur Pause dehnte.

«Und dann war er plötzlich tot, wollte ich sagen.» Elisabeth Möllers Stimme klang zornig, und Hildebrandt hielt erschreckt den Hörer auf Abstand.

«Ich weiß, danach haben Sie nicht gefragt», fuhr sie beinahe wieder in ihrem üblichen ruhigen Ton fort. «Dann haben wir gearbeitet, jeder für sich, aber beide am Arbeitstisch. Bis ich ihn alleine ließ, weil ich eine Verabredung hatte und er noch ein wenig länger arbeiten wollte, was nichts Ungewöhnliches war. Wie ich Ihnen neulich schon sagte, kam das manchmal vor. Er war eine Nachteule, und nach Jahrzehnten bürgerlich geregelter Bürozeiten genoss er es, kommen und gehen zu können, wie es seinem eigenen Rhythmus entsprach. Länger als bis acht oder neun war er allerdings nie da, das ist die Zeit, in der die Hintertür versperrt wird. Ein paar Regeln gibt es bei uns auch.»

«Er muss sehr gerne bei Ihnen gewesen sein», sagte Hildebrandt und wünschte sich, ihm fiele Tröstlicheres ein. «Die Tasche oder anderes Gepäck hatte er an dem Tag also nicht bei sich.»

«Nein, ich erinnere mich genau daran. Manche Bilder prägen sich tief ein, selbst wenn sie anderen banal erscheinen. An dem Tag trug er sein Tweedjackett, es war ein sehr schönes Jackett, darüber die dunkelblaue Windjacke, einen Schal um den Hals, ja, auch den grün-blauen Schal, eine Tasche trug er nicht, überhaupt nichts. Auch keine Tüte. Das wäre mir aufgefallen. Ich fürchte, ich hätte ihn sogar gefragt, was er in der Tüte versteckt oder ob er vorhat, ein paar Kilo unserer Archivalien zu entsorgen. Er hatte viel Sinn für Humor.»

«Also keine Tüte oder Tasche. Gut. Kam es vor, dass er Akten oder Dokumente mit nach Hause nahm, um dort weiterzuarbeiten?»

«Nein, nie! Das hätte ich nicht erlauben dürfen, und als Archivar wusste er das. Ich bin sicher, er wäre gar nicht auf eine solche Idee gekommen. Nein, er hat nie etwas mitgenommen, ganz gewiss nicht.»

So vehemente Verneinungen weckten gewöhnlich Hildebrandts Misstrauen, diesmal nicht. Er zweifelte an der immer wieder betonten Ehrbarkeit und Zuverlässigkeit des toten Archivars, der Priorin misstraute er nicht. Er konnte es einfach nicht. Hätte er, ein Meister in Sachen Argwohn, darüber nachgedacht, wäre er erstaunt gewesen.

«Sie haben gerade gesagt, Frau Möller, dass die Türen des Klosters gewöhnlich zwischen 20 und 21 Uhr abgesperrt werden. Wer macht das? Frau Stern?»

«Nein, das ist bei uns traditionell Sache der Priorin.» Es könne auch mal eine halbe Stunde später werden. Von außen habe die Tür nur einen Knauf, keine Klinke, da komme so leicht niemand rein. Nur für die Nacht werde der Schlüssel zweimal umgedreht. Dann bleibe er von innen stecken, falls es brenne oder ähnlich Schreckliches geschehe, gehöre die Tür zum Fluchtweg. Natürlich habe jede Klosterbewohnerin einen Schlüssel, doch im Notfall habe man den vielleicht nicht zur Hand. «Manchmal habe ich ihn bei meiner Schlüsselrunde noch getroffen und – sozusagen – hinausgeworfen. So hat er es immer genannt, natürlich war das nur Spaß. Und bevor Sie fragen: Wenn er die Archivtür verschlossen fand, ich also nicht dort war, holte er sich den Schlüssel im Büro. Aber das kam sehr selten vor, gewöhnlich wusste ich, wann er kam, und war dann schon da. Eigentlich haben wir uns immer abgesprochen.»

«Er hatte also keinen eigenen Schlüssel für das Archiv.»

«Nein, wenn er es später als ich verließ, schloss er ab und warf den Schlüssel durch die Klappe in der Bürotür. Die hat ein Sicherheitsschloss, dort ist der Archivschlüssel also bis zum nächsten Morgen sicher, wenn ich auch bis vor wenigen Tagen nie auf die Idee gekommen wäre, dass es dafür eine Notwendigkeit geben könnte.»

«Ich hoffe, Sie verübeln mir meine nächste Frage nicht, Frau Möller, ich weiß, dass Herr Jolnow als zuverlässiger hilfsbereiter Mensch geschätzt war. Könnte es trotzdem sein, dass er sich einen Nachschlüssel hat anfertigen lassen? Für die hintere Klostertür und für die Archivtür?»

Elisabeth Möller seufzte laut und tief. «Diese Frage kann ich genau beantworten, Herr Hildebrandt, weil ich selbst darüber nachgedacht und mich erkundigt habe, obwohl ich nicht so recht weiß, warum. Er ist ja nicht im Archiv ermordet worden. Die Antwort ist eindeutig Nein. Zum einen, weil er das Kloster nie mit den Schlüsseln verlassen hat. Das konnte er nicht, ohne dass ich es bemerkt hätte. Wir haben fast immer zur gleichen Zeit im Archiv gearbeitet. Alleine war er nur ab und zu in den Abendstunden, wenn die Geschäfte schon geschlossen sind. Der Schlüsselladen schließt sogar schon um sechs. Zum anderen braucht man für beide Schlösser eine Besitzkarte. Man bekommt nur Nachschlüssel, wenn man diese Karten vorlegen kann, und die werden für alle unsere Schlösser dieser Art im Klosterbüro verwahrt. Abgesehen von den Schlössern an unseren Wohnungstüren, wer da ein solches Schloss hat, hat natürlich auch die Karte selbst. Ich denke, außer der Frau Äbtissin und Margit Keller, unserer Sekretärin, weiß niemand, wo diese Karten sind. Ich habe gefragt und weiß jetzt, dass sie im Tresor liegen. Es gibt allerdings noch eine andere Möglichkeit.»

«Eine andere Möglichkeit? Wegen der Schlüssel?»

«Nein, die können Sie getrost vergessen. Wegen dieser Tüte. Ich gehe davon aus, dass Sie einen konkreten Grund haben, den Plastikschnipsel an seinem Gepäckträger für den Rest einer solchen Tüte aus seinem Besitz zu halten; wenn es so ist, kann er diese Tüte natürlich auch im Schuppen gelassen haben. Manchmal, zumeist an Regentagen, hat er sein Rad dort untergestellt. Ich kann es mir nicht richtig vorstellen, aber wenn er tatsächlich etwas bei sich hatte, das er nicht mit ins Archiv nehmen wollte, könnte er es dort deponiert haben, bis er wieder nach Hause fuhr. Der Schuppen ist nie abgeschlossen, wir benutzen ihn zurzeit nur für Gerümpel und altes Holz.»

«Und Sie wissen nicht, ob er an dem Tag das Rad in den Schuppen gestellt hat, oder?»

«Doch, das weiß ich. Es stand außen am Schuppen, gegen die Wand gelehnt. Als er am Nachmittag kam, regnete es noch nicht. Es war sogar ziemlich schön für April.»

Als Hildebrandt den Hörer auflegte, hatte er das diffuse Gefühl, etwas überhört oder nicht genug beachtet zu haben. Zu dumm, dass er das Gespräch nicht aufgezeichnet hatte. Er überflog seine rasch mitgekritzelten Notizen, doch ohne Ergebnis.

Warum biss er sich an diesem blöden Plastikschnipsel fest? Weil der doch auf einen simplen Raubmord schließen ließ? War ein auf einem Fahrrad transportierter Müllsack ein größerer Anreiz als ein im Jackett eines Passanten vermutetes Portemonnaie samt Kreditkarten? Kaum.

Er biss sich daran fest, weil es immerhin ein Schnipsel war.

Mit dieser deprimierenden Erkenntnis beugte er sich über die Fotografien des Backhauses. Es war ein Risiko gewesen, den Toten über den Weg dorthin zu schleppen, anstatt umgehend vom Tatort zu verschwinden. Doch am Rande des Tümpels wäre die Leiche schnell gefunden worden, womöglich schon in der nächsten halben Stunde, spätestens am nächsten Morgen. Im Backhaus versteckt, konnte sie mit ein bisschen Glück (für den Mörder, nicht für den Toten) lange unentdeckt bleiben, bis der Geruch der Verwesung sie verriet. Oder bis die Restaurierungsarbeiten begannen. Wenn der Mörder von diesem Vorhaben überhaupt wusste. Es hatte in den Zeitungen gestanden, doch das musste nichts heißen. Hildebrandt staunte immer wieder darüber, wie wenig die meisten Menschen – über die Rubrik Vermischtes, die Sportnachrichten und die Wettervorhersage hinaus – in den Zeitungen zur Kenntnis nahmen.

Eines der Fotos zeigte den großen Haufen Muttererde, den der Arbeiter von Gut Waldneuburg früh am Morgen nach dem Mord nahe dem Backhaus abgeladen hatte. Dabei hatte er auch einen Teil des kurzen Wegstücks zwischen Backhaus und Tümpel zugeschüttet. Sabowsky hatte mit ihm gesprochen, der Mann hatte nichts gesehen. Es hatte viel Mühe gemacht, die Erde wegzuschaufeln. Trotzdem, auch unter dem nassen klebrigen Mutterboden war nichts zum Vorschein gekommen, das weiterhalf. Das Gras zwischen Weg und Backhaus, das nicht unter der Erde begraben gewesen war, zeigte wie das Ufer des Tümpels schwache Reste von Eindrücken, doch nicht viel mehr als zertretenes Grün, das nur vage auf Schleifspuren schließen ließ und an zwei Stellen noch vager auf feste Schuhe mit einer Profilsohle zwischen Größe vierzig und dreiundvierzig. Vielleicht vierundvierzig. Alles war nur für das geübte Auge des Experten wahrnehmbar.

Auf dem ersten Foto des Backhauses stand die Tür weit offen. Jessi und die Priorin hatten sich durch die nur halb geöffnete Tür hineingeschoben, erst Viktor Alting hatte sie, als er später das Mädchen hinaus trug, ganz aufgestoßen. Der Kratzer an der rechten Rahmenseite stammte von Jessis Schuh, der dabei über das alte Holz mit der abblätternden Farbe geschrammt war.

Der Mörder hatte die Tür wieder geschlossen, nachdem er sein Opfer im Brunnenschacht entsorgt hatte, und das Brett, das zuvor darüber genagelt gewesen war, wieder in die alten Nagellöcher gedrückt. Das zeigten die Spuren im Holz. Aber er hatte nicht genug gedrückt; Sturm und heftiger Regen in der Nacht hatten es wieder gelöst, und es war heruntergefallen. Auch für den Mörder musste es zuvor leicht gewesen sein, es zu lösen, Spuren von Gewalt oder einem Werkzeug gab es nicht.

Wie war der Kerl auf die Idee mit dem Backhaus gekommen? Geplant oder zufällig? Musste er nicht davon ausgehen, dass die Tür, so alt sie auch war, außer durch das Brett durch ihr Schloss gesichert war? Wusste er, dass das Schloss nicht mehr funktionierte, sich nicht mehr schließen ließ, weil es längst vom Rost zerfressen war? Hatte er sich so gut ausgekannt? Oder war es eine spontane, eine Zufallsidee gewesen? Und warum hatte er die Klappe über dem Schacht nicht wieder geschlossen? Weil Jolnows Leiche nicht ganz darin verschwunden war? Weil der Kopf noch einige Zentimeter über den Rand ragte? Empfand ein Mörder so viel Pietät? Hatte er gedacht, der Mann sei gar nicht tot?

Falsche Richtung.

Er wusste, dass er gemordet hatte. Warum sonst hätte er

Jolnow in diesem Schacht versteckt? Um ihn dort einsam und hilflos sterben zu lassen?

Hildebrandt schob unwirsch den Stuhl zurück und begann in dem engen Büro auf und ab zu wandern.

Die Spuren, besser gesagt, die kaum vorhandenen Spuren, brachten ihn jetzt nicht weiter. Der Kerl war ein kluger Planer oder hatte verdammtes Glück gehabt, einzig zwei verrutschte Abdrücke von Handschuhfingern am Lenker des Fahrrades waren von ihm geblieben, die anderen Abdrücke stammten von Jolnows Händen. Der andere – um es vorsichtig auszudrücken – hatte größere Hände als Jolnow, was bei dessen Zartgliedrigkeit nicht viel sagte. Das Fahrrad war vor sehr kurzer Zeit geputzt und eingeölt worden, an den Handschuhen wären Spuren des Öls nachzuweisen. Wenn man die Handschuhe hätte. Und wenn die Abdrücke nicht von einem unbekannten Dritten stammten, zum Beispiel von jemandem, der das Rad früher am Tag beiseite geschoben hatte, weil es ihm irgendwo im Weg gewesen war.

Das Gleiche galt für die weinroten Wollfasern, die Matts Goldmann an dem stacheligen Weißdornbusch nahe der Backhaustür entdeckt hatte. In Kopfhöhe, sie konnten von einer Mütze stammen. Von der Mütze des Täters. Oder eines neugierigen Passanten, der am Tag zuvor das Backhaus von Nahem sehen wollte. Wie Jessica. Der Mann im Park hatte eine schwarze oder sonst dunkelfarbige Mütze getragen, hatte sie gesagt. Das konnte alles und gar nichts bedeuten. Zeugenaussagen waren wie der Inhalt einer Lostüte: Man wusste nie, welche Überraschungen sie barg und woran man damit war. Jede Menge Nieten.

Endlich fiel ihm ein, was er im Gespräch mit der Priorin unbeachtet gelassen hatte. Rasch wählte er die Nummer, und wieder hob sie gleich ab.

«Nur noch eine Kleinigkeit, Frau Möller. Als ich vorhin fragte, ob es im Klosterarchiv ein Fach oder Ähnliches gebe, in dem Herr Jolnow seine Sachen verstauen konnte, haben Sie so etwas wie ‹nicht direkt› gesagt. Ist das richtig?»

«Habe ich das? Mit ‹nicht direkt› meinte ich wohl, dass hinter oder zwischen den Regalen genug Platz ist, um etwas abzustellen, ohne dass man es ständig sieht oder gar darüber stolpert. Natürlich nur vorübergehend, für ein paar Stunden oder einen Nachmittag. Doch, jetzt fällt es mir wieder ein, genau das habe ich gemeint. Aber ich nehme an, auch das hätte ich bemerkt. Ohne dass ich die beiden Archivtüren aufschloss, kam er ja nicht hinein; wenn er etwas mitbrachte, habe ich es also immer gesehen. Hat er aber nicht, außer einmal, ich glaube, es war Anfang März. Ich weiß es, weil er mir an dem Tag auch einen kleinen Strauß Schneeglöckchen mitbrachte; in der einen Hand die Schneeglöckchen, in der anderen die Tasche, ich sehe es noch vor mir. Es war eine kleine Reisetasche mit Kleidung, die er auf dem Heimweg zur Reinigung bringen wollte. Jedenfalls ist es schon einige Wochen her. Wenn er also an seinem letzten Nachmittag etwas aus dem Archiv mitgenommen hat, von dem ich nicht bemerkt habe, dass er es mitbrachte, muss er es ... nein, Herr Hildebrandt, das ist unmöglich. Ich fürchte, Sie haben einen schlechten Einfluss, Sie bringen mich auf Ideen, die ich entschieden ablehne, auf ganz unmögliche Ideen.»

«Das macht mein Beruf, Frau Möller, leider. Ich streue Asche auf mein Haupt. Kann ich Ihre unausgesprochene Idee so verstehen, dass er an dem Tag nur etwas *aus* dem Kloster mitnehmen konnte, was er zuvor auch *im* Kloster – sagen wir mal – bekommen hatte?»

«Ja», sagte sie. «Und das ist unmöglich! Wenn er etwas auf dem Rad transportiert hat, dann nur etwas, das er zuvor im Schuppen gelassen hatte. Was hätte er aus dem Kloster mitnehmen sollen? Wären es einige unserer Dokumente gewesen – was ich keinesfalls glaube! –, kann ich das bisher übersehen haben. Wenn es nicht gerade die Gründungsurkunde oder etwas ähnlich Einmaliges ist, dauert die Überprüfung Wochen oder Monate. Aber dafür hätte die Aktenmappe gereicht. Einen Plastiksack braucht man erst, wenn man ganze Ordner oder Dokumentenkästen wegtragen will. Und das ist nicht passiert, die Regale und Schränke weisen keinerlei Lücken auf. Am besten vergessen Sie meine dumme Idee gleich wieder.»

Das würde Hildebrandt keinesfalls, er hielt es jedoch für unnötig, das zu erklären. Ebenso, dass er weder an Akten noch an Urkunden dachte, sondern an massives, sehr altes Holz. Auch wenn er es sich nur ungern eingestand.

Er sah auf die Uhr, und es war ihm sehr recht, dass nun keine Zeit war, darüber nachzudenken.

«Du bist noch hier?» Jessis Frage war eine Feststellung und klang nicht begeistert. Ihr Unterricht begann erst mit der dritten Stunde, und sie hatte sich auf einen friedlichen Morgen gefreut, ganz allein in der warmen Küche, mit lauter Musik und einer Tasse Milchkaffee, ohne die Ermahnung, dass ein guter Tag mit einem guten Frühstück beginne.

«Ja.» Ina stand am Herd, eine weiße Schürze vor dem karamellfarbenen Kostümrock, und legte Speck in die heiße Pfanne. «Hast du gut geschlafen?» Sie lächelte Jessi zu und fuhr, während sie sich wieder dem Herd zuwandte, fort: «Ich habe um zehn einen Termin im Rathaus, da lohnt es sich nicht, vorher in die Firma zu fahren, und ich dachte, ich mache uns Rühreier mit Speck, das magst du doch so gerne. Und du weißt ja, ein guter Tag ...»

«... fängt mit einem guten Frühstück an», beendete Jessi ihren Satz. «Ja, ich weiß. Ist Papa auch noch da?»

«Nein, er ist schon weg. Er hat eine Besprechung mit dem Besitzer dieser Waldvilla, du weißt schon, er hat neulich davon erzählt. Dieses alte Haus mitten im Wald irgendwo hinter Grotenmöhl. Würdest du da gerne wohnen? So einsam? Ich jedenfalls nicht. Der Umbau und die Renovierung werden wahnsinnig teuer, dafür könnte er sich problemlos ein neues Haus bauen. Das will er aber nicht, und Roland findet, es ist eine gute Idee, er macht so was gerne, alte Gemäuer wieder bewohnbar, meine ich. Allerdings befürchtet er, dass dem Bauherrn das Geld ausgegangen ist und er die ganze Planung vergeblich gemacht hat, man hört so was in der Stadt, und ...»

Ina plapperte. Jessi starrte auf ihren steifen Rücken und hörte verblüfft zu. Wie lange kannte sie Ina? Neun Jahre? Oder zehn? Mehr als ihr halbes Leben. In all der Zeit hatte sie ihre Stiefmutter nur beherrscht erlebt. Natürlich redete sie oft blödes Zeug, aber nie in ihrem eigenen Sinne. Ina war der Inbegriff der Vernunft und der ordentlichen Sätze.

Jessi setzte sich an den Küchentisch, ließ die Worte vorbeirauschen und schnupperte das Aroma des Specks, das ihr das Wasser im Mund zusammenlaufen ließ.

Von hinten sah Ina aus wie immer – makellos von der Frisur bis zu den hochhackigen Schuhen. Doch als sie sich umdrehte und Speck und Rührei auf ihre beiden Teller verteilte, war es mit der Makellosigkeit vorbei. Nicht dass sie auch nur den winzigsten Fettspritzer auf ihrer weißen Bluse gehabt hätte, nein, es war ihr Gesicht. Obwohl ihr Makeup an diesem Morgen nicht ganz so dezent ausgefallen war wie gewöhnlich, konnte es die Blässe und die Ringe unter den müden Augen nicht wirklich verbergen. Selbst Inas Lippen schienen schmaler als an anderen Tagen.

«Guten Appetit», sagte sie, um eine Nuance zu laut, um wirklich heiter zu klingen, legte sich schwungvoll die Serviette auf den Schoß und griff nach ihrer Gabel. Sie zerteilte ihr Rührei, schob winzige Bröckchen auf die Gabel und aß, als stecke ihr ein Kloß im Hals. Ihr Lächeln glich einer Maske.

«Guten Appetit», murmelte Jessi und überlegte vergeblich, was sie sonst noch sagen könnte. Es war ein komisches Gefühl, das da in ihr aufstieg: Sie sah Ina an, sah das müde Gesicht und kam sich plötzlich sehr erwachsen vor. Vielleicht war sie es während der letzten Wochen geworden? Vielleicht sah Ina oft so aus? Vielleicht war sie oft so nervös, und sie, Jessi, hatte es bis heute nur nicht wahrgenommen, weil sie viel zu sehr damit beschäftigt war, Ina nicht zu mögen und sich selbst zu bemitleiden. Das waren seltsame Gedanken, die ihr überhaupt nicht gefielen, aber was, wenn es so war?

«Danke, Ina», sagte sie, «das ist wirklich lecker.» Sie nahm eine Scheibe Toast aus dem Brotkorb und bestrich sie umständlich mit Butter. «Du hättest ruhig länger schlafen können. Ich meine», erklärte sie hastig, «ich finde es prima, so ein tolles Frühstück, wirklich, aber du siehst noch ein bisschen müde aus. Hast du schlecht geschlafen?» Sie hätte lieber gefragt: ‹Habt ihr euch wieder gestritten?› Aber die Antwort auf diese Frage wollte sie nicht hören.

«Ein bisschen», sagte Ina. «Ich glaube, es waren Katzen im Garten, die ihre Frühlingsgefühle ausgelebt haben. Sehr laut. Es hörte sich schrecklich an, wie ein schreiendes Kind. Wenn ich erst an der frischen Luft war, geht es mir gleich wieder gut. Möchtest du noch Kaffee?»

Jessi nickte und sah ihr zu, wie sie die Tassen füllte, ihren schwarz ließ und Jessis fast zur Hälfte mit Milch mischte. Jetzt musste sie fragen. Wann, wenn nicht jetzt?

Ihren Vater hatte sie vorgestern gefragt. Natürlich, hatte er versichert, natürlich habe er das Messerchen noch. Er werde doch ein Geschenk seiner Lieblingstochter nicht hergeben.

Ob er es ihr nochmal zeigen könne? Ein Junge in ihrer Klasse habe auch eines, es sehe anders aus, und er behaupte, seines sei das echte Schweizer Messer. Sie wolle nur mal sehen, ob er Recht habe.

Sie hatte befürchtet, ihr Vater werde dieser kindischen Erklärung misstrauen, doch das tat er nicht. Warum auch?

Er habe es immer griffbereit in der Jacke, versicherte er, er werde es gleich holen. Er fand es nicht, weder in den Außen- noch in den Innentaschen seiner Lieblingsjacke aus dickem blauem Wollstoff. ‹Tut mir Leid, Jessi›, sagte er, ‹ich muss es im Büro gelassen haben, klar, da habe ich es benutzt und auf dem Schreibtisch liegen gelassen. Sicher hat Regine es in eine der Schubladen geräumt. Sie räumt ja ständig auf. Wie Ina›, hatte er augenzwinkernd geflüstert und versprochen, es morgen mitzubringen.

Morgen war gestern gewesen. Er hatte es nicht mitgebracht. ‹Vergessen›, hatte er gesagt, ‹tut mir Leid, heute denke ich dran.› Es hatte ungeduldig geklungen, ein bisschen nur, aber doch ungeduldig. Als er abends heimkam, hatte er es wieder vergessen.

«Ina?», fragte sie endlich, ganz auf das Stückchen Toast konzentriert, mit dem sie ihren Teller abwischte, «du hast doch meine Jeansjacke in die Waschmaschine gesteckt; als du die Taschen geleert hast, hast du da irgendwas gefunden?»

«Gefunden?» Ina ließ die Gabel sinken und sah sie wachsam an, bevor sie wieder auf ihren Teller blickte. «Was denn? Meinst du etwas Besonderes?»

Jessi zuckte die Achseln. ‹Ja›, dachte sie, ‹ein kleines rotes

Taschenmesser›, und sagte: «Eigentlich nicht. Nur meinen Kugelschreiber, einen kleinen roten. Dann habe ich ihn wohl verloren. Schade, ich mochte ihn gern.»

«Im Büro habe ich auch rote Kugelschreiber, ich kann dir welche mitbringen.»

«Danke», sagte Jessi, «das ist nicht nötig. Es war ein besonderer, sehr klein. Das ist so praktisch. Normale Kugelschreiber sind zu groß für die Tasche.»

«Wie du willst, es war nur ein Angebot.» Sie schob ihren Stuhl zurück und stand auf. «Ich muss jetzt los. Stellst du bitte das Geschirr in die Spülmaschine? Und frag doch morgen Frau Junge nach dem Kugelschreiber. Ich habe die Jacke in den Wäschekeller gebracht, aber ich weiß gar nicht, ob ich auch die Taschen geleert habe. Ich glaube, ich habe sie nur in den Korb gelegt, und Frau Junge hat dann die Wäsche gemacht.»

«Klar», sagte Jessi, «das mache ich.» Vielleicht würde sie es wirklich tun, aber Frau Junge, Haushaltshilfe an zwei Tagen in der Woche, würde nichts von dem Messer wissen. Es war ja schon verschwunden, bevor sie Gelegenheit gehabt hätte, es in der Jacke zu finden und herauszunehmen. Jessi hätte viel darum gegeben zu wissen, warum Ina log.

Als Max Kleve sein Büro betrat, pünktlich um halb zehn wie an jedem Morgen, wenn er keinen auswärtigen Termin hatte, sah er den fremden Mantel am Garderobenständer im Empfang sofort. Er irritierte ihn nicht, trotz der schon jahrhundertealten Stadtrechte waren die Möldenburger Landbewohner und damit notorische Frühaufsteher geblieben. Irritierend hingegen fand er die seltsamen Gebärden und Mundbewegungen, mit denen Regine Otterbeck, Herrin des Empfangs und Sekretariats, ihm etwas zu sagen versuchte, das er absolut nicht verstand.

Grinsend beugte er sich zu ihr hinunter. «Was ist los?», flüsterte er mit kaum gesenkter Stimme. «Ist endlich der milliardenschwere Scheich angerollt, damit ich ihm einen Palast mit goldenen Dächern baue?»

«Nein», sagte Regine und gab ihre Bemühungen um Diskretion auf. Sie wies mit spitzem Zeigefinger auf die weit geöffnete Tür zu dem kleinen Warteraum. «Kriminalhauptkommissar Hildebrandt, ich glaube nicht, dass er sich einen Palast bauen lassen will. Er wartet schon zwanzig Minuten auf Sie. So ist das», fügte sie besonders laut hinzu, «wenn man ohne Termin kommt.»

«Die Polizei, Regine, ist unser Freund und Helfer, die braucht keine Termine.» Max zwinkerte ihr gut gelaunt zu. «Ich hoffe, Sie haben unseren Gast mit Ihrem guten Kaffee versorgt. Guten Morgen», wandte er sich an Erik Hildebrandt, der, eine Architektur-Zeitschrift noch in der Hand, im Vorraum erschien. «Max Kleve», stellte er sich vor, «kommen Sie doch in mein Büro, Herr Hildebrandt. Ich habe mich schon gefragt, wann Sie sich bei mir melden werden.»

Das Büro entsprach in etwa dem, was Hildebrandt erwartet hatte. Der helle Raum wurde von einem modernen Schreibtisch aus poliertem Kirschholz dominiert, der Computer mit dem ungewöhnlich großen Flachbildschirm, wie er für einen Architekten notwendig sein mochte, sah teuer und nach dem neuesten Modell aus, ein dicker Strauß aus Tulpen und Osterglocken verströmte zarten Frühlingsduft. Die Sitzgruppe aus schwarzem Leder im Bauhausstil und der Glastisch zeugten nicht unbedingt von extravaganter Phantasie, aber von dem richtigen Gefühl für das, was zahlungskräftige Kunden erwarteten. Schreibtisch und Regale wiesen Max Kleve als ordnungsliebenden, gut organisierten Menschen aus. Vielleicht sorgte aber auch nur die energische Dame im Empfang für diesen Mangel an kreativem Chaos.

«Bitte.» Max zeigte auf die Sessel, hängte seine Jacke in den Schrank, blätterte flüchtig die Post auf dem Schreibtisch durch und setzte sich Hildebrandt gegenüber.

Endlich brachte Regine auch den Kaffee, wirklich ausgezeichneten Kaffee, kein Vergleich mit dem Gift aus Sabowskys Thermoskanne oder der Maschine in der Wache.

«Warum haben Sie mich erwartet, Herr Kleve?», fragte Hildebrandt, während er der sichtlich nervösen Regine Otterbeck beim Kaffeeeinschenken zusah. Er war daran gewöhnt, dass seine Besuche, unerwartet oder nicht, Nervosität auslösten, und er wusste, warum Kleve ihn erwartet hatte, doch manchmal folgten auch auf rhetorische Fragen aufschlussreiche Antworten.

«Weil ich Herrn Jolnow kannte und weil ich weiß, dass Sie das wissen», erklärte Max, nachdem er hinter seiner Sekretärin die Tür geschlossen hatte. «Befragen Sie nicht alle, die ihn kannten? Ich dachte», er setzte sich wieder, nippte an seinem Kaffee und schenkte noch ein wenig mehr Sahne nach, «ich dachte, das gehört in einem solchen Fall zur Ermittlung.»

«Fast alle, ja. In diesem Fall sind es nicht viele. Er lebte sehr zurückgezogen und war noch nicht lange in Möldenburg. Das wissen Sie sicher.»

«Wenn ich es nicht schon vorher gewusst hätte, wüsste ich es jetzt. Allerdings wäre ich vorsichtig, es als Tatsache zu nehmen. Seit der bedauernswerte Mann tot ist, wird alles Mögliche geredet, von dem ein großer Teil das Resultat der bei solchen Ereignissen stets explodierenden Phantasie sein dürfte. Nun gut», er schaute diskret auf die Uhr und lehnte sich, die Beine übereinander schlagend, zurück, «dummer Klatsch hilft Ihnen kaum weiter. Was wollen Sie von mir wissen? Ob ich ein Alibi habe?»

«Dummen Klatsch unterschätze ich nie, Herr Kleve, für mich ist er oft interessant. Haben Sie ein Alibi?»

«Wusste ich's doch. Es heißt, ein ordentlicher Bürger sollte einmal in seinem Leben verhaftet werden. So weit habe ich es noch nicht gebracht, aber nach einem Alibi gefragt zu werden ist wenigstens ein Anfang. Habe ich ein Alibi?» Er fuhr sich mit der Hand durch das dichte dunkle Haar und verzog das Gesicht zu einer komischen Grimasse. «Mit dieser Frage habe ich nicht gerechnet, sonst hätte ich mir eins zurechtgelegt. Nein, kein Alibi. Wenn ich dem Tratsch und den Zeitungen glauben darf, brauche ich eins für die Zeit zwischen acht und neun am Abend des Mordes?»

«Noch besser wäre von halb acht bis halb elf», korrigierte Hildebrandt freundlich und faltete die Hände vor dem Bauch.

«Da war ich zu Hause, als Zeugen kann ich leider nur mein Fernsehgerät anbieten. Das ist dünn, was?»

«Ziemlich dünn, ja.»

«Wegen der Fernsehzeitschriften, ich weiß. Aber Moment», die Sache schien Max Spaß zu machen, «ich habe ein Plus. Ich glaube, das war der Abend, als es nach der Tagesschau eine kurze Sondersendung wegen des Zugunglücks irgendwo hinter Würzburg gab, die stand natürlich in keiner Zeitung. Wenn Sie wollen, kann ich Ihnen Einzelheiten daraus erzählen. Ich finde die Sensationsgier bei Unglücken schändlich, aber ich bin dagegen auch nicht immun. Und sicher kann einer meiner Nachbarn bestätigen, dass den ganzen Abend in meiner Wohnung Licht brannte. Wollen Sie nun die Einzelheiten hören?»

«Danke, nicht nötig. Sollte ich Sie als Täter in Erwägung

ziehen, komme ich auf Ihr Angebot zurück. Erzählen Sie mir lieber von dem Klatsch, den Sie gehört haben.»

«Darin unterscheiden wir uns. Für Sie ist er interessant, ich vergesse solches Geschwätz umgehend. Damit kann ich also auch nicht dienen. Fragen Sie Frau Otterbeck, unseren guten Geist im Empfang. Sie wird diese Lücke mit Vergnügen füllen.»

Hildebrandt nickte. Er zog sein Notizbuch aus der Tasche und legte es aufgeschlagen vor sich auf den Tisch. Er würde es kaum brauchen, es ging ihm nur um das Ritual.

«Von Ihrem Kompagnon weiß ich, dass Hans Jolnow wegen einer Veränderung seines Hauses Ihre Dienste in Anspruch nehmen wollte. Wenn ich mich recht erinnere, hat Herr Eisner gesagt, er wollte eine Mauer entfernen lassen.»

«Richtig. Daran habe ich Roland, Herrn Eisner, neulich erinnert. Er hatte es vergessen, kann auch sein, dass er es gar nicht wusste. Als Jolnow damals herkam, wollte er zu Roland, er hat auch mit ihm gesprochen, aber nur kurz. Er war unangemeldet gekommen, und Roland hatte an dem Tag keine Zeit, also übernahm ich ihn. Wir sind, wie Sie richtig sagen, Kompagnons und arbeiten eng zusammen, dazu gehört auch, dass wir füreinander einspringen. An manchen Projekten arbeiten wir einzeln, an anderen, zumeist den großen, als Team. Die Frage Eisner oder Kleve schien für Herrn Jolnow kein Problem zu sein.»

Er holte einen dünnen Hefter aus einer Schreibtischschublade und schlug ihn auf.

«Wie Sie sehen, Herr Hauptkommissar», erklärte er heiter, «bin ich auf Ihren Besuch vorbereitet. Ich habe die Daten gestern herausgesucht. Zum ersten Mal war er am 19. Dezember hier, dann noch einmal – mit Anmeldung – Anfang Februar, nein, am 14., also Mitte des Monats.»

Jolnow, berichtete er weiter, habe nur vage Pläne für sein

Haus in der Breslaustraße gehabt, das er nach dem Tod seiner Mutter allein bewohnte und auch weiter bewohnen wollte. Er hatte sich nach Möglichkeiten und insbesondere nach den Kosten für die Entfernung einer Mauer zwischen den beiden Zimmern im Erdgeschoss erkundigt, auch nach der Renovierung von Küche und Bad, die allerdings weniger Sache eines Architekten als eines Spezialisten für Küchen und Sanitäranlagen sei.

«Und dann?», fragte Hildebrandt, als Max die Mappe schloss. «Warum haben Sie nicht umgebaut?»

«Weil er den Auftrag dazu nie gegeben hat. So etwas ist leider unser täglich Brot. Es kostet Beratungszeit, die uns letztlich nichts bringt. Er hat es nicht direkt gesagt, sondern etwas von ‹im nächsten Jahr› gemurmelt. Ich nehme an, es war ihm zu kostspielig. Die meisten Leute haben falsche Vorstellungen von den Kosten ihrer Pläne.»

«Und danach, seit dem 14. Februar, haben Sie nie wieder von ihm gehört?»

«Doch. Er hat noch einige Male angerufen, zwei- oder dreimal, das habe ich nicht notiert, es war nicht wichtig genug für eine Aktennotiz, zuletzt sogar relativ kurz vor seinem Tod. Ich glaube, es war schon April, aber da bin ich nicht sicher. Ich habe einfach kein Gedächtnis für so etwas, besonders wenn die Anrufe in turbulente Zeiten fallen. Wir haben trotz der Krise in der Baubranche sehr gut zu tun, da kann man sich nicht jeden Anruf merken. Ist es denn so wichtig, dass er sein Haus renovieren wollte? Was kann das mit seinem Tod zu tun haben? Sie werden kaum annehmen, ein tollwütiger Nachbar wolle die reine Lehre dieser schmucklosen Kaninchenstall-Siedlung erhalten und habe ihn wegen der Umbaupläne umgebracht. Entschuldigen Sie, wenn Ihnen mein Humor rüde erscheint.»

Hildebrandt hob beschwichtigend die Hände und blätterte in seinem Notizbuch. Kaninchenstall-Siedlung war eine böse, doch durchaus zutreffende Bezeichnung. Er hatte nichts gegen Kaninchen und erinnerte sich gut an den warmen Heugeruch ihrer Ställe.

«Warum hat er dann wieder angerufen? Sollte nun doch umgebaut werden?», fragte er.

«Mehr oder weniger. Er wollte nur wissen, ob wir die Planung übernehmen können und wie lange es dauern würde, bis wir Zeit dazu fänden. Für unsere Verhältnisse war das eine kleine Sache, die hätte ich irgendwo dazwischengeschoben. Tatsächlich habe ich mich gewundert, dass er uns deshalb überhaupt konsultiert hat. Diese Häuser sind sehr schlicht gebaut, so ein Durchbruch wäre auch mit einem guten Maurer und einer Genehmigung von der Bauaufsicht zu erledigen. Allerdings», wieder öffnete er die Mappe, nur um sie gleich wieder zuzuschlagen, «ich habe es nicht notiert, aber mir fällt gerade ein, dass er bei unserem letzten Gespräch erwähnt hat, er wolle den Schuppen hinter dem Haus abreißen und an der Stelle einen Wintergarten bauen lassen, mit Zugang zum Haus. Dann», überlegte Max laut, «hätte man auch die Küche oder das Bad umbauen müssen, am besten beide. Wenn ich mich richtig an die Beschreibung seines Hauses erinnere», fügte er stirnrunzelnd hinzu. «Wegen einer konkreten Besprechung und Planung wollte er sich wieder melden, dazu ist er nun nicht mehr gekommen. Jedenfalls sieht es so aus, als sei er zwischen seinem ersten Besuch und unserem letzten Gespräch zu Geld gekommen. Ach so, jetzt verstehe ich.»

«Was? Jolnows Umbaupläne?»

«Die finde ich plausibel.» Max lachte. «Wenn man in so einem Haus wohnen will, ohne sich wie in Dunkelhaft zu fühlen, muss man was tun. Nein, ich meine Ihr Interesse an diesen Plänen: Sie wollen wissen, ob er plötzlich zu Geld gekommen war. So etwas muss für einen Polizisten doch wichtig sein. Sehen Sie mir bitte nach, wenn das naiv klingt, ich habe da keine Erfahrung, nur meine Phantasie. Es tut mir Leid, Herr Hildebrandt, seine finanziellen Verhältnisse oder möglichen Transaktionen hat er mir nicht anvertraut. Vielleicht ist er unter der Matratze seiner Mutter oder hinter einem Dachsparren auf ein dickes Sparbuch gestoßen. Er soll in der letzten Zeit gründlich entrümpelt haben. Sehen Sie, nun ist mir doch etwas von dem Klatsch eingefallen.»

Sonst fiel Max Kleve nichts mehr ein. Auch nicht, ob Roland oder Ina Eisner über die ungeliebte Nachbarschaft hinaus Kontakt zu Hans Jolnow gehabt hatten. Nein, überlegte er, das glaube er nicht. Roland hätte das sicher erwähnt. Besonders nachdem Jolnow Jessi angezeigt hatte.

«Ich hoffe», sagte er und rutschte auf seinem Sessel nach vorne, «dass Sie davon schon wussten und ich Ihnen kein Motiv für Roland geliefert habe. Glauben Sie mir, Roland ist der sanftmütigste Mensch, den Sie sich vorstellen können. Das sage ich nicht, weil er mein Freund ist, danach können Sie jeden in der Stadt fragen, ohne etwas anderes zu hören. Eine solche Lappalie wie der Ärger mit Jessi hätte ihn nicht mal dazu animiert, seinem ehrpusseligen Nachbarn eine Grippe zu wünschen. Mir wäre lieber, Roland hätte zumindest in geschäftlichen Dingen etwas mehr Biss, aber er ist, wie er ist, und ein guter Architekt und Freund. Natürlich war er sauer auf den Mann, aber das war auch schon alles. Kontakte gab es jedenfalls nicht zwischen den Eisners und Jolnow.»

Als Max seinen Besucher zur Tür brachte und Regine Otterbeck Hildebrandt den Mantel bereithielt, fiel Max doch noch etwas ein.

«Auch das haben Sie gewiss schon gehört, Herr Hildebrandt, ich will es trotzdem erwähnen. Jolnow plante eine Ausstellung regionaler Künstler. Maler, Bildhauer, Töpfer, alles, was es hier so gibt. Wenn ich es richtig verstanden habe, war das letztlich ein Vehikel, die Werke seines Onkels oder Großvaters, ich weiß es nicht genau, wieder unter die Leute zu bringen. Womöglich hat er an eine Renaissance dieser Bilder geglaubt, und das sollte die geheimnisvolle Quelle seines zukünftigen Reichtums werden. Mich hat er auch gefragt, ob in meiner Familie eines sei und ob ich es für die Ausstellung verleihen würde. Seine Mutter hat wohl eine ganze Ladung dieser Bilder geerbt und wenig geschätzt. Was ich gut verstehe, der alte Herr hatte eine unangenehme Schwäche für ziemlich scheußliche Landschaften in Öl.»

«Und? Haben Sie eins?» Hildebrandt stopfte das Notizbuch in die Tasche und zupfte seinen Mantelkragen zurecht. Heidelandschaften in Öl gab es zur Genüge, zum Beispiel auf Jolnows Dachboden. Die mochten der Grundstock für die Ausstellung gewesen sein, er fand sie im Moment trotzdem nicht besonders interessant.

«Ich habe tatsächlich eins, es verunziert meine Küche. Schade, ich hätte es ihm sehr gerne überlassen, ganz ohne Rückgabeverpflichtung. Nun muss ich es als Hinterlassenschaft meiner Eltern weiter in Ehren halten. Als ich noch zur Schule ging, hat die alte Henriette Jolnow einige Jahre in unserem Haus geputzt, vormittags, wenn ich nicht zu Hause war, deshalb erinnere ich mich kaum an sie. Hans Jolnow lebte damals schon nicht mehr in Möldenburg, ihn habe ich erst kennen gelernt, als er im letzten Winter in meinem Büro auftauchte, aber ich erinnerte mich an den Namen. Ich nehme an, meine Mutter hat es seiner Mutter damals abgekauft. Meine Mutter war eine mitleidige Seele und hat ständig allen möglichen Leuten, die Geld brauchten, etwas abgekauft. Oder sie hat sie den Garten umgraben lassen und solche Dinge. Sie glaubte, wenn sie armen Leuten Geld einfach nur schenke, beleidige das deren Stolz. Ich fürchte, ihr Menschenbild war recht altmodisch.»

Dem stimmte Hildebrandt zu.

Während er durch die nassen Straßen zur Wache zurückging, ließ er seinen Gedanken freien Lauf, für ihn die beste Methode, die Spreu vom Weizen zu trennen und, wie in diesem Fall unbedingt nötig, ein Wort, eine Aussage, eine Idee zu finden, die das Faktenpuzzle der Ermittlungen vorwärts trieb.

Leider trödelten seine Gedanken nur herum, stolperten hierhin und dorthin, bis er irgendwann vor einem Schaufenster stand, auf dem mit schwungvoller weißer Schrift ‹Kunst & Antiquitäten› stand.

Er betrachtete den waidwunden bronzenen Hirsch unter dem Lampenschirm, immer noch das Prachtstück der Auslage, und drückte die Klinke herunter. Das Schild an der Tür verriet, dass der Inhaber des Ladens Hajo Feldmann hieß, und versprach eine Öffnungszeit von 10 bis 19 Uhr. Es war schon halb elf, doch die Tür war verschlossen, der Raum dahinter dunkel. Feldmann war ein unpünktlicher Mensch.

Das störte Hildebrandt nicht wirklich, und er setzte seinen Weg fort. Sabowsky hatte mit dem Antiquitätenhändler gesprochen, das reichte. Warum seine Visitenkarte in Jolnows Haus gelegen hatte, wusste er nicht. Viele Kunden, erklärte er, auch die, die sich ‹nur mal umsehen› wollten, nähmen eine Karte mit, sein gutes Angebot sei in der ganzen Gegend bekannt. Als Sabowsky ihm den Toten beschrieben hatte, erinnerte er sich doch. Sichtlich betroffen sei er gewesen, hatte Sabowsky gesagt und das nicht seiner empfindsamen Seele zuschreiben wollen. Aber ja, hatte Feldmann gesagt, der Mann mit dem grauen Pferdeschwanz. Der sei das Opfer dieses schrecklichen Verbrechens? Er sei ein so angenehmer Mensch gewesen, höflich und gebildet. Nein, leider, er habe nichts gekauft, gar nichts. Nein, auch nichts zum Verkauf angeboten. Ganz bestimmt nicht, an Angebote erinnere er sich immer, obwohl die meisten nur sperrmüllreifen Hausrat ihrer Großmütter loswerden wollten. Zu völlig unrealistischen Preisen. Dieser Herr habe sich für die Madonna interessiert. Ein hübsches Stück, hatte Feldmann erklärt und Sabowsky seine in süßlichen Pastelltönen bemalte Heilige Jungfrau gezeigt, leider sei sie nicht antik. Nicht mal 19. Jahrhundert.

Hildebrandt blieb abrupt stehen und fluchte leise. Diese verdammte Madonna. Warum war ihm das nicht eingefallen, als Felicitas (er hatte sich schon an ihren Vornamen, der ihm ausnehmend gut gefiel, gewöhnt) diese alte Geschichte von der entlaufenen Klosterjungfer und der geraubten Madonnenstatue erzählte? Es war verrückt. Dieser Fall bestand aus lauter Bröckchen, nichts passte zusammen, nichts fütterte seine berühmte, stoische, zielstrebige Hartnäckigkeit.

Wie hatte Felicitas gefragt? Ob er an Intuition glaube. In Verbindung mit Logik immer, war seine Antwort gewesen. Manchmal, entschied er und eilte mit plötzlich beschwingten Schritten die Straße hinunter, muss es auch ohne Logik gehen.

Im zweiten Stockwerk über dem westlichen Kreuzgang reihte sich zu beiden Seiten des Flurs unter dem hölzernen Tonnengewölbe Klosterzelle an Klosterzelle. In einigen schmückten blau-weiße Kacheln die Fensterbretter, und die hölzernen Wände waren mit bemalter Leinwand bespannt. Die schwelgerischen Landschafts- und Gartenbilder im Stil barocker französischer Tapisserien schenkten den kleinen Kammern ein sanftes grünes Licht. Vor etwa zweihundert

Jahren hatten sie zuletzt als Wohnung für den Konvent gedient. Nur als in den vierziger Jahren Flüchtlinge aus dem Osten und den zerbombten Städten auch im Möldenburger Kloster ein Dach über dem Kopf fanden, kehrte in einige der stets dämmerigen Zellen ohne Heizung, Wasser und Strom das Leben zurück, aber selbst damals nur für kurze Zeit in den Sommermonaten und wenn auch schon die Nissenhütten hinter dem Sportplatz überfüllt waren. Seither standen sie leer und wurden als musealer Teil des Klosters und Zeugen vergangener Lebensform liebevoll erhalten und gepflegt.

An trüben Tagen, wenn Felicitas glaubte, mit ihrem Leben oder den Widrigkeiten des Alltag unzufrieden zu sein, stieg sie manchmal hinauf unters Dach. Dann setzte sie sich in eine der im Winter kalten, im Sommer stickigen Zellen und ging mit sich und der Welt ins Gericht. Nur um eine viertel Stunde später in der frohen Gewissheit, ein gutes Leben zu führen, wieder hinabzusteigen. Doch auch die Generationen von Konventualinnen, die zuletzt hier gewohnt hatten, mochten sich privilegiert gefühlt haben. Deren Vorgängerinnen in noch früheren Jahrhunderten, die Zisterzienser-Nonnen, hatten auch unter diesem Dach geschlafen, allerdings ohne trennende, eine kleine Privatheit erlaubende Wände, sondern in dem großen zugigen Dormitorium, dem gemeinsamen Schlafsaal. So empfand jede ihre Zeit der vorhergegangenen gegenüber als die glücklichere. Da wirklich trübe Tage in Felicitas' Leben selten geworden waren und sie beschlossen hatte, Alltagsärger als Abwechslung vom Trott zu behandeln, besuchte sie das Dachgeschoss selten.

Und an diesem Tag stieg sie ganz ohne Unmut die enge Stiege mit den unregelmäßigen Stufen hinauf. Nicht um die Zellen zu besuchen oder sie vor dem erwarteten Besucherstrom noch einmal zu inspizieren, sondern wegen der zwischen den Türen aufgereihten Truhen, denen der Flur den Namen Kistengang verdankte. Daran war Elisabeth Möller schuld.

Als Felicitas die Mappe mit den Briefen wieder ihrer Obhut anvertraute und ihr von der einst geflüchteten Klosterjungfrau erzählte, zog die Priorin ein Buch aus einem der Archivregale und fand schnell, was sie suchte.

«Hier ist sie», verkündete sie triumphierend, «Ulrica zu Lönne, der Name kam mir gleich bekannt vor. Ihre Aussteuertruhe steht noch in unserem Kistengang. Es ist nicht die wertvollste, aber ein hübsches Stück. Sie ist leicht zu erkennen. Sehen Sie.» Sie zeigte auf die Abbildung einer Truhe, deren Frontseite ein geschnitztes Medaillon trug. «Nehmen Sie die Lupe, sonst ist es kaum zu sehen, das Foto ist nicht besonders gut.»

Unter dem Vergrößerungsglas wurde es deutlich: ein großes U, ein kleines z, ein großes L, umrahmt von einer mit winzigen Blüten besetzten Ranke. Darunter stand, auch sie ins Holz geschnitzt, die Jahreszahl 1782.

«1782?» Felicitas war enttäuscht. «Diese Truhe kann ihr nicht gehört haben. Die Initialen stimmen, aber wenn sie das Kloster 1852 verlassen hat, mit sechzehn Jahren …»

«Sie hat ihr trotzdem gehört. Es steht nicht in diesem Buch, sondern in unseren Inventarlisten. Moment.» Wieder verschwand sie hinter den Regalen und kehrte mit einem großen, in feste, schwarz und grau marmorierte Pappe gebundenen Buch zurück. Diesmal dauerte das Blättern ein wenig länger, schließlich fand sie die gesuchte Eintragung: «Allerdings steht hier nur, dass die Truhe der Jungfrau Ulrica zu Lönne gehört hat, die 1850 – sehen Sie! – in den Konvent eingetreten ist. Wann sie ihn verlassen hat, in der Regel geschah das ja nur, um verheiratet oder um beerdigt zu werden, scheint nicht bekannt zu sein. Das ist ungewöhnlich. Aber falls diese Fluchtgeschichte stimmt, hat man die sicher diskret totschweigen wollen. Mal sehen, ob ich nachher etwas in der Chronik finde. Die Jahreszahl muss Sie nicht irritieren, Frau Äbtissin. So eine Truhe war ein wertvolles Möbel, das Mädchen wird sie von einer Verwandten gleichen Namens geerbt haben. Vielleicht war es die Aussteuerkiste ihrer Großmutter.»

Nichts hätte Elisabeth Möller jetzt lieber getan, als die Äbtissin auf ihrer Expedition in die Vergangenheit zu begleiten. Da das bedeutet hätte, Birgit Sabowsky, eine zweifellos zuverlässige und kenntnisreiche, doch im Umgang mit kostbaren Archiven ebenso zweifellos ungeübte Polizistin, mit dem Archiv-Computer allein zu lassen, musste sie bleiben.

Felicitas bedauerte das. Bei gemeinsamen Wegen durch das Kloster fielen der Möllerin ständig Episoden aus dem Leben ihrer beider Vorgängerinnen ein. Hier machte sie auf eine besonders schöne oder skurrile Figur auf den Konsolen oder Schlusssteinen der Gewölbe aufmerksam, da erzählte sie von der Symbolik der darauf dargestellten Gesichter, Tiere oder Szenen. Dort wies sie auf eine ungewöhnliche Farbe oder Darstellung in einem der mittelalterlichen, immer noch leuchtend bunten Glasfenster hin – es war stets kurzweilig. Besonders amüsant fand Felicitas die Abdrücke kleiner Pfoten in den Bodenziegeln der Kirchenempore, des Nonnenchor genannten traditionellen Andachtsraumes des Konvents. Was sie für den Beweis der Unachtsamkeit eines Handwerkers gehalten hatte, zeugte tatsächlich vom lebendigen Aberglauben des frommen Mittelalters bis in die Klöster hinein. Kurz vor dem endgültigen Trocknen, so hatte die Priorin fröhlich erklärt, hatte man damals einen Hund oder eine Katze über die Ziegel gescheucht. Die Abdrücke der Pfoten sollten wie auch die Rautenform der Fliesen das Böse abwehren. Eigentlich war das nicht überraschend, überall in den alten Kirchen und Klöstern verrieten Architektur und Bauschmuck vorchristliche Überzeugungen und Beschwörungen. Viele fanden in den Texten der Bibel ihre Entsprechung, und was nun heidnisch war und was nicht, war von jeher schwer zu unterscheiden gewesen.

«Lassen Sie mich unbedingt wissen, was Sie entdeckt haben», rief die Priorin Felicitas nach, als die das Buch über die Truhen, Kisten und Laden der Lüneburger Region in die Tasche ihrer dicksten Strickjacke steckte und das Archiv verließ.

«Frau Äbtissin.» Lieselotte von Rudenhof eilte ihr mit wehendem Mantel über den Gang entgegen. «Wie gut, dass ich Sie treffe. Haben Sie eine Minute Zeit für mich? Wirklich nur eine Minute. Oder zwei. Es lastet mir so auf der Seele, ich hätte es gleich sagen müssen, es ist mir wirklich unangenehm. Schrecklich unangenehm.»

«Zwei Minuten immer, Frau von Rudenhof», sagte Felicitas und dachte, wie praktisch es wäre, hin und wieder unter eine Tarnkappe schlüpfen zu können. «Für mehr reicht es im Augenblick leider nicht. Was liegt denn auf Ihrer Seele und drückt?»

Als sie die Rudenhof'sche Wohnung wieder verließ, dachte sie, dass vieles, was in manchen Familien gute Erziehung genannt wird, totaler Unsinn sei. Ganz oben auf die Liste solcher Dummheiten gehörte die Regel, dass über Geld nicht gesprochen wird. In diesem Fall handelte es sich um eine geringe Summe; Lieselotte von Rudenhofs Seele bedrückte vor allem, dass sie überhaupt bezahlt worden war.

Als Hildebrandt sie nach ihren Kontakten zu Hans Jolnow fragte, hatte sie versichert, ihn über flüchtige Begegnungen im Garten oder Gang hinaus nicht gekannt zu haben. Das war gelogen. Es war noch nicht lange her, nur einige Tage vor seinem Tod, da hatten sie über das Wetter geredet, vom Wetter war es nur ein Schritt zu der delikaten Schönheit der Wolken, besonders in der Abendstimmung in der Heide. Und damit war er beim Thema gewesen, und es dauerte nicht lange, da zeigte sie ihm die gemalte Heidelandschaft über ihrem Küchentisch. Die war die Hinterlassenschaft einer Konventualin, die vor Lieselotte von Rudenhof in dieser Wohnung gelebt hatte, ein vor allem in seiner Buntheit beeindruckendes Werk. Darin waren sie sich einig gewesen. Doch als Jolnow die Signatur entdeckte und voller Freude feststellte, dass es sich um ein Bild seines Großonkels handelte, überredete er sie, es ihm zu verkaufen. Weil er, wo immer er einem begegne, die Werke des schon vor vielen Jahren Verstorbenen sammele, aus reiner Sentimentalität, denn heute sei diese Art der Kunst leider nicht mehr geschätzt.

«Natürlich wollte ich es ihm schenken», versicherte Frau von Rudenhof, «ich habe es ja selbst geschenkt bekommen, sozusagen geerbt, aber er bestand darauf. Er hat es bezahlt, ich habe ihm auch eine Quittung geschrieben, darauf hat er großen Wert gelegt, damit alles seine Ordnung hat. Ich habe auch eine, für das Bild. Natürlich hätte ich es mir lieber überweisen lassen, Geld von Hand zu Hand ist ja immer unangenehm. Aber er fand das zu umständlich, dem konnte ich nicht widersprechen. Ja, und dann hat er es gleich mitgenommen.»

«Wenn Sie ihm damit eine Freude machen konnten, war das doch nur nett, Frau von Rudenhof. Was bedrückt Sie daran? Oh, ich verstehe. Sie hätten das Bild, jetzt, da er tot ist, gerne zurück.»

«Aber nein! An seiner Stelle hängt schon ein anderes, eine wirklich geschmackvolle Fotografie, die Skyline von New York, schwarzweiß, dort lebt nämlich eine sehr liebe Freundin. Nein, ich möchte es nicht zurückhaben. Ich habe doch», sie senkte die Stimme zu einem Flüstern, «ich habe hundert Euro dafür bekommen. Der Rahmen ist besonders schön gearbeitet und ohne den kleinsten Schaden, Frau Äbtissin, sonst hätte ich diese Summe selbstverständlich nie akzeptiert.»

«Selbstverständlich nicht.» Felicitas versuchte zum Kern des Problems vorzudringen und wählte jetzt den direkten Weg. «Warum haben Sie Herrn Hildebrandt nicht davon erzählt?»

«Weil ich es Jolnow doch *verkauft* habe. Und für einen, nun ja, für einen recht hohen Preis. Verkauft, wie ein Kramwarenhändler. So etwas macht man doch nicht. Was würden die anderen Damen von mir halten? Aber nun muss ich ständig darüber nachdenken! Ich habe große Sorge, dass mein Bild schuld an seinem Tod ist! Ja, nun sind Sie erstaunt. Ich bin auch erst gestern darauf gekommen. Es könnte doch sein, dass er es an diesem Abend mit nach Hause genommen hat und deshalb überfallen worden ist. Weil er etwas bei sich hatte, so eine Art Gepäckstück. Man weiß doch, dass Drogenabhängige und andere junge Leute heutzutage schon für jede Kleinigkeit morden. Und deshalb möchte ich Sie bitten, weil Sie doch mit dem Kommissar bekannt sind, dass Sie es ihm sagen. Wenn Sie mir diese Peinlichkeit ersparen könnten, wäre ich Ihnen so dankbar.»

«Ach, Frau von Rudenhof, Sie machen sich überflüssige Sorgen. Ich finde es überhaupt nicht peinlich, ein Bild zu verkaufen. Aber wenn es Sie beruhigt: Ich werde es Herrn Hildebrandt ausrichten, man weiß nie, was die Polizei wichtig findet. Falls er deshalb noch einmal mit Ihnen sprechen möchte, können Sie sich gewiss auf seine Diskretion verlassen. Ich sehe das alles nur positiv. Sie haben Herrn Jolnow eine seiner letzten Freuden bereitet, das ist doch schön. Und Sie sind den alten Schinken los.»

Felicitas eilte die Treppen hinauf und fühlte sich beschwingt. Auch wenn es zunächst oft lästig erschien, war es doch angenehm, ein Problem aus der Welt zu schaffen. Besonders, wenn es ein so geringes war.

Sie nahm die letzte der groben hölzernen Stufen, die, deutlich höher als die anderen, einen besonders großen Schritt erforderte, blieb stehen und blickte in den dämmerigen Gang. Alle Zellentüren, es mochten zwanzig sein, waren verschlossen, nur durch das Fenster in der Giebelwand fiel das Licht des trüben Tages herein.

Ihre Hand tastete nach dem Schalter für das Licht, das für die Führungen installiert worden war, denn der Kistengang war ein fester Bestandteil des Touristenprogramms – doch sie ließ sie wieder sinken. Der gleiche Dämmer wie vor all den Jahren – das sollte auch heute reichen.

Die auf den ersten Blick unscheinbar wirkenden Truhen zwischen den Zellentüren waren als historische Schätze restauriert und gegen den Verfall geschützt, keine konnte noch Überraschungen bergen. Vierzehn standen auf diesem Flur, die älteste, eine eisenbeschlagene Kiste mit Tragringen an den Seiten, trug die eingeschnitzte Jahreszahl 1289. Auch die übrigen wirkten robust und unempfindlich gegen die jahreszeitlichen Temperaturwechsel unter diesem Dach. Vier weitere, aufwendig mit Furnieren und Intarsien gearbeitete Möbel aus dem 18. und frühen 19. Jahrhundert, standen in gegen die Unbilden des Klimas besser geschützten Räumen. Alle gemeinsam waren nur ein kleiner Rest: Seit der Klostergründung mussten Hunderte von Truhen die Habe der Möldenburger Konventualinnen transportiert und aufbewahrt haben; zuerst die der Novizinnen, später, nach der Reformation, die der evangelischen Klosterjungfrauen und ihrer Mägde. Einige waren nach dem Tod ihrer Besitzerinnen von anderen Frauen zur Aufbewahrung ihrer Habe benutzt worden, viele hatten das Kloster als Teil eines Erbes wieder verlassen, weitere waren in Museen verschwunden.

Im Sommer, wenn die Sonne auf das Dach schien, roch es unter dem Tonnengewölbe des Kistenganges nach altem Holz. Der warme Geruch erinnerte Felicitas an staubige Nachmittage auf dem Dachboden ihres Elternhauses, ein mit den geheimnisvollen Hinterlassenschaften von drei Generationen voll gestopftes Labyrinth. Aber heute stand noch die kalte, muffig riechende Winterluft im Gang und ließ sie frösteln.

Zu Ulricas Zeiten, das wusste sie, waren diese Zellen nur noch vereinzelt von den Mägden der Klosterjungfrauen bewohnt gewesen. Die Konventualinnen lebten damals längst in den komfortableren Wohnungen im ersten Stock.

Ein heftiges Flattern ließ sie erschreckt den Kopf einziehen. Eine Schwalbe, vielleicht auch ein Mauersegler, die konnte sie nur schwer auseinander halten, floh vor der unerwarteten Besucherin zu dem Loch in der Giebelwand und stürzte sich ins Freie.

‹Schwalben im Haus›, dachte sie, ‹bringen Glück› und beugte sich über die erste Truhe. Sowenig Erik Hildebrandt sich für die kleine Madonna und ihre Entführerin interessierte, so wenig ließ sie der Gedanke daran wieder los. Ihre Vorstellung von dem, was in jener Nacht anno 1852 geschehen war, mochte reine Phantasie sein, doch falls es hier noch etwas gab, das dem Mädchen gehört hatte, wollte sie es sehen. Warum auch immer. Vielleicht nur, weil sie den Mut bewunderte, der dazu gehört hatte, das sichere und geachtete Stiftsdamenleben aufzugeben. Der Liebe wegen. Anno 1852 hatte Freiheit in einem gesitteten Frauenleben nichts zu suchen.

Die meisten der Truhen waren für heutige Vorstellungen wenig kunstvolle Arbeiten, deren Besonderheit und Wert in ihrem Alter lagen, in ihrer Aussage über das Alltagsleben zu ihrer Zeit. Oder auch in Skurrilitäten. So war der Boden einer der Truhen mit einem Hund bemalt. Das zähnefletschende Untier mit seinen roten Augen galt als Schutz vor bösen Geistern und Dieben, zugleich als Warnung für die Besitzerin der Truhe: Wer leichtfertig genug mit seinem Eigentum umging, um endlich vor einer leeren Truhe zu stehen, war auf den Hund gekommen, war arm, besitzlos und hatte versagt.

Von außen bewiesen die ‹Kisten› Seriosität. Einige trugen an der Frontseite Dekorleisten, geschnitzte Muster oder Medaillons, an zweien entdeckte sie Reste alter Bemalung; manche verschlossen gewölbte, andere flache Deckel.

Die Truhe mit den Initialen U z L stand als vorletzte nahe beim Fenster. Bis auf das Medaillon und die in das sanft geschwungene Fußbrett eingeschnitzten Rosetten war das altersdunkle Holz schmucklos, auch die schmiedeeisernen Tragegriffe an beiden Seiten waren schlicht und funktional.

Felicitas zog das Buch aus der Tasche und schlug es bei der Seite auf, die Elisabeth Möller mit einem ihrer gelben Klebezettel markiert hatte, und hielt es ins Licht. Es war die richtige Truhe, die Initialen und auch die darunter eingeschnitzte Jahreszahl waren viel deutlicher zu erkennen als auf der Fotografie. Als sie den gewölbten Deckel öffnete, schnarrten die eisernen Scharniere leise. Sie bewegten sich nur widerwillig, und das Holz erschien ihr bleischwer. Sie lehnte den Deckel an die Wand und blickte in die leere Truhe. Natürlich war sie leer, was sollte – außer ein wenig Staub – noch darin sein? Hoffentlich keine dieser dicken schwarzen Spinnen mit den haarigen Beinen.

An der Rückseite der Truhe, nur wenige Zentimeter unter dem Deckel, verlief die ‹Hohe Kante›, ein handbreites Brett, auf dem ständig Benutztes wie Schmuckstücke, Handschuhe oder Geldbeutel abgelegt werden konnte und so griffbereit blieb. Ganz oben an der linken Seitenwand war noch die ‹Beilade› erhalten, ein etwa fünfzehn Zentimeter tiefes und ebenso breites Fach. Mit spitzen Fingern öffnete Felicitas den Deckel, er bewegte sich zäh auf seinen hölzernen Zapfen. Auch das Fach war leer.

Sie knipste die kleine Taschenlampe an, die sonst ihren Platz im Handschuhfach ihres Autos hatte, und leuchtete die Ecken der Truhe aus, sie klopfte den Boden, die Wände und den Deckel ab – und empfand sich als töricht. Die Zeiten der Dachbodenabenteuer waren längst vorbei. Sie hatte die Truhe sehen wollen, sie hatte sie gesehen, nun war es genug. Noch ein letztes Mal leuchtete sie hinein, nur um sich zu beweisen, wie überflüssig dieses Unternehmen war, und stutzte. Der Lichtstrahl verharrte auf der hinteren unteren Seite der Beilade, das Seitenbrett, wie das gesamte Innere der Truhe aus rohem Holz, zeigte eine Kerbe, mehr als das, da war ein Loch, als habe jemand, eine Maus, ein anderes hungriges Tier oder einfach der Zahn der Zeit, das Brett gründlich angenagt. Und dahinter war ein Hohlraum – die Truhe barg ein Geheimfach.

Die Taschenlampe verschwand in der Jackentasche, das Buch landete auf dem Boden der Truhe, und ihre Finger tasteten hastig über das Holz. Noch einmal, langsamer und jede noch so feine Vertiefung prüfend. Dann hatte sie es entdeckt. Das lange seitliche Brett war nicht wie die anderen mit hölzernen Zapfen fest eingesetzt, es steckte in Nuten, die in die Vorder- und die Rückwand der Truhe gefräst waren. Bei aufgeklapptem Deckel konnte man es herausziehen – also zog sie, und zog, und endlich bewegte es sich, einen Zentimeter nur, dann noch einen, dann saß es fest. Die Truhe war alt, ein kostbares Museumsstück. Schlimm genug, dass sie an dem Brett herumzerrte – allein schon der Gedanke, es mit einem Messer oder Schraubenschlüssel weiter aufzuhebeln, was sie liebend gern getan hätte, war ein Sakrileg. Die Lücke gab gerade Raum genug für ihre Finger, das musste reichen. Das Geheimfach unter dem Boden der Beilade konnte sowieso kaum höher sein.

Es reichte. Ihre Finger glitten über raues Holz, stießen an die Seitenwand der Truhe, ertasteten die Ecken – und brachten nichts zurück als einen Splitter in der Kuppe ihres Mittelfingers.

Als Felicitas die Stiege wieder hinunterkletterte, versuchte sie, sich auf das zu konzentrieren, was ihrem Kopf von der Lektüre über die Klostergeschichte noch zur Verfügung stand. Mitte des 19. Jahrhunderts, also auch im Jahr 1852, lebten rund zwanzig Konventualinnen im Möldenburger Kloster. Die Räume über dem westlichen Kreuzgang gehörten wie auch jetzt zum Wohntrakt. Doch am Ende dieses Flurs zweigte ein weiterer Gang ab, er lag über dem Seitenflügel, in dem sich im Erdgeschoss das Archiv befand.

Sie ging rasch den Gang hinunter und bog an seinem Ende in den Anbau aus dem 16. Jahrhundert. Die Räume an diesem Flur waren zuletzt vor wenigen Jahren renoviert und zu Wohnungen umgebaut worden. Jede bestand aus drei Zimmern, einer kleinen Küche und einem Bad; sie wurden von den beiden zuletzt eingezogenen Konventualinnen bewohnt, Hilda Bettermann und Benedikte Jindrich. Felicitas blieb stehen und lauschte, aus keiner der Wohnungen drang ein Geräusch.

Am Ende des Flurs führte neben dem letzten, nur schmalen Fenster eine ebenso schmale Treppe ins Erdgeschoss. Die geweißelte Wand wirkte hier rau. Felicitas ließ ihre Finger darüber gleiten, sie spürte die Grenzen der Unebenheiten, trat einen Schritt zurück und kniff die Augen zusammen. Es stimmte. Wenn man genau hinsah, zeichnete sich eine Kontur im Mauerwerk ab, als sei dort eine sehr schmale Tür zugemauert worden. Eine Tür vom Boden bis zur Decke? Kaum. Keine Tür – eine Nische.

Sie vergaß die Kälte und den pochenden Schmerz in ihrem Finger. Geschichten von eingemauerten Sünderinnen fielen ihr ein, von hinter Kalk und Stein vor Bilderstürmern, Räubern oder feindlichen Soldaten in Sicherheit gebrachten Kunstwerken und Heiligtümern. Die Gebeine des heiligen Jakobus zum Beispiel hatten, nachdem sie am Ende des 16. Jahrhunderts vor der englischen Invasion unter dem berüchtigten Sir Francis Drake versteckt worden waren, 300 Jahre auf ihre Wiederentdeckung unter eingeebneten Mauern im Gewölbe der Kathedrale von Santiago de Compostela warten müssen.

Trotzdem: Was immer mit der kleinen Madonna geschehen war, in dieser Mauer konnte sie keinesfalls stecken. Dagegen sprachen alle Details der Geschichte. Aber irgendwo hier musste sie doch gestanden haben.

Ihr Weg hatte Felicitas durch verwinkelte Gänge geführt, viele Stufen hinauf und wieder hinunter. Doch die Zeit, in der sie bei solchen Exkursionen die Orientierung verlor, war vorbei. Der Blick aus dem Fenster zeigte den hinteren Hof, die dem Park zugewandte Seite. Das bedeutete, die weiter hinab in das Erdgeschoss führenden Stufen endeten in der Nähe der Tür zum Hof. Wenn die Madonna bis zu ihrem Verkauf hierher, in den letzten Winkel dieses damals womöglich unbewohnten Ganges, verbannt gewesen wäre, müsste es leicht gewesen sein, sie hinauszuschmuggeln. Selbst wenn sie schwer wog. Nur die Treppe hinab, durch die Tür in den Hof – und dann?

Auch ohne hinunter und in den Hof zu gehen, wusste sie, was nur wenige Schritte von der Tür entfernt stand und auf seine Restaurierung wartete. Diese Restaurierung, bei der auch der Brunnenschacht ausgehoben und erneuert werden sollte. Oder einfach zugeschüttet, je nachdem, was sein Zustand gebot.

KAPITEL 9

Bırgıt sabowsky war ırrıtıert. Sıe schnupperte, schnupperte noch einmal, kein Zweifel, das intensive Aroma einer orientalischen Blütenmischung wehte von Erik Hildebrandt herüber, der gerade zur Tür hereingekommen war und seine Jacke ungewohnt schwungvoll über den Garderobenständer warf. Der Geruch hätte phantasiebegabtere, frivolere Gemüter auf einen längeren Besuch bei einer Dame von zweifelhaftem Ruf schließen lassen, nicht jedoch Sabowsky. Sie kombinierte kühl und zielsicher: «Hat es Sie etwa in eine Parfümerie verschlagen, Herr Hildebrandt? Ihr Duft ist», sie räusperte sich diskret, «er ist betörend.»

«Ich dachte, man merkt es nicht mehr», brummte er. Er hob erst das rechte, dann das linke Handgelenk zur Nase. «Betrachten Sie mich als Opfer unseres Berufes. Auf den Spuren einer unserer Zeuginnen musste ich mich als kaufwilliger Kunde ausgeben. Die Dame hinter dem Ladentisch war kaum zu bremsen. Aber keine Sorge, ich habe das Zeug nicht gekauft.»

«Sie wollten sich Frau Henning nochmal vorknöpfen?» Er war der Chef, Sabowsky war trotzdem nicht begeistert, dass er schon wieder eine Zeugin, die sie schon vernommen hatte, noch einmal besuchte. Umso weniger, als Cordula Henning zwar bei Jolnow Unterricht im Aquarellieren genommen hatte, über die Mühen dieser leicht erscheinenden und doch so diffizilen Kunst hinaus rein gar nichts zu berichten wusste. Abgesehen von ihrem Urteil über Jolnows Geschmack beim Wohndesign, den sie einem Künstler nicht für angemessen hielt. «Die Henning», sagte Sabowsky mit einem Anflug von Trotz in der Stimme, «ist doch völlig harmlos.»

«Wenn sie nicht gerade einen Parfümflakon in der Hand hat. Nein, ich meine Frau Jindrich, die Neue im Kloster, aus deren Fenster man direkt auf den Tümpel sehen kann. Sie hat sich die teuersten Parfüms vorführen lassen. Wenn man bedenkt, dass sie nur eine bescheidene Gemeindesekretärin war und angeblich ein sehr geringes Einkommen hat, ist das ein ausgefallener Geschmack.»

«Hat sie denn eins gekauft?»

«Sie konnte sich nicht entscheiden.»

«Na also. Das behaupte ich auch immer, wenn mir etwas zu teuer ist. Was haben *Sie* denn gesagt?»

Hildebrandt beschränkte seine Antwort auf ein wortloses Heben der Augenbrauen. Er war ein vernünftiger Mann, so schlichte Ausflüchte fielen ihm selten ein, was jedoch nur daran lag, dass er sich selten für etwas interessierte, das sein Budget überforderte. Er öffnete das Fenster, vermied es, in den Hof hinauszusehen, und machte sich auf den Weg zum nächsten Wasserhahn. Zumindest ein Teil des Parfüms musste doch abzuwaschen sein. Obwohl er das schade fand.

Was er Sabowsky erzählt hatte, war eine großzügige Auslegung der Tatsachen. Tatsächlich hatte er sich, beschwingt von dem Entschluss, den er vor Hajo Feldmanns Antiquitätenladen gefasst hatte, von der Schaufensterauslage der Parfümerie hineinlocken lassen. Höchste Zeit, so hatte er gedacht, sich endlich ein elegantes Rasierwasser zu gönnen, anstatt sich immer mit den bescheidenen Wässerchen aus dem Drogeriemarkt zu begnügen. Benedikte Jindrich war schon vor ihm dort gewesen, und er hatte sie erst bemerkt, als er eine Stimme hörte, leise und sanft. Sie kam ihm bekannt vor, und als er über den Paravent linste, der, voll behängt mit Seidentüchern und -krawatten, die Herrenabteilung von der weitaus größeren Damenabteilung trennte, sah er sie. Er hatte schnell den Kopf wieder eingezogen, doch seine Ohren weit auf Empfang gestellt. Während er sich auf das Gespräch jenseits der kleinen Trennwand konzentrierte, besprühte ihn Cordula Henning, eine energische Dame im blassblauen Chanel-Kostüm, beide Handgelenke schwer von goldenem, mit Glitzerzeug besetztem Schmuck, mit allen Düften Arabiens – vielleicht auch nur Frankreichs oder Italiens, das war ihm ziemlich egal, weil er kaum darauf achtete.

Benedikte Jindrich mochte nur aus Vergnügen und ohne die Absicht, etwas zu kaufen, in die Parfümerie gegangen sein, doch obwohl Hildebrandt nicht das Mindeste von edlen und vor allem teuren Parfüms wusste, hatte er doch bemerkt, wie gut sie sich auskannte. Die Stimme der Verkäuferin, eine zum Verwechseln ähnliche, nur erheblich jüngere Ausgabe ihrer blassblauen Chefin, zeugte nach anfänglicher Herablassung von Respekt. Besonders als Benedikte nach einem bestimmten Parfüm fragte, es hieß Ivoire, was Hildebrandt jedoch als überflüssige Information nicht speicherte. Ein echter Klassiker, beteuerte die Verkäuferin, aber leider, das gebe es in Deutschland nicht mehr. Nur noch in Frankreich. Wenn die gnädige Frau das nächste Mal nach Frankreich reise, werde sie kein Problem haben, es zu bekommen. In jeder guten Parfümerie.

Erst als sich die Ladentür hinter Benedikte Jindrich schloss, hörte, sah und roch er endlich wieder, was vor und mit ihm geschah. Auf dem Ladentisch stand neben einem sündhaft teuren Rasierwasser ein ganzes Sortiment von hübschen kleinen Tiegeln, allesamt unverzichtbar, so hörte er gerade, für den gepflegten Herrn von heute, er werde den Kauf nicht bereuen.

Als sich die Ladentür auch hinter ihm schloss, fühlte er sich sehr verwegen und, obwohl die Cremes doch alle noch unberührt in ihren Töpfchen warteten, sehr gepflegt. Trotzdem ließ er die verräterische Tragetasche, deren Inhalt ganz gewiss sein Konto mit einer ungewöhnlichen Summe belastete (und nicht so gewiss seine Haut um Jahre jünger und überhaupt den ganzen Hildebrandt schlagartig dynamischer erscheinen ließe), im Kofferraum seines Autos verschwinden, bevor er die Wache betrat.

«Wieso sind Sie eigentlich schon wieder hier?», fragte er, als er in das Büro zurückkehrte, mit einer Miene, die jeden Kommentar zum Erfolg oder Misserfolg seiner Waschungen unterband. «Ich dachte, der Computer im Klosterarchiv würde Sie lange beschäftigen. Gibt er nichts her?»

«Absolut nichts. Ich war sicher, Privatkorrespondenz von Jolnow zu finden, er hatte ja keinen eigenen, jedenfalls stand in seinem Haus nur eine alte Reiseschreibmaschine. In dem Archiv-PC war nichts als Klosterkram, pardon, ich meine Listen und Vermerke zu den Archivdokumenten. Auch das war nicht sehr viel. Frau Möller, die mich übrigens keine Sekunde aus den Augen gelassen hat, sagt, sie seien erst am Anfang gewesen, so ist auch das nicht auffällig. Besser ist, was ich über unseren Rechner herausgefunden habe. Jedenfalls interessanter als das, was Sie in einer Parfümerie erfahren können.» Sabowsky machte, erschreckt über ihre Respektlosigkeit, ein Pokerface und starrte auf den Monitor des Computers. Von allen Namen, die sie überprüft hatte, hatte bisher nur einer etwas hergegeben. «Der brave Gärtner der Äbtissin ist nämlich gar nicht so brav. Heimlich ist der Blumenfreund ein Schläger – wer hätte das gedacht? Er wirkt so ruhig.»

Hildebrandt schob die Unterlippe vor und verzichtete auf eine seiner Lieblingsbemerkungen, nämlich dass zu guter Polizeiarbeit auch Lebenserfahrung gehöre; die lehre unter vielem anderen, keinem noch so freundlichen Gesicht zu trauen. Das Wort Psychologie mied er, wie meistens.

«Am 11. Februar 2002», erklärte Sabowsky, «hat er in Köln einen Mann auf offener Straße verprügelt, wohl aus nichtigem Anlass. Es war gerade eine Streife in der Nähe, und die Kollegen haben den Streit geschlichtet, das Opfer, Jens Fassbender, auch aus Köln, 36 Jahre alt und Auktionator, hat Anzeige erstattet, die aber am nächsten Tag wieder zurückgezogen. Warum, ist nicht vermerkt. Die Sache wurde jedenfalls eingestellt. Der Gärtner der Äbtissin scheint ein weniger frommer als vielmehr jähzorniger Mensch zu sein.»

«Das eine schließt das andere nicht aus», sagte Hildebrandt milde, «ich meine jähzornig und fromm, im Übrigen ist er der Gärtner des Klosters, nicht der Äbtissin. Februar in Köln, haben Sie gesagt? Und Prügelei auf offener Straße? Das hört sich nach Karneval an. Waren Sie mal da? Für einen normalen Menschen, der nicht vom Karnevalsvirus befallen ist, gibt es da jede Menge Gelegenheiten, um aus der Haut zu fahren. Sie können ja mal im Kalender nachschauen. Jetzt haben Sie anderes zu tun. Ich brauche dieses blauhaarige Mädchen, Jessica Eisner. Können Sie die für mich auftreiben?»

«Dringend genug, um sie aus dem Unterricht zu holen?» Sie klopfte auf ihre Armbanduhr. «Da wird sie jetzt nämlich sein.»

«Stimmt. Nein, so eilig ist es nicht. Finden Sie heraus, wann sie Schulschluss hat, dann will ich sie gleich sprechen. Und jetzt», murmelte er, schlug sein Adressbuch auf und griff nach dem Telefonhörer, «Matts Goldmann.»

«Die Spurensicherung? Jetzt noch? Gibt es etwas Neues?» Sabowsky hasste es, dass er immer ‹vergaß›, sie zu informieren. Dass er tatsächlich nur nicht daran dachte, was die Wahrheit war, konnte sie sich nicht vorstellen.

«Ja und nein. Jedenfalls muss er einen Spaten mitbringen. Erst mal geht es weniger darum zu sichern als zu finden. Verrückt, was? Und wenn Sie noch ein bisschen am Computer spielen wollen, versuchen Sie es doch mal mit dem Namen Benedikte Jindrich, Geburtsdatum und so weiter ist in den Akten – Entschuldigung, ich weiß, dass Sie so was wissen. Ihr Blick», sagte er noch, während er die Nummern schon eintippte, «war der reinste Mordversuch; hüten Sie sich vor Karnevalsausflügen. Und dann möchte ich noch zwei Personen überprüfen, oder drei, ja, zuerst ... Hallo, Matts. Erik hier, richtig, immer noch in Möldenburg ... Keine Ahnung, ob die Schwäne schon brüten? Das kannst du selbst überprüfen ... Ja, unbedingt, ich weiß, dass du nicht den ganzen Tag auf der faulen Haut liegst und auf meine Anrufe wartest, trotzdem, Matts, es ist eilig. Wir müssen graben, hundertfünfzig Jahre tief und noch ein bisschen mehr ... Nein, ich bin nicht verrückt, hör zu ...»

Während Sabowsky die Telefonnummern von Ina und Roland Eisner heraussuchte, um nach Jessis Schulschluss zu fragen, überlegte sie, ob schwere Parfüms womöglich auf die Liste gefährlicher, die Sinne verwirrender Drogen gehörten.

«Störe ich?» Jessi sah zu der jungen Frau hinauf, die auf einer Leiter vor der Refektoriumswand hockte und mit zusammengekniffenen Augen die Reste einer spätmittelalterlichen Rankenmalerei betrachtete.

«Hallo, Jessi.» Judith Rehland steckte Lupe und Skalpell in die Brusttasche ihres Overalls und strich sich eine Strähne ihres widerspenstigen rotblonden Haars aus der Stirn. «Kannst du fliegen? Ich habe dich gar nicht kommen gehört.»

«Weil ich ein Gespenst bin», sagte Jessi grinsend. «Gespenst in schwarzer Lederjacke und Turnschuhen, der neueste Trend. Störe ich?», fragte sie sicherheitshalber noch einmal.

«Nein.» Die Restauratorin schüttelte entschieden den Kopf. «Ich will gerade eine Pause machen. Wenn es dir in dieser Kühlkammer nicht zu ungemütlich ist, kannst du mir gerne Gesellschaft leisten.» Sie kletterte behutsam von der Leiter, die dicken Schnürstiefel, groß genug für zwei Paar Socken, hatten sie auf den schmalen Stufen mehr als einmal stolpern lassen. «In der Thermoskanne ist heißer Tee, du musst dir allerdings den Becher mit mir teilen. Hast du schon Mittag gegessen?»

Jessi nickte. «In der Schulkantine. Fischfilet mit Gemüsereis, schmeckte ziemlich gesund, hat aber satt gemacht. Machst du deine Pause immer im Refektorium? Ist es dir hier nicht zu kalt?»

«Zur ersten Frage: meistens. Zur zweiten: selten. Ich bin daran gewöhnt, und im Winter, als es *wirklich* kalt war, hatte ich einen Heizschirm, eins dieser Dinger, wie sie in manchen Gartenlokalen stehen. Eine Leihgabe von Bassani, dem Inhaber der *Klosterschänke*. Ich benutze ihn nur, wenn es gar nicht anders geht. Es darf hier nicht zu warm werden, das nähmen die Wandmalereien übel, vor allem plötzliche Schwankungen. Sie brauchen eine halbwegs gleichmäßige Temperatur.»

Sie setzte sich auf die Bank vor den Fenstern des lang gestreckten Raumes und packte ihr Butterbrot aus. «Nur bei schönem Wetter gehe ich in den Hof», erklärte sie mit vollem Mund. «Ich sitze gerne hier und sehe mir meine Arbeit an. Aus purer Eitelkeit, fürchte ich. Obwohl diese Rankenborten über der Tür zum Kreuzgang im Vergleich zu der großen Secco-Malerei an der Längswand äußerst bescheiden sind. Schenkst du uns ein?»

Der Tee dampfte in der Kühle des Refektoriums, und Jessi versuchte sich vorzustellen, wie die Klosterfrauen vergangener Jahrhunderte um den langen, immer noch in der Mitte des Raumes stehenden Refektoriumstisch saßen, ihre Handarbeit vor sich, und mit klammen Fingern in der speziellen Klosterstichtechnik die berühmten Wandteppiche und Altardecken fabrizierten, Stich um Stich, Woche um Woche, Monat um Monat, Jahr um Jahr, bis die zumeist riesengroßen Kunstwerke fertig waren. Und wie sie bald mit dem nächsten begannen. Viele der Teppiche waren Auftragsarbeiten gewesen, deren Verkauf zum Unterhalt der Frauen beitrug, das hatte sie von der Führung behalten. Bis dahin hatte sie geglaubt, dass in den Frauenklöstern nur gebetet und fromm gesungen worden war, vielleicht auch Kranke gepflegt.

Die Möldenburger Teppiche gehörten zu den größten Schätzen des Klosters, wegen der Lichtempfindlichkeit der alten Pflanzenfarben konnten sie nur in wenigen Wochen des Jahres gezeigt werden. Zuerst hatte Jessi die ‹uralten Dinger› einfach nur langweilig gefunden. Handarbeiten fand sie öde, praktisch und theoretisch, und am allerödesten das Sticken. Bis zu dieser Schulführung im letzten Jahr. Die mit Wollfäden dargestellten Heiligenfiguren, Könige, Ritter und edlen Damen, die Legenden und Bibelgeschichten, die Wappen, Blumen, Tiere und Fabelwesen, die zumeist lateinischen Spruchbänder sagten ihr nichts. Aber als sie schon ziemlich am Ende der Führung durch den Teppichraum auf einer Bank hockte und aus lauter Langeweile auf die Wandbehänge starrte, waren die Worte der Priorin (denn die war es gewesen, die damals die Führung für Jessis Klasse gemacht hatte) plötzlich zu ihr vorgedrungen und hatten sich in ihrem Kopf mit den bunten Bildern an den Wänden und in den Glasvitrinen verbunden. Auf einmal waren sie voller Leben gewesen. Ein Stück Leinen und zahllose, zumeist von den Frauen selbst gefärbte Wollfäden – altes frommes Zeug. Doch nun erschien ihr das Ergebnis wie ein Comic, vier-, fünfhundert oder noch mehr Jahre alt, und was sie sah, wurde lebendig und geheimnisvoll. Sie begriff, welche Bedeutung solche Teppiche oder an Wänden und in Glasfenstern dargestellte Szenen und Bilder für die Menschen jener Zeiten gehabt haben mussten, als es kein Kino, kein Fernsehen, keine Fotos und kaum Bücher gab, als jedes Bild, jeder geschriebene Text unendlich viel Mühe, Zeit und für die meisten unerschwingliche Materialien gekostet hatte. Sie saß in dem dämmerigen Raum, sah die sanft beleuchteten Teppiche, hörte die warme, erklärende Stimme und fühlte sich wie auf einer Zeitreise, voller Neugier und Beklommenheit vor dieser fremden Welt. Zum Glück war es ihr gelungen, ihr Gesicht tödlich gelangweilt erscheinen zu lassen.

Vielleicht hätte sie die Wandmalerei im Refektorium, der sie nun neben Judith direkt gegenübersaß, damals nicht so seltsam berührt, hätte sie nicht zuvor die Sprache der uralten Teppiche entdeckt. Vielleicht wäre sie einfach an der heiligen Anna vor dem dschungelgleichen grünen Geranke und ihrer ebenso heiligen, links und rechts von ihr aufgereihten Gesellschaft vorübergegangen. Und vielleicht hätte sie sich dann nicht mit diesen Träumen plagen müssen, die immer aufdringlicher wurden.

So wie in der vergangenen Nacht. Es war dunkel gewesen, wie immer in diesem Traum, eine finstere Nacht. Oder eine Höhle? Sie wusste es nicht, sie wusste gar nichts. Die

Gestalt ohne Gesicht schwebte in der Düsternis, eingerahmt von dem Schleier, der einer matten Gloriole glich, unbeweglich und starr, und doch ging eine stille Heiterkeit von ihr aus. Dann, und das war anders als in den Träumen zuvor gewesen, roch es seltsam. Gab es in Träumen überhaupt Gerüche? In diesem ganz bestimmt, wie ein dumpfer und zugleich süßlicher Atem. Sie mochte ihn nicht, er legte sich schwer auf ihr Gesicht, Kälte und Dunkelheit krochen mit ihm heran und umhüllten sie, bis auch der letzte Schimmer der Gloriole erlosch. Doch bevor die Dunkelheit absolut wurde, in diesem letzten Moment, neigte sich die Gestalt ihr noch einmal zu, und endlich erkannte sie ein Gesicht, schmal und blass, ihr Blick ein tiefer Trost gegen die Dunkelheit, in der es verschwand. Ein hart scharrendes Geräusch drang heran, gefolgt von einer gleichförmigen Musik. Ein Trommeln? Schwerer Regen auf einem hölzernen Dach? Es klang nicht nach Holz, es klang dumpfer und entfernte sich im langsamen Rhythmus, bis es erstarb, und sie fühlte, dass sie nun endgültig allein war.

Da war sie aufgewacht, hatte sich frierend in ihrem Bett gefunden und in der vertrauten Sicherheit gespürt, wie das panische Gefühl der Verlorenheit rasch wich. Es war ein schwarzer Traum gewesen, noch schwärzer als sonst, aber sie hatte keine Angst gehabt. Dieses Mal nicht. Nichts war von dem Traum geblieben, trotz der Erinnerung an die einsame Finsternis kein Schrecken, nur noch ein Schemen dieser Gestalt, die sie warm und beschützend ansah.

«Jessi?» Sie fühlte Judiths Hand an ihrer Schulter. «Ist dir nicht gut? Du scheinst mir plötzlich so blass.»

«Ich bin okay.» Jessi schüttelte heftig den Kopf, wie ein blau gefärbter junger Hund, der aus dem Wasser auftaucht. «Im Winter bin ich immer blass, und es ist ja noch fast Winter, oder?»

«Fast. Die Anna Selbdritt beschäftigt dich immer noch», stellte Judith fest, während sie die karierte Wolldecke, auf der sie gesessen hatte, über Jessis Knie legte und versuchte, nicht zu besorgt auszusehen. Sie war fast dreißig, doch sie erinnerte sich gut, wie sie diese besorgten, ihr stets misstrauisch erscheinenden Blicke der Erwachsenen gehasst hatte. «Ich mag sie auch», fuhr sie leichthin fort, als Jessi, beide Hände um den heißen Teebecher geschlossen, schwieg, «obwohl es wirklich bessere Wandmalereien gibt, selbst unter denen, die wie diese aus dem späten 15. Jahrhundert oder einer noch früheren Zeit stammen. Solltest du mal nach Italien kommen, gib Acht darauf, du wirst begeistert sein. Trotzdem, es ist die schönste Arbeit, die ich bisher gemacht habe. Die Anna hat so was Verschmitztes. Findest du nicht?»

«Klar», sagte Jessi, «Anna grinst.» ‹Und ich mag›, dachte sie, ‹wie sie ihren Mantel um die kleine Maria legt, ihre Tochter, und sie so ansieht, so ansieht wie …›

«Willst du nichts von deinem Tee?», sagte sie hastig und spürte die Rauheit in ihrer Stimme. «Der wärmt echt gut.» Endlich begriff sie, wem ihr Traum gehörte. Aber warum?

Als Judith den Becher nahm und trank, fuhr sie fort: «Glaubst du an Gespenster, Judith? Oder an Geister? Solche, die aus der Vergangenheit kommen.»

«Ganz ohne Lederjacke und Turnschuhe? Ich weiß nicht, ich hab noch keines gesehen. Es gibt eine Menge Leute, die behaupten, einem begegnet zu sein. Womöglich spinnen die nicht alle. Ist dir eines über den Weg gelaufen?»

Jessi zog die Füße auf die Bank, wickelte sich fester in die Decke und legte das Kinn auf die Knie.

«Nö», sagte sie endlich, «ich dachte nur, wenn man so wie du in einem steinalten Kloster arbeitet mit all den Grab- und Gedenkplatten in den Gängen, und der Innenhof, sagt die Priorin, war früher der Friedhof ... nein», sie holte tief Luft, «eigentlich meine ich keine richtigen Gespenster. Ich hab nur manchmal so komische Träume. Kann ich dir einen erzählen?»

«Natürlich. Aber wenn er unter uns bleiben soll, warte besser noch ein bisschen. Hörst du? In den Gängen mit den Steinplatten hallen die Schritte weit, es ist mein ganz privates Ratespiel, herauszuhören, wer da kommt. Inzwischen bin ich ziemlich gut. Um was wetten wir, dass gleich die Äbtissin um die Ecke biegt? Sie hat so einen besonders kurzen, eiligen Schritt, ohne dass sie rennt. Hörst du? Sie ist nicht allein. Manchmal bin ich nicht sicher, ob ich nur das Echo von einem Paar Füße höre – was habe ich gesagt? Guten Tag, Frau Äbtissin. Ich dachte, ich hätte vier Füße gehört.»

«Sie haben richtig gehört, Judith.» Felicitas blieb neben der Leiter stehen und sah zu Judiths Arbeit hinauf. «Sie kommen gut voran», sagte sie zufrieden, «wenn in der nächsten Woche die ersten Besucher durchs Kloster geführt werden, haben Sie neue Bewunderer. Ach ja, das zweite Paar Füße. Das gehört der Möllerin, sie hat im Kreuzgang irgendwelche störenden Staubflusen entdeckt, sie kommt gleich. Tatsächlich waren es insgesamt acht Füße, vier davon gehören Barbarossa. Aber den hört man ja nie, obwohl das Vieh im Winter ziemlich fett geworden ist. Hallo, Jessica.»

Judith hörte sich die konfusen Sätze der Äbtissin erstaunt an, und Jessi rutschte eilig von der Bank.

«Ich wollte Judith, ich meine, Frau Rehland, nicht bei der Arbeit stören. Ich wollte nur mal gucken. Die Hintertür stand gerade offen, als ich kam, und da dachte ich ...»

«Schon gut, Jessica, Frau Rehland weiß selbst, ob sie sich gestört fühlt oder nicht.» Noch vor wenigen Tagen wäre Felicitas die Vorstellung, das Mädchen laufe allein durch das Kloster, äußerst unangenehm gewesen. Seit sie jedoch erfahren hatte, dass Jessi eine heimliche Leidenschaft für die Wandmalereien und Judiths Arbeit hegte, war sie beruhigt. Selbst wenn die Sorge, eine wahrhaft kleinbürgerliche und von Vorurteilen genährte, wenn also die Befürchtung, Jessi könne doch die eine oder andere Wand mit ihren Spraydosen verunzieren, berechtigt war, würde sie zumindest die unersetzlichen Fresken und Secco-Malereien verschonen. Alles andere war Sache der Haftpflichtversicherung ihres Vaters. Felicitas war schon immer ein praktisch denkender Mensch gewesen.

«Allerdings müssen wir etwas mit Judith besprechen», fuhr sie fort, «Klosterangelegenheiten. Es wäre nett, wenn du uns dazu allein ließest. Hat Frau Möller dir schon das alte Schulzimmer gezeigt?»

«Noch nicht», sagte Elisabeth Möller, die, den roten Kater wie ein wolliges Paket unter den Arm geklemmt, das Refektorium betrat und Jessi und Judith freundlich zunickte. «Das findet unsere tapfere Helferin auch allein, sie kennt sich schon ganz gut aus. Du musst nur den Kreuzgang hinuntergehen, Jessi, und wenn du um die Ecke gebogen bist, ist es die dritte Tür rechts. Natürlich rechts, auf der linken Seite gibt es ja nur die Fenster zum Kreuzganghof. Du kannst das Zimmer nicht verfehlen, die Tür steht offen. Herr Alting hat schon das meiste Gerümpel weggeräumt, den Rest schaffen wir beide leicht allein. Eigentlich musst du nur fegen, ich habe einen Besen und eine Mülltüte – du meine Güte, diese grauen Säcke haben wir ja auch», unterbrach sie sich, was niemand außer ihr selbst verstand. Unwirsch fuhr sie mit der Hand durch die Luft. «Also Besen und Müllsack sind schon da. Wir brauchen hier sicher nur eine viertel Stunde, ach nein, es kann etwas länger dauern, ich bin mit Herrn Alting verabredet, wegen der Kräuterpflanzenliste, er wird sogar schon auf mich warten. Macht es dir etwas aus, alleine anzufangen?»

Es machte Jessi nichts aus. Sie nahm ihren Rucksack mit den Schulsachen und verließ das Refektorium. Sie war nicht sicher gewesen, ob sie froh oder enttäuscht war, als Frau Möller ihr sagte, dass die Arbeit am Kräutergarten in dieser Woche ruhen solle. Wegen des Wetters, hatte sie gesagt, doch Jessi wusste ebenso gut wie die Priorin selbst, dass das nicht der Grund war.

«Sei vorsichtig wegen der Dielen», rief die Priorin ihr nach, «sie sind an einigen Stellen brüchig.»

Der Raum, der immer noch Schulzimmer genannt wurde, obwohl dort zuletzt vor hundertfünfzig Jahren Mädchen im Lesen und Schreiben, in feinen Handarbeiten und guten Sitten unterrichtet worden waren, stand schon lange leer. Und wie es so geht mit leeren Räumen, füllte er sich im Laufe der Jahre mit allerlei Überflüssigem, das aussah, als könne es eines Tages, und sei es in fernster Zukunft, noch von Nutzen sein. Ein Zimmer direkt am Kreuzgang ungenutzt zu lassen, hatte die Äbtissin befunden, an einem so prominenten Ort, sei pure Verschwendung. Der Konvent hatte noch nicht entschieden, welche Funktion der Raum zukünftig erfüllen sollte, doch Felicitas' Idee, hier eine kleine Dauerausstellung zur Geschichte der Wandmalereien mit einer Dokumentation der Restaurierungsarbeiten einzurichten, würde zweifellos gewinnen. Schon weil es keine anderen Vorschläge gab.

Felicitas war von Judiths penibler Arbeit, dieser Mischung aus Kunsthandwerk und Wissenschaft, fasziniert. Jeder Schritt, jede Veränderung, der Zustand der Malereien, jede der Farbschichten, ihre Beschädigungen und ‹Reparaturen›, waren von der Restauratorin mit Zeichnungen und Fotografien festgehalten worden. Die Beeinträchtigungen der Bilder durch Witterung, Pilze und Bakterien, durch von früheren Restaurierungsversuchen übrig gebliebene Chemikalien und deren oft schädliche Folgen, wurden unter dem Mikroskop analysiert und ebenfalls fotografiert. Alle glaubten, so hatte sie argumentiert, restaurieren heiße neu malen, fehlende Stellen ersetzen, kaum jemand ahne auch nur, was diese Arbeit tatsächlich bedeute. Eine Dokumentation dieses Kunsthandwerks, dieses wahren Schatzes, nicht der Öffentlichkeit zugänglich zu machen sei geradezu sündhaft.

Judith war nicht nur begeistert gewesen, weil sie ihre Arbeit liebte und längst der Meinung der Äbtissin war, sondern weil die Vorbereitung der Ausstellung viel Zeit erfordern würde, was wiederum bedeutete, dass ihre Arbeit im Kloster nicht so bald beendet sein würde, wie sie angenommen hatte. Sie war widerwillig nach Möldenburg gekommen, in dieses ‹verschlafene Nest›, doch nun, nach einem Jahr, fühlte sie sich hier zu Hause. Nicht nur wegen Henry Lukas, mit dem sie eine stürmische Liebe verband, an der sie doch stets zweifelte.

«Judith», begann die Äbtissin, als Jessi das Refektorium verlassen hatte. Es klang nach zwei Ausrufezeichen, und Judith befürchtete das Schlimmste: Die Ausstellung war gestrichen, und nun wollten sie und die Priorin es ihr schonend beibringen. «Judith», begann Felicitas noch einmal, «wir haben eine Frage, die Sie uns sicher leicht beantworten können.»

«Und eine schöne alte Geschichte, die wir Ihnen erzählen wollen», ergänzte die Priorin, setzte Barbarossa auf den Boden und sich selbst auf die Bank vor dem Fenster.

Judith entspannte sich. Die Priorin hatte viele dieser ‹schönen alten Geschichten› auf Lager, sie berührten selten die Fortsetzung ihrer Arbeit.

«Ja», Felicitas hielt eine dünne Mappe hoch, «das kommt später. Zuerst wollen wir wissen, wie lange Holz braucht, bis es verrottet ist.»

«Es kommt darauf an. Was für Holz?»

«Holz, das in der Erde vergraben ist.»

«Es kommt darauf an», wiederholte Judith und lachte. «Es kommt immer darauf an, auf viele Faktoren. Vor allem hängt es, soviel ich weiß, von der Härte des Holzes ab, weiche Pappel verrottet schneller als harte Eiche. Und natürlich von der Beschaffenheit des Bodens. Ewiges Eis zum Beispiel im Hochgebirge bietet sich als erstklassiges Depot für die Ewigkeit an. Moor konserviert besonders gut, erinnern Sie sich an die Moorleichen aus Skandinavien und Norddeutschland, aber die sind natürlich nicht aus Holz. Aber in den nordeuropäischen Mooren hat man auch eine Menge Hölzernes gefunden, Wagenräder, Boote oder Kultfiguren, manche zweitausend und mehr Jahre alt. Einige Fundstücke sind so gut erhalten, dass man die exakte ursprüngliche Form bis zu Spuren der Steinäxte erkennt, mit denen sie bearbeitet wurden. Würde Ihnen eine solche Zeitspanne reichen, Frau Äbtissin?»

«Absolut, leider geht es hier nicht um Moorleichen. Obwohl ich alles andere als begeistert wäre, wenn ich unvermutet einer begegnete. Nein, wir machen uns Gedanken über einen Fund auf dem Klostergelände – einen *möglichen* Fund –, der vor etwa hundertfünfzig Jahren vergraben worden ist.»

«Sein könnte», korrigierte die Priorin heiter. «*Könnte*. Aber wir sind gegen alle Vernunft zuversichtlich. Sollen wir Frau Rehland nicht zuerst die ganze Geschichte erzählen? Sonst denkt sie, wir machen ein Quiz mit ihr.»

Felicitas nickte, registrierte zufrieden die verschlossenen Fenster und schlug ihre Mappe auf.

Sie hätte besser auf die Refektoriumstür und Geräusche aus dem Kreuzgang geachtet, dann wäre ihr ein verräterisches, im Ärmel einer Lederjacke ersticktes Niesen nicht entgangen. Doch Jessi hatte Glück, niemand bemerkte, dass sie nur zwei Schritte von der einen Spaltbreit geöffneten Refektoriumstür an der Wand lehnte und lauschte. Als die Äbtissin sie hinausgeschickt hatte, war sie brav den Kreuzgang hinuntergegangen, mit schweren Schritten, damit sie es trotz der leichten Sohlen ihrer Schuhe hörten, nur um auf Zehenspitzen zurückzuschleichen.

Die Sache mit dem Moor interessierte sie wenig. Bereitwillig ließ sie sich von den Konsolsteinen, den nach unten abschließenden Stützen der Kreuzrippen des Gewölbes, ablenken. Es gab davon viele im Kreuzgang und auch in der Kirche. Alle waren von den Steinmetzen mit Bildern und Symbolen versehen worden. Auf einigen war ihre Bedeutung nur mehr schwer zu erkennen, die meisten boten jedoch immer noch deutlich einen breiten Bilderbogen mittelalterlicher Frömmigkeit, ohne die Lust an vergnüglichen Drolerien zu verleugnen.

Sie zeigten Geschichten aus dem Alten und dem Neuen Testament, Heilige, Szenen aus Fabeln oder einfach Gesichter. Und neben vertrauten Tieren wie Hasen, Eseln oder Hunden gab es auch seltsame Geschöpfe wie Einhörner, Drachen, Sphinxe oder Kentauren und Löwen, die die Vereinigung des Guten und des Bösen in einer Gestalt bedeuteten. An die unheimliche Kreatur, auf die ihr Blick nun fiel, erinnerte Jessi sich genau. Der Basilisk sei ein aus Hahn und drachenartiger Schlange geborenes Fabelwesen, hatte ihr die Priorin bei ihrem ersten Gang durch das Kloster erklärt, als Inbegriff des durch und durch Bösen gehöre er eigentlich nicht in ein Kloster. ‹Doch wer weiß›, hatte sie hinzugefügt, ‹den Basilisken wurde ein Tod bringender Blick zugeschrieben, gewöhnlich hausten sie in tiefen Kellern und Brunnenschächten, vielleicht hatte der Steinmetz, der unseren hier einst geschaffen hat, gerade von einem geträumt und wollte die Gefahr auf diese Weise bannen. Früher glaubte man stärker als heute an die beschützende Kraft heiliger Orte.›

Das mit dem Brunnenschacht hatte Jessi bis zu diesem Moment vergessen gehabt, sie war froh, dass es ihr nicht eingefallen war, als sie den toten Archivar fanden. Im Brunnenschacht. Vielleicht war es ihr doch eingefallen, vielleicht war sie deshalb ohnmächtig geworden, und sie hatte es nur vergessen? Vielleicht gab es doch Basilisken mit giftigem Atem und bösem Blick?

«Welche Holzart, wissen wir nicht», hörte sie die Stimme der Äbtissin und kehrte aus der Welt der wirren Phantasien in die Realität zurück. «Lindenholz, nehme ich an. Woraus hat man im Spätmittelalter Madonnen sonst noch geschnitzt?»

«Aus Lindenholz vor allem in Süddeutschland», erklärte Judith, «in den Alpen auch aus Zirbelholz, im Norden wurde überwiegend Eiche verwendet. Es gab damals in Nordeuropa noch ausgedehnte Eichenwälder, trotzdem wird deren Holz immer teuer gewesen sein. Leidenschaftliche Schnitzer in Werkstätten ohne reiche Auftraggeber haben auch andere Hölzer verwandt, für kleine Schnitzereien oft von Obstbäumen. Und Sie glauben wirklich, dass diese Skulptur, diese Madonna mitsamt ihrer Reliquie auf dem Klostergelände vergraben ist? Wie ist sie dorthin gekommen? Während des Bildersturms in den Jahren der Reformation?»

«Nein», sagte die Äbtissin, «viel später. In den katholischen Zeiten hatte sie einen Ehrenplatz in der Kirche und war Ziel vieler Pilger. Die gute Walburga, nicht die, deren

Grabmal in unserem Innenhof steht, sie hatte nur den gleichen Namen; also die Walburga, deren Öl in der Statue aufbewahrt wurde, galt und gilt als Nothelferin der Wöchnerinnen, Bauern und Haustiere. Sie schützt angeblich vor allen möglichen Krankheiten, vom Husten bis zur Pest. Und gegen Hundebisse. Sie wurde im 8. Jahrhundert in England in adeligem, ich glaube sogar königlichem Haus geboren und von Bonifatius als so eine Art Missionarin nach Deutschland gerufen. Als Benediktinerin hat sie es bis zur Äbtissin gebracht, und der flüssige Niederschlag, der sich seltsamerweise ständig auf ihrem Sarkophag in einer Kirche in Eichstätt sammelt, wird als Walpurgis-Öl in Fläschchen abgefüllt und als Reliquie verehrt. Bis heute. Sie müssen mich wegen meiner profunden Kenntnisse nicht bewundern, Judith, für solche Gelegenheiten habe ich ein spezielles Lexikon. Wo war ich gerade?»

«Beim Standort der Madonna», half Elisabeth Möller. «Und bei der Reformation.»

«Stimmt. Wegen dieser Reliquie muss sie das absolute Highlight in Möldenburg gewesen sein. Bis zur Reformation – von der waren ja nicht alle begeistert, erst recht nicht die Nonnen, die damit außer ihrem Glauben auch ihren Status, ihre Lebensform und ihre Sicherheit verloren. Kurz gesagt, ihre geistige und physische Heimat. Jedenfalls, die Madonna wurde nicht zerstört, sondern nur in eine dunkle Ecke verbannt.»

«Und wegen der Reliquie in ihrem Rücken offenbar in eine besonders dunkle», ergänzte Elisabeth Möller. «Ich kann mir vorstellen, dass das auch geschah, um sie zu schützen und um sie diskret weiter um Hilfe bitten zu können. Die Veränderungen der Reformation haben sich ja über etliche Jahrzehnte hingezogen.»

«Ja», sagte Felicitas, «mindestens über eine Generation.

Nach diesen Briefen stand die Madonna anno 1852 mutterseelenallein und wahrscheinlich ziemlich staubig am Ende eines damals wohl nicht bewohnten Ganges im ersten Stock und wartete auf den Transport in ein katholisches Haus in Bayern. Entweder hatte der Konvent sie verkauft, oder der Landesherr wollte einem, sagen wir es mal modern: einem Geschäftspartner schmeicheln. Und dann kam diese abenteuerlustige Klosterjungfrau Ulrica zu Lönne auf die Idee, durchzubrennen und die von ihr geliebte Statue vor dem Exil zu retten. Wir denken ...»

Die Stimme der Äbtissin schien sich zu entfernen, die bösen Augen des Basilisken, die leuchtenden Bilder in den Glasfenstern, der ganze Kreuzgang, alles verschwamm hinter der Erinnerung an die Bilder ihres Traumes. Da war sie wieder, jetzt am helllichten Tag: die Gestalt unter dem Tuch, die Düsternis, das drängende Geräusch.

Langsam rutschte Jessi an der Wand herunter, hockte auf den kalten Steinen und wusste plötzlich, was ihr Traum, was die Verwirrung all der Nächte bedeutete. Ihr Geist war hellwach, ihr Herz klopfte heftig. Es war viel zu verrückt, um es irgendjemandem zu erzählen, trotzdem wusste sie es sicher. So sicher, wie sie wusste, dass sie Jessica Eisner hieß. Die Madonna, von der die Äbtissin im Refektorium erzählte, war die dunkle Gestalt, die sie in ihren Träumen besuchte. Eine schöne, vor über einem Jahrhundert verloren gegangene kleine Madonna.

Der dunkle Schemen löste sich auf, und Jessi hörte wieder die Stimmen aus dem Refektorium. Zuerst nur ein Murmeln, es klang ungeduldig, also stammte es von der Äbtissin.

Judiths Antwort klang wieder klar in den Kreuzgang. «Diese Geschichte ist mehr als hundertfünfzig Jahre her, Frau Äbtissin, wenn die Madonna seither in der Erde liegt, kann von ihr nicht mehr viel übrig sein. Ich weiß es nicht genau, je nach seiner Härte überdauert Holz kaum dreißig Jahre. Eher weniger, sehr viel weniger, denke ich. Manches schon nach fünf oder sieben Jahren, dabei kommt es ja auch auf die Größe an. Es sei denn …»

Jessi rappelte sich auf. Sie musste weg, schnell in das Schulzimmer schleichen, Besen und Schaufel nehmen und so tun, als interessiere sie nichts als der Kampf gegen jahrzehntealten Staub. Egal, was Judith nun sagen würde, sie wusste, dass die Madonna nicht wirklich verschwunden und ganz gewiss nicht verrottet war wie irgendein Stück gewöhnliches altes Holz, sondern darauf wartete, endlich gefunden zu werden.

Diesmal achtete sie nicht darauf zu schleichen, sie dachte einfach nicht daran. Aber die Frauen im Refektorium waren zu sehr mit der Diskussion um die Möglichkeiten, eine hölzerne Madonna vor dem Verrotten in der Erde zu schützen, beschäftigt. Sie hörten weder Jessis eilige Schritte noch die behutsameren, die sich in die andere Richtung entfernten.

Die Wände des alten Schulzimmers waren nackt und staubig, nicht tapeziert, sondern nur geweißelt, und auch das war zuletzt vor langer Zeit geschehen. Sie erinnerten an die Haut eines großen Tieres, das einmal schön gewesen und nun, vom Leben verletzt und geschunden, alt geworden war. Auch die Decke zwischen den schwarzbraunen rissigen Balken war einst weiß gewesen. Jessi stellte sich vor, dass dahinter Raum für viele kleine Krabbeltiere entstanden war, und hoffte, sie blieben, wo sie waren. Die Dielen des Bodens, fast schwarz von Alter und Öl, waren rau und schadhaft. Wenn dies wirklich einmal ein Schulzimmer gewesen war, hatte man den Mädchen wenig Komfort gegönnt. In der vorderen linken Ecke verrieten ein Blech und das an der Wand darüber verschlossene runde Loch, dass hier einmal ein kleiner Ofen gestanden hatte. Immerhin. Sie schloss die Tür, und weil in ihrem Kopf noch die Traumbilder rumorten, konzentrierte sie sich auf das, was sie in der realen Welt sah. Die fleckigen Wände, das Ofenblech, die Balken unter der Decke. Der Raum war fast leer, wie die Priorin gesagt hatte, nur in einer Ecke standen noch Stühle, auf die sich besser niemand mehr setzte, und ein paar Kartons. An der rechten Wand war eine Bank übrig geblieben, uralt (was sonst?), breit und lang. Ein sperriges Stück, das nicht in Altings Wagen gepasst hatte.

Als sie den Raum betreten und die Tür hinter sich ins Schloss gezogen hatte, hatte sich ihr Herzschlag beruhigt, sie hatte sich sicher gefühlt vor allem, was da draußen war. Vor dem, was in ihr war, konnte sie nie sicher sein, doch hier machte es ihr keine Angst. Hinter den beiden Fenstern wuchs dichtes, noch blattloses Gebüsch, das die Scheiben fast ganz verdeckte. Im Sommer, wenn die Büsche grün waren, tauchte die Sonne den Raum bestimmt in grünes Licht. Der Gedanke gefiel ihr, er erinnerte sie an das Baumhaus, das sie mit ihrem Vater gebaut hatte, als sie noch klein war. Auch dort hatte sie sich sicher gefühlt, in diesem ersten Jahr in der Rosenstraße, dem ersten Jahr mit Ina. Eine Windbö zauste die Büsche und ließ ihre Zweige über die Fensterscheiben kratzen, und plötzlich wurde es hinter dem schmutzigen Grau hell. Die Sonne, dachte sie und versuchte eines der Fenster zu öffnen. Die Luft in dem Raum war kalt und dumpf, Einsamkeitsluft. Die verzogenen Rahmen ließen sich nur mit Mühe aufstoßen, dann versperrten die starren Zweige des Gebüsches den Weg, doch durch den nicht viel mehr als eine Hand breiten Spalt strömte Frische herein und brachte den süßen Geruch von Narzissen mit.

Sie sah sich um und wusste nicht, was es hier zu tun gab. Wenn einige der Dielen ersetzt oder ausgebessert werden mussten, warum sollte sie dann vorher fegen?

Egal, also fegen. Und dann?

Die Frühlingsluft klärte ihren Kopf, das konnten nicht einmal die Staubwolken verhindern, die der Besen durch den Raum wirbelte. Als sie das Häufchen von Staub und allerlei Dreck bis zu der Bank zusammengekehrt hatte, war die Priorin immer noch nicht gekommen und Jessi bei der Frage: Und jetzt? Die Inspektion der Kartons, die direkt neben der Bank aufgestapelt standen, war enttäuschend, alle erwiesen sich als leer. Während sie noch überlegte, was sie tun sollte, hörte sie ein leises Klacken auf dem Boden und griff nach ihrem rechten Ohr. Einer der silbernen Ringe, der mit dem lockeren Verschluss, musste sich geöffnet haben, als sie ihren Schal herunterzog. Nun war er herausgerutscht und auf den Boden gefallen. Aber wohin? Auf den Dielen entdeckte sie ihn nicht, er war leicht, weit konnte er nicht gerollt sein, und die Ritzen zwischen den Dielen waren zu schmal – bis auf eine. Deshalb stand die Bank an dieser Stelle: weil zwischen den Dielen darunter ein fingerbreiter Spalt klaffte.

Die Bank war bleischwer, schließlich ließ sie sich doch verrücken, und Jessi kniete sich über den Spalt. Es war ihr Lieblingsohrring, sie wollte ihn wiederhaben – und sie wollte wissen, was sich unter diesem Spalt verbarg, sie wollte es unbedingt wissen. Dieser blöde Spalt, warum war plötzlich so wichtig, was sich darunter verbarg? Staub, Schmutz, tote Fliegen? Der Ohrring? Die Dielen waren nicht annähernd so dick und stabil wie die schweren, mittelalterlichen Eichenbohlen, die sich im Kapitelsaal aufbogen wie Rücken wilder Pferde, trotzdem leistete das Brett beharrlich Widerstand. Es gab erst nach, als Jessi in ihrem

Rucksack den Fahrradschraubenschlüssel fand, ein plattes Ding mit sechseckigen Löchern, doch hart wie Stahl, und unter das Ende des Brettes schob, wo es um die alten Nägel herum morsch war.

Ihren Ring fand Jessi in dem Hohlraum unter der Diele nicht, er blieb ein für alle Mal verloren. Aber sie fand etwas anderes. Unter dickem Staub, neben den mumifizierten Resten einer kleinen Maus und den erwarteten toten Fliegen, lag an der die Dielen tragenden Querleiste etwas, das wie ein akkurat geformter eckiger Stein aussah. Sie hob ihn heraus und hatte keinen Stein in der Hand, sondern einen kleinen Kasten aus Holz. Er wog schwerer, als seine Größe vermuten ließ. Unter dem Staub schimmerte es fast schwarz, das musste Ebenholz sein, es war poliert und immer noch glatt wie Seide. Nur in der Mitte des Deckels hielt ein in das Holz geschnitzter zarter Reif aus Blüten und Blättern den Staub in seinen Zwischenräumen fest.

Am unteren Rand und am Deckel des Kästchens zeugten Spuren winziger Zähne von einem verzweifelten, an der Härte des Holzes gescheiterten Versuch des kleinen Tieres gegen das Verhungern. Sie wischte den letzten Staub vom Deckel und öffnete ihn. Das zierlich bestickte Leinentüchlein war nur eine schützende Beigabe, die den eigentlichen Inhalt barg: ein kleines, kaum mehr als einen Daumen breites Buch.

Vielleicht lag es an ihrem Erschrecken vor den durch den Kreuzgang rasch näher kommenden Schritten, dass sie das Büchlein hastig in die Tasche steckte und das Kästchen wieder schloss. Vielleicht an dem drängenden Gefühl, dass dieses Buch ihr gehörte, dass sie wissen musste, was es enthielt.

«Es ist ein bisschen später geworden», sagte Elisabeth Möller, die Türklinke noch in der Hand. «Hoffentlich hast du dich nicht zu allein gefühlt. Herr Hildebrandt sucht nach dir, er kommt gleich her, um dich etwas zu fragen. Wenn du willst, kann ich dabeibleiben. Oh, was ist denn das?»

Sie beugte sich über das Kästchen, das Jessi ihr stumm entgegenhielt.

«Mein Ohrring ist runtergefallen», stotterte Jessi, «ich habe ihn gesucht, und unter der alten Diele, die war total locker, da lag es.»

Die Priorin war viel zu neugierig, um die tiefe Röte auf Jessis Gesicht zu bemerken. Sie nahm das Kästchen und klappte vorsichtig den Deckel zurück.

«Wie hübsch», murmelte sie, strich mit dem Finger das Tüchlein glatt – und sank plötzlich mit einem kleinen Ächzer auf die Bank. Vor langer Zeit hatte jemand die Zahl 1850 auf das Tuch gestickt. Und darüber die Buchstaben U, z und L.

Obwohl sie versucht hatten, es so geheim wie möglich zu behandeln, versammelten sich am nächsten Morgen genug Menschen in der Breslaustraße, um eine Absperrung rund um das Haus nötig zu machen und, nachdem es zwei würdigen älteren Herren mitsamt ihrem beleibten Cockerspaniel gelang, durch Evchen Lenaus Garten bis in den Jolnow'schen vorzudringen, auch um die beiden Nachbargrundstücke. Sich durch den Eisner'schen Garten zu schleichen, wagte niemand.

Immerhin war die Neuigkeit, die Polizei grabe im Garten des ermordeten Archivars nach einer mittelalterlichen Madonnenstatue, nicht bis zu den Journalisten vorgedrungen. Oder die hatten am Samstagvormittag Besseres vor, als dieses wenig versprechende Unternehmen mit ihrer Anwesenheit zu adeln. Zweifellos hatte der Anschlag, der in der letzten Woche den Spitzenkandidaten der Landtagsopposition schwer verletzt hatte, dem Tod eines pensionierten Provinzarchivars den Rang abgelaufen. Die Ermittlungen in Hannover liefen auf Hochtouren, und einige Spuren wiesen auch in Richtung Lüneburg. Zwei Kollegen, die dort bisher für die Hintergrundarbeit im Möldenburger Fall zur Verfügung gestanden hatten, waren abgezogen und der anderen, für die Öffentlichkeit und die Karrieren des Polizeipräsidenten und des leitenden Staatsanwalts bedeutungsvolleren Ermittlung zugeordnet worden. Hildebrandt war dem Opfer, dem er bei der letzten Wahl seine Stimme gegeben hatte, obwohl er den Mann für ein Großmaul hielt, trotzdem dankbar und wünschte ihm alles Gute. Öffentliche Beachtung, bei manchen Kollegen hoch begehrt, empfand er nur als Störung.

Auch ohne ungebetene Zuschauer drängten sich für seinen Geschmack viel zu viele Menschen unter einem von Jolnows Apfelbäumen um die Stelle, die Jessi als das von Jolnow umgegrabene ‹Beet› angegeben hatte. Natürlich war Felicitas da, er hatte sie selbst dazu aufgefordert, schließlich hatte ihre Idee den Anstoß zu dieser Aktion gegeben. Auch gegen Elisabeth Möller und Judith Rehland war nichts einzuwenden, dass sich ihnen jedoch ihre Sekretärin und einige der anderen Klosterdamen angeschlossen hatten, fand er ebenso überflüssig wie die gleich Orgelpfeifen aufgereihte vielköpfige Familie Mack samt Hund und Meerschweinchen. Nur Tobi fehlte. Seine Mutter hatte den Zwölfjährigen beim Rauchen erwischt und es als besonders wirkungsvoll angesehen, ihn ausgerechnet für diesen Samstagvormittag mit Hausarrest zu strafen.

Jessi wurde von ihrer Stiefmutter begleitet, ihr Vater hatte sich wegen wichtiger Geschäfte entschuldigen lassen. Besonders überflüssig fand Hildebrandt das Erscheinen von Henry Lukas. Er hatte nicht wirklich etwas gegen den Rechtsbeistand und Cousin, Neffen, oder was auch immer der kryptische Familienstammbaum hergab, der Äbtissin, doch er misstraute nun mal Anwälten in Kaschmirmänteln und italienischen Schuhen. Heute allerdings trug Henry eine dicke englische Cordjacke und Gummistiefel, was dem Anlass, das musste Hildebrandt zugestehen, durchaus angemessen war. Seine Füße in den einfachen Lederschuhen spürten schon die Nässe des Bodens.

Nur eine, mit der er fest gerechnet hatte, fehlte. Evchen Lenau hatte den Aufmarsch von Polizei und Zuschauern, die Absperrung des Jolnow'schen Gartens von ihrem Wohnzimmerfenster aus beobachtet. Sie hatte eingewilligt, auch ihr Grundstück absperren zu lassen, und bei der Gelegenheit erfahren, dass man etwas suche, allerdings nicht wisse, was, und sich in das Gaubenfenster im ersten Stock zurückgezogen. Von dort hatte sie den besten Ausblick auf das Geschehen im Nachbargarten; mit ihrem Fernstecher, einer teuren, doch immer wieder lohnenden Anschaffung, blickte sie Matts Goldmann direkt über die Schulter. Aber das wusste Hildebrandt nicht.

«Ganz schön vernachlässigt dieser olle Acker», sagte Matts Goldmann, zusammen mit seiner Bank stolzer Besitzer eines Endreihenhauses mit einem handtuchgroßen, doch intensiv bewirtschafteten Garten in der Nähe von Lüneburg. «Und Beet», er blickte missbilligend auf das von verrottendem Laub halb bedeckte Stückchen Erde, «würde ich das nicht gerade nennen.»

Er bückte sich unter der Absperrung hindurch, die in großzügigem Abstand um die zu untersuchende Stelle gespannt war, und schob mit seiner Schaufel das Laub zur Seite.

«Hier sind wir richtig», sagte er. «Respekt vor deinem Gedächtnis, Jessica. Unter dem Laub sieht man deutlich, dass an dieser Stelle vor kurzer Zeit gegraben worden ist.»

Hildebrandt nickte, nicht weil er erkannte, was Matts Goldmann behauptete, sondern weil das ein guter Anfang war und die Blamage, wenn sich in der Erde nichts als ein paar Regenwürmer fanden, weniger groß sein würde.

«Herr Goldmann», meldete sich Judith nervös zu Wort, «ich habe schon vergeblich versucht, Herrn Hildebrandt zu überzeugen, ich denke, wir sollten die Experten der Klosterkammer um Hilfe bitten, zumindest sollte jemand hier sein. Ich zweifele bestimmt nicht an Ihrer Qualifikation, aber es geht um eine wirklich sehr wertvolle Statue.»

«Und was sollen die Herren von der – wie heißt das? – der Klosterkammer hier tun? Beten?»

Matts Goldmann hatte ein dickes Fell. Wenn ihm jedoch jemand in seine Arbeit hineinredete, besonders an einem Samstagmorgen, der für andere, weitaus erfreulichere Aktivitäten geplant gewesen war, war er empfindlich.

«Beten können wir allein», sagte Felicitas und klang auch nicht sehr geduldig. «Frau Rehland restauriert unsere Wandmalereien, sie ist eine Expertin und meint ihre Kollegen, die bei der Klosterkammer angestellt und für den Erhalt unserer Kunstschätze zuständig sind. Um es einfach auszudrücken: Die meisten sind über ihren Preis im Kunsthandel hinaus von unschätzbarem ideellen Wert, und was dort in der Erde liegen kann, ganz besonders. Sie hätte nur gerne einen erfahrenen Kollegen dabei.»

«Ich hab's nicht so gemeint.» Goldmann zog den Kopf ein und warf Hildebrandt einen Hilfe suchenden Blick zu, doch der unterhielt sich plötzlich sehr angeregt mit Polizeiobermeisterin Sabowsky.

«Sie brauchen sich nicht zu sorgen», versicherte Goldmann, «ich und *meine* Kollegen sind Feinarbeit gewöhnt, wir suchen ständig nach der Nadel im Heuhaufen. Aber wenn Sie mögen, Frau Rehland», er hob einladend das Absperrband, «können Sie mir gerne auf die Finger und auf die Schaufel sehen und im richtigen Moment halt schreien.»

Matts Goldmann hantierte in der Tat behutsam mit der Schaufel. Ein bisschen zu behutsam für Felicitas' Geschmack. Zumindest die obere Schicht, in der gewiss keine Schätze warteten, könnte er dynamischer abheben. Sie hatte nur ungern akzeptiert, dass die Suche nach der Madonna nicht im Backhaus begann. Das sei sinnlos, hatte Hildebrandt kurz erklärt, er habe das Matts vorgeschlagen (was nur halb stimmte), doch der habe strikt abgelehnt. Er habe den Brunnenschacht und insbesondere dessen Boden nach dem Leichenfund sorgfältig untersucht, dort war seit Jahren, eher seit Jahrzehnten und noch länger, wahrscheinlich seit der Schacht eingebrochen war, nichts bewegt worden.

Das klang plausibel, doch seit Jessica gestern diesen unglaublichen Fund unter der alten Diele im Schulzimmer gemacht hatte, war sie überzeugter denn je, dass die Geschichte Ulricas und ihrer geliebten kleinen Madonna noch nicht zu Ende war. Glaubte sie an Zeichen? Eigentlich nicht, aber ob sie daran glaubte oder nicht, der Fund des Kästchens so kurz nach dem Auftauchen dieser alten Briefe sah ganz nach einem aus.

Die Damen aus dem Kloster gaben sich Mühe, weder im Weg noch im Licht zu stehen. Sie sprachen wenig, und wenn, dann mit gesenkter Stimme.

«Ist Frau Jindrich schon gegangen?», fragte Elisabeth Möller, als das Loch in der feuchten schwarzen Erde Knöcheltiefe erreicht hatte. «Sie war doch eben noch da.»

«Es scheint so», Felicitas sah sich flüchtig suchend um, «sie mag keine Kälte. Wenn man so viele Jahre im Süden gelebt hat, ist das kein Wunder.»

«Ach», seufzte Lieselotte von Rudenhof. Als wirkliche Dame und Tochter aus gutem Haus hielt sie Neugier für verwerflich, doch sie kannte ihre Pflicht als Konventualin, sich für alles, was das Kloster betraf, zu interessieren; einzig deshalb hatte auch sie sich auf den Weg in die Breslaustraße gemacht, was sie nicht müde geworden war zu beteuern. «Ach», wiederholte sie mit einem zweiten, allerdings schon ein wenig abgenutzten Seufzer, «der Süden. Wenn ich an unsere Urlaube dort denke: Taormina, Ischia, Florenz, Rom natürlich, immer wieder Rom. Und Ravenna ... Waren Sie je in Ravenna, Frau Rehland? Die Fresken dort sind unübertroffen, geradezu magisch», wandte sie sich an Judith, die am Rand der langsam, aber sicher entstehenden Grube hockte, jede Bewegung der Schaufel verfolgte und gerade kein Ohr für magische Malerei hatte. «Ja, magisch. Und erst die Gärten», fuhr Frau von Rudenhof fort, «der liebe Verstorbene schätzte diese Gärten so sehr. Besonders die Wasserspiele und die Marmorstatuen. Er hatte wirklich klassisch inspirierte Pläne mit diesem hier.»

«Klassisch inspiriert?», fiel ihr Dorothea Hofmann ins Wort, die auch eine Dame war, aber aus nicht ganz so gutem Haus stammte und als Sopranistin in langen Bühnenjahren eine beachtliche Durchsetzungsfähigkeit eingeübt hatte, die sich nicht auf ihre Stimme beschränkte. «So privat waren Sie mit dem Mann? Ich dachte, Sie kannten ihn gar nicht! Einen einfachen Archivar mit Kinderfrisur, haben Sie neulich noch über ihn gesagt, und mit einer Putzfrau zur Mutter!»

Niemand hatte Lieselotte von Rudenhof erröten sehen, seit sie vor sehr vielen Jahren in einer Rosenlaube Friedrich von Rudenhof ihr Jawort gegeben hatte. Doch nun errötete sie unter ihren akkuraten grauen Löckchen tief, was ihr überraschend gut stand.

«Natürlich kannte ich ihn», sagte sie mit aller Würde, die ihr noch zur Verfügung stand, und ihre Stimme zitterte nur sehr wenig, «so wie wir alle ihn kannten. Wir alle.»

Sie warf ihrer Äbtissin einen ängstlich prüfenden Blick zu, und Felicitas fiel siedend heiß ein, dass sie völlig vergessen hatte, Hildebrandt zu berichten, dass Jolnow eine der Konventualinnen doch ein wenig besser gekannt hatte, als der Kommissar bisher wusste. Spätestens wenn diese seltsame Grabung beendet war, sollte er es erfahren. Leider hatte sie kein Taschentuch, in das sie einen Knoten hätte machen können. Da alle auf Matts Goldmann und seinen Spaten sahen, fragte sich niemand, warum die Äbtissin plötzlich zwei Knoten in ihr Halstuch machte.

«Nun», Frau von Rudenhof reckte die schmalen Schultern, «er war sehr interessiert an der Klosteranlage, er interessierte sich überhaupt für Architektur und das alte Bauwesen, und ich habe ihm ein wenig Auskunft gegeben. Hier und da.»

Die von dieser Neuigkeit völlig überraschte Priorin warf der schon tief Luft holenden Dorothea Hofmann einen bittenden Blick zu, sah erleichtert das Vergnügungsgrübchen in deren linker Wange und sagte dann:

«Vielleicht erträgt Frau Jindrich das einfach nicht. Wenn man bedenkt, dass er hier in diesem Häuschen seinen Lebensabend verbringen wollte, still und zufrieden – und nun stehen wir hier und durchwühlen seinen Garten. Das ist kein gutes Gefühl. Finden Sie nicht auch?»

Frau von Rudenhof seufzte, Dorothea Hofmann putzte sich geräuschvoll die Nase, und Felicitas nickte. «Das macht traurig», stimmte sie nicht ganz ehrlich zu. «Aber Benedikte hat sicher nur etwas zu erledigen. *Sie* kannte Herrn Jolnow wirklich kaum.»

«Aber sie ist sehr mitfühlend», sagte die Priorin. «Da lebt

man so nahe bei einem Menschen, hat sie gesagt, ihre Wohnung liegt ja ziemlich genau über dem Archiv, und hat nie mehr mit ihm gesprochen als guten Tag oder guten Abend, und plötzlich ist er tot. Sie hat sich so nett nach ihm erkundigt, was ich wirklich sympathisch finde. Sein Leben sei sicher interessant gewesen, hat sie gesagt, ob er davon erzählt habe. Sie kann gut zuhören, ganz still und aufmerksam. Ich glaube, sie hat gespürt, dass ich gerne nochmal über ihn sprach. Sprechen hilft immer bei einem Verlust.»

Felicitas nickte und fühlte sich beschämt. Es wäre an ihr gewesen Elisabeth Möller zu trösten. Doch weil sie Hans Jolnow über seine Fähigkeiten als Archivar hinaus nie ernst genommen, sondern ihn kurios gefunden hatte, weil er niemand war, den sie vermisste, hatte sie in diesen turbulenten Tagen nicht bedacht, dass andere Menschen anders empfanden. Leider fiel auch ihre nächste Bemerkung nicht wirklich tröstlich aus.

«Ja», sagte sie, «er war ein freundlicher Mann. Aber glauben Sie, dass ein Archivar ein interessantes Leben hat?»

«Unbedingt. Wenn man sich wirklich für seine Arbeit interessiert, ist sie auch interessant. Aber ich weiß, was Sie meinen, Jahrzehnte im Archiv einer Baubehörde zu verbringen klingt nicht aufregend. Trotzdem, vergessen Sie nicht, dass er auch ein Künstler war. Er hat doch gemalt und in seiner Jugend zwei Jahre im Süden gelebt, wegen der Motive und des Lichts, daran hat er sich immer gerne erinnert. Wie ein Hippie sei er gewesen, können Sie sich das vorstellen? Damals hatte er auch einen Pferdeschwanz, länger und natürlich noch nicht grau. Aber dann hat er begriffen, dass es nie zum großen Künstler reichen würde, und ist zurückgekommen und Beamter geworden. Wussten Sie das nicht?»

Nein das hatte Felicitas nicht gewusst und keinesfalls vermutet. Sie sah Matts Goldmann zu, wie er ein Stück rostigen Metalls, das entfernt an ein Fahrradschutzblech erinnerte, aus der Erde zog, kurz begutachtete und zur Seite warf.

«Im Süden?», fragte sie plötzlich leise, «wissen Sie, wo? In welchem Land?»

«Ja, in Südspanien. Er wollte im Herbst wieder hinfahren. Wenn es nicht mehr so heiß ist, hat er gesagt, auch sei das Licht dann dort besonders golden.»

«Etwa in Andalusien?»

«Stimmt, in der Nähe von Marbella. Und ich dachte immer, dass sich da nur Millionäre, Filmstars und Disco-Mädchen tummeln.»

«Vergessen Sie die Kellner und Straßenkehrer nicht. Wann war er dort?»

«Das weiß ich nicht genau. Jedenfalls Anfang der siebziger Jahre. Vielleicht weiß es Frau von Rudenhof.»

Aber die schlenderte gerade auf die andere Seite der Absperrung, so weit von Dorothea Hofmann entfernt, wie es halbwegs unauffällig möglich war. Neben Dorothea, einer üppigen Person und in ihrem Ärger wie in ihrem Witz gleichermaßen einschüchternd, fühlte sie sich schnell wie eine Maus, selbst wenn sie nicht gerade bei einer unpassenden, bisher äußerst diskret behandelten Bekanntschaft ertappt wurde.

Felicitas nickte und schwieg. Elisabeth Möller war beunruhigt. Sie hätte gerne gewusst, was diese Fragen bedeuteten, doch sie kannte die kleine steile Falte über der Nasenwurzel ihrer Äbtissin und schloss sich klug deren Schweigen an.

«Ich fürchte», erklärte Matts Goldmann in die allgemeine Stille, «wir landen hier einen Flop, Erik. Ich bin jetzt schon in einer tieferen Schicht angelangt, als die Erde kürzlich umgegraben worden ist.»

«Mach trotzdem noch ein bisschen weiter. Kann sein, dass er nichts vergraben, sondern etwas gesucht hat.»

«Verstehen Sie das, Frau Äbtissin?», fragte Elisabeth Möller flüsternd. «Wieso nicht vergraben, sondern gesucht?»

«Fragen Sie mich nicht nach Herrn Hildebrandts Vorstellungen, ich plage mich schon genug mit meinen eigenen.» Felicitas war mit einer ganz anderen Überlegung beschäftigt. «Haben Sie nicht gestern erwähnt, Jessi sei ein Ass im Internet?»

«Im Internet?» Die Priorin war Felicitas' Gedankensprünge gewöhnt, aber diesen verstand sie noch weniger als die Bemerkung des Kommissars. «Sie hat angeboten, mir zu zeigen, wie man darin tatsächlich etwas findet», erklärte sie zögernd. «Wir haben es noch nicht probiert, aber sie neigt nicht dazu anzugeben und ist wahrhaftig nicht dumm. Und die Kinder heutzutage können das doch alle.»

Verblüfft sah sie Felicitas nach, die sie einfach stehen ließ und zu Jessi ging. Das Mädchen stand mit hochgezogenen Schultern, die Hände tief in den Taschen ihrer Lederjacke, einige Schritte abseits und beobachtete doch Matts Goldmann und seine Schaufel genau. Da war etwas Seltsames in ihrem Blick, eine Mischung aus Abwehr und Sehnsucht. Oder Sorge? Sie war blass, doch das war sie meistens.

Dass sich Ina, das Handy am Ohr, das Gesicht konzentriert, hinter eine Reihe von struppigen Stachelbeerbüschen zurückgezogen hatte, war Felicitas sehr recht. Sie hatte keine Lust auf die Erklärungen, die Ina zweifellos erwarten würde.

«Jessica?» Felicitas berührte leicht deren Schulter, und das Mädchen fuhr erschreckt zusammen. «Entschuldige, ich wollte dich nicht erschrecken. Hast du, wenn das hier vorüber ist, eine Stunde Zeit für mich?»

«Halt!!», unterbrach sie ein lauter Ruf. Nicht Judith hatte

das gerufen, sondern Matts Goldmann selbst. Erik Hildebrandt bückte sich mit ungewohnter Behändigkeit unter dem Trassierband durch und ging vor der kleinen Grube in die Hocke. Matts war fündig geworden. Allerdings hatte seine Schaufel keine Madonnenstatue ans Licht des Tages und der Gegenwart geholt. Es war ein Knochen. Er sah nicht nach der Sorte aus, die Hunde als Vorrat für schlechte Zeiten im Hinterhof verscharren.

Es war zwecklos. Bis halb eins hatte sie es mit einem vom Feuilleton hoch gelobten, gleichwohl schrecklich öden Roman versucht, der nichts als eine Rötung ihrer Augen bewirkt hatte. Nun war es halb zwei, und sosehr Felicitas sich in Atemübungen und Schäfchenzählen versuchte, sie blieb trotz ihrer bleiernen Müdigkeit wach. Als sie in ihre Heimatstadt zurückkehrte, um das Amt der Äbtissin zu übernehmen, hatte sie nur eine Sorge gehabt: Das Kleinstadt- und Klosterleben könne sie langweilen. Doch es war nie langweilig. Keinesfalls hätte es der Morde bedurft, um Abwechslung in ihr Leben zu bringen. Zum Glück war noch niemand auf die Idee gekommen, die tragischen Ereignisse im vergangenen und in diesem Jahr könnten mit ihrer Anwesenheit in der Stadt zusammenhängen. In alter Zeit hätten sie sie womöglich als Hexe verbrannt. Sie beschloss, diese dummen, aus Schlaflosigkeit und Dunkelheit geborenen Gedanken sofort zu bekämpfen.

Sie machte Licht, schlüpfte aus dem Bett, zog Morgenrock und dicke Socken an und ging in die Küche. In solchen Nächten half nur eins, ein großer Becher süßer Kakao.

Während sie darauf wartete, dass die Milch warm wurde, sah sie das Foto an, das über dem Küchentisch an der Wand hing. Ein Schnappschuss, aufgenommen an seinem letzten Geburtstagsfest im Garten ihres Heidelberger Hauses. Trotz des schon ergrauenden Haares sah er jung aus. Und glücklich. Sie erinnerte sich genau an diesen Nachmittag, an den Moment, als sie auf den Auslöser gedrückt hatte. Niemand hatte an dem Tag ahnen können, dass sie am Ende jenes Jahres allein sein würde. Ein zweites, eigentlich besseres Bild stand zwischen denen ihrer beiden erwachsenen Kinder auf ihrem Sekretär, doch dieses liebte sie besonders. Es zeigte den Lorenz, den sie in Erinnerung hatte, einen ernsthaften, gleichwohl humorvollen und lebensfrohen Mann, der seine Familie liebte, auch wenn es oft so schien, als liebe er seine Arbeit an der Universität noch mehr. Aber sie wusste, dass das nicht gestimmt hatte.

In den ersten Jahren nach seinem Tod, als es immer wieder diese Tage gab, an denen sie im Erwachen seinen zerzausten dunklen Schopf mit den schönen Silberfäden neben sich zu sehen erwartete, hatte sie manchmal mit diesem Bild gesprochen. An guten Tagen, weil es sie tröstete, an schlechten voller Schmerz und Wut, trostlos in dem Gefühl, er habe sich heimlich davongestohlen und sie im Stich gelassen. Es hatte Männer nach ihm gegeben, nur zwei, und es hatte nicht funktioniert. Vielleicht stimmte es, dass jeder Mensch nur einmal im Leben jemanden traf, der zu ihm passte. Zu ihm gehörte. Sie glaubte nicht an solche Absolutheiten. Das Leben, behauptete sie gerne, werde zu dem, was jeder selbst daraus mache. Tatsächlich wusste sie längst, dass das nur bedingt stimmte. Freiheit hatte Grenzen, auch in den eigenen, ganz privaten Entscheidungen. Dort sogar besonders enge.

Nun, viele Jahre nach seinem plötzlichen Tod, sprach sie nicht mehr mit ihm, jedenfalls nicht laut. Nur ab und zu, in Nächten wie dieser, wurde er wieder ihr Gesprächspartner. ‹Die Milch kocht gleich›, erinnerte er sie nun, und sie zog lächelnd den Topf von der Herdplatte. Gewöhnlich brauchte sie ihn für schwerwiegendere Probleme. Sie rührte Kakao in die Milch, schüttete eine ordentliche Portion Zucker dazu, beobachtete, wie sich das Pulver verteilte, wie die letzten Bröckchen auf der Oberfläche zu winzigen puderigen Kugeln wurden und sich endlich auflösten.

«Ich weiß, mein Lieber», sagte sie, «es nützt nichts, sich in Erinnerungen zu flüchten oder darüber zu grübeln, wie diese putzigen Kügelchen entstehen.»

‹Kleine Fluchten›, dachte sie, ‹sind nett, aber letztlich nur unnütze Umwege.›

Wenigstens hatten sich die Knochen, die Matts Goldmann zum Schrecken seines Publikums in Jolnows Garten ausgegraben hatte, nicht als menschliche Überreste erwiesen. Wahrscheinlich nicht. Genaue Auskunft würden erst die Untersuchungen des Polizeilabors in Lüneburg bringen. Bis zu den Ergebnissen von Jessis Internet-Ausflug hatte sie gedacht, nichts wäre ihr nun noch so wichtig wie die Bestätigung, dass die nicht mehr sehr gut erhaltenen Knochen aus der Erde unter dem Apfelbaum wie vermutet von einem Hund stammten, den – womöglich – Henriette Jolnow vor vielen Jahren an einem idyllischen Ort zur letzten Hunderuhe gebetet hatte. Vielleicht hatte das Tier sogar ihrem einzigen Kind gehört, Hans Jolnow, und Mutter und Sohn hatten die Trauer mit einer kleinen Zeremonie gebannt, so wie sie selbst es vor langer Zeit im elterlichen Garten mit ihrer Katze getan hatte, mit einem Pirol und einem Maulwurf.

Sie goss den Kakao in einen Becher und setzte sich an den Küchentisch. Lorenz lächelte unerschütterlich.

«Stimmt», sagte sie und schnupperte an dem süßen Dampf aus der Tasse, «ich hätte danach gleich mit Benedikte sprechen müssen.»

Aber wie? Einfach an die Tür klopfen und fragen: Warum hast du mich belogen? Und: Was hattest du mit Hans Jolnow zu tun? Kanntest du ihn von früher? Hattest du Angst, dass er uns davon erzählt? Von dem, was du damals getan hast? Hast du ihn – nein, das wollte sie nicht einmal denken.

Benediktes Wohnung lag fast genau über dem Archiv, die schmale Treppe am Ende des Ganges führte ins Erdgeschoss zur Tür zum hinteren Hof und endete in der Nähe des Archivs. Es war möglich, dass sie ihn, ohne dass es jemand im Kloster bemerkte, dort getroffen hatte. Dass sie ihm an jenem Abend nachgeschlichen war. Oder dass sie vorausgegangen war und ihn beim Teich abgepasst hatte.

Felicitas wurde übel. Sie stand auf, griff in das obere Fach des Küchenschrankes und veredelte ihren Kakao mit einem tüchtigen Schuss aus der Rumflasche, deren Inhalt eigentlich für Grog an sehr kalten Tagen gedacht war.

Sie musste klar denken, bevor sie mit Benedikte sprechen konnte. Und vor allem, bevor sie mit Erik Hildebrandt redete. Musste sie ihm überhaupt davon erzählen? War es nicht einzig Sache der Polizei, Verdachtsmomente herauszubekommen? Und was hieß schon Verdachtsmomente? Es gab keine, nicht wirklich, es war einzig ihre all zu voreilige Phantasie, die ihr diese Idee eingab.

«Marbella», hatte sie gesagt, als sie mit Elisabeth Möller neben Jessica vor dem Computer im Archiv saß. Die Suchmaschine brauchte nur 0,12 Sekunden, bis sie bekannt gab, dass es unter diesem Stichwort 56 700 Einträge gebe.

Jessi, die, kaum dass sie die Maus in der Hand fühlte, alle Schüchternheit verloren hatte, grinste die Priorin an. «Ich wollte Ihnen nur mal demonstrieren, dass ein Stichwort meistens nicht reicht, Frau Möller. Mit einem zweiten kann man das Ganze schon erheblich eingrenzen.»

Sie sah Felicitas fragend an und erklärte weiter: «Am besten ist es natürlich, wenn man weiß, wonach man sucht. Ich meine, worum es geht.»

«Okay», sagte Felicitas, «gib Marbella und Jindrich ein.»

Das musste zunächst reichen. Ihre Vermutung oder, besser, Befürchtung war zu vage, als dass sie sie Jessica anvertrauen mochte. Wenn sie etwas fand, würde sie es zwar sowieso erfahren, aber andernfalls wollte sie dem Mädchen nichts einreden.

«Nichts», murmelte Jessi, «Jindrich in Kombi mit Marbella ist nicht drin.»

Sie versuchte Jindrich allein und kapitulierte vor 6600 Angeboten, von denen sich die ersten zwanzig einzig auf Tschechen mit dem Vornamen Jindrich bezogen.

Es sei schon so lange her, gab Felicitas zu bedenken, Anfang der siebziger Jahre. Wer denn überhaupt seinen Computer und das Internet mit so alten Daten füttere? Und für wen?

«Freaks», sagte Jessi, «es gibt jede Menge Leute, die nichts Besseres zu tun haben, als alles Mögliche ins Netz zu stellen. Kritiken, eigene Texte oder Bilder, ihre Lebensphilosophie und solche Sachen. Oder sie verewigen altes Zeug, das es sonst nicht mehr gibt. Aufsätze, Zeitschriften, ganze Bücher, es gibt solche Leute. Manches ist toll, und manches ist Schrott.»

«Dann versuche Marbella und Krammet», bat Felicitas.

Jessi versuchte es, wieder vergeblich, und nun erzählte Felicitas doch, worum es ging: «Wir suchen einen Skandal in Marbella zu Anfang oder Mitte der siebziger Jahre, nicht vor 1972. Vielleicht», fügte sie zögernd hinzu, «auch etwas Kriminelles. Du kannst nicht zufällig Spanisch?»

«Nein», sagte Jessi, «nur ein bisschen Latein, und das reicht nicht mal in den Ferien in Italien. Aber es gibt in Urlaubsorten doch oft deutsche Touristenzeitungen, sicher auch in Marbella. Die sind voller Klatsch und Anzeigen und solcher Sachen. Vielleicht finde ich einen Link zu deren Archiv. Eine Weiterverbindung», erläuterte sie, «so in etwa. Viele Dateien haben ein bestimmtes Wort oder Symbol, das, wenn man es anklickt, zu einer anderen Datei weiterführt.»

«Glaubst du, das funktioniert auch in unserm Fall?»

«Kann sein. Wenn wir den Namen der Zeitung finden. Das dürfte nicht so schwer sein, vielleicht gibt es auch verschiedene, falls der Ort damals schon groß genug für so was war. Und dann kommt es darauf an, das ist ja klar, ob die ihr Archiv überhaupt ins Netz gestellt haben.»

«Freaks», behauptete Felicitas aufmunternd, «gibt es dort unten besonders viele.»

Während Jessi herumprobierte – es dauerte eine ganze Weile –, überlegte Elisabeth Möller, dass so eine lästige Sucherei auch künftig nicht zu ihren Lieblingsbeschäftigungen gehören würde. Felicitas, die es hasste, tatenlos herumzusitzen und zu warten, verschwand, um eine Kanne Tee zu holen.

Als sie zurückkam, empfing sie eine nur durch das Summen des Rechners belebte Anspannung. «Na klar», sagte Jessi, «ich hätte gleich dran denken sollen. Mit den anderen Stichworten wär's schneller gegangen.»

«Mit welchen?» Felicitas schob das Tablett auf den Tisch und wagte nicht auf den Monitor zu schauen.

«Mit Benedikte und Skandal», sagte Elisabeth Möller. «Und mit Mord.»

Das war erst wenige Stunden her, das Wort hallte noch in ihrem Kopf. Mord. Felicitas stellte die leere Kakaotasse auf den Küchentisch und wickelte sich fröstelnd fester in ihren Morgenmantel. Sie hatte mit vielem gerechnet, was Jessica in dem verflixten Internet aufstöbern könnte, aber das gewiss nicht, keinesfalls mit einem Mord. Tatsächlich war es, wenn man diesem Blättchen glauben durfte, auch kein Mord gewesen, das Gericht hatte auf Totschlag befunden. Aber der Forderung des Anwalts, auf Notwehr zu entscheiden, hatte es nicht entsprochen.

Der Artikel, den Jessi schließlich entdeckt hatte, war aus dem Jahr 1985 und breitete die größten Skandale der letzten fünfzehn Jahre in Marbella aus. Er war Teil einer Serie, Benediktes voller Name wurde nicht genannt, aber das Foto zeigte sie trotz der schlechten Qualität deutlich. Selbst Elisabeth Möller, die sie anders als Felicitas nie als junge Frau gesehen hatte, erkannte sie sofort, kaum dass das Bild auf dem Monitor erschien. ‹Benedikte K.›, stand darunter, ‹in glücklicheren Zeiten›, es zeigte eine strahlende junge Frau, braun gebrannt, mit langem blondem Haar, doch unverkennbar Benedikte.

K. stand für ihren Ehenamen Krammet, den sie inzwischen wieder gegen ihren Mädchennamen eingetauscht hatte. Was Felicitas gut verstand. Wer seinen Mann getötet hatte, mochte kaum weiter dessen Namen tragen. Sven Krammet war nicht bei einer zu schnellen Fahrt durch eine Haarnadelkurve gestorben, und Benedikte hatte nach seinem Tod nicht seine Geschäfte weitergeführt, war nicht von seinem Kompagnon übervorteilt und auf die Straße gesetzt worden, sie hatte auch nicht bis zu ihrer Rückkehr nach Deutschland in Boutiquen und Restaurants gearbeitet. Sie hatte in einem spanischen Gefängnis gesessen, zehn Jahre lang.

Und Jolnow, der stille Hans Jolnow, hatte das gewusst. ‹Casa Krammet› stand in seiner Schrift auf der Ansichtskarte, die er, wer sonst?, in den Rollcontainer gelegt hatte. Ein Souvenir aus seinen spanischen Jahren, das er, nachdem er Benedikte im Kloster begegnet war, mitgebracht hatte. So musste es gewesen sein. Aber warum? Um sie Benedikte als nette kleine Erinnerung an ihre schwärzeste Zeit zu zeigen? Oder hatte er sie ihr schon gezeigt? Hatte sie sich gefürchtet und erpresst gefühlt? Sich gesorgt, der Konvent werde sie mit einer solchen Vergangenheit nicht aufnehmen? Ihre Rente war winzig, sie schien keine Freunde zu haben, sie brauchte den Platz, wenn sie geborgen und behaglich leben wollte. War sie erpresst worden?

Oder hatte Jolnow diese dumme Karte nur Elisabeth Möller zeigen wollen? Als Erinnerung an eine schöne Zeit, eine Gegend, in der er gelebt hatte? Oder als Illustration des Skandals um die Vergangenheit der neuen Konventualin? Vielleicht war er gar nicht so freundlich gewesen, sondern ein boshafter Mensch hinter einer lächelnden Fassade. Warum sonst hatte er Jessica wegen ihrer Sprühereien gleich angezeigt, anstatt zuerst mit ihren Eltern zu sprechen?

Felicitas wusste, was sie tun musste. Sie würde mit Benedikte sprechen. Sie würde ihr berichten, was sie herausgefunden hatte, sich ihre Version anhören und sie dann bitten, mit Erik Hildebrandt zu sprechen. Wahrscheinlich war es sowieso nur eine Frage der Zeit, bis der Polizei-Computer die gleichen Auskünfte ausspuckte. Dann hatte sie viel schlechtere Karten. Die Chancen, dass die ganze Geschichte nicht stimmte, standen so schlecht wie für einen April ohne Regen. Benediktes Foto war eindeutig und ihr Vorname zu selten, als dass es eine Verwechselung sein könnte.

Felicitas wünschte, es wäre schon übermorgen. Oder, besser noch, nächstes Jahr.

KAPITEL 10

In dieser Nacht hatte Jessi nicht geträumt. Als sie am Morgen erwacht war, hatte sie die Augen wieder geschlossen und vergeblich nach den Bildern gesucht. Zuerst hatte sie diese Träume gefürchtet, dann hatten sie sie verwirrt, und nun, wo sie in einer Nacht, in der sie sie ganz sicher erwartet hatte, ausblieben, hatte sie das Gefühl, etwas versäumt zu haben. Sie wusste jetzt, was die Träume bedeuteten, aber es war nicht genug.

Doch nun musste sie etwas anderes wissen, etwas, das noch drängender war. Sie blieb stehen und sah sich um. Die schmale Seitenstraße lag in schläfriger Sonntagvormittagsruhe, nur eine einsame Amsel hüpfte über den Bürgersteig und aus einem geöffneten Fenster klang leise Musik.

Sie hoffte, niemand werde die Schlüssel vermissen. Die Gefahr war gering, Ina verbrachte den Tag ausnahmsweise in ihrem Büro, jedenfalls hatte sie das gesagt, und Roland war – natürlich – mit seinen Jungs auf dem Hockeyfeld. Selbst wenn er die Reserveschlüssel für sein Büro vermisste, würde ihm nie einfallen, dass sie sie aus der Schublade des Garderobenschrankes genommen haben könnte.

Sie lief die Treppe zum ersten Stock hinauf und suchte nach Vertrautem. Bevor das Haus wie viele andere in der Altstadt ‹entkernt› und hinter der alten Fassade neu gebaut wurde, hatte Familie Eisner in der Wohnung über dem Architektenbüro gelebt. Nicht lange vor dem Umbau ging Marion Eisner fort, und bald darauf zog Jessi mit ihrem Vater in die Rosenstraße. Da gab es Ina schon. Zuerst nur im Leben ihres Vaters, dann in ihrer beider Leben. Inzwischen besetzte das Büro Eisner & Kleve fast das ganze Haus, nur die Räume im Erdgeschoss waren an einen Immobilienmakler vermietet. Hier wohnte niemand mehr, niemand würde ihre Schritte in den an Sonntagen stets leeren Büros hören und die Polizei rufen.

Sie schloss die Tür auf, tippte rasch den Code ein, der die Alarmanlage ausschaltete, zum Glück hatte der Zettel mit den Nummern im Schlüsseltäschchen gesteckt. Das Entree war tadellos aufgeräumt. Die Tür zu Max' Büro stand offen, und sie warf rasch einen Blick hinein. Der leichte Honigduft voll erblühter Narzissen und gelber Tulpen hing in der Luft. Alles war ganz still. Ihr Herzschlag stolperte, als sie die Tür zum Büro ihres Vaters öffnete, als warte er dort, um sie bei etwas zu ertappen, das ihm bestimmt nicht gefallen würde.

Natürlich war er nicht da, niemand war da. Anders als in Max' Büro gab es keine Blumen und auf dem großen Schreibtisch auch nur wenig Ordnung. Es sah aus, als sei er mitten in der Arbeit aufgestanden und davongelaufen.

Das Büro ihres Vaters war beinahe genauso eingerichtet wie Max', der gleiche große Schreibtisch aus Kirschholz, die gleiche Sitzgarnitur aus schwarzem Leder, die Regale, trotzdem sah es ganz anders aus. Auf der Couch lagen Zeitschriften, auf dem Schreibtisch große Stapel beschriebenen Papiers, dazwischen das gerahmte Bild von Frau und Tochter und die Schneekugel, die Jessi ihm geschenkt hatte. Sie schüttelte die Kugel, beobachtete, wie der künstliche Schnee über dem Segelschiff mit den roten Piratensegeln herabsank, und setzte sich auf seinen Schreibtischstuhl. Das weiche Leder fühlte sich gut an, sie drehte sich einmal im Kreis wie damals, als sie noch klein und bei solchen Vergnügen glücklich gewesen war.

«Okay», murmelte sie dann in die Stille, «wo kann es sein?»

‹Ich hab's im Schreibtisch im Büro, in einer Schublade›, hatte er gesagt, als sie ihn gestern Abend wieder nach dem Messerchen fragte. ‹Ganz bestimmt. Ich hab viel zu tun, manchmal weiß ich nicht, wo mir der Kopf steht, da geht schon mal was durch.› Das Ganze mit diesem Blick, den er auch hatte, wenn er Sachen sagte wie: ‹Klar komme ich zu deinem Schulfest, Jessi, ist doch Ehrensache›, und genau wusste, dass er doch nicht kommen würde, weil etwas anderes wichtiger war. Dann hatte er noch erklärt: ‹Pass auf, Engelchen›, er kritzelte etwas auf den Telefonblock, riss das Blatt ab und steckte es in die Jacketttasche. ‹Jetzt habe ich es notiert, und Montag bringe ich es mit. Wenn es inzwischen nicht jemand geklaut hat. Es ist nämlich›, da hatte er sie in die Wange gekniffen und gezwinkert, ‹ein besonders schönes und praktisches kleines Ding.›

Wenn es nicht jemand geklaut hat. Das war ihr den ganzen Morgen durch den Kopf gegangen. Und wenn er Montag kam und behauptete, jemand habe es tatsächlich geklaut? Niemand stahl in seinem Büro. Das konnte doch nicht sein. Da hatte sie nicht länger warten können. Sie musste wissen, ob das Messerchen, das sie am Backhaus gefunden hatte und das zwischen ihrem Zimmer und der Waschküche aus ihrer Jacke verschwunden war, ihm gehörte. Natürlich gab es viele dieser Messer, aber wenn seines hier war, konnte sie beruhigt sein.

Im Schreibtisch also. Sie zog die Mittelschublade auf, ließ ihre Finger durch die Papiere gleiten, prüfte alle Ecken, öffnete eine kleine Schachtel, die nur drei Büroklammern enthielt, und öffnete die rechte Schublade, dann die linke – Papier, Büro-Utensilien, eine halbe Rolle Pfefferminz, Papiertaschentücher – sonst nichts.

Aber über dem, was sie in der untersten linken Lade endlich fand, vergaß sie, was sie tatsächlich gesucht hatte. Die Schachtel, einem Schuhkarton ähnlich, enthielt Briefe, es waren viele, in einigen steckten Fotos, und alle trugen fremde Marken. Sie las, zusammengekrümmt auf dem großen Stuhl, schon den dritten, als sie hörte, wie ein Schlüssel im Schloss gedreht und die Tür geöffnet wurde.

«Was hätte ich tun sollen, Felicitas? In meinem Bewerbungsbrief unter dem Punkt ‹besondere Interessen› schreiben: ‹Übrigens, verehrte Damen, ich habe eine interessante Vergangenheit, ich kann Vorträge über das Leben in spanischen Gefängnissen halten. Das interessiert den Konvent und die lieben Möldenburger Bürger sicher immens›? Oder: ‹Ich weiß, wie man sich fühlt, wenn man einen Menschen, den man geliebt hat ...›»

«Hör auf, Benedikte.» Felicitas sah Benedikte zornig an. Sie wollte sanft sein, freundlich und unterstützend. Aber sie war zornig, auf Benedikte, auf sich selbst, auf die ganze vertrackte Situation. «Ich weiß auch nicht, was richtig gewesen wäre! Jedenfalls wäre es klug gewesen, wenn du mir die Geschichte gleich erzählt hättest. Du musstest doch damit rechnen, dass es jemand herausfindet. Ich hätte dich schützen können.»

«Schützen?» Benediktes Lachen klang spöttisch. «Vor dem Klatsch? Ihr, deine Damen und du, der ganze Konvent, wäret mittendrin gewesen. Du wirst mir doch nicht erzählen wollen, dass ihr mich auch nur zur Probe aufgenommen hättet, wenn du davon gewusst hättest. Im Übrigen, ob du es mir nun glaubst oder nicht, wollte ich es dir sagen. Es dir anvertrauen, wenn dir das lieber ist. Ich kam in dieses Zimmer, wenige Tage nach meiner Ankunft, du hast Besuch gehabt und mich deshalb auf später vertröstet.

Du wolltest in meine Wohnung kommen, ein oder zwei Stunden später. Dort habe ich gewartet, lange, und mich angestrengt, meinen Entschluss nicht zu verwerfen. Ich wollte es endlich loswerden. Es ist nämlich eine Last, Felicitas, eine würgende Last. Aber ich habe umsonst gewartet und dann beschlossen, weiter zu schweigen. Du hattest mich vergessen, wie konnte ich da noch auf dein Verständnis hoffen?»

«Das tut mir sehr Leid, Benedikte, ich hoffe, dass du mir glaubst. Jetzt verstehe ich, warum du auf meine Entschuldigung so kühl reagiert hast.» Felicitas war zutiefst beschämt. Sie erinnerte sich gut an diesen Abend, für sie war er besonders schön gewesen, für Benedikte eine Qual.

Sie bemühte sich um Ehrlichkeit: «Wie der Konvent entschieden hätte, weiß ich nicht, ich habe darin nur eine Stimme, aber die hättest du bekommen. Die bekommst du immer noch», fügte sie mit Nachdruck hinzu.

«Wenn ich nicht den kleinen Jolnow getötet habe, hast du vergessen hinzuzufügen.»

Genau das hatte Felicitas gedacht. «Gut», sagte sie. «Dann will ich fragen. Hast du es getan?»

Benedikte sah sie schweigend an. Auf ihrem Gesicht lag das gleiche marmorne Lächeln, mit dem sie den Computer-Ausdruck gelesen hatte. Ein Lächeln, das Felicitas in Versuchung brachte, sie zu schütteln.

Nach dem Vormittagsgottesdienst, zumindest von der Predigt hatte Felicitas kein Wort aufgenommen, hatte sie Benedikte zu einem zweiten Frühstück eingeladen. Die hatte nur zögernd angenommen, und Felicitas war sich schäbig vorgekommen, Judas war ihr eingefallen, obwohl der Vergleich verdammt hinkte.

Benediktes Version klang anders als die in der alten Zeitung. Es stimmte, sie hatte ihren Mann erstochen, von

Drogen und ständiger Trunkenheit konnte allerdings keine Rede sein. ‹Du weißt doch schon alles›, hatte sie gesagt. ‹Es ist doch nur die alte dumme Geschichte vom Traumprinzen, der keiner ist. Willst du das wirklich hören?›

Es war wirklich die alte Geschichte. Sven Krammet war attraktiv, reich, charmant, er kannte die große Welt oder das, was Benedikte damals dafür hielt. Er hatte sie in den goldenen Käfig gesetzt, als schöne junge Ehefrau wie eine Trophäe vorgeführt und von Anfang an betrogen. Warum er sie überhaupt geheiratet hatte, verstand sie nicht mehr. Als sie sich vom blind bewundernden Mädchen in eine zürnende Ehefrau verwandelte, schlug er sie auch. Nicht oft und nie heftig genug, um sie ernsthaft zu verletzen.

«Er war kein Schläger», sagte Benedikte kühl, «er fühlte sich nur leicht gestört.»

Aber verletzter Stolz, der Zorn über zerplatzte Träume schmerzen tiefer als Schläge ins Gesicht. In dieser Nacht hatte er wieder zugeschlagen, stärker als sonst, und als sie sich zum ersten Mal nicht duckte, sondern zurückschlug, verlor er die Kontrolle. Und dann war da das Messer, es lag einfach da, dann war es in ihrer Hand, dann steckte es in seiner Brust. Und dann war er tot.

‹Pech›, hatte der Anwalt später gesagt, ‹meistens rutscht der erste Stich an den Rippen ab.›

«Du musst antworten», drängte Felicitas leise, «hast du Jolnow umgebracht?»

«Er wurde ertränkt, Felicitas, ich verstehe mich nur auf Messer.»

Felicitas stand auf, zog den neunzehnten Band des dicken Brockhaus vor und tastete nach der Zigarettenschachtel, ihrem Notvorrat für besonders schwarze Momente.

«Auch wenn du nicht die Einzige mit so einer Geschichte bist, Benedikte, bleibt es eine schreckliche Geschichte.» Sie inhalierte tief den Rauch und stellte sich ans Fenster. Wieder wusste sie nicht, was sie sagen sollte. Alles, was ihr durch den Kopf ging, waren Platituden. «Wenn du nicht mehr darüber reden magst, werde ich nicht mehr danach fragen. Nur eines muss ich noch wissen. Kanntest du Hans Jolnow aus dieser Zeit? Wusste er von deiner Vergangenheit?»

«Und ob! Dieser böse alte Mann. Gleich beim ersten Mal, als ich ihm im Hof über den Weg lief, hat er mich erkannt. Und ich dachte, ich sei eine dicke alte Frau geworden, völlig verändert. Er streckte mir seine unangenehme knochige Hand entgegen und sagte: ‹Frau Krammet, wie schön, dass es Ihnen wieder gut geht›, und ich sei es doch? Und ich Idiotin war völlig überrumpelt, ich habe ja gesagt. Er war gleich vertraulich und hat behauptet, wir seien uns damals einige Male begegnet. Krammet habe sogar zwei Bilder von ihm gekauft und in einem seiner Restaurants aufgehängt. Ich erinnere mich überhaupt nicht an ihn. Wahrscheinlich hat er mich damals nur in der Zeitung gesehen und wollte sich wichtig machen. Ich kann mir nicht vorstellen, dass er sich leisten konnte, in diesen Restaurants zu verkehren. Dieser Spießer», stieß sie hervor, «wollte unbedingt ein Künstler sein! Solche gab es dort zu Dutzenden. Hielten sich für Künstler, leckten der Schickeria die Füße und drängten sich vor jede Kamera der Klatschreporter. Manche haben die bezahlt, damit sie mit einem Promi auf einem Foto erschienen. So einer war euer selbstloser Hilfsarchivar. So einer!»

«Ich dachte, du kannst dich nicht an ihn erinnern?»

«Und wenn? Die waren doch alle gleich.»

«Und der Pfarrer? Wie hast du tatsächlich die Stelle in der Gemeinde bekommen?»

«Die Geschichte stimmt. Ich kenne ihn wirklich seit

meiner Schulzeit, allerdings habe ich ihn nicht in einem Laden wieder getroffen. Es gab eine kleine deutsche Gemeinde in Marbella, er hat dort so eine Art Praktikum für Auslandsseelsorge gemacht, ein halbes Jahr. Dazu gehörte auch, deutsche Gefangene zu besuchen, sofern es welche gab. Ein kleiner Service deiner Kirche, Felicitas. So sind wir uns wieder begegnet. Ich stand unter ‹Krammet› auf seiner Liste, und er hat genauso erstaunt geguckt, als er mich sah, wie du bei meiner Ankunft in eurem Besuchersalon. Entschuldige, ich will nicht spotten. Als ich entlassen wurde und nicht wusste, wohin ich gehen könnte, habe ich ihm geschrieben. Es gab niemanden sonst, und er hat mich gerettet. Inzwischen hatte Thomas eine Pfarrstelle und hat mich dort aufgenommen. Dafür musste er kämpfen, seine Gemeindevertreter waren nicht begeistert, das kannst du dir sicher vorstellen. Die ersten Jahre waren auch für mich nicht einfach, das werde ich nicht erläutern müssen. Du lebst selbst in einer kleinen Stadt. Ich war ihm immer dankbar, das bin ich heute noch. Ich weiß nicht, in welcher Gosse ich ohne ihn und seine Frau geendet wäre. Aber mit der Dankbarkeit ist es seltsam. Man sollte annehmen, sie sei etwas Schönes, aber das ist sie nicht. Nicht, wenn sie so lange anhalten muss.»

Beide schwiegen. Als es klopfte, rief Felicitas erleichtert: «Herein!» Es konnte nur Elisabeth Möller sein, alle anderen drückten auf den Klingelknopf neben ihrer Tür. Die Möllerin, außer der hoffentlich verschwiegenen Jessi einzige Mitwisserin und weitaus sanftmütiger als die Äbtissin, würde die Situation retten. Wenn es noch etwas zu retten gab.

Felicitas hatte richtig vermutet, Elisabeth Möller stand in der Tür, sah Benedikte und lächelte tapfer.

«Oh», sagte sie, «Sie haben schon Besuch, Frau Äbtissin, hier ist noch jemand, der Sie sprechen möchte.»

Sie trat zurück und ließ den neuen Besucher eintreten.

«Erik», sagte Felicitas – nie hatte sie Hildebrandt so wenig sehen wollen wie in diesem Moment –, und Benedikte sagte: «Wie ungemein praktisch. So kannst du dir ein Telefonat sparen. Wirklich, Felicitas, das hast du gut eingefädelt.»

«Sie hat mir geschrieben, all die Jahre, und er hat immer gesagt – gar nichts hat er gesagt. Nur, dass es ihr sicher gut geht und dass sie an mich denkt, und ich hab gedacht, sie hat mich vergessen. Oder sie ist tot, manchmal hab ich das wirklich gedacht. All die Jahre.» Jessis Worte sprudelten hervor wie das lange aufgestaute Wasser eines Wildbaches. Ihre Augen brannten, und es wäre ihr völlig egal gewesen, wenn sie jetzt geweint hätte, obwohl sie die Heulerei hasste. «Warum hat er das gemacht? So was Gemeines. Warum?»

«Stopp, Jessi.» Max Kleve warf seine Jacke auf das Sofa und setzte sich auf die Schreibtischkante. Als er in Rolands Büro blickte, die Tür stand sonst nie offen, hatte er sich genauso erschreckt wie Jessi, als sie den Schlüssel im Schloss hörte. Sie starrte ihn mit geweiteten Augen und hochgezogenen Schultern an und seufzte erleichtert auf, als sie ihn erkannte. Er hatte gesehen, was vor ihr auf dem Schreibtisch lag, und zunächst keine Fragen gestellt. «Ich kenne deinen Vater gut, vielleicht sogar besser als du. Er mag Fehler haben, die haben wir alle; er ist auch nicht der Mutigste, wenn es um Gefühle geht. Aber absichtlich gemein würde er zu dir nie sein. Das kann ich beschwören, auf die Bibel, auf die Biographie von Robbie Williams, worauf immer du willst. Hat er dich hergeschickt, um die Briefe zu lesen?»

«Nein.» Jessi schüttelte wütend den Kopf. «Er weiß nicht, dass ich hier bin. Ich hab sie gefunden, zufällig. Ich wollte, na ja, ich habe was anderes gesucht, und da habe ich sie gefunden, ganz unten im Schreibtisch in diesem Karton. Hast du gewusst, wo sie ist? Und dass sie Briefe schreibt? Alle haben es gewusst», rief sie, als Max nickte, «alle, nur ich nicht.»

«Das stimmt nicht, Jessi. Jetzt halt die Luft an und hör zu. Regine weiß es vielleicht, weil sie immer die Post holt und sortiert. Sie wird sich ihren Teil denken und nicht darüber reden. Allerdings», er hob einen der Umschläge hoch, «Marion schreibt immer nur ihren Familiennamen als Absender. Falls Regine überhaupt auffällt, dass Roland zweimal jährlich Post aus Irland bekommt, wird sie kaum vermuten, wer dahinter steckt. Sie ist erst vier Jahre bei uns und hat Marion also nicht mehr kennen gelernt. Ich nehme an, dass nicht einmal Ina von diesen Briefen weiß. Roland redet nicht viel, und Ina fragt nicht viel. So ist das bei den beiden schon immer. Alle haben ihre Methode, miteinander klar zu kommen, erst recht alle Paare. Deine Mutter hat euch damals verlassen, weil sie es hier nicht ausgehalten hat. Als sie und dein Vater heirateten, glaubte sie, dass sie mit ihm in die Welt ziehen und was erleben würde. Roland wollte keine Reihenhäuser in Niedersachsen bauen, sondern Ich-weiß-nicht-was in Afrika oder Australien – egal, jedenfalls da, wo es ein bisschen aufregender ist. Aber er blieb hier kleben, sogar sehr gerne, er passt hierher, und Marion wurde immer unglücklicher. Dann hat sie sich verliebt, und so ist es passiert.»

«Warum hat sie mich nicht mitgenommen? Einfach abhauen – ohne ihr Kind? So was macht eine Mutter doch nicht.» Nun rannen die Tränen doch, fielen vom Kinn auf ihre Hände, ohne dass sie es merkte.

«Ach, Jessi. Es ist ihr nicht leicht gefallen, so war sie nicht. Aber Mütter sind auch nur Menschen. Wahrscheinlich leidet sie bis heute darunter. Glaub mir, ein schlechtes Gewissen kann mehr quälen als eine böse Tat. Ich denke, sie hat richtig entschieden. Der Mann, mit dem sie weggegangen ist, war ein netter Kerl, aber nicht, na, sagen wir mal, nicht gerade gutbürgerlich. Er ist Ire und machte damals Musik, Irish Folk war schwer in Mode, er war ständig in halb Europa unterwegs und schlug sich so durch, hoffte auf die große Karriere. Daraus ist wohl nichts geworden, soviel ich weiß, hat er jetzt eine Motorradwerkstatt in der Nähe von Dublin. Das wird alles in den Briefen stehen. Marion war überzeugt, dass du hier besser aufgehoben bist. Und Roland», die Hand hebend, wehrte er ihren aufbrausenden Einwand ab, «Roland hat immer geglaubt, dass du ohne Kontakt zu ihr glücklicher lebst. Er denkt – jedenfalls hat er das gedacht, als er das letzte Mal mit mir darüber sprach, was allerdings etliche Jahre her ist –, dass du, als sie ging, noch klein genug warst, um sie zu vergessen.»

«Das ist doch Quatsch!»

«Absolut richtig, leider war er davon nicht zu überzeugen. Deshalb habe ich neulich gesagt, du sollst ihn fragen. Damit er endlich mit der Wahrheit rausrücken muss. Ich weiß nicht», sagte er nach einer kleinen Pause, in der Jessi sich geräuschvoll die Nase putzte, «vielleicht ist es doch keine so gute Idee, ihn jetzt noch zu fragen. Vielleicht solltest du einfach hinfahren.»

«Zu meiner Mutter? Nach Irland? Glaubst du, dass er mir das erlaubt?»

«Er wäre dumm, wenn er es nicht täte. Andererseits», er rutschte von der Schreibtischkante und begann im Zimmer auf und ab zu gehen, «andererseits ist er bei diesem Thema noch nie rational gewesen. Und Ina», er schob abschätzend die Unterlippe vor, «verstehe mich nicht falsch, ich mag Ina, aber ich fürchte, in dieser Sache wird sie dir keine Hilfe sein. Der Gedanke, dass du einfach losfährst, gefällt mir immer besser. Es geschieht Roland doch recht, wenn er sich ein paar Stunden um dich sorgen muss, schließlich hast du dir zehn Jahre lang Gedanken um deine verschwundene Mutter gemacht. Natürlich wäre es nett, wenn du anrufst, sobald du dort bist.»

Aufgeregt rutschte Jessi von ihrem Stuhl, blätterte mit fliegenden Fingern durch den Stapel und zog den untersten Brief heraus. «Das ist der letzte, er ist vom Dezember. Weihnachten. Sie heißt jetzt Kilmeedy und wohnt in Dunboyne. Glaubst du, dass die Adresse noch stimmt?»

«Warum nicht? Soviel ich weiß, sind sie schon lange sesshaft geworden. Das findest du leicht heraus, du musst nur die Auslandsauskunft anrufen.»

«Aber», Jessi drehte das Kuvert um und las die Anschrift, «Warum schickt sie die immer ins Büro? Will sie nicht, dass ich sie bekomme?»

«Natürlich will sie das, die Briefe sind doch für dich. Ich nehme an, dass Roland ihr eure neue Adresse nicht gesagt hat. Bevor Roland das Haus in der Rosenstraße gekauft hat, habt ihr hier gewohnt, weißt du das nicht mehr? Sicher denkt sie, ihr wohnt immer noch hier.»

Jessi erinnerte sich gut, und Max' Erklärung wischte das letzte Misstrauen weg. «Wahnsinn», flüsterte sie. «Ich fahr da einfach hin.»

«Nimm lieber ein Flugzeug», riet Max. «Das ist sicherer und geht schneller. Sonst kommst du unterwegs noch unter die Räder. Hast du einen eigenen Ausweis?»

«Klar.» Jessi nickte und klopfte auf die Brusttasche ihrer Lederjacke. «Ich hau einfach ab. Ohne was zu sagen. Soll er doch mal sehen, wie das ist.»

«Überleg's dir lieber nochmal in Ruhe. Und denk an die Schule. Wann sind die nächsten Ferien?»

«Pffff.» Jessi schob eifrig die Briefe zusammen, glättete geknickte Ecken und schob ein herausgerutschtes Bild zurück in seinen Umschlag. «Die Schule kann ein paar Tage auf mich verzichten. Da vermisst mich keiner. Und die Briefe nehme ich mit. Die gehören mir!»

«Da ist es ja», hörte sie Max murmeln. Er griff in die Stiftschale und zog ein winziges Wildlederetui heraus.

«Das Messer», rief Jessi, «das hätte ich fast vergessen. Und ich dachte, Papa hat es verloren. Ich habe nämlich genauso eins gefunden, als ich … ist ja egal. Jedenfalls ist es da.»

«Ich muss dich enttäuschen, Jessi. Dieses ist meins. Ich habe es am Freitag schon gesucht. Roland wird es sich ausgeborgt und vergessen haben, es zurückzulegen.»

«Bist du sicher? Sie sehen doch alle gleich aus, oder?»

«Ganz sicher. Sieh her.» Er steckte das Messer in die Tasche und reichte ihr das Etui. «Dieser schwarze Strich quer über den unteren Rand stammt von einem meiner Filzschreiber, reine Schlamperei, aber praktisch. Daran kann ich es immer erkennen.»

«Du hast auch so eines?», fragte sie. «Darf ich es mal sehen?»

Er gab ihr auch das Messer, beobachtete, wie sie die Klingen herauszog, erst die große, dann die kleine, und wieder zurückklappen ließ.

«Komisch», sagte sie, sah ihn an, sah das Etui an, steckte das Messer hinein und gab es ihm zurück. «Echt komisch. Aber es gibt sicher viele, die genau gleich aussehen.» Dann schüttelte sie den Kopf und beugte sich wieder über die Briefe.

«Warte», sagte Max, als sie sie wieder in den Karton packte. Er ging ins Sekretariat und kam mit einem großen braunen Umschlag zurück. «Der müsste für alle reichen. Der Karton ist so unhandlich, stell ihn doch einfach zurück an seinen Platz. Hast du auch Durst?» Er reichte ihr ein mit Orangensaft gefülltes Glas, nippte an seinem und sah zu, wie sie die Briefe in den Umschlag schob. Aus einem der letzten rutschte noch ein Foto heraus, sie sah es sich an und steckte es in die Innentasche ihrer Jacke.

Plötzlich sank sie kleinlaut auf den Schreibtischstuhl. «Wie viel kostet so ein Flug?», fragte sie. «Und wenn ich dort ankomme – ich kann ihr doch nicht gleich auf der Tasche liegen. Oder glaubst du, dass sie viel Geld hat?»

«Kaum. Hast du nichts gespart?»

«Doch, sogar eine ganze Menge, aber da komme ich nicht ran. Jedenfalls nicht an eine Summe, die für ein Flugticket reicht. Papa sagt, ich kann mit Geld nicht umgehen.»

Max zögerte. «Okay», sagte er dann, «auch das Problem können wir lösen. Komm mit in mein Büro.»

Dort öffnete er eine Schranktür, und während er am Nummernrad eines kleinen Tresors drehte, sagte er: «Du bist deiner Mutter wirklich sehr ähnlich, Engelchen. Ihr werdet euch gut verstehen.»

Jessi seufzte glücklich. Er hätte nichts Schöneres sagen können.

Das vierzehntägige Treffen des Konvents verstand sich nicht als Kaffeeklatsch, hier wurden Entscheidungen abgestimmt, wurde Organisatorisches geregelt oder über Neuigkeiten informiert, die das Kloster als Gesamtheit betrafen. Das klang amtlich, und das sollte es auch sein.

Obwohl die eine oder andere Debatte zäh verlief und manche Entscheidungen für Felicitas' Geschmack dank etlicher überflüssiger Bedenken zu lange brauchten, verliefen diese Sitzungen für gewöhnlich konzentriert und ruhig, was sie sehr angenehm fand.

Die Ruhe auf der heutigen, außer der Reihe und von einer Minute auf die andere einberufenen Zusammenkunft des Konvents gefiel ihr jedoch überhaupt nicht. Nur zwei der Damen waren unerreichbar gewesen und fehlten. Dorothea Hofmann – sie hätte ohne Zweifel für Lärm gesorgt – war mit dem Heppmann-Verein, in dem sich seit seiner Gründung um die vorletzte Jahrhundertwende die Möldenburger Kulturelite zusammenfand, zur Nachmittagsvorstellung eines Hamburger Theaters unterwegs. Viktoria Kutzschinsky, die viele Jahre ihres Lebens in Mexiko verbracht hatte, war schon früh am Morgen zu einer Ausstellung über die Azteken nach Düsseldorf aufgebrochen. Als leidenschaftliche Leserin von Kriminalromanen würde sie es schrecklich bedauern, diesen Tag versäumt zu haben. Umso mehr, als sie auch schon auf das ‹Abenteuer in Jolnows Garten› hatte verzichten müssen, weil sie eine Wanderung auf den Spuren der heimischen Singvögel, die sie selbst als versierte Hobbyornithologin führte, nicht absagen konnte.

So saßen nur sieben Damen mit Felicitas um den großen, wie stets tröstlich nach Honigwachspolitur duftenden großen Tisch des Winterrefektoriums. Alle schwiegen, und die letzten acht von Felicitas' Vorgängerinnen – allesamt in Öl verewigt in der schwarzen Klostertracht mit dem weißen Schultertuch, hauchdünn und mit Spitze besetzt wie die Schmuckschürze und die zierliche Haube – blickten sehr viel strenger als an guten Tagen von den Wänden auf sie herab.

«Tja, meine Lieben», sagte Karin Hailing endlich, «das ist eine verdammt üble Geschichte. Glauben Sie, dass der Kommissar sie gleich dort behält, Frau Äbtissin?»

«So ein Unsinn», rief Elisabeth Möller. «Dazu hat er kein Recht. Sie hat es doch nicht getan.»

«Natürlich nicht», gestand Frau Hailing trotz ihrer Zweifel tapfer zu. «Dazu gab es keinen Grund. Was sie als junge Frau getan hat, ist lange her, schwer gebüßt und sollte unter zivilisierten Menschen vergessen sein. Außerdem war es, wenn ich richtig verstanden habe, Notwehr. In so eine Situation kann jede Frau kommen. Wenn man es recht bedenkt. Ich kann nur jeder meinen Fitnessklub empfehlen, der Selbstverteidigungskurs ist fabelhaft.» Dabei glänzten ihre Augen, und alle wussten, dass Karin Hailing nichts gegen einen praktischen Test ihrer frisch erworbenen Wehrhaftigkeit hätte. Jedenfalls theoretisch.

Lieselotte von Rudenhof zupfte hüstelnd an ihrem Spitzentaschentuch und zog es vor, weiter zu schweigen. Philomena Baumeister und Laetita von Homrath, die auch nichts gegen Unschuldsvermutungen und Fitness hatten (jedenfalls theoretisch), sich aber ungern missionieren ließen, schlossen sich an.

«Was denken Sie, Frau Äbtissin?», fragte Hilda Bettermann, Witwe eines äußerst altmodischen Pastors, die sich seit ihrem Einzug ins Kloster von einem schreckhaften Spatz zu einer stillen, doch überraschend selbstbewussten Frau gemausert hatte. «Sie kennen Frau Jindrich am besten. Und Herrn Hildebrandt auch.»

Lieselotte von Rudenhof zog noch heftiger an ihren Spitzen, was aber niemand beachtete, und Felicitas erlaubte sich, öffentlich schwer zu seufzen.

Benedikte musste natürlich denken, sie, Felicitas, habe Erik Hildebrandt ins Kloster bestellt, damit sie ihm eine Verdächtige wie auf dem Tablett servieren könne. Dass sie im Gegenteil erschreckt über sein unerwartetes Auftauchen war, würde Benedikte ihr nie glauben. Sie wusste nicht einmal, warum Erik gekommen war, ohne Verabredung und Anmeldung. Danach zu fragen war keine Gelegenheit gewesen.

Benedikte hatte ihre Geschichte noch einmal erzählt, ruhiger und knapper, als berichte sie vom Leben einer anderen Frau. Felicitas hatte stumm daneben gesessen und sich wie in einem schlechten Traum gefühlt.

‹Es wäre nett, wenn Sie mich auf die Wache begleiten würden, Frau Jindrich›, hatte Hildebrandt schließlich gesagt, als sie zu Ende berichtet und seine Fragen beantwortet hatte. Und auf Benediktes Erkundigung, ob sie denn eine Wahl habe: ‹Eigentlich nicht.›

Felicitas wollte sie begleiten, doch das hatte Benedikte abgelehnt. ‹Ich hätte einfach mitgehen sollen›, dachte sie jetzt. ‹Ich hätte sie nicht allein lassen dürfen. Egal, ob sie es getan hat oder nicht.›

«Frau Äbtissin?» Hilda Bettermann sah sie immer noch fragend an. Alle taten das, und sie wusste keine überzeugende Antwort.

«Ich denke, dass Frau Jindrich bald wieder bei uns ist», sagte sie mit Nachdruck. «Herr Hildebrandt tut seine Pflicht, und wir werden die unsere tun. Wir werden ihr genauso begegnen wie bisher.» Hätte sie gewusst, wie drohend der Blick war, mit dem sie den letzten Satz in die Runde schickte, hätte sie womöglich milder weitergesprochen. «Dies ist keine seelenlose Nobelresidenz, sondern ein evangelisches Damenstift, ein Kloster mit jahrhundertelanger Tradition. Christlicher! Tradition! Es ist uns eine Freude, Frau Jindrich Schutz zu gewähren und Freundlichkeit zu beweisen. Ich bin sicher, Sie alle teilen meine Meinung.»

«Unbedingt», sagte Fräulein Morender. «Für ein anderes Verhalten gibt es keinen Grund.» In ihren über neunzigjährigen, gewöhnlich schon etwas müden Augen blitzte es verräterisch. Nur wenn sie absolut kein überzeugenderes Argument fand, berief sich ihre Äbtissin so vehement auf christliche Werte und Traditionen, zumeist, wie auch jetzt, in einem Ton, der sie an die Befehle ihres seligen Vaters erinnerte. «Und natürlich», fuhr die alte Zita sanft fort, «werden wir die bedauernswerte Frau in unsere Gebete einschließen. Das wollten Sie sicher noch sagen, Frau Äbtissin.»

Hilda Bettermann faltete die Hände, und Felicitas sagte: «Ja, Fräulein Morender, das auch. Vielen Dank.» Plötzlich reckte sie den Hals, schob ihren Stuhl zurück, murmelte: «Entschuldigen Sie mich», und verließ eilig den Raum.

Während noch alle irritiert auf die hinter der Äbtissin ins Schloss gefallene Tür blickten, räusperte sich Frau von Rudenhof dezent und sagte: «Selbstverständlich, wir alle werden unsere Pflicht mit Freude tun. Ich möchte dennoch anmerken, wie angenehm es ist, dass unsere Türen so gute Schlösser haben.»

Fräulein Morender verbarg ein Kichern hinter ihrem ständigen Begleiter, dem violetten, mit schwarzen Perlen besticktem Samtbeutelchen, und Elisabeth Möller schluckte eine scharfe Bemerkung hinunter. Die liebe Lieselotte hatte nur ausgesprochen, was alle dachten. Sogar sie selbst.

Felicitas hatte Benedikte über den vorderen Hof kommen sehen und war gleich losgerannt, doch im Gang blieb sie stehen. Es wäre nicht gut, sie schon an der Wohnungstür zu empfangen, so als habe sie die ganze Zeit am Fenster gelauert. Bis hundert zählen, dachte sie und hielt es bis achtundachtzig aus. Dann machte sie sich auf den Weg.

Benedikte trug noch ihren Mantel, als Felicitas die Tür öffnete. Wortlos ging sie in das Schlafzimmer, und Felicitas blieb nichts übrig, als ihr zu folgen. Die Schranktüren waren weit geöffnet, auf dem Bett stand der aufgeklappte Koffer.

«Das kommt überhaupt nicht infrage», rief Felicitas.

«Was?» Benedikte warf einen Stapel Wäsche in den Koffer und begann, ihre Blusen von den Bügeln zu zerren.

«Dass du die Koffer packst. Wo willst du denn hin?»

«In ein Hotel. Wenn mich in dieser Stadt noch eines nimmt. Dein verehrter Herr Kommissar hat mich aufgefordert, hier zu bleiben.»

Felicitas nickte. «Das dachte ich mir. Es hat aber überhaupt nichts zu sagen, Benedikte, das läuft eben so. Gerade deshalb bist du bei uns am besten aufgehoben. Der Konvent will, dass du bleibst. Einstimmig.» Wie gut, dass sie davongerannt war, bevor es zu dem obligatorischen Votum kommen konnte. «Nun hör schon auf!» Sie nahm Benedikte einen Pullover aus den Händen und legte ihn in den Schrank zurück. «Wenn du so konfus packst, geht sowieso nur die Hälfte in den Koffer.»

«Willst du für mich packen?»

«Das ist Unsinn, und das weißt du. Ich hatte schon so etwas vermutet und bin hier, um dir zu sagen, dass du bleiben sollst. Hier hast du eine Wohnung und den Schutz des Klosters. Warum willst du dich dem Klatsch aussetzen? Und falls du glaubst, Erik Hildebrandt ist heute Vormittag in meiner Wohnung aufgetaucht, weil ich ihn bestellt hatte, irrst du dich. Ich war genauso überrascht wie du und kein bisschen erfreuter. Ich wollte dich davon überzeugen, selbst zu ihm zu gehen und deine Geschichte zu erzählen, bevor er sie herausfindet. Man weiß nie, was sich ein Polizistenhirn so zusammenreimt.»

Benedikte schloss die Augen und ließ sich schwer auf einen Stuhl fallen.

«Ach, Felicitas», murmelte sie, «du ahnungslose Gans.»

«Hast du großen Hunger?» Roland Eisner hockte vor dem Kühlschrank und ließ den Blick lustlos durch die Fächer gleiten. Salat, Zuckerschoten, Champignons, Putenbrust, Crème fraîche und Sahne – Ina hatte alles eingekauft, was er, an Sonntagabenden stets der Küchenchef, bestellt hatte.

«Überhaupt nicht», sagte Ina, «mir würden Salat und ein Omelett völlig reichen. Aber du hast Jessi Putengeschnetzeltes in Currysahne versprochen. Sicher hat sie seit dem Brunch wieder nichts gegessen, sie wird Hunger haben.»

Roland nahm achselzuckend Eier und Milch aus dem Kühlschrank und klappte die Tür zu. «Wo ist sie überhaupt?»

«Frag mich nicht. Sie wollte sich mit Freundinnen treffen, um etwas für die Schule zu besprechen oder vorzubereiten. Ich habe sie auf dem Weg ins Büro am Markt abgesetzt, sie war nicht sehr gesprächig. Das bist du heute übrigens auch nicht.»

«Der Tag war nicht so besonders, wir haben verloren. Manchmal denke ich, die Jungs haben beim Spiel alles andere im Kopf als Hockey. Hast du deine Arbeit im Büro geschafft?»

Ina nickte. «Es war ja nichts Besonderes. Ich wollte nur in Ruhe die Entwürfe für die Klosterlikör-Kampagne durchsehen und endlich mal den Schreibtisch leer bekommen. Vielleicht sind die Mädchen noch ins Kino gegangen.»

«Dann sollten wir die junge Dame daran erinnern, dass sie Bescheid zu sagen hat, wenn sie das Sonntagsessen ausfallen lässt.»

«Ach, sollten wir? Wenn das ein Vorwurf sein soll: Sie ist *deine* Tochter, Roland, sag du ihr, was sie zu tun hat. Wenn ich etwas sage, bewirkt das höchstens das Gegenteil. Und *du* hast nicht erlaubt, dass sie ein Handy bekommt. Wenn sie eins hätte, hätte sie sicher längst angerufen.»

Sie holte den Salatkopf aus dem Kühlschrank und begann die Blätter vom Strunk zu rupfen. «Es ist ja erst sechs», sagte sie endlich in das Schweigen, «sicher ist sie im Kino.

Es läuft ein neuer Film mit Johnny Depp, den mag sie. Um acht ist sie bestimmt zurück. Möchtest du auch ein Glas von dem Riesling?»

Auch um acht war Jessi noch nicht zu Hause. Als es neun wurde, schlug Ina vor, bei Jessis Freundinnen anzurufen.

«Bei welcher?», fragte Roland.

Ina hob nur hilflos die Hände. «Du weißt doch, dass sie in der letzten Zeit nicht viel mit mir spricht.»

Zwei Namen fielen ihr ein, Roland ein dritter: Keines der Mädchen hatte Jessi an diesem Tag gesehen.

«Max?», schlug Ina zögernd vor. «Sie geht doch ab und zu mittags mit ihm essen. Vielleicht haben sie sich zufällig getroffen.»

«Bestimmt nicht. Max ist heute Abend mit Irene verabredet, da legt er keinen Wert auf weitere Gesellschaft.»

«Trotzdem, probier seine Handynummer.» Als er unentschlossen blieb, nahm sie ihm das Telefon aus der Hand und tippte die Nummer ein. Sie hörte die Mailbox-Stimme und legte auf.

«Vielleicht ist sie im Kloster», überlegte Roland.

«Um diese Zeit!? Ganz bestimmt nicht. Und was willst du sagen? ‹Guten Abend, Frau Äbtissin, unsere Tochter ist nicht zum Abendessen gekommen›? Was, glaubst du, wird sie denken? Außerdem würde Jessi dir das nie verzeihen. Sie gibt sich große Mühe, dort einen guten Eindruck zu machen, und dann so ein Anruf.»

«Dann sag doch endlich, was du denkst», brüllte Roland plötzlich, «es steht dir auf die Stirn geschrieben. Du denkst, sie ist wieder mit den verdammten Spraydosen unterwegs, mit den Jungs aus dieser Clique. Sag es doch.»

«Wie du willst, mein Lieber, dann sage ich es: Vergiss die Spraydosen und erinnere dich an den Oktober vor drei Jahren. Es war nur Glück, dass der Beamte auf dem Möldenburger Bahnhof sie gesehen und erkannt hat. Und hätte sie den Anschlusszug in Lüneburg nicht verpasst, wäre sie weg gewesen, und du hättest sie nicht auf dem Bahnsteig auflesen können. Sie ist ein unruhiger Geist, das liegt wohl in ihren Genen. Sitz nicht hier herum, sieh lieber nach, ob ihr Rucksack noch da ist. Inzwischen ist sie sechzehn und weiß besser als damals, wie man durchbrennt. So was machen Kinder, wenn ihr Vater nie Zeit für sie hat. Und euer Streit heute Morgen war auch nicht von schlechten Eltern.» Sie lachte schrill. «Das habe ich doch schön gesagt, findest du nicht auch?»

Der Schlagabtausch wurde kurz und heftig und endete damit, dass Roland, nachdem er Jessis großen Rucksack an seinem Platz auf dem Dachboden gefunden hatte, den Fernsehapparat im Wohnzimmer anstellte und Ina mit einem Buch in der Küche blieb.

Um Viertel nach elf war ihr Zorn verraucht, und weil ihre Unruhe wuchs, setzte sie sich zu ihm: «Sie wird schon wieder auftauchen», sagte sie, «alle Eltern haben mit Kindern in diesem Alter solche Probleme. Sie vergessen die Zeit und wollen beweisen, wie erwachsen sie schon sind. Und Jessi, ich hoffe, dass du nun nicht gleich wieder losbrüllst, Jessi ist in der letzten Zeit wirklich launisch. Und manchmal noch so ein Kind.»

«Meistens. Wie sie darauf beharrt, dass ich ihr das kleine Messer zeige, das ist wirklich kindisch.»

Ina, die gerade nach ihrem Weinglas greifen wollte, ließ die Hände in den Schoß sinken. «Das Taschenmesser?», fragte sie.

«Ja, das sie mir zu Weihnachten geschenkt hat. Einer der Jungs an ihrer Schule hat ein ähnliches und behauptet, seines sei das echte Schweizer. Jessi will Recht behalten und die beiden vergleichen. Hast du das nicht mitbekommen?

Ich habe nur vergessen, meins aus dem Büro mitzubringen, und sie macht einen Staatsakt daraus. Sie fragt mich jeden Tag danach.»

«Und warum bringst du es nicht mit, wenn es ihr so wichtig ist?»

«Weil ich vor Arbeit kaum weiß, wo mir der Kopf steht, und nicht daran gedacht habe. Verdammt, ich habe keine Ahnung, wo es ist. Es wird in einer der Schubladen liegen, ich muss nur ein bisschen suchen.»

«Bist du ganz sicher, dass es dort ist?»

«Natürlich. Ich habe es gleich nach Weihnachten mitgenommen und – ehrlich gesagt – nie benutzt, das wirst du bitte für dich behalten. Wo willst du hin?»

Als Ina zurückkam, nahm sie die Fernbedienung vom Tisch und stellte den Ton, der ihr Gespräch leise begleitet hatte, ab. «Ist es das?», fragte sie.

Er nahm das Messer von ihrer flachen Hand, zog es aus der Wildlederhülle und drehte es stirnrunzelnd in den Händen. «Es sieht genauso aus, aber meins kann es nicht sein, das liegt …»

«… in deinem Büro, ja, ich weiß. Die große Frage ist, ob das stimmt. Dieses Messer», sie nahm es ihm mit spitzen Fingern aus der Hand, «habe ich nämlich in Jessis Jacke gefunden, in der Jeansjacke, die sie trug, als sie den toten Jolnow im Brunnenschacht entdeckte. Nur an dem Tag. Sonst trägt sie ja immer die Lederjacke. Verstehst du, was das bedeutet, Roland? Sie muss es dort gefunden haben, in der Nähe des Backhauses.»

«Sie kann es überall gefunden haben. Wäre es bei diesem unseligen Backhaus gewesen, hätte sie es der Polizei gegeben. Sie ist doch nicht dumm.»

«Das ist sie ganz gewiss nicht.» Ina stand auf, steckte das Messer in die Rocktasche und setzte sich in den Sessel ihm gegenüber. «Willst du nicht verstehen, was ich meine, Roland? Wenn sie es dort gefunden hat, wird sie befürchten, dass es dir gehört. Dass du es dort verloren hast. Nur deshalb ist es ihr so wichtig, dein Messer zu sehen. Sie weiß nicht, wo du an dem Abend warst, niemand weiß das. Allein zu Hause, das heißt nichts.»

«Du glaubst, dass meine Tochter ihren Vater für Jolnows Mörder hält? Du spinnst, Ina. Das ist doch völlig absurd. Warum verdächtigst du nicht gleich Jessi? Die war zur Mordzeit tatsächlich im Park. Ich dachte immer, du bist der vernünftigste Mensch, den ich kenne, und nun lässt du dir eine solche Posse einfallen. Es gibt Tausende von diesen Dingern, sogar Max hat eins. Er fand meins so nett, dass er sich das gleiche gekauft hat. Und stell dir vor: die Otterbeck auch. Jedenfalls hatte sie das vor. Und Henry will Judith eins schenken. Reicht das?»

«Max», sagte Ina rau. «Hat er seins noch? Hast du es in den letzten Tagen bei ihm gesehen?»

Es dauerte einen Moment, bis Roland begriff. «Jetzt spinnst du wirklich», rief er, leerte hastig sein Weinglas und füllte es neu. «Bring doch das verdammte Ding zur Polizei, gleich morgen früh, dann wird man ja sehen. Max! Was hätte der für einen Grund haben sollen? Aber bitte, wenn du dich länger mit diesen Phantastereien aufhalten willst, nur zu. Und vergiss dabei nicht, an dich selbst zu denken: Du warst joggen, auch allein, es kann überhaupt kein Problem gewesen sein, die Runde durch den Park zu machen. Und du konntest Jolnow nicht ausstehen, weiß der Himmel, warum.» Wütend stand er auf. «Ich rufe jetzt im Krankenhaus an, meine Tochter ist nämlich immer noch nicht nach Hause gekommen, das scheinst du vergessen zu haben.»

Das Möldenburger Krankenhaus hatte an diesem Tag außer einem betrunkenen alten Mann mit einem Schlaganfall und einem Knirps mit einer Murmel in den Tiefen seiner Nasengänge niemanden aufgenommen. Auch in das nächste, das Lüneburger, war kein Teenager eingeliefert worden.

Um halb eins, die Nacht war schwarz, schwerer Regen knickte die Köpfe der Tulpen und trommelte gegen die Fensterscheiben, rief Ina bei der Polizei an. Die Möldenburger Wache war um diese Zeit nicht besetzt, der Anruf wurde zur Zentrale nach Lüneburg weitergeleitet, und eine geduldige Polizistin notierte Jessis Personalien und Beschreibung. Sie kannte solche Anrufe gut, besonders an Wochenenden. Das Mädchen werde bestimmt im Laufe der Nacht wieder auftauchen, versicherte sie. Teenager vergäßen ständig die Zeit und seien auch sonst gerne mal Elternquäler.

«Seit wann?», fragte Erik Hildebrandt und wurde schlagartig hellwach. «Seit gestern Vormittag? Und da rufen Sie erst jetzt an? … Verzeihen Sie, Frau Eisner, natürlich, in Lüneburg. Ja, die Außenstellen sind nachts nicht besetzt, dann gehen alle Anrufe direkt zur Zentrale. … Sie haben völlig Recht, ich finde das auch nicht gut. Es wird immer an den falschen Stellen gespart. … Doch, ich bin ganz sicher, dass die Kollegen hier eine Meldung haben. Es ist erst zehn nach acht, und ich bin gerade erst gekommen. Ich sehe sofort nach. Und ich schicke auch gleich jemanden … Wie? Natürlich wollen Sie am Telefon bleiben, das ist verständlich. Ich schicke eine Kollegin, die Ihnen einige Fragen stellen wird, ein möglichst aktuelles Foto brauchen wir auch … Ja, sie kommt gleich, in einer halben Stunde etwa. Spätestens. … Nein, Frau Eisner, das vergesse ich ganz gewiss nicht. Auf gar keinen Fall. Und machen Sie sich nicht zu viele Sorgen. Mädchen in dem Alter …»

Verdutzt blickte er auf das Telefon in seiner Hand. Ina Eisner hatte einfach aufgelegt.

«Sabowsky!!!», brüllte er.

Birgit Sabowsky erschien, zwei vom raschen Schritt überschwappende Kaffeebecher in der Hand, umgehend in der Tür zu seinem Büro. «Ich höre ziemlich gut. Brennt Ihr Papierkorb?»

«Das Mädchen ist verschwunden, Jessica, seit gestern am späten Vormittag. Ihre Mutter, ich meine Stiefmutter, glaubt, sie sei durchgebrannt. Vielleicht hofft sie es unter diesen Umständen auch nur. Jessica hat das schon mal gemacht, sagt sie, vor dreieinhalb Jahren. Aber gestern hat sie kein Gepäck mitgenommen, nicht mal eine Zahnbürste.»

«Scheiße», sagte Sabowsky.

Hildebrandt war völlig ihrer Meinung. Wenn die einzige Zeugin in einem Mordfall plötzlich verschwand, egal, wie wenig sie zu bezeugen wusste, war Scheiße das treffende Wort.

«Nein, Herr Eisner, Jessica war nicht hier. Ich will Frau Möller gerne fragen, aber ich weiß, dass die Priorin gestern eine Verabredung hatte, gegen Mittag weggefahren und erst spät zurückgekommen ist. Darf ich wissen, warum Sie fragen? ... Das ist ja furchtbar, Sie müssen eine entsetzliche Nacht verbracht haben. Haben Sie die Polizei benachrichtigt? Am besten lassen Sie sich gleich mit Herrn Hildebrandt verbinden. ... Ja, natürlich, Ihre Frau. ... Das ist gut möglich, Herr Eisner. Meine Tochter hat das auch mal gemacht, sie hat einfach bei einer Freundin übernachtet und mich nicht benachrichtigt. Da war sie genau in Jessicas Alter. ... Ja, es ist ein schwieriges Alter. Ich würde Ihnen so gerne helfen, ich laufe gleich durch das Kloster und frage alle. Vielleicht hat sie doch jemand gesehen. Hier bei uns oder woanders. Ich frage auch Frau Rehland, unsere Restauratorin. … Selbstverständlich, wenn ich etwas erfahre, rufe ich gleich an. Es wäre nett, wenn Sie mich auch benachrichtigen, sobald Sie etwas von ihr hören.»

Felicitas legt den Hörer auf und stützte sich müde auf das Fensterbrett. Der Himmel lag wie eine alte graue Wolldecke über dem Land und ließ die Welt schwarz-weiß erscheinen, einzig das Rot der Tulpen leuchtete von den Rabatten. Wie die kleinen Ewigkeitslichter, die die Katholiken auf die Gräber stellen.

Sie fühlte sich grau wie der Tag und alt wie die Welt. Gestern das Drama mit Benedikte, und nun war Jessica verschwunden. Womöglich hatte sie wirklich nur bei einer Freundin übernachtet. Oder bei einem Freund, sie war immerhin sechzehn. Vielleicht hatte sie Krach mit ihren Eltern gehabt und wollte sie mit Angst bestrafen. Teenager wussten nicht, was diese Angst bedeutete, das erfuhren sie erst, wenn sie erwachsen und selbst Eltern geworden waren. Diese endlosen Stunden, diese Nächte voller hilfloser heißer Angst, die nur vom Zorn in Schach gehalten wurde.

Die Luft in ihrem Büro erschien ihr stickig. Sie stieß die Fensterflügel auf und blickte in den Garten. Viktor Alting kam über den Weg näher, er hatte seine dunkle Wollmütze tief in die Stirn gezogen, sie berührte fast die Nasenwurzel. Neben ihm ging eine Frau. Benedikte. Sie erkannte sie erst auf den zweiten Blick. Ihr Ausdruck war weicher als gewöhnlich, frei von dem starren Lächeln, das sie sonst wie eine Maske trug. Sie schien sich in Altings Gesellschaft wohl zu fühlen. Vielleicht war der Konvent eine viel geschlossenere Gesellschaft, als sie dachte. Vielleicht fühlten Alting und Benedikte sich miteinander wohl, weil sie beide noch Fremde am Rand dieser Gesellschaft waren.

Felicitas trat rasch einen Schritt zurück. Sie konnte jetzt kein freundlich unbekümmertes Gesicht aufsetzen und die beiden grüßen.

KAPITEL 11

Die Bürozeit im Architektenbüro Eisner & Kleve begann um neun, Max Kleve, ein notorischer Frühaufsteher, saß meistens schon an seinem Schreibtisch, wenn sein Kompagnon eintraf. In den ersten Jahren ihrer Zusammenarbeit hatten sie den Arbeitstag mit einer gemeinsamen Tasse Kaffee begonnen, im Lauf der Jahre war dieses Ritual verloren gegangen. Nur manchmal, in den ruhigeren Zeiten, fand sich Roland mit zwei Kaffeebechern bei Max ein und setzte sich auf die schwarze Couch, um den Tag zu besprechen oder einfach ein vertrautes Männergespräch zu führen: über Autos, Hockey, das Wetter, ab und zu über Frauen, neuerdings, seit Ina Roland davon überzeugt hatte, Unterricht zu nehmen, auch über Golf. Max war schon seit der Eröffnung des Möldenburger Platzes Clubmitglied. Im Jagdverein und im Golfclub, hatte er fröhlich erklärt, würden die besten Geschäfte angezettelt. Da er nicht gerne Tiere totschieße, blieben nur Ball und Schläger, und die Cocktails nach der vielen frischen Luft seien auch sehr angenehm.

«Ist Max noch nicht da?», fragte Roland Eisner, als er das Entree betrat. «Sein Wagen steht nicht in unserer Tiefgarage.»

«Er ist golfen», sagte Regine Otterbeck, «mit Frau Tellheim, sie schlägt jeden Montag von sieben bis neun ihre Bälle übers Grün, und Herr Kleve will doch ihren Bungalow aufstocken. Er wird sie wohl gewinnen lassen.»

«Das kann ihm so früh am Tag nicht schwer fallen», sagte Roland. «Wenn meine Tochter anruft, stellen Sie das Gespräch gleich durch, Regine, egal was ich gerade tue. Wenn ich telefoniere, unterbrechen Sie das Gespräch.»

Er verschwand in seinem Büro, und Regine Otterbeck ging in die Küche. Ihr Chef hörte sich an und sah aus, als brauche er dringend Kaffee von der stärkeren Sorte, sein Wochenende war offensichtlich wenig erholsam gewesen.

«Ich will den Tag nicht mit Nörgelei anfangen», erklärte sie, als sie den Kaffee brachte, «aber Sie haben uns neulich alle ermahnt, wer abends als Letzter gehe, solle nicht vergessen, die Tür zweimal abzuschließen und die Alarmanlage einzuschalten. Heute Morgen war nur einmal abgeschlossen und die Alarmanlage ausgeschaltet. Als ich Freitag ging, waren nur Sie noch da.»

Roland sah sie verständnislos an. «Ach so, die Tür», sagte er dann, «klar, ich dachte, ich hätte das gemacht. Tut mir Leid, ich will mich bessern. Haben Sie gestern Jessi gesehen, Regine? Irgendwo in der Stadt vielleicht?»

«Nein. Hat sie was angestellt?»

Rolands Blick floh zum Fenster. «Sie ist weg», sagte er.

«Weg? Um Gottes willen, ist sie etwa abgehauen?»

«Es sieht so aus. Wir haben die Polizei schon benachrichtigt. Kein weiteren Fragen, Regine, jetzt nicht. Und wenn es geht, behalten Sie das bitte für sich. Ist die Post schon da?»

Sie legte den Stapel auf seinen Schreibtisch und überlegte, was sie sagen könnte. Doch Roland beugte sich über die Briefe, und sie verließ sein Büro. Männer waren doch beneidenswerte Wesen: Egal was passierte, alles konnten sie mit Arbeit zuschütten.

Roland hörte, wie die Tür ins Schloss gezogen wurde, stieß die Post zur Seite und starrte die Wand an.

Max kam eine halbe Stunde später. «Das Tellheim-Projekt haben wir in der Tasche», erklärte er munter, die Türklinke noch in der Hand. «Kein richtig dicker Fisch, aber Guppys sind auch was wert. Manchmal muss man ein bisschen verlieren, um zu gewinnen. Wo brennt's bei dir? Regine hat bedeutungsvoll geguckt, sie sagt, du bist heute Morgen so blass.»

«Sagt sie das? Kann sein. Ich habe schlecht geschlafen. Jessi ist weg.»

«Was heißt das: weg?»

«Weg heißt weg. Seit Ina sie gestern am späten Vormittag in der Stadt abgesetzt hat, haben wir sie nicht mehr gesehen. Sie ist weg. Ina glaubt, dass sie durchgebrannt ist, warum auch immer, so wie vor drei Jahren. Du wirst dich erinnern. Wir haben überall rumtelefoniert, aber keiner weiß, wo sie steckt.»

«Verdammt.» Max warf sich in den Besuchersessel und schlug die Hände auf die Armlehnen. «Ich fürchte, Ina hat Recht.»

«Was!? Hast du sie gesehen? Wo? Am Bahnhof?»

Regine Otterbeck mochte ihre Chefs, und sie mochte besonders, dass die beiden sich gut verstanden. Ihre seltenen Auseinandersetzungen waren stets fachlicher Art und wurden rasch geklärt. Die lauten Stimmen, die sie nun aus dem Büro hörte, ließen sie umgehend aufspringen und ihr Ohr an die Tür legen.

«Du bist doch selbst schuld», rief Max. «Wie viele Jahre ist das her? Zehn? In all der Zeit hast du nicht nur jeden Kontakt zu ihrer Mutter verhindert, du hast ihr sogar Marions Briefe verheimlicht. Sie hat gedacht, Marion sei tot, stell dir das mal vor ... Ach was, zu ihrem Besten. Das ist doch Humbug, Roland. Nun hat sie die Briefe gefunden und will ihre Mutter sehen. Wundert dich das?»

«Aber wieso war sie hier? Wie ist sie reingekommen, und woher hat sie überhaupt von den Briefen gewusst?»

«Von mir bestimmt nicht. Als ich gestern ins Büro kam, saß sie an deinem Schreibtisch über dem Karton mit den Briefen. Sie hat ihn in deinem Schreibtisch gefunden, was sie dabei gedacht und gefühlt hat, kannst du dir denken. Was sollte ich tun? Auch schweigen? Ich habe deinen Job erledigt und ihr gesagt, dass Marion mit Ian nach Irland gegangen ist. Natürlich wollte sie hinfahren, aber ich habe doch nicht gedacht, dass sie sich sofort auf den Weg macht. Ich habe ihr geraten, sie solle sich das in Ruhe überlegen. Und auf die nächsten Ferien warten.»

«Aber du hast es nicht für nötig gehalten, mir davon zu erzählen. Warum, verdammt, hast du mich nicht gleich angerufen?»

«Weil ich finde, dass es allein Jessis Sache ist. Ich wäre doch nie auf die Idee gekommen, dass sie stante pede und ohne euch etwas zu sagen lossaust.»

«Das konnte sie auch nicht.» Roland, gerade noch zornig gespannt, sank müde gegen die Rückenlehne. «Ich wollte, es wäre so, dann wüsste ich wenigstens, wo sie ist. Sie hat aber nicht genug Geld: Ihr Konto ist für Abhebungen über fünfzig Euro gesperrt.»

Max stand auf, nahm Rolands Tasse und nippte an dem Kaffee.

«Kalt», sagte er und stellte die Tasse zurück. «Tut mir Leid, mein Freund, auch wenn du mir jetzt den Kopf abreißt: Sie konnte doch. Sieh mich nicht so entgeistert an, du verstehst ganz richtig: Ich habe ihr das Geld gegeben. Genug für den Flug und ein bisschen Taschengeld. Ich konnte doch nicht ahnen, dass sie einfach damit abhaut.»

Roland beachtete ihn nicht mehr. Er schlug sein Adressbuch auf und griff zum Telefon.

Im Haus der Familie Kilmeedy in Dunboyne meldete sich niemand, nicht einmal ein Anrufbeantworter.

«Und jetzt?», fragte Max.

Als Jessi zum ersten Mal erwachte, lag sie in tiefer Finsternis unter etwas, das zu dünn war, um sie warm zu halten, und glaubte sich noch in einem Traum. Sie schloss die Augen wieder und versuchte zu denken. Das war schwer, die Gedanken klebten fest, bewegten sich nicht zurück und nicht nach vorn, sie war zu benommen, um sich darüber zu wundern oder zu beunruhigen.

Auch als sie zum zweiten Mal erwachte, sah sie nur Dunkelheit. Sie fror nicht mehr, doch ihr Kopf schmerzte dumpf. Da war ein fernes Rauschen in der Stille, und als sie begriff, dass es nur in ihrem Kopf war, setzte sie sich auf und sah sich um. Die Dunkelheit war nicht so vollkommen, wie es zuerst schien. Ein rechteckiger, nur um eine Nuance hellerer Fleck gab dem Blick Halt. Sie rieb die Augen, fühlte die geschwollenen Lider und tastete über ihr Gesicht, als müsse sie sich vergewissern, dass sie tatsächlich hier war, ganz und gar. Als sie die Decke zurückschob und versuchte aufzustehen, stieg ein muffiger Geruch von der Liege auf, der war auch vorher da gewesen, nur schwächer, sie hatte ihn kaum wahrgenommen. Ihre Beine hatten Mühe, ihren Körper zu tragen, sie waren nicht wirklich schwach, nur weich; bei den ersten Schritten schwankte der Boden, als gehe sie über trügerisches Moor einem Irrlicht entgegen. Der hellere Fleck begann erst in der Höhe ihrer Schultern, es war ein kleines Fenster mit schmutzig trüben Scheiben, und endlich begriff ihr widerwilliger Kopf, dass sie in irgendeinem Keller war. Das Erkennen zerriss den Vorhang der Benommenheit, und eine Welle von Panik erfasste sie. Hastig glitten ihre Finger über das Fenster, ertasteten einen langen Sprung in der Scheibe, fanden den Rahmen, suchten nach einem Griff. Er war da, am oberen Rand und gerade noch zu erreichen, doch er bewegte sich nicht, sosehr sie auch daran zerrte.

Da fiel ihr endlich das Feuerzeug ein. Wenn sie die kleine Flamme über den Kopf hielt, höher als die Augen, würde sie etwas erkennen können. Ihre Hände zitterten, immer wieder rutschte der Finger ab, und die Flamme verlosch. Die Decke, dachte sie, unter die Decke kriechen, sie über den Kopf ziehen und nicht mehr denken. So wie sie es getan hatte, als sie das erste Mal erwacht war. Es war gut gewesen, in die andere Dunkelheit zurückzukehren, die sichere des Schlafs. Und der Träume. Sie wollte wieder in ihren Traum, der sanften Gestalt nahe sein, der kleinen Madonna, die jetzt wieder kein Gesicht mehr zeigte und dennoch tröstlich war.

Der Boden schwankte nun nicht mehr, über festen Grund tastete sie sich zurück zu der wackeligen alten Gartenliege, auf der die Decke wartete. Sie prallte gegen eine Wand, kniete nieder und fand die Liege nicht. Noch einmal versuchte sie es mit dem Feuerzeug. Ihre Hände zitterten noch, aber die Finger waren nun nicht mehr so steif, es gelang ihr, die Flamme lange genug zu erhalten, um zu erkennen, wo sie war. Der Kellerraum war fast leer. An einer Wand lehnten zwischen anderem Gerümpel alte Autoreifen und Gartenmöbel, an der zweiten stand neben der Tür ein Regal.

Die Tür. Jeder Raum hatte eine Tür. Schon als sie hinüberstolperte, wusste sie, dass es keinen Sinn haben würde. Die Tür war aus Stahl und nicht zu öffnen. Er hatte sie eingeschlossen, natürlich hatte er das: Aber warum? Warum hatte er sie überhaupt hierher gebracht?

Sie rutschte auf den kalten Boden und suchte nach den

letzten Bildern ihrer Erinnerung. Was war geschehen? Wer hatte sie hier eingeschlossen? Max? Sie war mit ihm im Büro gewesen. Und dann – das war das Letzte, an das sie sich erinnerte – allein auf der Straße. Oder war das vorher gewesen? Die Treppe – die war sie ganz sicher hinuntergegangen. Und dann? Dann war sie hier aufgewacht, zum ersten Mal, zum zweiten Mal. Und jetzt? Jetzt war jetzt. Da war noch etwas gewesen. Die Briefe! Der Karton in der Schublade, die Briefe, die alles veränderten. Und die Fotos.

Und die Hand, die zwischen den Stiften das Messerchen fand und herauszog. Das Messer, nach dem sie gesucht hatte. Oder nicht? Der Filzschreiberstrich auf dem Etui – hatte das auch so einen Strich gehabt? Das Etui war nass und schmutzig gewesen, als sie es im Gras fand, es hatte ja die halbe Nacht geregnet. Sie presste den Hinterkopf gegen die Wand und schloss fest die Augen. Doch nicht Max. Der Mann, den sie im Park gesehen hatte, war doch größer gewesen. Oder nicht? Aber warum hatte er sie dann hier eingeschlossen? Wenn er es gewesen war. Ihr Kopf weigerte sich, den Gedanken weiterzudenken. Sie musste an etwas anderes denken. Die Briefe. Wo waren die Briefe? Nichts war in diesem Moment wichtiger als die Briefe, auf die sie so viele Jahre gewartet hatte.

Wo war der Platz, an dem sie geschlafen hatte? Sie hatte nahe einer Wand gelegen, sie musste sich nur an den Wänden entlangtasten. Es war nicht weit, vier Schritte, bis sie über die Decke stolperte und fiel. Im Fallen versuchte sie sich abzufangen, und als ihr Gesicht den Boden berührte, fühlte sie das glatte Papier der dicken braunen Tüte an ihrer Wange. Und als sie zu weinen begann, mischte sich die neue Angst mit dem alten Kummer zu dieser verzweifelten Verlassenheit, die nur ein Kind empfinden kann.

Die Wasserflasche entdeckte sie erst, als aprilgraues Tageslicht durch die schmutzigen Scheiben hereinkroch. Sie hatte nicht weit von ihrem Platz auf der alten Liege gestanden. Im Morgenlicht sah sie, dass der Plastikverschluss noch versiegelt war. Ihre Zunge fühlte sich dick und trocken an. Gierig trank sie. Dann begann sie zu lesen. Sie las gegen die Angst, und als sie das erste Mal alle Briefe gelesen hatte, spürte sie neuen Mut, so als sei sie nicht mehr allein.

Ihr Kopf war nun wieder klar, nur die Erinnerung an ihren Weg, an die Zeit zwischen dem Verlassen des Büros und dem ersten Erwachen in dieser Nacht, kam nicht zurück. Die Briefe hatten die Angst in Schach gehalten, doch sie hatten nur aufgeschoben zu denken, was sie nicht denken wollte. Das Messer war da, es war im Büro gewesen, wie er gesagt hatte. Aber wem es gehörte und wem das andere, das verräterische, das beim Backhaus gelegen hatte, das wusste sie immer noch nicht. Ihrem Vater? Max? Jemand ganz anderem? Jemand, den sie überhaupt nicht kannte, der ihr ganz egal war?

Bittere Wut stieg in ihr auf, sie zerrte ein Holzscheit aus dem Müll, und als die Scheibe klirrte, spürte sie zornige Befriedigung. Mit beiden Fäusten rüttelte sie an dem Gitter. Es war alt und rostig, aber es gab nicht nach, es saß fest und stur im Stein, als wolle es sie verhöhnen, und sie presste ihr nasses Gesicht gegen die Stangen und schrie.

«Danke, Frau Stern, es ist wirklich sehr freundlich, dass Sie zu mir kommen. Mein Mann ist in sein Büro gefahren, und ich muss hier bleiben, wenn sie anruft oder plötzlich vor der Tür steht, und niemand ist hier, das geht doch nicht. Möchten Sie auch Kaffee? Am besten setzen wir uns ins Esszimmer, da ist ein großer Tisch, dann zeige ich Ihnen die Entwürfe, sie sind wirklich schön geworden ... entschuldigen Sie, ich rede wie ein Wasserfall. Kommen Sie doch erst einmal herein.»

Ina Eisner nahm Felicitas den Mantel ab und führte sie in den großen Wohnraum, dessen hinterer, zum Garten weisender Teil von einem Tisch bestimmt wurde, an dem mindestens zwölf Personen Platz fanden.

«Gerade war eine Polizistin hier», erklärte sie, «sie hat alles notiert, was wir gestern Nacht schon einer anderen Polizistin erklärt haben, aber das war in der Zentrale in Lüneburg. Sie hat auch ein Foto mitgenommen, das geht nun alles in die Fahndung, hat sie gesagt.»

«Wir können unsere Besprechung verschieben, Frau Eisner, Sie haben heute anderes im Kopf als unseren Klosterlikör.»

Felicitas sah die Ringe unter Inas Augen, hörte die gepresste, hastige Stimme und fühlte sich fehl am Platz. Ina Eisners Anruf hatte sie nicht überrascht, allerdings hatte sie statt der Bitte, in die Rosenstraße zu kommen, eine Absage des Termins erwartet.

Dass niemand, auch nicht Viktor Alting und Judith Rehland, Jessi begegnet war, hatte sie ihr schon am Telefon gesagt, dass sie auch im Backhaus nachgesehen hatte, verschwiegen. Es hatte sie Überwindung gekostet, die Tür zu öffnen, hinter der vor einer Woche Jolnows Leiche auf Entdeckung gewartet hatte. Auch hatte es keinen rationalen Grund gegeben, das Mädchen dort zu suchen. Dass sie es trotzdem getan hatte, würde Jessis Stiefmutter nur noch mehr beunruhigen.

Ina holte das Tablett mit Kaffee und Geschirr aus der Küche, schenkte ein und setzte sich neben Felicitas.

«Um ehrlich zu sein, Frau Stern: Hier herumzusitzen und nichts zu tun, als zu warten, ist fürchterlich. Auch deshalb bin ich Ihnen dankbar, dass Sie gekommen sind. Arbeit lenkt ab. Vielleicht habe ich das während des letzten Jahres zu sehr praktiziert, mein Mann und ich durchleben schwierige Zeiten. Manchmal hatte ich Angst, Roland packt seine Sachen und verschwindet mit Jessi. Seine erste Frau ist im letzten Jahr verwitwet, und ich mache mir nichts vor. Ich habe nie ihren Platz einnehmen können. Entschuldigen Sie», sie straffte die Schultern und klappte die Mappe auf. «Ich wollte Sie nicht auch noch mit Eheproblemen belästigen. Unser Graphiker», sagte sie forsch, «hat ein paar erste Entwürfe geliefert, ich habe sie heute Morgen von meinem Büro herschicken lassen ... Oh, mein Gott, es geht nicht», stieß sie plötzlich hervor, «es geht einfach nicht. Wir glauben, dass sie weggelaufen ist, durchgebrannt. Das hat sie vor dreieinhalb Jahren schon einmal versucht, aber mein Mann hat sie damals auf dem Bahnhof gefunden und zurückgebracht. Gestern haben sie sich wieder so schrecklich gestritten, ich weiß nicht einmal, worum es eigentlich ging. Sie war so verstört in der letzten Zeit, schon vor dem Mord, und ließ niemanden an sich heran. Und nun – ich weiß nicht, was ich tun soll.» Sie legt ihre geballte Hand vor Felicitas auf den Tisch. «Ich weiß es einfach nicht», flüsterte sie und öffnete die Faust.

In ihrer ausgestreckten Hand lag schweißnass ein kleines rotes Taschenmesser.

Sven Finke war nicht unbedingt das, was man als einen schönen jungen Mann bezeichnen würde, sein Gesicht war schmal, die Nase spitz, die Augen von verwaschenem Blau. Kurz und gut, er gehörte zu jenen Menschen, die man selbst dann übersieht, wenn sonst niemand anderes im Raum ist. Doch eine Trekkingtour auf den Sinai kann Wunder bewirken: Nicht nur die tiefe Bräune, das von der Sonne gebleichte Haar und die kaum verhehlte Schramme an der Stirn gaben seinem Gesicht einen ungeahnten Hauch von Verwegenheit, der ganze Finke wirkte kräftiger und selbstbewusster. Nachdem er sich und sein Gepäck drei Wochen lang Tag für Tag durch gebirgige Wüsteneien geschleppt, in dünnen Zelten gefroren und seltsame Dinge gegessen hatte, ohne auch nur einmal ein kleines bisschen zusammenzubrechen, war er entschlossen, sich künftig auch im Dschungel der Möldenburger Disco zu behaupten.

Leider wusste Hildebrandt diese erstaunliche Veränderung nicht zu würdigen. Er hatte Finke nie zuvor gesehen, außerdem waren ihm solche Dinge gleichgültig, weil er wusste, dass Urlaubsveränderungen flüchtig wie der Wind waren. Ihn interessierte an Finke nur, dass mit ihm der einzige noch nicht befragte Schüler Jolnows zurückgekehrt war und er die Liste endlich abhaken konnte. Er erwartete keine erschütternden neuen Erkenntnisse.

Finke hatte erst seit dem Februar Malunterricht genommen. Er wusste nichts von Jolnows sonstigem Leben, war bei ihm außer den anderen Schülern nie jemandem begegnet, und auch sonst war ihm nichts Erwähnenswertes aufgefallen. Er beteuerte ausgiebig seine Betroffenheit über den Mord, obwohl ‹in Afrika an jedem Tag sehr viel mehr Menschen an Hunger sterben als bei uns an Gewalt›, und wenn man sich dort nicht endlich mehr um den Tourismus kümmere und bessere Hotels …

Da unterbrach ihn Hildebrandt unsanft, was Finke aber nicht wunderte. Er hatte Polizisten noch nie für sensibel gehalten.

«Und außerhalb dieses Unterrichtes haben Sie Hans Jolnow nie getroffen?»

«Nein», sagte Finke, «wozu?»

«Wozu auch immer», sagte Hildebrandt knapp. Er hielt Menschen, die ‹Hunger› und ‹bessere Hotels› in einem

Atemzug benutzen, für Schwätzer. «Vielen Dank, Herr Finke, das war's schon», sagte er und stand auf.

Finke blieb sitzen. «Ich habe mich nie mit ihm getroffen, aber einmal habe ich ihn *gesehen*. Außerhalb seiner Wohnung. Sogar außerhalb von Möldenburg.» Finkes Augen leuchteten noch blauer, und Hildebrandt setzte sich wieder.

Es war im *Lindenhof* gewesen, einem Ausflugslokal in der Nähe von Undeloh, und zwar am Freitag, den 7. März, am Nachmittag. Ja, das wusste Finke genau. Das war nämlich der Todestag seines Vaters, den er mit seiner Mutter stets mit einer kleinen Spazierfahrt samt Kaffeetrinken beging; sie wünschte sich immer den *Lindenhof* als Ziel, wegen des Apfelkuchens und weil es dort meistens rappelvoll war, was sie beides gleich fabelhaft fand.

Auch an diesem Tag parkten drei Busse vor der Tür, und obwohl schon der Verkaufsstand für Honig und Strohpuppen, mit Heidemotiven bestickte Tischdecken, Schaffelle, kindgroße Gartenzwerge, Rehe aus Gips und ähnliche Beispiele feiner Volkskunst dicht umlagert war, war auch das Restaurant schon gut gefüllt.

Nur deshalb, so beteuerte Finke, habe Herr Jolnow ihn nicht gesehen und begrüßt. Da der in ein Gespräch mit seinen Begleitern vertieft gewesen sei, habe er ihm auch nicht guten Tag gesagt. Leider könne er nicht sagen, worum es bei diesem Gespräch gegangen sei, ihre beiden Tische seien zu weit voneinander entfernt und der Geräuschpegel zu hoch gewesen.

«Aber Sie wissen, mit wem er dort saß, wer seine Begleiter waren.» Hildebrandts Stimme klang ganz gegen sein tatsächliches Gefühl ungemein milde.

«Einerseits», sagte Finke und schlug die Beine übereinander. «Der eine war eine sie, eine Dame. Die kannte ich nicht. Vielleicht doch, aber sie kehrte mir den Rücken zu, ich habe sie nur von hinten gesehen. Nun wollen Sie wissen, wie sie aussah, was? Also: Sie war blond, ich glaube, ihr Haar war schulterlang, sie trug einen dunklen Pullover mit so einem dicken weichen Rollkragen, da weiß man das nie genau. Zuerst erinnerte sie mich an Aenne Feldmann, sie führt mit ihrem Mann den Antiquitätenladen in der Brunnenstraße, aber die hat längeres Haar. Und der andere, der Mann, ja, den habe ich gleich erkannt, weil wir uns gelegentlich begegnen. Der andere war Herr Kleve, Max Kleve, der Architekt.»

Falls er Verblüffung erwartet hatte, wurde er enttäuscht. Hildebrands Gesicht veränderte sich nicht im Geringsten.

«Max Kleve also», sagte er, «das ist möglich. Sie sind da ganz sicher? Woher kennen Sie Kleve?»

«*Ganz* sicher. Wir sind im gleichen Golfclub», Finke besah sich mit bescheidenem Lächeln seine Fingernägel, «da kennt man einander.»

In dem Moment wurde es im vorderen Raum laut, und Hildebrandt hörte seinen Namen.

«Ein Kollege wird Ihre Aussage jetzt protokollieren, Herr Finke, und Sie werden sie bitte unterschreiben», sagte er, öffnete die Tür, und Finke, der gerne noch ein wenig länger ein wichtiger Zeuge gewesen wäre, blieb nichts, als den Raum zu verlassen.

«Herr Hildebrandt», Polizeiobermeister Dessau stand mit hochrotem Gesicht vor ihm. «Die beiden Herren bestehen darauf, mit Ihnen zu sprechen, aber ich dachte, weil Sie doch gerade einen Zeugen vernehmen, müssen sie warten.»

«Herr Hildebrandt», rief Max Kleve und beugte sich weit über den Tresen, der die Besucher für gewöhnlich besser in Schach hielt. «Es ist wirklich wichtig.»

Roland Eisner stand neben ihm, sein Handy fest ans Ohr

gepresst «Wieder nichts», sagte er und steckte das Gerät in die Jackentasche. «Dort ist niemand zu Hause.»

Auf Hildebrandts Wink hob Dessau die Tresenklappe, und Max und Roland gingen Hildebrandt voraus in sein Büro. Finke stand da und sah zu; leider übersah Max Kleve seinen Clubkameraden völlig, und als Finke bald darauf die Wache verließ, war die erste Schicht seiner neuen Verwegenheit schon verweht.

«Nach Irland?», fragte Hildebrandt. «Warum ausgerechnet nach Irland?»

«Weil ihre Mutter in der Nähe von Dublin lebt und weil sie das erst seit gestern weiß», erklärte Roland hastig. «Ich habe schon dreimal angerufen, aber dort geht niemand ans Telefon.»

«Wir dachten», übernahm Max, «dass Sie das gleich erfahren sollten. Als die Nummer der Wache besetzt war, sind wir schnell hergekommen, unser Büro ist nur um die Ecke. Am besten erzählen wir Ihnen genau, was gestern passiert ist. Soll ich, Roland?»

Max erzählte, und während Hildebrandt zuhörte, beobachtete er aus den Augenwinkeln Roland Eisner. Der saß, plötzlich still und kraftlos, auf seinem Stuhl, den Blick auf die im Schoß verschränkten Hände geheftet, und ließ seinen Freund und Kompagnon reden. Er hört nicht zu, dachte Hildebrandt flüchtig, aber er kannte die Geschichte ja auch schon.

«Hat sie überhaupt genug Geld für eine solche Reise?», fragte er, als Max zu Ende berichtet hatte.

«Das hat sie», sagte Roland und richtete sich auf.

«Von mir», erklärte Max. «Ich habe immer ein bisschen Bargeld im Tresor. Wenn ich geahnt hätte, dass Jessi ihre Idee gleich in die Tat umsetzt, hätte ich es ihr natürlich niemals gegeben.»

«Natürlich nicht», sagte Hildebrandt. «Wie viel?»

«1300 Euro», sagte Max, «damit sie ihrer Mutter nicht auf der Tasche liegen muss.»

«Ein bisschen Bargeld», murmelte Hildebrandt. «Alles ist relativ.»

Er brachte die Notiz mit Marions Namen und Wohnort zu Dessau, trug ihm auf herauszufinden, welche Flugverbindungen es seit gestern Nachmittag nach Dublin gegeben hatte, brummte: «Und alles in die Fahndung, das Übliche.»

Dessau las den Zettel, er wollte etwas sagen, doch Hildebrandt schloss rasch die Tür.

«Sie haben Jessica als Letzter gesehen, Herr Kleve, wie war sie? Traurig? Fröhlich?»

«Aufgeregt. Eher fröhlich. Ja, sehr fröhlich, wie Teenager eben sind, wenn sie etwas Tolles entdeckt haben.»

«Aber Sie haben sie nicht nach Hause gefahren?»

«Das habe ich angeboten, aber sie wollte nicht. Sie hatte noch etwas vor, ich glaube, sie wollte ins Kloster.»

«Das hat sie gesagt?»

«Ich glaube es. Mein Gott, ich habe nicht darauf geachtet, sie hat in ihrer Aufregung so viel geplappert. Aber, ja, ich bin ziemlich sicher, dass es das Kloster war.»

Die Tür wurde geöffnet, und Birgit Sabowsky steckte den Kopf herein. «Ein Anruf», sagte sie und hielt Hildebrandts Handy hoch, das er, wie immer vor einer Vernehmung, bei den Kollegen deponiert hatte. «Es ist wichtig.»

«Nachrichten von Jessi?», fragte Roland Eisner, als Hildebrandt in das Büro zurückkehrte.

«Leider nicht.» Er schlug die nächste Seite seines Notizbuches auf, legte den Kugelschreiber in den Falz und lehnte sich zurück. «Ich habe gerade etwas anderes gehört», sagte er bedächtig. «Sie beide haben ein kleines rotes Taschenmesser. Beide dasselbe. Die möchte ich sehen.»

«Wie bitte?», fragte Max, und Roland sprang auf. «Das war Ina am Telefon, meine Frau», rief er, «richtig? Diese dumme Messergeschichte, das ist doch idiotisch. Wie kommt sie auf die Idee ...»

«Beruhigen Sie sich, Herr Eisner, und setzen Sie sich wieder. Falls es hilft, es war nicht Ihre Frau. Kann ich nun die Messer sehen?»

«Nein.!» Roland Eisner hatte sich wieder gesetzt, aber nicht beruhigt. «Meines liegt im Büro, in einer meiner Schreibtischschubladen, wir können hinfahren und nachsehen, wenn das *Sie* beruhigt.»

«Das würde es, ja. Und Ihres, Herr Kleve?»

«Wie immer parat.» Er zog das Etui mit dem Messer aus der Tasche und legte es auf den Tisch. «Praktisches kleines Ding.»

«Aber, Max», Roland griff nach dem Messer, zog es aus dem Etui und hielt die Hülle hoch, «das ist doch meins. Hier, dieser Filzstiftstrich, der ist mir gleich in der ersten Woche nach Weihnachten passiert. Wir haben noch darüber gelacht, weil ich ständig mit diesen Filzern rumschmiere. Du musst dich doch erinnern. Das ist meins, Max, wo hast du es her?»

Die beiden starrten sich an, wenige Sekunden nur, und Hildebrandt fühlte sich wie in einem sehr privaten Theaterstück.

«Ich verstehe dich nicht, Roland», sagte Max Kleve, er war nun fast so blass wie sein Freund, und auf seiner Oberlippe glänzten winzige Schweißtröpfchen. «Warum behauptest du das? Du weißt doch genau, dass ich mit dem Filzer ausgerutscht bin. Und dass dies mein Messer ist. Und du weißt auch, dass du am Freitag zu mir gekommen bist, um dir meines auszuleihen. Warum lügst du?»

Roland Eisner gab keine Antwort, auch als Max noch

einmal fragte: «Warum, Roland?», schüttelte er nur den Kopf.

«Nun», sagte Hildebrandt, «dann fahren Sie am besten mit meiner Kollegin in Ihr Büro, Herr Eisner, und schauen in den Schreibtischschubladen nach.»

«Das hat keinen Zweck», sagte Roland, «weil meines hier auf diesem Tisch liegt.»

«Tun Sie's trotzdem. Herr Kleve macht mir inzwischen die Freude, hier mit mir auf Sie zu warten.»

«Ich habe da nämlich noch eine Frage», sagte er, als er Roland mit Sabowsky und Klenze auf den Weg geschickt hatte und wieder hinter seinem Schreibtisch saß. Max Kleve klopfte auf seine Uhr und erinnerte daran, dass er einen Beruf habe, der ihn sehr in Anspruch nehme.

«Es wird nicht lange dauern», versicherte Hildebrandt. «Gehen Sie oft mit Ihren Kunden Kaffee trinken, Herr Kleve?»

«Selten», sagte Max, «gewöhnlich trifft man sich für Geschäfte zum Mittag- oder Abendessen. Warum?»

«Dann werden Sie sich bestimmt daran erinnern, dass Sie mit Hans Jolnow im *Lindenhof* bei Undeloh Kaffee getrunken haben.»

«Mit Jolnow im *Lindenhof*? Wer erzählt das?»

Hildebrandt ignorierte die Frage. «Es war am 7. März», fuhr er fort, «an einem Freitagnachmittag. Versuchen Sie's nochmal, womöglich fällt es Ihnen doch noch ein.»

Max schwieg. «Na gut», sagte er schließlich, «ich habe das nicht erwähnt, weil es unwesentlich ist. Ich habe gar nicht mehr daran gedacht. Es war ein zufälliges Treffen, das Restaurant war voll, Jolnow saß allein an einem Tisch, da habe ich mich dazugesetzt.»

Nun schwieg Hildebrandt, und Max rutschte ungeduldig auf dem Stuhl hin und her. «Ich habe es nicht erwähnt, weil es unwichtig ist *und* weil ich in Begleitung einer Dame war, sie ist», er räusperte sich und tupfte mit dem Taschentuch über die Oberlippe, «sie ist eine alte Freundin, und ich wollte nicht, dass meine jetzige Freundin davon erfährt. Natürlich ist es ganz harmlos, aber Sie wissen doch, wie Frauen auf alte Lieben reagieren. Völlig irrational. Und wenn Sie mich nun nach dem Namen fragen – den werden Sie nicht erfahren. Die Dame ist verheiratet und hat einen sehr eifersüchtigen Ehemann, ich denke nicht daran, sie zu kompromittieren.»

«Das ist ein großes Wort, Herr Kleve, besonders, wo Ihr Treffen angeblich ganz harmlos war.»

«So ist das Leben: harmlose Dinge, große Worte. Und nun muss ich gehen, ich erwarte einen wichtigen Anruf. Wenn mir ein Abschluss durch die Lappen geht, nur weil Sie mich hier mit absurden Fragen aufhalten, werden Sie Ärger bekommen, Herr Kriminalhauptkommissar. Teuren Ärger.»

«Ich bin sicher, Sie haben eine fabelhafte Sekretärin, die solche Angelegenheiten für Sie regelt. Sie glauben also, dass Jessica Ihr Geld genommen hat und sich gleich auf den Weg nach Irland gemacht hat?»

«Das hatten wir doch schon. Aber, ja, das glaube ich. Sie ist ein spontanes Mädchen. Auch zu diesem Thema ist alles gesagt, Herr Hildebrandt. Wenn Sie mich jetzt nicht gehen lassen, werde ich meinen Anwalt anrufen.»

«Bitte.» Hildebrandt schob ihm das Telefon zu. «Wissen Sie eigentlich, dass eine Sechzehnjährige ohne Einwilligung ihrer Eltern kein Flugticket kaufen kann? Schon gar nicht ins Ausland. Fangen wir doch nochmal von vorne an, Herr Kleve? Sie haben Jessica als Letzter gesehen. Sind Sie ganz sicher, dass Sie sie nicht doch irgendwohin gebracht haben?»

«Ina!!» Roland Eisner stürmte durch die Diele und erreichte das Wohnzimmer, noch bevor die Haustür ins Schloss fiel. «Wie konntest du die Polizei anrufen, ohne vorher mit mir zu sprechen!? Was denkst du dir eigentlich?»

Erst jetzt sah er, dass Ina nicht allein war. Felicitas wünschte, sie könnte sich in eine Maus verwandeln und im nächsten Loch verschwinden.

«Das war ich, Herr Eisner», sagte sie. «Ich habe angerufen.»

«Nein, Frau Stern.» Ina stand auf und stellte sich vor ihren Mann. «Das ist jetzt meine Sache», erklärte sie mit dünner Stimme, «auch wenn ich es allein wahrscheinlich nicht getan hätte, noch nicht. Aber es war richtig. Versteh doch, Roland, Herr Hildebrandt muss wissen, dass Jessi es vielleicht am Backhaus gefunden hat. Ich bin doch sicher, dass dein Messer tatsächlich in einer deiner Schubladen begraben liegt, und falls es Max gehört – das muss er doch wissen.»

Felicitas erwartete den nächsten Ausbruch, doch Roland Eisner ließ sich nur auf den nächsten Stuhl fallen. «Max», sagte er, es klang immer noch erstaunt. «Wie lange kennen wir ihn? Zwanzig Jahre?»

Dann erzählte er, was er an diesem Vormittag erfahren hatte, von Max' Begegnung mit Jessi am Sonntagvormittag, von seinen vergeblichen Anrufen in Irland, von dem, was sich auf der Wache ereignet hatte.

Und wie er mit Birgit Sabowsky und ihrem Kollegen Klenze in sein Büro zurückgekehrt war und das Messer in seinem Schreibtisch, in seinem ganzen Büro gesucht hatte, vergeblich, genauso, wie er es erwartet hatte. Die Polizistin hatte ihn mit dem Polizeischüler allein gelassen, wahrscheinlich, so vermutete er, um alle, die sie im Büro fand, auszufragen, während sein Aufpasser ihm auf die Finger sah, als wolle er in seinem eigenen Büro etwas stehlen.

«Sie hat mich nach Hause geschickt», schloss er, «und gesagt, ich solle mich zur Verfügung halten. ‹Zur Verfügung halten.›» Er schlug mit der flachen Hand auf den Tisch, ging zum Barschrank und holte die Cognac-Flasche heraus. Er starrte sie an, als berge das Etikett eine wichtige Information, und stellte sie zurück. «Ich muss telefonieren», sagte er, zerrte sein Handy aus der Tasche und drückte die Wahlwiederholung. Auch dieses Mal meldete sich niemand. «Marion», erklärte er Felicitas und Ina knapp. «Wenn Jessi Sonntagmittag gleich los ist, müsste sie schon dort sein.»

«In Irland?», fragte Felicitas. «Ich will Sie nicht noch mehr beunruhigen, aber verrennen Sie sich da nicht. Sie wissen sicher, dass Jessi ohne Ihre schriftliche Erlaubnis kein Flugticket bekommt?»

«Daran habe ich nicht gedacht.» Er schob das Handy zurück in die Tasche, und plötzlich wirkte er ganz ruhig. «Wir fahren sie jetzt suchen», sagte er und sah seine Frau an, doch Ina schüttelte den Kopf.

«Ich bleibe hier, wenn sie anruft, und niemand ist da, das wäre doch schrecklich.»

«Wir leiten die Anrufe auf mein Handy um. Wo ist das Problem?»

Doch Ina blieb fest. «Ich will nicht, dass das Haus leer ist, falls sie zurückkommt.»

«Ich komme mit», sagte Felicitas, «ich nehme an, Sie haben nichts dagegen.»

Roland hatte eine ganze Menge dagegen, aber er sagte nur: «Als Hilfspolizistin, damit ich nicht verschwinde, sondern mich ‹weiter zur Verfügung halte›?»

Seine Stimme klang schroff, nur Ina hörte, dass auch Erleichterung darin mitschwang.

«Vergessen Sie den Bahnhof», sagte Felicitas, als sie die Rosenstraße hinunterfuhren und ihr einfiel, was Ina über das Ende von Jessis erstem Fluchtversuch erzählt hatte. «Sonntags ist der Schalter nicht besetzt, und wenn sie durchgebrannt ist, werden wir sie auch sonst in der Stadt kaum finden. Halten Sie an und lassen Sie uns nachdenken. Ihre Frau sagt, es gebe außer Ihrer Mutter keine Verwandten, zu denen Jessica gefahren sein könnte. Herr Hildebrandt hat Ihren Kompagnon auf der Wache festgehalten, er wird seine Gründe dafür haben. Herr Kleve hat ihre Tochter als Letzter gesehen – wo könnte er sie hingebracht haben? In seine Wohnung?»

Roland Eisner sah geradeaus durch die Windschutzscheibe, seine Augen folgten einer vom Wind über die Straße getriebenen Plastiktüte.

«Nein», sagte er, «Irene hat einen Schlüssel, seine Freundin. *Warum* sollte er Jessi verstecken?»

Er wusste es, und Felicitas hoffte, dass er ihre Angst, Max Kleve könnte Jessi mehr angetan haben, als sie nur zu verstecken, nicht teilte.

«Das können Sie später herausfinden. Denken Sie nach. Irgendein Ort, ein Ferienhaus, eine Jagdhütte?»

Oder eine ruhende Baustelle, dachte sie, aber das sagte sie nicht. Baustellen waren kein gutes Versteck, nicht für lebende Menschen.

Die Plastiktüte beendete ihren stolpernden Flug in einer Garageneinfahrt. «Ja, das wäre möglich», murmelte Roland, ließ den Wagen an und lenkte ihn rasch auf die Umgehungsstraße. Felicitas hätte gerne gefragt, wohin er fahre, doch erst als sie die Stadt verließen und die Landstraße erreichten, fragte sie.

«Das Waldhaus», erklärte Roland knapp, «eine alte, einsam gelegene Villa, die ich umbauen soll. Alle im Büro wissen, dass sie leer steht. Und wo der Schlüssel ist.»

Einige Kilometer weiter trat er heftig auf die Bremse

und bog schlingernd in eine Straße ein, die, nicht breiter als ein Wirtschaftsweg, in den Wald führte. Er fuhr zu schnell, doch das war nicht der Grund, warum Felicitas sich gegen die Rückenlehne presste. Es war die Erinnerung, die plötzliche Rückkehr der Bilder einer anderen Fahrt, ein beängstigendes Déjà-vu. Auch damals war das Ziel ein einsam gelegenes Haus gewesen, nur in einem anderen, dem Klosterwald. ‹Du Feigling›, rief sie sich zur Ordnung, ‹so etwas passiert nicht zweimal in einem Leben. Nicht einmal mir.›

«Aber ich muss ihn unbedingt sprechen, er wird sehr, sehr böse mit Ihnen sein, wenn Sie ihm nicht sofort sagen, dass ich hier bin. Evchen Lenau», sagte Evchen Lenau, «sagen Sie ihm, dass ich hier bin, sofort! Die Nachbarin von Henriette Jolnow, und von Hans natürlich! Ich bin eine Zeugin und muss eine wichtige Aussage machen!»

«Es geht jetzt nicht, Frau Lenau, wirklich nicht. Wenn Sie noch ein paar Minuten warten könnten? Es kann nicht mehr lange dauern. Ich darf ihn jetzt nicht stören.»

Polizeiobermeister Dessau sah unglücklich auf die kleine dicke Frau hinunter, die sich mit beiden Händen am Besuchertresen der Wache festhielt und ihn zornig anblitzte. «Und würde es Ihnen etwas ausmachen, das Vogelbauer auf die Bank zu stellen?» Dessau schob mit spitzen Fingern den mit einer himmelblauen Decke verhängten Käfig, aus dem es zornig und schrill, mit einem Wort: nervtötend krächzte, einige Zentimeter zur Seite. Er hatte eine Vogelallergie und spürte schon ein unangenehmes Jucken in den Augen. «Vögel», erklärte er, «sind hier nämlich nicht erlaubt, eigentlich. Wenn Sie also so freundlich wären.»

«Ich war schon eine viertel Stunde freundlich! Und was heißt hier Vögel? Das hier ist ein Beweisstück. Glauben Sie, ich trage diese zarten Tiere zum Spaß durch die Kälte? Ich habe extra ein Taxi genommen, aber sie husten schon, hören Sie das nicht, junger Mann? Frau Sabowsky!» Ein letzter verachtungsvoller Blick traf Dessau, und er war Evchen Lenau los. Leider ließ sie das Beweisstück stehen.

«Frau Sabowsky, Ihr Kollege will einfach nicht verstehen, wie wichtig es ist. Er will mich nicht zum Herrn Kriminalhauptkommissar lassen, er sagt ihm nicht einmal, dass ich hier bin. Dabei habe ich etwas entdeckt, das er sofort sehen muss! Eigentlich haben es die Vögel entdeckt, ja, Romeo und Julia, aber auch wieder nicht! Es ist wichtig!»

Birgit Sabowsky hatte das Gefühl, in schneller Fahrt gegen einen Bremsklotz zu prallen. Sie wollte Hildebrandt mindestens so dringend sprechen wie Evchen Lenau, doch was macht man mit einer grimmigen kleinen Person, die mit hochrotem Gesicht im Weg steht wie ein Fels, die Hände ringt und redet wie nach einer reichlichen Prise Koks?

«Okay», sagte Sabowsky, gab ihrem jungen Kollegen Klenze, der grinsend hinter ihr stand, ein Zeichen und ignorierte Dessaus erleichterten Seufzer. «Herr Hildebrandt würde gerne mit Ihnen sprechen, Frau Lenau, leider ist er gerade unabkömmlich. Was haben die Vögel denn entdeckt? Nein, bitte nicht erklären, zeigen Sie es mir. Das geht schneller.»

Evchen Lenau stellte sich auf die Zehenspitzen, klopfte Dessau, der ihr das Bauer herunterreichen wollte, auf die Finger, hob es schnaufend vom Tresen und hielt es hoch.

«Da», sagte sie, «sehen Sie? Wenn das nicht wichtig ist!?»

Evchen Lenau war eine reinliche Frau. Als sie an diesem Vormittag den Vogelkäfig putzte, fand sie es an der Zeit, nicht nur jeden einzelnen Gitterstab feucht abzuwischen, sondern auch die Unterseite des kleinen Gefängnisses einer gründlichen Reinigung zu unterziehen. Wegen der Milben, erklärte sie, das habe die liebe Henriette auch gemacht, regelmäßig. Deshalb müsse das da, sie zeigte unter das Bauer, von Hans Jolnow stammen, und womöglich sei darin ein Hinweis auf seinen Mörder. Sie sah Sabowsky triumphierend an und schwieg – vor allem – endlich.

Birgit Sabowsky schwieg auch. Sie streifte Latexhandschuhe über und löste behutsam die Klebestreifen, die am Boden des Bauers etwas festhielten, das in eine dünne weiße Plastiktüte verpackt worden war. Sie stellte den Käfig auf die Bank. Dessau nieste trotzdem, Evchen schnaufte noch einmal, diesmal klang es sehr befriedigt, und wiederholte in Dessaus Richtung: «Wenn das nicht wichtig ist.»

Sabowsky löste die noch einmal verklebte Tüte, öffnete sie und zog den Inhalt heraus. Es war einer dieser Briefumschläge aus billigem graublauem Papier, wie es sie schon lange nicht mehr gibt. Er war nicht zugeklebt und enthielt nur einen Bogen; sie faltete ihn auseinander und las: ‹Mein sehr verehrter Herr!› Der Brief war nicht lang, und als sie bei der Unterschrift ankam, pfiff sie scharf durch die Zähne.

Und dann bekam Evchen Lenau zum ersten Mal seit sehr vielen Jahren einen dicken Kuss mitten auf die Stirn.

Was die Nachbarn dachten, war Evchen Lenau an diesem Tag ausnahmsweise egal. Sie würde schon alle wissen lassen, dass sie nicht wegen krimineller Untaten mit dem Streifenwagen nach Hause gefahren wurde, sondern einzig, weil sie eine gute Bürgerin war und der Polizei einen großen Dienst erwiesen hatte. Das hatte die ganz reizende junge Beamtin gesagt, und es war gut, dass Evchen deren erleichtertes Aufatmen nicht mehr hörte, als Jolnows Nachbarin mitsamt ihren unermüdlich lärmenden Hausgenossen die Wache verließ.

«Bingo», sagte Sabowsky, als sie Name, Beruf und Anschrift des Teilnehmers las, dessen Telefonnummer Klenze überprüft hatte, während sie das Geheimnis des Vogelbauers löste. «Es passt. Endlich passt was zusammen.»

«Guten Morgen, die Herren. Und, pardon, die Dame.» Dr. Henry Lukas stand in der Tür. Er trug einen dieser Anzüge, wie sie Spitzenpolitiker neuerdings tragen, nur dass er darin tatsächlich elegant aussah, was ihm allerdings auch mit Rollkragenpullover und Wanderstiefeln gelang. Er konnte nichts dafür. «Wo ist mein Mandant? Max Kleve? Ich will ihn abholen», verkündete er gut gelaunt, «und ich bin gespannt, aus welchem absurden Grund Sie ihn hier so lange festhalten.»

«Das sagt er Ihnen am besten selbst, Dr. Lukas. Einen Moment.»

Sabowsky verschwand in Hildebrandts Büro, eine Minute später kam sie mit dem Kriminalhauptkommissar wieder heraus, der von dem Anwalt ebenso schwungvoll und wie ein alter Bekannter begrüßt wurde.

«Endlich», sagte Hildebrandt, als Henry Lukas für ein vertrauliches Gespräch mit seinem Mandanten die Tür hinter sich geschlossen hatte. «Haben Sie das Ding gefunden?»

«Nein, kein Messer weit und breit, wie Sie vermutet hatten. Aber Ihre andere Idee hat's gebracht. Vielleicht nicht ganz legal, aber effektiv. Mehr, als Sie dachten.»

Weder die Sekretärin noch sonst jemand hatte sie gefragt, was sie in Max Kleves Büro zu suchen habe. Sein Terminkalender lag brav auf seinem Schreibtisch, Freitag, der 7. März zeigte für den Nachmittag nur eine Eintragung.

«I Punkt, E Punkt. Ich weiß, was Sie denken, Chef, das habe ich zuerst auch gedacht, aber dann ging das Telefon, und ich hatte Glück. Es war nicht auf sein Sekretariat umgestellt, sondern noch vom Wochenende auf den Anrufbeantworter, und ich habe zugehört. Was dann kam, war sogar doppeltes Glück. Wir hätten es natürlich auch so rausbekommen, aber nun ist es schneller gegangen.»

Die Stimme war weiblich und ungehalten. Das Bild, sagte sie, sei das falsche, es habe sich schon bei der ersten flüchtigen Prüfung als völlig wertlos erwiesen. Wenn sie nicht innerhalb einer Woche das richtige bekomme, fürchte sie, von dem Geschäft zurücktreten zu müssen. Ihr Kunde sei ein überaus vorsichtiger Mann und habe schon kalte Füße, 150 000 Euro seien schließlich kein Spielgeld. Und sie beginne an der Existenz der avisierten Ware zu zweifeln. Sie erwarte umgehend einen Rückruf.

«Dann machte es klack, und weg war sie.»

«Und? Wie heißt sie?»

«Sie hat keinen Namen genannt», sagte Sabowsky, «aber gelobt sei die moderne Technik. Das Display hat ihre Nummer verraten. Klenze hat gerade den dazupassenden Namen recherchiert, I. E. meint Ingrid Eichhorn. Die Dame hat einen hochinteressanten Beruf, sie handelt mit Kunst und Antiquitäten. In Hannover. Und jetzt – gucken Sie doch nicht so mürrisch – jetzt kommt es. Das fehlende Stück. Mit dem Anruf konnte ich noch nicht viel anfangen, aber wir hatten gerade Besuch von Jolnows Wellensittichen. Frau Lenau hat das Bauer sauber gemacht, und an der Unterseite klebte das letzte Teilchen in unserem Puzzle. Lesen Sie das mal.»

Mit ihren immer noch in der dünnen Latexhaut steckenden Händen hielt sie ihm den Bogen in Augenhöhe entgegen, und Hildebrandt las. Wie der Stil des Briefes war auch die Schrift altertümlich, doch akkurat und sauber. Sie war leicht zu entziffern.

«Jetzt haben wir ihn», sagte er und guckte überhaupt nicht mehr mürrisch.

«Es sieht so aus.» Sabowsky faltete den Bogen zusammen

und verstaute ihn vorsichtig wieder in seinem Umschlag. «Fragt sich nur noch, wen wir haben? Oder wer für was verantwortlich ist.»

«Ich denke», mischte sich Polizeischüler Klenze aus der hinteren Reihe ein, «wir haben es mit einem Team zu tun, das ist doch klar.»

Hildebrandt und Sabowsky drehten sich zu ihm um, und er zog unter ihren strengen Blicken den Kopf ein. «Ich meinte ja nur», stotterte er, «bei Kompagnons und alten Freunden liegt das doch nahe, oder?»

Es war ihr weder gelungen, die Tür zu öffnen noch die Gitterstäbe hinter dem Fenster aus dem Mauerwerk zu lösen. So war sie wieder unter die Decke gekrochen und hatte die Briefe zum zweiten Mal gelesen, mit jedem wurde ihr die fremde Frau, die darin für sie von ihrem Leben schrieb, vertrauter. Mit jedem Mal, das sie die Fotografien ansah, kehrte ein wenig mehr der verschütteten Erinnerung zurück. Vergessen geglaubte kleine Dinge fielen ihr ein, die Halskette aus bunten Glasperlen, eine gemeinsame Karussellfahrt an ihrem ersten Schultag, das Puppentheater, mit dem sie sich in ihrem letzten gemeinsamen Winter wilde Geschichten ausgedacht hatten, der Geruch von angebrannten Keksen und der Duft ihrer Kleider, das Gefühl von nassem Gras unter ihren hüpfenden Füßen. Ein helles Lachen.

Sie suchte nur ein Taschentuch, ein letztes, das noch nicht ein feuchter Klumpen war, als sie etwas Eckiges in der Innentasche ihrer Lederjacke fühlte und das dünne Buch herauszog, das sie unter der Bohle im Schulzimmer gefunden hatte. Eigentlich war es nur ein dickes Heft. Vielleicht hatte Ulrica zu Lönne, der Name stand auf der ersten Seite, es selbst gemacht, nur ein paar inzwischen brüchig gewordene Leinenfäden hielten die Seiten im Falz zusammen.

Der Deckel aus etwas dickerem schwarzen Papier war innen mit aufgeleimten Resten von alten Briefen oder anderen beschriebenen Papierstücken verstärkt. Jessi blätterte behutsam die Seiten um, entzifferte die mit ordentlicher Hand geschriebenen Andacht- und Liedtexte, las die frommen Sinnsprüche. Wenn sie sie laut las, hielten die Worte und ihr Rhythmus ihr Denken im Zaum, sie begann zu verstehen, welchen Trost sie bedeuten konnten. Die Zeilen auf dem Blatt vor den leeren letzten Seiten gaben keinen Trost, sie waren wie ein Rätsel und mit flüchtiger Hand geschrieben. Erst als sie sie das dritte Mal las, begann sie zu verstehen, was es bedeuten könnte.

Dieses Mal war das Geräusch, das sie plötzlich aufschreckte, nicht in ihrem Kopf, es kam von draußen, von der anderen Seite des Hauses. Eine Autotür klappte, oder waren es zwei? Sie begriff, dass es heftig bremsende, über Kies rutschende Räder eines Autos gewesen waren, und die Angst wuchs zu einer eisigen Welle. Glas splitterte, Schritte gingen rasch über steinernen Boden, wurden leiser, wieder lauter. Die Tür würde sich nach innen öffnen; wenn sie sich dahinter verbarg, wenn er sie öffnete und nach der Liege sah, vielleicht konnte sie dann hinter ihm hindurchschlüpfen und wegrennen. Sie war schnell, sie konnte es schaffen, der Wald war nicht weit, sie hatte ihn durch die zerschlagene Scheibe gesehen, und das struppige Unterholz …

Rasche Schritte hallten durch das leere Haus und kamen näher, nun eilten sie Kellertreppe herab, der Schlüssel drehte sich in der Tür, und sie kroch aufschluchzend tief unter ihre Decke.

«Haftbefehl?», fragte Sabowsky. «Soll ich den Staatsanwalt anrufen?»

«Nein», entschied Hildebrandt, «das ist noch zu dünn.»

Er saß kerzengerade und blickte mit zusammengekniffenen Augen in eine undefinierbare Ferne, ein sicheres Zeichen für Sabowsky und Klenze, den Mund zu halten und abzuwarten.

«Wir wollen doch mal sehen», sagte er endlich, «ob seine Nerven wirklich Drahtseile sind.»

Zu Klenzes tiefer Enttäuschung bekam nur Sabowsky ein Zeichen, Hildebrandt zu folgen. Die magere Aufgabe, die er übertragen bekam, war selbst für einen Polizeischüler langweilig.

Henry Lukas war bester Stimmung, als Hildebrandt und Sabowsky das Büro betraten. Er war gerne der Retter in der Not, besonders wenn die Not nicht zu lästig und bei genauem Hinsehen gar keine war.

«So, Herr Hildebrandt», sagte er fröhlich, «nun haben Sie uns lange genug warten lassen, wir werden jetzt gehen. Mein Mandant hat zwei Stunden seiner kostbaren Arbeitszeit verloren, länger muss ein unbescholtener Mann der Polizei nicht zu Diensten stehen.»

«Richtig, Dr. Lukas.» Hildebrandt legte sein schönstes Fuchslächeln auf. «Wir müssen nur noch klären, ob diese schöne Eigenschaft auf Ihren Mandanten zutrifft. Das geht ganz schnell. Nun verraten Sie uns, Herr Kleve», er setzte sich hinter seinen Schreibtisch, lehnte sich zurück und faltete die Hände vor dem dünnen Bauch, «verraten Sie uns, wo das Bild ist. Ihr Rechtsbeistand kann gerne zuhören, es wird ihn auch interessieren.»

Max lächelte erstaunt. «Ich verstehe kein Wort, Herr Hildebrandt. Ihre Frage ist zu kryptisch für meinen beschränkten Verstand. Was für ein Bild meinen Sie?»

«Das Gemälde, so nennt man das doch, das Sie Hans Jolnow abgenommen haben? Eine Heidelandschaft, gemalt von Matthias Reithbühl.»

«Reithbühl? Sie meinen diese violetten Sonnenuntergänge, die Jolnow ausstellen wollte? Ich verstehe Sie immer weniger. Ich will Ihnen nicht zu nahe treten, aber wenn Sie die für wertvoll halten und sogar glauben, ich hätte Jolnow eines abgekauft, verstehen Sie noch weniger von Kunst, als ich dachte. Und vielleicht erinnern Sie sich: Bei unserem ersten Gespräch in meinem Büro habe ich Ihnen erzählt, dass ich mit dieser Art Kunst zur Genüge versorgt bin. Meine Mutter hatte Jolnows Mutter, der alten Henriette, eines abgekauft, aus Mitleid, und ich hab's behalten, aus Pietät. Ich kann Ihnen versichern, eines von der Sorte reicht mir völlig.»

«Das war eine hübsche Erklärung, Herr Kleve. Sie haben nur vergessen zu erwähnen, dass bei dem Werk, von dem wir hier sprechen, die violette Heide nur die belanglose Oberfläche ist.»

Er sah sein Gegenüber freundlich an, was ihm leicht fiel, weil Max Kleve zwar immer noch lächelte, aber die Schweißtröpfchen auf seine Oberlippe zurückgekehrt waren und auch die unablässig um den rechten Daumennagel kreisende Zeigefingerspitze nicht von Gelassenheit zeugte.

«Sie haben Recht, Dr. Lukas», fuhr er fort, «unsere Plaudereien dauern schon viel zu lange. Kürzen wir sie also ab. Wenn Sie nicht mögen, Herr Kleve, wofür ich ein gewisses Verständnis habe, erzähle ich, was passiert ist. Falls ich mich irre, dürfen Sie mich gerne korrigieren, es werden nur Kleinigkeiten sein. Hören Sie gut zu, Dr. Lukas, Sie sind der Einzige, der nun etwas Neues erfährt. Hans Jolnow lief überall in der Stadt herum, dabei ließ er auch das Kloster nicht aus, und suchte nach den Werken seines Großonkels, aus reiner Sentimentalität, so schien es. Vor allem interessierten ihn diese Heidelandschaften, davon hat Matthias Reithbühl in seinen letzten Jahren erstaunlich viele gemalt, obwohl er bis dahin ein sehr viel breiteres Œuvre hatte. Reithbühl war in den zwanziger und dreißiger Jahren nämlich ein gefragter Maler. Er traf den Massengeschmack seiner Zeit und ist heute so gut wie vergessen. Aber das tut hier nichts zur Sache. Selbst zu Beginn der vierziger Jahre verdiente er noch recht gutes Geld, bis er Berlin verließ und sich nach Möldenburg zurückzog, weil ihm die Zeit und ihre Geister immer weniger gefielen. Hier lebte seine einzige Verwandte, seine junge Nichte mit ihrem Sohn, Henriette Jolnow mit Hans, der damals noch kurze Hosen trug. Jolnows Vater fiel im Krieg, aber auch das tut jetzt nichts zur Sache.»

«Ihre kunsthistorischen Ausführungen in Ehren», unterbrach ihn Henry Lukas, «aber wollten Sie sich nicht kurz fassen? Ich sehe beim besten Willen nicht, was das mit Herrn Kleve zu tun hat.»

«Ich fasse mich kurz, Dr. Lukas, eigentlich ist es eine sehr lange Geschichte. Hören Sie zu, jetzt wird es interessant. Als Reithbühl nach Möldenburg kam, hatte er etwas in seinem Gepäck, das den Kunstrichtern seiner Zeit nicht in die Hände fallen durfte. Sie hielten das Bild für ‹entartet›, ich muss gewiss nicht erklären, was das bedeutete. Er hat es gut versteckt, nämlich – das wird Sie nun kaum noch überraschen, Dr. Lukas, und Herrn Kleve sowieso nicht, weil er es sehr genau weiß – nämlich unter einer seiner Heidelandschaften. Er hatte es übermalt, um es später, wenn die Kunst wieder frei sein würde, seinem Besitzer als das zurückzugeben, was es tatsächlich war. Er glaubte an die Zukunft, stellen Sie sich das mal vor. Und dieses Bild, Sie werden das bestätigen, Herr Kleve, hat Jolnow gesucht und endlich gefunden. Verraten Sie uns, woran er es erkannt hat? Nein? Dann will ich es tun. Es wäre doch unhöflich, Dr. Lukas ein so wichtiges Detail vorzuenthalten. Dieses spezielle Bild ist nicht wie seine anderen mit M. Reithbühl signiert, M für Matthias, sondern mit O. Reithbühl. O wie Otto. Otto Dix.»

Henry Lukas' verblüffte Miene verriet, dass er im Kunstunterricht gut aufgepasst hatte. Max Kleve saß mit steinernem Lächeln auf seinem Stuhl und schwieg.

«Ja, Dr. Lukas», sagte Hildebrandt, «das ist beachtlich, nicht? Es handelt sich um den Mittelteil eines Triptychons, das heute als verschollen gilt. Es wird für vernichtet gehalten. Ich bin kein Kunsthändler, ich lese nur ab und zu das Feuilleton und habe meine Informanten. Ich bin aber sicher, auf dem offiziellen Kunstmarkt wird das Bild, sofern es anständig erhalten ist, gut und gerne einige hunderttausend Euro bringen. Verraten *Sie* uns, Herr Kleve, was es auf dem schwarzen Markt bringt. Etwa 150 000 Euro? Die Summe wird Ihnen bekannt vorkommen. Ist das ein Leben wert?»

Max Kleve lachte laut, es klang nur ganz wenig hohl. «Das ist tatsächlich eine phantastische Geschichte! Und noch phantastischer wird sie, wenn Sie uns nun erzählen wollen, ich hätte Hans Jolnow im Park aufgelauert, ihm das Bild, das er ganz zufällig bei sich hatte, abgenommen und ihn getötet, weil ich … das ist absolut lachhaft.»

«So ungefähr, ja. Ich finde das gar nicht komisch. Die Geschichte ist auch noch nicht ganz zu Ende, aber sagen Sie uns doch zuerst, woher Sie Ingrid Eichhorn kennen? Genau. Ich spreche von der blonden Frau, mit der Sie und Jolnow im *Lindenhof* so vertraut Kaffee getrunken haben, rein zufällig, auch daran werden Sie sich erinnern. Es war am 7. März. Und bitte, erzählen Sie nicht wieder, die Dame sei eine alte Liebschaft, etwas Originelleres erwarte ich von einem Mann mit Ihrer Findigkeit schon.»

«Sie sind ja völlig verrückt.» Max Kleve rutschte auf die

vordere Stuhlkante und stemmte die Fäuste auf die Oberschenkel. «Versuchen Sie diese Räuberpistole erst mal zu beweisen, dann höre ich vielleicht auf zu lachen. Müssen wir uns das wirklich länger anhören, Henry?»

«Nein», sagte Hildebrandt, «das müssen Sie nicht. Weil Sie jetzt dran sind zu reden. Wenn Sie über Ihre Hehlerin noch nicht sprechen mögen, ist mir das Recht. Das hat Zeit. Sie werden gleich sehen, warum. Viel mehr interessiert mich der gestrige Vormittag. Wie war das, Herr Kleve? Woran hat Jessica erkannt, dass Sie der Mann waren, den sie in der Mordnacht im Park gesehen hat? Und wo ist das Mädchen? Was haben Sie mit ihr gemacht?»

Die Stille war kurz, atemlos und eisig.

«Sie sind noch verrückter, als ich dachte», stieß Kleve hervor, «sag ihm, dass er verrückt ist, Henry. Was glaubt er, wen er vor sich hat? Das ist doch alles wirres, unbewiesenes Zeug.»

«Wieder falsch», sagte Hildebrandt. Von Zeit zu Zeit war er ein begeisterter Pokerspieler.

KAPITEL 12

Erik Hildebrandt hatte Hunger. Das war ein gutes Zeichen. Wenn er angespannt und unsicher war, dachte er nie an seinen leeren Magen. Er blickte auf die Uhr und sagte: «Ich bewundere Ihre Ausdauer, Herr Kleve, das tue ich wirklich. Aber gerade in diesem Moment steigt Ihre Kunsthändlerin – oder sollte ich besser Hehlerin sagen? – in Hannover in einen Streifenwagen. Natürlich weiß ich nicht, ob sie genauso ausdauernd wie Sie Ihren Handel abstreitet, aber wenn sie erfährt, dass der tatsächliche Besitzer des Bildes im Leichenschauhaus liegt, wird sie reden wie ein Wasserfall. Glauben Sie nicht? Hehlerei ist eine Sache, Mord eine andere.»

Max Kleve rieb immer noch seine Fingerkuppen, obwohl die Farbe für die Fingerabdrücke kaum noch zu sehen war. Er sah auf seine Hände und lächelte nicht mehr.

«Gut», sagte er endlich, «gut. Das Bild hat sie von mir, und ich habe es von Jolnow. Das stimmt. Aber mit seinem Tod habe ich nichts zu tun.»

«Das ist doch schon was. Nun bin ich gespannt auf den Anfang. Wieso hat Jolnow gerade Ihnen das Bild anvertraut? Und wozu?»

«Lass nur, Henry.» Kleve winkte den begonnenen Einspruch seines Anwalts ab und begann endlich zu erzählen.

Hans Jolnow hatte gewusst, das seine Mutter im Haushalt der Kleves gearbeitet hatte, und fragte auch Max nach den Bildern des alten Reithbühl. Er war tatsächlich in das

Architektenbüro gekommen, weil er sein Haus umbauen wollte, und hatte nur die Gelegenheit genutzt. Max witterte ein Geschäft, sprach von seinen guten Kontakten zu Kunsthändlern und bot an zu helfen, falls Jolnow versuchen wollte, die Bilder wieder auf den Markt zu bringen; mittelmäßige (das Wort hatte er nicht benutzt) Kunst aus den dreißiger und vierziger Jahren mit heimatlichen Motiven könne durchaus Gewinn bringen. Es werde nicht viel sein, aber falls Jolnow über eines stolpere oder eines habe, das er verkaufen wolle, solle er sich ruhig an ihn wenden. Gegen eine kleine Gebühr könne er diskret einen guten Kauf vermitteln, unter der Hand, ohne diese ungerechten Steuern, das werde helfen, den Umbau zu finanzieren.

Jolnow hatte nicht gleich erzählt, worum es bei seiner Suche tatsächlich ging, erst Mitte Februar kam er wieder in das Büro und bat um die Adressen der Kunsthändler. Max Kleve gehörte zu jenen Menschen, denen selbst völlig Fremde bereitwillig ihre Sorgen anvertrauen, und weil es Jolnow erleichterte, bei diesem Unternehmen auf unbekanntem Terrain einen versierten Partner gefunden zu haben, kostete es wenig Mühe, die ganze Geschichte aus Jolnow herauszuholen.

Hans Jolnow erinnerte sich an seinen Großonkel, er kannte dessen Geschichte und wusste auch, dass die alte Henriette lange nach Reithbühls Tod begonnen hatte, dessen Bilder zu verschenken oder zur Aufbesserung ihrer Rente um einen geringen Preis zu verkaufen. Als er nach Möldenburg zurückkehrte, stellte er fest, dass alles, was Reithbühl in seinen Möldenburger Jahren noch gemalt und Henriettes Umtriebe überstanden hatte, auf dem Dachboden in der Breslaustraße lagerte und, so dachte er, nicht viel wert war. Bis er begann, das Haus gründlich zu entrümpeln, und in einem Kasten mit alten Pinseln einen Brief fand. Der war nie abgeschickt worden, weil Matthias Reithbühl in den Nachkriegswirren wahrscheinlich nicht wusste, wohin er ihn schicken sollte, und 1947 starb, bevor er den Adressaten fand. Der Adressat war Otto Dix, ein Künstler, den Reithbühl, dem die engen Grenzen seiner eigenen Kunst offenbar bewusst gewesen waren, verehrt und bewundert hatte. Einige Monate vor der großen Münchener Ausstellung von Werken ‹entarteter› Kunst im Jahre 1937 hatte ein Freund Reithbühls und wohlhabender Sammler moderner Kunst ihm ein Dix-Bild anvertraut, den Mittelteil eines Triptychons, den er vor der Vernichtung retten wollte. Bei Reithbühl wusste er es in sicheren Händen. Er hatte es ihm auch verkauft, weil er Geld für seine Emigration in die USA brauchte. Reithbühl hatte das Bild übermalt, fachgerecht, um es später wieder von der Farbe zu befreien. Als der Krieg zu Ende war, suchte er Otto Dix und schrieb ihm einen Brief – wenige Tage nachdem er den verfasst hatte, musste Reithbühl gestorben sein. Darin berichtete er seinem großen Kollegen die Geschichte der Rettung des Bildes und versicherte, sein einziges Interesse sei, es dem zurückzugeben, der es geschaffen habe. Auf dem Umschlag stand keine Adresse, Jolnow wusste nicht, ob Reithbühl sie beim Schreiben des Briefes noch nicht herausgefunden hatte oder ob der Tod den alten Mann daran gehindert hatte, sie aufzuschreiben. In dem Brief stand auch, wie das Bild unter den vielen ähnlichen, die er in seinen letzten Jahren gemalt hatte, zu identifizieren sei. Anstelle seines eigenen Vornamens habe er in die Signatur ein O gesetzt, O für Otto. Zum Beweis der Rechtmäßigkeit seines Besitzes hatte er auch die Quittung in den Umschlag gesteckt, die sein emigrierter Freund ihm ausgestellt hatte.

Seit jenem Tag hatte Jolnow versucht, das Bild zu finden. Max' Angebot, ihm bei der Begutachtung und insbesondere bei dem Verkauf des Bildes zu helfen, nahm er gerne an.

Leider hatte Reithbühl nicht nur eines seiner Bilder mit der falschen Signatur versehen. Das erste, das er Max brachte, er hatte es der Wirtin der *Alten Post* abgeschwatzt, war nichts als ein echter Reithbühl. Einer von der ganz schlechten Sorte, und bei genauerem Hinsehen konnte das flüchtige O auch als ein schwungvoller als üblich gezeichnetes M gesehen werden. Das zweite war eindeutig signiert.

«Ich habe es einer alten Freundin anvertraut», erklärte Max, «und wenn Sie von Hehlerei sprechen, Herr Hildebrandt, ist das eine Frechheit. Sie ist eine seriöse Kunsthändlerin und sollte es begutachten lassen. Das ist alles. Er hat mir das Bild in meine Wohnung gebracht, einige Tage vor seinem Tod, ich glaube, es war der Mittwoch. Ja, am Mittwochabend. Mit seinem Tod habe ich absolut nichts zu tun.»

«Mittwoch also. Ich bin gespannt, was Frau Eichhorn dazu sagt.»

«Was soll sie dazu sagen? Ich glaube nicht, dass ich ihr meinen Terminkalender vorgelesen habe. Sie hat das Gemälde erst am folgenden Dienstag bekommen. Ich bin morgens nach Hannover gefahren und habe es ihr gebracht. Vorher hatte ich keine Zeit.»

Hildebrandt lächelte schmal. «Wie praktisch, direkt am Morgen nach dem Mord. Und so lange, fast eine ganze Woche, haben Sie ein Bild, das eine sechsstellige Summe wert ist, einfach in Ihrem Wohnzimmer herumstehen lassen? Das war tapfer, Herr Kleve. Leider mag ich das gar nicht glauben. Ich will Ihnen sagen, was ich glaube. Ihr Partner in Sachen Kunst hat das Bild am Montagabend aus dem Kloster mit nach Hause nehmen wollen, Sie haben das gewusst. Vielleicht hatten Sie verabredet, dass er es an diesem Abend zu Ihnen bringt. War er nicht erstaunt, dass Sie es nicht mit dem Auto abholen wollten, das kostbare Stück und bei dem Wetter? Nein? Auch gut, also weiter. Sie haben gewusst, dass er direkt vom Kloster aus zu Ihnen fahren würde. Sicher hätte ihn dort jemand gesehen, Sie wohnen in einer belebten Straße in der Altstadt, Herr Kleve. Auch wenn um halb neun am Abend dort kaum mehr jemand unterwegs ist, mussten Sie doch damit rechnen, dass sich jemand an ihn vor Ihrer Haustür erinnert. Mit einem Paket, verpackt in eine graue Mülltüte. Das wäre aufgefallen. Die Stelle im Park, im Schutz des alten Backhauses, barg bei aller Öffentlichkeit ein geringeres, aber immer noch großes Risiko. Fühlen Sie sich nicht zu sicher. Nicht nur Jessica hat Sie gesehen. Im Kloster stand eine Dame am Fenster, sie hat beobachtet, wie jemand etwas über den Weg schleppte. Sie hatte ihre Gründe, damit erst spät herauszurücken, aber ihre Aussage ist unterschrieben, und sie ist schon hierher unterwegs. Sie hat gute Augen, Herr Kleve, es war zwar dunkel, aber sie wird Sie trotzdem erkennen.»

«Schon wieder so ein schlechter Witz, Herr Hildebrandt. Da krieche ich nachts im Gebüsch herum, lauere einem alten Mann auf und klaue ihm ein Bild, von dem ich nicht mal weiß, ob es mehr als fünfzig Euro wert ist? Nicht zu vergessen: Bevor ich damit wegrenne – das tut man doch in solchen Situationen, oder nicht? –, schubse ich ihn flink in den Teich? Warum hätte ich das tun sollen? Für das Bild? Glauben Sie, ich hätte dafür meine Existenz riskiert? Ich nage nicht am Hungertuch, falls Sie das vergessen haben.»

«Danke für das Stichwort. Nein, Sie nagen nicht am Hungertuch, aber Sie sind kurz davor. Sie sind pleite, mein Herr, absolut pleite. Streiten Sie das ruhig ab, wenn es eilig ist, bekommen wir solche Dinge blitzschnell heraus. Selbst Ihre wunderbare Eigentumswohnung gehört wieder der

Bank, was Sie sonst noch für Schulden haben, werden wir auch bald erfahren. Und jetzt», Hildebrandts Stimme war plötzlich sehr laut, «jetzt will ich endlich wissen, wo Jessica ist. Was haben Sie mit dem Mädchen gemacht?»

Statt einer Antwort begann Max leise zu lachen. Seine Schultern zuckten, und sein Gesicht verzerrte sich zu einer heulenden Grimasse. Er hörte erst auf zu lachen, als die Tür aufflog.

«Jessi», schluchzte er. «Roland. Was hätte ich denn tun sollen?»

Hinter Jessi und ihrem Vater stand Felicitas, im Gesicht der reine Triumph.

EPILOG

Auch an diesem Tag empfand Erik Hildebrandt die Fahrt nach Möldenburg wieder als besonders schön. Er ließ den Blick über die butterblumengelben Wiesen gleiten und dachte, dass der April ein Monat der Wunder sei. Zuerst hält er die Welt in winterlichem Grau und Graupelschauern fest, und plötzlich, über Nacht nach einem warmen Tag, nimmt er den Pinsel, taucht ihn tief in den Farbkasten, und alles wird grün. Hier ein paar Tupfer Gelb, dort ein paar Tupfer Weiß, und fertig ist der Frühling mit all seiner die Seele aufheiternden Lieblichkeit.

Er hing seinen Gedanken nach und war froh, dass er alleine in seinem Wagen saß, womöglich hätte er diese unpassenden Worte sonst laut ausgesprochen.

Dieses Mal dauerte es nicht so lange wie nach dem letzten Fall, dass er nach Möldenburg fuhr – was möglicherweise nur daran lag, dass Felicitas nicht auf seinen Anruf gewartet, sondern selbst zum Hörer gegriffen hatte.

Reine Neugier, hatte sie behauptet, da seien noch ein paar Lücken, zum Beispiel, wie ein bis dahin braver Bürger auf die Idee komme zu töten.

Weil er wusste, dass sie nicht gern wartete, hatte er es ihr gleich erzählt.

Max Kleve war ein Spieler. Seine netten kleinen Urlaube, zu denen er immer wieder kurz entschlossen aufbrach, waren gar nicht so nett: Die Ziele waren immer Spielcasinos, und er war ein Meister unter den Verlierern. Als der Kredit bei seiner Bank ausgeschöpft war und die Angst wuchs, das Bankgeheimnis könne doch nicht so geheim sein, wandte er sich an weniger seriöse Institute. Er bekam viel, das Glück, das er brauchte, um wenigstens einen Teil der Schulden zurückzuzahlen, blieb aus – und als die Mahnungen anfingen, wie Drohungen zu klingen, beschloss er, das Bild zu stehlen und als ein Stück aus dem elterlichen Erbe auszugeben. Und dessen rechtmäßigen Besitzer zu töten. Einen anderen Weg gab es nicht.

Nachdem Jolnow das Bild von Lieselotte von Rudenhof gekauft hatte, hatte er es hinter dem letzten Regal im Archiv deponiert, weit genug hinten, dass Elisabeth Möller das graue Bündel nicht bemerken würde. Hinter den sicheren Stahltüren sollte es bis zu diesem Abend, für den Max Kleve den Besuch eines Sachverständigen in seiner Wohnung angekündigt hatte, bleiben. Dorthin war Jolnow unterwegs gewesen, wie Max wusste, mit dem schmalen Paket, in dessen Inhalt er die letzte Rettung vor den Geldeintreibern seiner Gläubiger sah.

Als er den Toten in dem Backhaus versteckte, hatte er diskret, doch gezielt den Verdacht in Richtung Kloster lenken wollen. Ebenso, als er behauptete, Jessi habe vor ihrem Verschwinden einen Besuch im Kloster machen wollen. Er kannte Benediktes Geschichte, Jolnow hatte ihm davon erzählt, und hoffte, der Verdacht werde gleich auf die Frau fallen, die schon einmal getötet hatte. Allerdings hatte er nicht damit gerechnet, dass die Leiche so schnell gefunden werden würde. Und dass ihn ausgerechnet Jessi, ein Mädchen, das er wirklich mochte, in jener Nacht im Park gesehen hatte, wurde sein größtes Problem.

«Wäre er nicht so dumm gewesen, dem Mädchen K.-o.-Tropfen zu verabreichen und sie in dieser Bauruine einzusperren», erklärte Hildebrandt Felicitas, «hätten wir seine

Spur womöglich gar nicht gefunden oder ihm nur den Bilderhandel nachweisen können. Und der war so, wie er es darstellt, nicht einmal illegal. Aber er hat geglaubt, Jessi habe ihn im Büro, als er das kleine Messerchen nahm, erkannt und seine Geschichte mit dem Strich auf dem Etui nicht geglaubt, aber das stimmt nicht. Sie hat gestutzt, doch in dem Moment war sie viel zu sehr mit ihrer wiedergefundenen Mutter und der grandiosen Idee, einfach abzuhauen, beschäftigt, um weiter darüber nachzudenken. Jedenfalls wäre es sehr viel schwieriger gewesen, ihm den Mord zu beweisen. Für einen Anfänger hat er uns und vor allem der Spurensicherung wenig geboten und schwer zu schaffen gemacht.»

«Anfängerglück», tröstete Felicitas, «das Wetter war auf seiner Seite, der Trecker mit der Erde für den Kräutergarten, das Geäst, das Alting an dem Morgen nach dem Mord über den Weg gezogen hat. Reines Anfängerglück. Nun wird er keine Gelegenheit mehr haben, sich zum Profi zu entwickeln.»

Hildebrandt hielt es für unangebracht zu erwähnen, dass Gefängnisse in gewissen Kreisen als fabelhaftes Ausbildungslager gelten.

«Und Jessica?», stellte Felicitas die lange hinausgeschobene Frage. «Was hatte er mit ihr vor?»

«Das wusste er nicht. Was ich ihm sogar glaube. Er wusste, dass er sie töten musste, weil er doch dachte, sie habe ihn erkannt, aber das konnte er nicht. Er wollte sie einfach dort lassen. Was das bedeutet hätte, können Sie sich selbst ausmalen. Natürlich behauptet er inzwischen, er habe sie wieder freilassen wollen. Das wiederum glaube ich ihm nicht.»

«Also war der Mord eine Verzweiflungstat», sagte Felicitas.

Dazu sagte Erik Hildebrandt nichts.

Als er auf dem Besucherparkplatz des Klosters hielt und die Rhododendren und Tulpen sah, stellte er fest, dass er bei seiner Frühlingsschwelgerei die roten und violetten Töne vergessen hatte.

Der Platz war leer, was ihn wunderte. Hatte vergangene Woche das Kloster sich nicht für das Sommerhalbjahr den Besuchern geöffnet?

Er ging durch das Eingangstor in der Mauer, es stand weit offen, schlenderte über den Vorplatz, und ihm fiel ein, dass das Kloster wie die meisten Museen montags für die Öffentlichkeit geschlossen war. Jetzt verstand er, warum Felicitas auf diesem Tag für ihre Verabredung bestanden hatte. Der ruhige Montag versprach einen Nachmittag ohne Störung. Er solle zum Eingang vom hinteren Hof kommen, hatte sie gesagt, so ging er am Haupteingang in der breiten vorderen Fassade vorbei – und war enttäuscht. Er hatte an einen ruhigen Nachmittag zu zweit gedacht, vielleicht mit einem abschließenden Abendessen bei Bassani, sofern die Folgen des Wasserrohrbruchs überstanden waren. Und nun erwartete ihn etwas, das nach einem Hoffest aussah. Allerdings mit seltsamen Spielen.

Dort, wo der Kräutergarten entstehen sollte, kauerte ein Gefährt, das wie ein kleiner Bagger aussah, seine Schaufel hatte einen flachen Graben über ein Stück des Hofes gezogen. An dessen Rand standen in dichter Reihe fast alle Bewohnerinnen des Klosters, auch die drei Eisners waren dabei und einige Rücken – alle wandten ihm den Rücken zu –, die er nicht erkannte. Judith Rehland, Henry Lukas, Viktor Alting und Elisabeth Möller standen in dem Graben und hoben, von Judith immer wieder zur Vorsicht ermahnt, weiter Erde aus. Der Verlauf des Grabens war mit dünnen Stricken markiert, so wie ein neu anzulegendes Beet; der mitten im Hof liegende Zollstock und das Meterband bezeugten, dass hier sorgfältig ausgemessen worden war.

Er hätte es wissen müssen: So schnell gab sie nicht auf.

«Störe ich?», fragte er.

«Erik. Wie schön, dass Sie endlich da sind», Felicitas löste sich aus der Reihe der Zuschauer und streckte ihm die Hand entgegen. «Ich habe schon gefürchtet, Sie kommen zu spät. Ich hätte es sehr bedauert, wenn Sie unseren neuen Versuch versäumt hätten. Aber verraten Sie mir zuerst: Was hat die Untersuchung der Reithbühl-Bilder ergeben? War der Dix dabei?»

«Leider nicht. Hans Jolnow ist völlig umsonst gestorben. Vielleicht taucht das Bild irgendwo anders auf. Seit die Geschichte in den Zeitungen gestanden hat, wird zweifellos in der ganzen Republik nach bis dahin völlig unbeachteten Reithbühl-Gemälden gefahndet. Und *Sie* suchen immer noch nach der Madonna», stellte er fest. «Wollen Sie das ganze Gelände umgraben? Dann werden Sie für den Sommer gut beschäftigt sein.»

«Spotten Sie nur», sagte Felicitas vergnügt. «Sie haben Ihren Mörder, und wir wollen unsere Madonna. Und wenn Sie mich nun wieder für rechthaberisch halten, mögen Sie nicht ganz falsch liegen, aber Sie wissen noch nicht alles. Sehen Sie sich das mal an. Nehmen Sie es ruhig in die Hände, es ist nur eine Abschrift. Das Original ist von 1852 und liegt in unserem Tresor.»

Hildebrandt hielt das Blatt trotzdem vorsichtig zwischen Daumen und Zeigefinger. «Was ist das?», fragte er, als er die Zeilen gelesen hatte. «Ein Rätsel?»

«So ähnlich. Wissen Sie noch, was Sie gesagt haben, als ich Ihnen die Briefe zeigte und die Geschichte der entlaufenen Klosterjungfrau und der kleinen Madonna erzählte?

Das Ganze, haben Sie gesagt, erinnere Sie an Stevensons ‹Schatzinsel›. Als Jessica mir das Andachtsbuch gab und die letzte Seite zeigte, fiel es mir wieder ein. Ihre Bemerkung hat mich auf die Idee gebracht.»

Jessi hörte ihren Namen, drehte sich um und winkte Hildebrandt schüchtern zu. Sie stand zwischen ihrem Vater und ihrer Stiefmutter – es sah aus, als ginge es ihr auf diesem Platz gar nicht schlecht. Die harten Zeiten waren für die Eisners vielleicht nicht vorbei, aber sie hatten einander versprochen, sich Mühe zu geben und ihr Bestes zu tun. Zumindest Jessi war zuversichtlich. Besonders, seit der Flug nach Dublin für die Pfingstferien gebucht war.

«Andachtsbuch?», fragte Hildebrandt. «Was für eins?»

«Eins, das Jessi gefunden hat, wo und warum, erzähle ich Ihnen später, Sie dürfen nur nicht fragen, wie es an seinen Platz gekommen ist, das ist uns auch rätselhaft. Das Buch gehörte der jungen Dame, die mit der Madonna durchgebrannt ist, und dieser Text verrät, dass sie eben doch nicht mit ihr durchgebrannt ist, sondern sie auf unserem Gelände vergraben hat. Wie ich gesagt habe. Ich hatte Recht, Erik! Und hier», sie hielt ihm den Bogen mit beiden Händen direkt vor die Nase, «hier steht, wo wir suchen müssen. Das Fräulein zu Lönne muss das Buch einer anderen Konventualin sozusagen hinterlassen haben, der ‹Liebsten Marie›, einem anderen Mädchen, dem sie vertraut hat. Jemand sollte wissen, wo die Madonna ist. Das sagt Jessi. Sie sagt, sie wisse es einfach.»

Hildebrandt amüsierte sich über Felicitas' Eifer, und Felicitas war froh, dass er nicht fragte, woher Jessi das so genau wissen wolle. Das hätte sie selbst gerne erfahren. Da sie aber überzeugt war, dass es Situationen gab, in denen zu viele Warum und Wieso nur schädlich waren, hatte sie das Fragen auf später verschoben.

«Warten Sie mal», murmelte sie, beugte sich wieder über den Text und las ihn noch einmal. «Natürlich!! Deshalb stimmt die Entfernung von der hinteren Tür nicht genau», murmelte sie und ließ das Blatt sinken, «und wir dachten, sie hat es nicht genauer gewusst. Woher auch? Sie wird keinen Zollstock in der Tasche gehabt haben, das Maß ihrer Schritte musste reichen. Aber es stimmt *doch*, und wir haben uns nur geirrt.»

Erik Hildebrandt verstand kein Wort, was aber nicht verwunderlich war, da sie mit sich selbst sprach und ihn nicht mehr beachtete.

«Es ist anders! Ganz klar, ‹das versickernde Wasser› haben wir als den alten Graben definiert, der hier zu ihrer Zeit noch verlief, ‹das heißeste Licht› als die Sonne, die darauf scheint, ‹von Süden gewärmt›. Natürlich, nur von Süden, wenn sie weiterwandert, liegt der Grabenverlauf im Schatten der Fichten, jedenfalls den größten Teil des Tages. Und der dumme Basilisk – der hat uns auf die falsche Fährte gelockt. ‹Von keinem Basilisken behaust, doch mit Arglist bewacht.› Ich dachte, das bedeutet einfach, es ist *nicht* der Schacht, weil Basilisken doch gerne in alten Brunnen hausen. Wie dumm wir waren!»

Endlich sah sie ihn wieder an, ihre Stirn glättete sich, und sie begann zu lachen. Hell und leicht.

«Halt!», rief sie. «Aufhören! Hört sofort auf zu graben, es ist die falsche Stelle.»

Alle drehten sich um, erstaunte Gesichter sahen sie an, nur Henry stieß heftig den Spaten in die Erde, rieb sich den schmerzenden Rücken und knurrte: «Ganz reizend, Felicitas. Hättest du das nicht schon beim Frühstück feststellen können?»

Sonst gab es keine Einwände gegen die neue Interpretation der Zeilen. Vielleicht, weil das Aufgraben harter Erde ein mühsames Geschäft und für das Publikum trotz der Erwartung eines Aufsehen erregenden Fundes ziemlich langweilig war.

Das Backhaus bot nicht genug Raum, um allen Zuschauern Platz zu bieten, doch das wurde wenig bedauert. Bei aller Neugier – hier war immerhin ein Ermordeter gefunden worden. Jessi gehörte nicht zu den Zauderern. Ihr Herz klopfte bis zum Hals, als sie neben Viktor Alting stand und zusah, wie er nach Felicitas' vergeblichem Bemühen versuchte, die alte Ofenklappe zu öffnen. Sie war aus festgerostetem Eisen und widerstand beharrlich. Weder Judith noch Elisabeth Möller protestierten, als Felicitas entschied, Antiquität hin oder her – da hülfen nur Hammer und Brechstange.

Das versickernde Wasser, von dem Ulrica geschrieben hatte, war nicht der verschlammende Graben, es war der Brunnen, von dem nur noch ein trockener, eingefallener Schacht geblieben war. Der Gift hauchende Basilisk – Felicitas glaubte nicht, dass sich dieses Fabeltier aus Schlange, Drache und Hahn auch in trockenen Brunnen wohl fühlte – war nur als symbolischer Wegweiser gedacht gewesen. Es wäre netter gewesen, den Brunnen als Quell des Lebens zu symbolisieren, offenbar hatte Ulrica Sinn für kleine Gemeinheiten gehabt.

Und dort, wo ‹das heißeste Licht› war, schien nicht die Sonne, dort brannte das Feuer, von Süden gewärmt, nämlich durch die untere Ofenklappe, die sich nach Süden öffnete, um mit Brennholz bestückt zu werden.

Als die obere Klappe sich endlich öffnete, als der Strahl der Taschenlampe die tiefe Höhlung ausleuchtete, entfuhr Felicitas ein enttäuschter Pfiff. Der Backofen war leer.

«Nein!», sagte Jessi entschieden. «Sie ist hier.»

Sie schob Viktor Alting zur Seite, nahm ihm die Lampe

aus der Hand und beugte sich mit Kopf, Arm und halber Schulter in die Öffnung.

Und so wurde die kleine Madonna doch noch gefunden. Sie lag in ein ehemals festes Leintuch gehüllt in der Ecke ganz vorn an der rechten Wand des Ofens. Ihr hölzerner Körper hatte gelitten, aber immer noch leuchtete das Lächeln in ihrem ewig jungen Gesicht.

Die einzige Klosterbewohnerin, die sich die Aufregung im Hof entgehen ließ, war Zita Morender. Ihre Knochen seien für solche Unternehmen zu alt, hatte sie erklärt, wenn die kleine Madonna tatsächlich auftauche, sie glaube durchaus an Wunder, möge man sie benachrichtigen, das reiche ihr völlig. Während im Klosterhof gegraben, gesucht und schließlich gefunden wurde, saß sie in ihrem Lieblingssessel, nippte an einem Glas Sherry und hielt, den Blick durch die weit geöffnete Schlafzimmertür auf das Bild über ihrem Bett gerichtet, innere Zwiesprache. Doch, sie hatte sich richtig entschieden. Dass Hans Jolnow einen so schrecklichen Tod gefunden hatte, bedrückte sie, aber nicht mehr als die anderen Damen im Konvent. Vielleicht sogar etwas weniger, denn sie verübelte ihm seinen Plan und empfand sein Scheitern als gerecht. Was Matthias Reithbühl vor mehr als einem halben Jahrhundert getan hatte, war ehrenhaft gewesen, sogar mutig, wenn auch nicht allzu sehr.

Damals hatte sie in ihm einen alten Mann gesehen, dabei war er um mehr als zwei Jahrzehnte jünger gewesen, als sie es heute war. Seine Verehrung, das Wort Liebe mied sie, hatte sie gerührt. Sie hatte ihn gemocht und seine Gesellschaft als die eines klugen und eigenwilligen Mannes geschätzt. Er hatte ihr das Bild anvertraut, weil es bei ihr sicherer war, und was es verbarg, hatte sie immer gewusst. Aber seit seinem Tod gehört es ihr, all die Jahre nun schon.

Und obwohl sie zugestand, dass Otto Dix ein sehr viel größerer Künstler gewesen war, zog sie einen echten Reithbühl einem echten Dix allemal vor. Da mochte die Kunstwelt denken und schreiben, was sie wollte. Solche Aufgeregtheiten um ein Stück bemalte Leinwand interessierten sie nicht mehr, das war einer der Vorzüge des Alters.

Auch war es nur gerecht. Matthias Reithbühl war vergessen, nur von ihr nicht. Und jetzt, da man sich seiner erinnerte, geschah es nur, weil eines seiner Bilder viel, sehr viel Geld bedeutete. Nur darum ging es doch, um Geld. Otto Dix' Werk reichte über die Zeit. Sein Bild konnte in seinem sicheren Versteck warten, bis sie diese Welt verließ und die Äbtissin ihr Testament las. Was dann damit geschah, war ihr egal.

«Ja, ja, Matthias», murmelte sie und hob ihr Glas gegen sein bedeutendstes Bild, «es ist dir nicht recht. Aber ich war schon immer starrsinnig, das weißt du doch.»

Bleibt nur noch eines nachzutragen: Im Kloster Möldenburg ist wieder eine Wohnung frei. Wohl hatte der Konvent einstimmig und ohne Diskussion oder gar die Erwähnung christlicher Pflichten für Benedikte Jindrichs Bleiben gestimmt, doch sie hatte sich schon anders entschieden.

Vielleicht, erklärte sie Felicitas mit ihrem seltsamen Lächeln beim Abschied, werde sie sich eine Katze kaufen. Barbarossas Gesellschaft sei ihr in diesen Wochen äußerst angenehm gewesen.

DANKSAGUNG

Möldenburg gibt es nicht. Auch das Möldenburger Kloster als das siebte Heidekloster existiert wie seine Bewohnerinnen und die vermeintlich südlich von Lüneburg gelegene Kleinstadt nur in meiner Phantasie. Wer sich zwischen Lüneburg und Hannover auskennt, wird allerdings manches finden, das an die sechs so genannten ‹Heideklöster› in dieser Region erinnert.

Für die Unterstützung meiner Recherche danke ich insbesondere Renate von Randow, Äbtissin des Klosters Wienhausen, und Wolfgang Brandis, Lüneburger Klosterarchive. Dirk Bredenbröcker im Jugendamt Hamburg-Eimsbüttel hat meine Fragen zum Thema Graffiti-Sprüher beantwortet, Ulrich Menard, Apotheker im Ruhestand in Hamburg, zum Thema Medizinpflanzen, Thomas Hartges, Destillateurmeister und Betriebsleiter in Eckernförde, zur Herstellung von Schnäpsen und Likören. Auch ihnen danke ich für ihre Geduld und bitte um Nachsicht, dass in diesem Roman nur ein so geringer Teil ihrer umfassenden Auskünfte Platz gefunden hat. Ebenso meiner Lektorin Eva-Marie von Hippel, die zur Bewältigung einer Schreibkrise neben fachlichem Rat sogar ihre fabelhaften Talente als Köchin einsetzte.

Petra Oelker
Hamburg,
im Januar 2004

Foto: Hergen Schimpf

Petra Oelker

«Petra Oelker hat lustvoll in Hamburgs Vergangenheit gestöbert – ein amüsantes, stimmungsvolles Sittengemälde aus vergangener Zeit ...» Der Spiegel

Tod am Zollhaus
Ein historischer Kriminalroman
3-499-22116-0

Der Sommer des Kometen
Ein historischer Kriminalroman
3-499-22256-6
Hamburg im Juni des Jahres 1766: Drückende Schwüle liegt über der Stadt. Auf dem Gänsemarkt warnt ein mysteriöser Kometenbeschwörer vor nahendem Unheil.

Lorettas letzter Vorhang
Ein historischer Kriminalroman
3-499-22444-5
Komödiantin Rosina und Großkaufmann Herrmanns auf Mörderjagd zwischen Theater und Börse, Kaffeehaus, Hafen, Spelunken und feinen Bürgersalons.

Die zerbrochene Uhr
Ein historischer Kriminalroman
3-499-22667-7

Die englische Episode
Ein historischer Kriminalroman
3-499-23289-8

Die ungehorsame Tochter
Ein historischer Kriminalroman
3-499-22668-5

Die Neuberin
Die Lebensgeschichte der ersten großen deutschen Schauspielerin
3-499-23740-7

Das Bild der alten Dame
Ein historischer Kriminalroman

3-499-22865-3

Weitere Informationen in der Rowohlt Revue oder unter www.rororo.de